# 曹路生话剧集

曹路生 著

南京大学出版社

图书在版编目(CIP)数据

曹路生话剧集 / 曹路生著. —— 南京：南京大学出版社，2023.11
ISBN 978-7-305-26900-4

Ⅰ.①曹… Ⅱ.①曹… Ⅲ.①话剧剧本-作品集-中国-当代 Ⅳ.①I234

中国国家版本馆 CIP 数据核字(2023)第 099145 号

| | |
|---|---|
| 出版发行 | 南京大学出版社 |
| 社　　址 | 南京市汉口路 22 号　　邮　编　210093 |
| 书　　名 | 曹路生话剧集<br>CAO LUSHENG HUAJU JI |
| 著　　者 | 曹路生 |
| 责任编辑 | 郭艳娟 |
| 照　　排 | 南京南琳图文制作有限公司 |
| 印　　刷 | 江苏凤凰扬州鑫华印刷有限公司 |
| 开　　本 | 880 毫米×1230 毫米　1/32　印张 19　字数 500 千 |
| 版　　次 | 2023 年 11 月第 1 版　2023 年 11 月第 1 次印刷 |
| ISBN | 978-7-305-26900-4 |
| 定　　价 | 70.00 元 |
| 网　　址 | http://www.njupco.com |
| 官方微博 | http://weibo.com/njupco |
| 官方微信 | njupress |
| 销售热线 | (025) 83594756 |

\* 版权所有，侵权必究

\* 凡购买南大版图书，如有印装质量问题，请与所购图书销售部门联系调换

# 总 序

樊国宾

南京大学有一种可以自由地关怀智性事物的气氛。南大文学院,特别是其戏剧学科,自吴梅、陈中凡、卢前、钱南扬、吴白匋、陈白尘、董健以来,黉宇之下,弦歌不辍,继承了"南雍学术"的传统、眼光、胆量和断制,以及价值观理念上的振衣得领——不仅"开民智",而且"开士智",讲究思想的清楚与深锐。以对剧作家的培养为例,肃肃松风,高而徐引。近年来,从李龙云、姚远、赵耀民到温方伊、朱宜、高子文,他们的作品无不赓续了该校先贤们的毓秀传统,追慕凛然独立、耻于奔竞、识见严谨、典雅丰赡的精神人格,崇尚临难不苟、忠贞峥嵘、德行崇劭、流风广被的境界。本系列图书主编吕效平教授曾多次与我讲起他导演的话剧《蒋公的面子》的"人类性",他坚持认为这个戏"在云端低首看人类的种种实践,看我们的有限性"。我想,这个戏并不专门隐指南大的校史与校风,但客观上的确传递了某种校风的自我认知。

中国戏剧出版社、南京大学出版社和南京大学文学院联合编辑出版的这套当代戏剧评论、创作和翻译集,作为当代中国剧坛的一面棱镜,或可记叙正在发生深刻变化的我们这个时代的世相与品格,也从不同侧面折射出南大戏剧学人孜孜以求的价值观与美学旨趣。

从《中国现代戏剧史稿》、《中国当代戏剧史稿》、《中国现代戏剧总目提要》、《中国当代戏剧总目提要》等鸿篇巨制,到这套"《戏剧与影视评论》系列图书"的出版,南京大学戏剧学科与中国戏剧出版社之间的诚恳合作,堪称学术担当与出版担当珠联璧合的一曲佳话。我们希望这两种担当,最终可以共同构成我们时代专业意义上的"道统"担当,此即策划并推出这套书的初心。

# 他的元神飘荡在历史与现实上空
## ——序《曹路生话剧集》

## 吕效平

  曹路生1951年生于上海浦东，先后在周家渡小学和浦东中学上学，直到念完初中二年级，"文革"爆发。1969年"插队"①呼伦贝尔锡尼河西苏木，1971年后被"借调"②在呼盟文化局、黑龙江省展览馆、呼盟歌舞团等单位做宣传创作，1974年进入上海戏剧学院戏文系读书，1977年夏毕业留校，在戏文系写作教研室任教；1991年获美国洛克菲勒基金亚洲文化协会资助，赴纽约大学帝势艺术学院表演研究系留学，1995年回到上海戏剧学院，任职于《戏剧艺术》编辑部，直至2011年退休。从此，他背上电脑，周游世界，品美酒，尝佳肴，写剧本，还文债，做曲写字，上网晒图。

  曹路生写一手风格鲜明的漂亮行书，爱做北曲③小令，偶作套

---

① 城市中学的初、高中毕业生，以"知识青年"的身份，加入农村人民公社的生产队，以农民身份劳动和生活。"插队"是"文革"中"知识青年上山下乡"运动的主要形式，其高潮出现于1969年，终结于1977年。

② 即被机关单位"借用"进城，拿零时工工资，但不改变"农村户口"的身份，多数会"转正"成为"国家干部"，也有可能被退回农村。

③ 古典戏曲之曲，有南北之分。元杂剧所用之曲，为北曲，七声音阶，循中原音韵，豪壮朴实，以弦乐器伴奏。宋元南戏又称南曲，按五声音阶记谱，从南方音韵，凄婉妩媚，以箫笛伴奏为主，明清传奇主要用南曲音乐体系。

曲，感叹和嘲讽世事，辛辣幽默，曲、字俱佳，在朋友间流传。如，【蟾宫曲·清莱返清迈途中】："且把风月消磨，为避阎罗，暂驻暹罗。有个恶魔，千家闪躲，万户禁隔。不提防天灾人祸，怎忍唱白曲红歌。俺只能听他气壮山河，见你泪雨滂沱，惭我醉眼婆娑。"再如，【北双调水仙子·岁暮】"五零广场跳大妈，六零饭局频剔牙，七零职业装争霸，瞅八零猛吃瓜，笑九零怕变成油渣，晒如花美画，叹似水芳华，哭回不去的十八。"他之初学做曲，始于少年时代膜拜赵朴初风靡一时的散曲"三尼"。① 直至2011年，写现代昆曲《旧京绝唱》时，又认真钻研了北曲，愈发上了瘾。

曹路生兼作话剧和戏曲，他少年时代及至大半生，在古典词曲上下的功夫，对他的戏曲写作，大有帮助。即使话剧，曹路生的语言也常常令我感叹和敬佩：叙事生动、精当，说理雄辩、恣肆，抒情极具表现力和想象力，张弛有度，节奏鲜明，能雅而不腐，也能俗而不鄙。我们这一辈人，年少时恰逢"文革"岁月，尚"野"不尚"文"，世间绝大多数文字都被视为"封资修"毒草。我少年时代的语言训练，主要是得自阅读领袖和鲁迅的著作，还有很少一点高尔基的译文，资源极其有限。待到"文革"暂停，考上大学中文系，已然成年，错过了语言训练的最佳时期。比较起来，曹路生稍稍幸运。他长我四岁，到1966年闹"文革"时，比我多读了四年书。这四年至关重要！一是少年时期，为可塑性强和记忆力好的所谓"童子功"阶段；二是当学校教育中止时，决定了此后自学能力的强弱。更幸运的是，曹路生所受的八年基础教育，是当时国内所能遇到的

---

① 即1960年代初，著名佛教学者、社会活动家赵朴初拟当时苏共中央总书记尼基塔·赫鲁晓夫口吻，在美国总统肯尼迪遇刺身亡、印度总理尼赫鲁逝世和他自己下台时所作的散曲《尼哭尼》、《尼又哭尼》、《尼自哭》。1965年由《人民日报》公开发表时，毛泽东将三支散曲标题分别改为《哭西尼》、《哭东尼》和《哭自己》，并亲笔写了《某公三哭》，作为总标题。

最好的小学和中学教育。他有幸生在近代国内文明程度最高的上海,又有幸就读于1908年创办的浦东周家渡小学和1907年创办的浦东中学,这是上海第一所现代中学,首任校长黄炎培,张闻天、王淦昌、范文澜、罗尔纲、潘序伦、叶君健、卞之琳、马识途等许多现代文化、科学名人曾就读于此。由于其办学历史稍久,现代教育的传统和师资积淀稍厚,延续到上世纪中叶"反修防修"和"文革"前夕,曹路生仍然能够幸运地比像我这样少年时代教育背景荒瘠的大多数人,更接近于文明、文化和文学。我很羡慕曹路生能够非常幸福地回忆他的中小学时代和他那些学养丰厚、对他影响至深的老师,我以为他文学语言的"童子功"和他最初的文学修养、文学兴趣,得益于他早年相对良好的基础教育多多。其实,这也一定是为什么老老实实的平民青年曹路生"插队"两年后便被"借调",而海拉尔,而哈尔滨,而上海戏剧学院,从此一"借"不还,愈走愈远。曹路生偶尔会羞涩地回忆,"插队"时,用钢板蜡纸刻印生产队报,我想那也是他被选中"借调"的由头吧。

谈到18岁时的"插队",曹路生从来没有说过劳动的艰辛、物质的匮乏、自然条件的恶劣,或者精神的荒凉,对前程的忧虑,他说的最多的,是"布里亚特羊肉好吃!"他的父亲原是浦东工厂的技术人员,1960年代初参加"三线"①建设,去了长沙,直至退休才回到上海,此事对一个上海家庭生活的影响可想而知,曹路生说起此事,也并无抱怨。我辈中人,大多一辈子为学位,为论文,为项目,为职称,为级别,为名头,为权力,为延聘……焦虑一辈子,曹路生在美四年,师从理查德·谢克纳,2001年翻译出版了谢克纳炙

---

① 20世纪60年代,中苏交恶,加之自50年代以来与美国的紧张关系,为准备打仗,国家在西南大后方重点建设一批与军工相关的生产和科研单位,称为"三线建设",从东部城市转移了许多设备与人员。

手可热的大作《环境戏剧》,但他从不为那些虚名实利烦恼,以他大才,60岁拿到教授职称,愉快退休。曹路生于自己实际的"微观"生活,清心寡欲,漫不经心,不求掏心掏肺的朋友,更没有水火不容的敌人,他所不屑的行为和利禄之徒当然会有的,但他不大介意身边的恶行恶人,从不介入人事纠纷。总之,他是我朋友中最超然物外、最少焦虑的人。或许因此,在他的戏剧作品中,并没有现实生活的具体焦虑需要倾诉和表达,像我的年轻朋友朱宜的《长生》、杨小雪的《人间童话》和高子文的《故乡》那样。曹路生的戏几乎不关注身边日常生活。他的元神,宁肯飘荡在我们生活历史和现实的上空,发现和惊叹崇高与美,更为这些崇高与美的困窘和瞬间即逝而悲伤。曹路生的剧作,不是批判和启蒙的散文,而是赞美和叹息人间生活的诗。

《主角》小说原作作者曾多年工作于基层剧团,他的小说相当真实地描写了那个年代地方剧团的生活与人物,不违"典型环境"和"典型性格"的美学追求,其显性主题为珍惜、弘扬民族和地方文化艺术的瑰宝秦腔。曹路生的改编,当然也遵从了这一主题,但他不再做"典型环境"和"典型性格"的追求,而是被艺术天才的旷世之美和她横空出世的奇迹所震撼,一面悲叹天才的孤寂和倏然:身前身后寸草不生(这或许是一切"天才"现象的一个规律),逝之迅也恰如其来之疾。"弘扬"什么的主题,其实总是缺乏剧场能量的,这个戏深藏的能量来自对天才的悲剧性审美。

曹路生不大谈他自己的戏,写就写了,他不吹嘘,也不卑谦地征询意见。但是,《尘埃落定》在天津首演前,他在酒桌上跟我说:"你一定要来,看我的三个卓玛!"我相信不完全是酒力让他发出了这个邀请,"三个卓玛"在他写作的过程中,以及在作品成型之后,一直在深深地感动着他。他写的是爱情吗?"爱情"不能够概括。写的是性或美貌吗?"性"和"美貌"也不能概括。不可名状!

整个《尘埃落定》，写了愚昧、残杀、欺诈、贪婪、淫荡、怨恨……及其毁灭，但它并不是为了批判，不是为了认识历史或人性，它与现实主义几乎无关，而这些描写竟然成了浓郁的"诗"，和三个"卓玛"一样，不可名状地充满审美能量。虽然阿来的小说原著便是如此，但曹路生的改编毕竟准确地捉住了原著的诗意，且成功地予以提炼和浓缩。

弘一法师本来就不是我等凡俗之人，他尤其不具有凡人的"典型"意义。他的《送别》的纯净无瑕之美，恰如他的一身与一生。弘一法师之吸引曹路生是必然的。曹路生幸而是一个美食家，我想如果不是障于口腹之欲，他是恨不能步法师之后尘的。这种心灵相通，在曹路生写作《弘一法师》时，起到了关键性的作用。这个戏的形式与结构，曹路生尝试了"文献剧"，即让文献说话，以文献为主干的做法。

国内我与曹路生这一辈人，成长于"后革命战争"年代，又亲历过一场"文革"，往往都形成了"英雄主义"的情结，虽然也见过太多"英雄主义"的愚蠢、虚伪和恶俗。伏尼契的小说《牛虻》1953 年由中国青年出版社出版，由于描写了革命的"英雄主义"，在"革命"热情高涨的 20 世纪中叶，几乎是中国知识青年的必读书，它也许是"文革"中最后被禁的外国小说。雨果的《九三年》由于描写了人道主义、"英雄主义"，公然追问："在绝对正确的革命之上，是不是还有一个绝对正确的人道主义？"它之不被"革命者"接受是必然的，即使中国 1980 年代的"思想解放"运动，也没有能够使"人道主义"获得完全的合法性。因此，《九三年》剧本发表，尤其是演出的意义，肯定大于《牛虻》剧本的发表和演出。《牛虻》虽然也是以英雄的牺牲为结局，但英雄是以"耶稣受难的姿势"献身的，牛虻临终前："张开双臂向太阳欢呼！"他说："我已经没有什么可遗憾的了，有这样一个人生，还能想要到什么心愿呢！"在《九三年》

里,革命军司令郭文在做出是否释放叛军头目的选择前,曹路生让他"分裂"成许多身影,互相诘问,最后,郭文沉重地反复问自己:"他高傲地救出这三个孩子,却把难题留给了我,我该怎么办?怎么办?……"他放走了共和国的敌人,被共和国判处死刑,置首断头台他高呼"共和国万岁!"而他的精神导师,判他死刑的共和国法官也举枪自杀了。郭文的悲剧,是革命自身的悲剧,也是人道主义自身的悲剧,它将是人类永久的悲剧,与《九三年》相比,《牛虻》不过是一部正剧。但是,崇高是它们共同的气质。崇高和"卓玛"一样,也是一种使曹路生迷恋的气质。

《漂泊拉萨》是一部弥漫着浪漫气息的作品,它仍然不是描写生活的真实表象,而是描写"美",其中也有曹路生的三个"卓玛"。非常可贵的是,剧中不但描写了"美"之动人,而且描写了"美"之必然的困境与没落。

我认识曹路生,是 1998 年在上海戏剧学院"黑匣子"剧场看《谁杀了国王》,25 年过去了,我还能清楚地记得这个戏当时在我心中激起的对他的敬服之情。《谁杀了国王》是一次非常机智的改编,此后我没有在国内看过改编《哈姆雷特》比它更好的作品。《玉禅师》和《庄周戏妻》也都是这样优美和机智的剧作,我还专门为它们写过导读。[①]

曹路生是一位为演出而写作的编剧,只有剧场才能唤起他的创作激情。我问过他:"为什么要接受那么多的订制?"他的回答是:"否则很难有上演的机会。"案头不足以激起他写作的热情。从 1974 年进入上海戏剧学院,至今已经整整半个世纪了,曹路生早已是一位精通剧场窍门的艺术家,剧院愿意向他约稿,一个重要的原

---

① 见《戏剧与影视评论》2016 年第 2 期,《从传奇到 Drama——论曹路生的改编剧本〈庄周戏妻〉与〈玉禅师〉》。

因就是他的"当行",作品上演和成功的几率很高。他的剧作,总是非常自觉地为构建一场又一场张力十足的戏剧情境而做,节奏鲜明,流畅而经济,无突兀或滞涩"疤痕",无赘笔。

曹路生的剧本《玉禅师》、《庄周戏妻》、《风雪前门》曾经发表于我主编过的《戏剧与影视评论》杂志,编辑部曾有过一个宏大的剧本出版计划,现在有可能实现的,只剩曹路生的剧本集和胡开奇先生翻译的马丁·麦克多纳的剧作了。很惭愧我们的"宏大"计划落空了,很欣慰曹路生先生的剧本集由我们编辑和付诸出版了。

2023 年 10 月 5 日于南大和园

目录

九三年 / 1

尘埃落定 / 85

主　角 / 179

牛　虻 / 275

弘一法师 / 343

To Be or Not To Be / 谁杀了国王 / 399

漂泊拉萨 / 437

玉禅师 / 509

庄周戏妻 / 541

话剧剧本

# 九三年

根据雨果同名小说改编

## 剧中人物

郭文　　　　　　　子爵，共和军远征军司令
西穆尔登　　　　　教士，救国委员会特派员
朗德纳克　　　　　侯爵，布列塔尼亲王，旺岱叛军首领
米舍尔·佛莱莎　　寡妇，一个布列塔尼农妇
雷尼　　　　　　　她的大儿子
亚伦　　　　　　　她的二儿子
乔治特　　　　　　她的小女儿
罗伯斯庇尔
丹东
马拉
路易十六
拉杜　　　　　　　共和军突击队曹长
勃斯拔特罗伯爵　　克莱摩尔号巡航舰舰长
拉·维尔维勒男爵　克莱摩尔号巡航舰大副
克莱摩尔号巡航舰炮手
阿尔马罗　　　　　水手，炮手的弟弟
伊曼纽斯　　　　　朗德纳克的副官
叛军陌生人

小客栈老板

叛军随军神父

共和军随军军医

女酒保

行刑官

第一法官

国民公会议员，巡航舰水手，共和军战士，旺岱叛军战士，死刑犯人，郭文化身等

## 场景

序　协和广场
1. 克莱摩尔号巡航舰
2. 索德烈森林
3. 布列塔尼海岸
4. 巴黎孔雀街小酒馆
5. 旺岱小镇
6. 拉·杜尔格城堡
7. 临时司令部
8. 地牢
尾声　刑场

# 序　协和广场

【一七九三年一月。

【协和广场。

【在雄壮嘹亮的《马赛曲》中幕启。

【显现罗伯斯庇尔、丹东、马拉。

**罗伯斯庇尔**　人类历史上发出耀眼夺目光辉的一七九三年！

**丹东**　引以为傲的一七九三年！

**马拉**　令人难忘的九三年！

**罗伯斯庇尔**　人们从路易十六的统治下爬出来！巴黎从专制君王的宫廷里逃出来！法兰西从十五个世纪的封建制度里冲出来！

**丹东**　拼命地呼吸自由的空气！尽情地享受民主的狂欢！浪费地挥霍博爱的激情！

**马拉**　整个巴黎只有一个意志！这个意志是全体共有，而不是任何个人所独有！这个意志就是一种思想，一种无法抑制和无法衡量的思想！

**罗伯斯庇尔**　这就是革命！

**丹东**　革命！

**马拉**　大革命！

【舞台分为两层。上层是刑场，下层是国民公会会场。

【一队共和国卫兵在歌声的节奏中缓慢地把断头台推上刑场。

【同时，国民公会的议员们在会场表决。

**议员1**　一个国王的唯一用处就是死！死刑！

**议员2**　如果世上还没有死刑，就要把它创造出来！死刑！

**议员3**　立刻送上断头台，迟了就要加重死罪！死刑！

**议员4**　如果让基层议会投票，这个案子还有个完吗？路易十六的头发白了脑袋还落不下来！死刑！

**议员5**　我不懂得那种扼杀人民而宽恕暴君的所谓人道！死刑！

**议员6**　我素来憎恨叫人流血，但一个国王的血并不是人血！死刑！

**议员7**　暴君不死，人民永远没有自由！死刑！

**议员8**　只要暴君还能够呼吸，自由就要窒息！死刑！

**议员9**　把最后一个路易处死！死刑！

【议员9推推正在打瞌睡的议员10。

**议员10**　（醒来，迷迷糊糊）死刑！死刑！（又睡去）

【围观群众高呼："死刑！死刑！死刑！"

【显现郭文、西穆尔登和朗德纳克。

**朗德纳克**　（厉声大喝）住口！你们这些无赖！流氓！奸贼！你们有什么权力判处国王死刑？你们所谓的权力是弑神、弑君的权力！路易十六是有罪，他的罪行是太幼稚！太软弱！太轻信！对你们太宽容、太仁慈、太姑息！给了你们杀死他的权力！好啊！你们表决吧！动手吧！杀死他吧！可是你们阻挡不了宗教依然是宗教，王政依然是王政，法兰西延续了十五个世纪的古老传统怎么会因为你们所谓的民主而断绝！你们杀了路易十六还会有路易十七、路易十八！你们要当心，我们会回来的！会的！会的！

**西穆尔登**　（对郭文）郭文，你听听，听听，这是你的叔祖父朗德纳克侯爵的看法，他是保王党，他这样的咆哮当然可以理解！

可是你呢，你的意见呢？你同意判决国王死刑吗？我的孩子！

**郭文** 不！老师，我跟他不一样，我赞成判决有罪，但我不赞成杀人！

**西穆尔登** 你这是什么意思？

**郭文** 老师，我不同意死刑，我同意流放，我希望看到人世间第一个自己干活自谋出路自己养活自己的皇帝！或者充军，让他切身体会战争的恐怖，死亡的威胁，生命的珍贵！或者终身监禁，像一个稻草人一样活着，不要制造一个死人来让罗马教廷把他奉为圣人而永世流芳！死刑，只不过是一个最方便也是最无能的判决！我反对死刑！

**西穆尔登** 孩子！作为共和军的一员你这种想法是多么危险！只要路易活着，他就是罪恶的中心！复辟的源泉！暴乱的导火线！复仇来不得半点怜悯，革命就是要制造恐怖！为了把法兰西从暴君手中解放出来，一切手段都是正当的！一切！一切！一切！国王应该死，因为祖国需要生！路易应该死，因为法兰西需要生！死刑！死刑！死刑！

**众议员** 死刑！死刑！死刑！

【卫兵押路易十六上。

【围观群众欢呼："杀死他！杀死他！"

**路易十六** （对群众）不幸的百姓们，对于被指控的罪行，我是无罪的！

【群众继续欢呼："杀死他！杀死他！"

【路易十六走到断头台前。

**路易十六** 我宽恕我的仇人！但愿我的血，能够成为法国人民福祉的凝结剂！

【路易十六躺进断头机的颈枷。

【号角齐鸣,刑炮轰响。

【高高悬挂着的铡刀轰然落下。

【灯急暗。

【涛声轰鸣。

## 1. 克莱摩尔号巡航舰

【同年六月。
【夜。漆黑一片。
【大西洋上巨浪滔天。涛声继续。
【克莱摩尔号巡航舰甲板上。
【桅杆上一盏微弱的航灯随着波涛剧烈地起伏晃动。
【一个黑影扶着桅杆在眺望大海。
【舰长勃斯拔特罗伯爵和大副拉·维尔维勒男爵摇晃着上。

**勃斯拔特罗** 他是不是一个真正的领袖，我们等着瞧吧。

**维尔维勒** 是的，舰长，巴黎杀了国王，逼着我们起义，面对那些弑君的共和军叛贼，我们现在该是急需一个领袖的时候了。在这个该死的旺岱地方，虽然到处吹响了圣战的号角，但是群龙无首，一盘散沙！我们需要一个像律师一样的将军，我们必须使敌人疲于奔命，和敌人争夺每一个磨坊，每一处树林，每一道壕沟，每一块石头，拼命纠缠敌人，利用一切，提防一切，拼命杀人！在眼前的布列塔尼农民军队里，有不少英雄，可是没有领袖！我们需要一个领袖！

**勃斯拔特罗** 好吧，就让他试试看。

**维尔维勒** 他是一个很有地位的贵族。

**勃斯拔特罗** 你相信他能称职吗？

维尔维勒　只要他够好。

勃斯拔特罗　就是说，只要他够残暴！

维尔维勒　舰长，你把最重要的字眼说出来了，残暴！不错！这正是我们需要的！这次战争是没有怜悯的战争。现在是好杀者的时代。弑君的人斩掉路易十六的脑袋，我们要把弑君的人肢解！只有铁石心肠的将军才是合适的将军！只有残暴，一切才会顺利！只有豺狼才能对付豺狼！

【突然传来惊叫声。一群水手冲上甲板。

水手1　（惊呼）不好了，一尊大炮挣脱了铁链！

水手2　（惊叫）上帝！它滑向了甲板！

水手3　它滚来滚去！

水手4　它冲向了船舷！

水手5　啊！它停下了！

水手6　不！它又滚动了！

水手7　啊！船沉下去了！

水手8　主保佑！又浮起来了！

水手1、2　怎么办？！

水手3、4　怎么办？！

水手5、6　怎么办？！

水手7、8　怎么办？！

众　怎么办？怎么办？怎么办？

水手1　一只恶狗可以驯服！

水手2　一头牡牛可以吓唬！

水手3　一只老虎可以威胁！

水手4　一头狮子可以软化！

众　可是你对一尊脱了链的大炮怎么办？！怎么办？！

水手5　你不能够杀死它！

水手6　因为它是死的!

水手7　同时它也活着!

水手8　它的生命是无限的!

众　　(惊叫)啊! 铁链断了! 铁链断了! 它向我们冲过来了!

　　【水手们向四下逃窜,逃至各自认为安全的地方。

水手1　天哪,它压过来了!

水手2　一下子压死了两个人!

　　【水手们跪下,闭上眼睛画十字祷告。

勃斯拔特罗　(大叫)快扔东西堵住它!

　　【水手们手忙脚乱把褥子、吊床、备用帆、绳子、背囊等杂物扔向甲板。

水手1　(哭喊)没有用! 没有用!

水手2　它还在滚、滚、滚……

水手3　桅、桅、桅杆……裂、裂、裂了……

水手4　船舱进、进、进水了……

勃斯拔特罗　(跪下画十字)上帝,现在只有上帝能够救我们了!

　　【静场。只听见撞击声、断裂声、风声、雨声、海浪声及人的心脏的激烈跳动声。

　　【突然,炮手手持一根铁棍从上甲板跳下,冲向大炮。

　　【水手们跟上围观。

水手1　他是炮队队长!

水手2　这尊大炮的主人!

水手3　这次灾难的祸首!

水手4　他来赎罪来了!

水手5　他高举着那根铁棍!

水手6　要把它塞进大炮的车辘轳!

水手7　这是一场凶猛的斗争!

水手8　一个肉身的斗兽士攻击一只青铜的野兽!

【炮手突然后退着摔倒,水手们也随之四下逃窜。

【炮手起身向着大炮一步一步走去,水手跟上。

炮手　(对着大炮)亲爱的! 过来! 你过来呀!

【炮手冲下,水手们分成两组,一组紧张地盯着炮手。

【另一组水手盯着大炮。

【炮手一步一步后退。

水手1、2、3、4　他追赶大炮!

水手5、6、7、8　大炮停下!

水手1、2、3、4　他盯着大炮!

水手5、6、7、8　大炮盯着他!

水手1、2、3、4　没有声音!

水手5、6、7、8　屏住呼吸!

众　(惊呼)突然!

水手5、6、7、8　大炮冲过来!

水手1、2、3、4　他闪开!

水手5、6、7、8　大炮又冲过来!

水手1、2、3、4　他又闪开!

水手5、6、7、8　大炮转过身又冲过来!

水手1、2、3、4　他已无路可逃!

【炮手一步一步后退。

众　(随着炮手的节奏后退)来了……来了……来了……

【炮手摔倒。

众　(惊叫)啊……(惊恐逃窜)

【千钧一发之际,黑影人冲出,把一袋伪钞扔到大炮车轮中。

【大炮颠簸了一下,炮手一跃而起,抓住这个千载难逢的机会把铁棍塞进了车轱辘中。

13

【大炮终于停了下来。

【水手们欢呼起来。

【炮手跑至黑影人面前致礼。

炮手 （对黑影人）先生，谢谢你救了我的命！

【黑影人没有回答。

【维尔维勒吹响了集合哨子。

维尔维勒 集合！

【水手们很快在甲板上列队。

勃斯拨特罗 （走近黑影人敬礼）将军，根据这个人刚才所做的一切，你不认为他的上级应该有什么表示吗？

黑影人 我认为应该有的。

勃斯拨特罗 那么请你下命令吧。

黑影人 舰长，应该你来下命令。

勃斯拨特罗 可是你是将军。

黑影人 （对炮手）过来。

【炮手上前一步。

【黑影人从勃斯拨特罗身上取下圣路易十字勋章系在炮手的短衫上。

【炮手受宠若惊地亲吻勋章。

【众水手欢呼。

黑影人 （一挥手，冷酷地）现在，把这个人拉去枪毙！

【众大惊。

【黑影人露出了他的冷峻的脸色，他是朗德纳克侯爵。

朗德纳克 （在一片静寂中提高嗓音，一字一句地）一个疏忽危害了这条船。到了现在，这条船也许已经没救了。在海上，就是面对着敌人。一条渡海的船就是一支作战的军队。风暴并没有消失，整个大海就是一个陷阱。面对着敌人的时候，犯了任何过失都要处以死刑。没有任何过失是可以补救的。勇敢必须奖励，疏忽必须惩罚！

【炮手低下了头。

**朗德纳克** 执行！

【勃斯拔特罗做了一个手势，两个水手走出队列，押出炮手，队列分成两排跟在他们后面，最后是随军神父，下。

【静场，阵阵海浪声。

【突然一声清脆的枪声。

【朗德纳克仍然一动不动地靠着桅杆。

**勃斯拔特罗** （轻声对维尔维勒）旺岱有领袖了！

【海浪更加猛烈，巡航舰摇晃得更加厉害。

【水手1急上。

**水手1** （向舰长报告）报告舰长，我们的船撞到暗礁了！

【众大惊，纷纷涌向船舷。

【桅杆边拿着望远镜的水手2惊呼。

**水手2** 舰长，舰长，敌人舰队！敌人舰队！

【勃斯拔特罗接过望远镜观望，水手又分别把另外两副望远镜递给维尔维勒和朗德纳克，两人观望。

**勃斯拔特罗** （自语）法国的舰队。

**维尔维勒** 没错，魔鬼的舰队。

**勃斯拔特罗** 整整八艘。巡航舰队的一半都在这儿了。

**维尔维勒** 是的，一艘主力舰，两艘一级巡航舰，五艘二级的。

**勃斯拔特罗** 主力舰上有多少门炮？

**维尔维勒** 一百二十八门。

**勃斯拔特罗** 一级巡航舰呢？

**维尔维勒** 每艘五十二。

**勃斯拔特罗** 二级呢？

15

**维尔维勒** 每艘三十二。

**勃斯拔特罗** 一共三百九十二门大炮。我们呢？

**水手1** （低声）还有九门好用。

**勃斯拔特罗** （厉声）多少？

**水手1** （大声）九门！

**勃斯拔特罗** 这么说，是三百九十二对九。

**维尔维勒** 是的，九对三百九十二。

**勃斯拔特罗** （似乎下了决心）抛锚！

**水手1** 是！

　　【众水手回到自己岗位。

　　【几个铁锚抛进海中。

　　【勃斯拔特罗走向朗德纳克。

**勃斯拔特罗** （对朗德纳克）先生，准备工作已经做好了。我们现在或者向敌人投降，或者触礁而死，没有别的道路。我们只剩下一条路，那就是死！我宁愿被枪炮打死，而不愿意被水淹死；我宁愿死于火而不愿死于水。可是死是我们的责任，而不是你的责任，你负有指挥旺岱战事的重大使命，少了你，王国也许就要灭亡，因此你必须活着。我们这些人的荣誉是留在这里，而你的荣誉是离开这里。将军，你必须离开，我准备给你一个人和一条舢板，天还没有亮，浪头很高，海里很黑暗，你一定能够逃脱的！

**朗德纳克** （庄严地点头）好吧。

**勃斯拔特罗** （转身对水手）兵士们和水手们！

　　【众看着勃斯拔特罗。

**勃斯拔特罗** （继续）在我们中间的这个人代表王上，我们必须保护他，他就要去充当旺岱的领袖，他是我们的希望。本来他要和我们一起登陆，可是现在他必须单独登陆！救出领袖，就是救出了一切!

**众** （大叫）对！ 对呀！

**勃斯拔特罗** 我们需要一个体格强壮的水手驾驶这条舢板护送他登陆。 他必须精于划船和游泳，而且是生长在这里熟悉路径的人。

**众** （高呼）同意！ 同意！ 同意！

**勃斯拔特罗** 有谁志愿去吗？

【一个水手从黑暗中走出。

**水手** 我去。

【一声巨浪。

【灯急暗。

## 2. 索德烈森林

【几乎与上一场同时。

【黑压压的森林里全是桦树、山毛榉和橡树。

【一队共和军侦察兵在森林里慢慢搜索前进,女酒保跟在他们后面。

【突然,他们发现灌木丛中有动静,立即举枪把这地方包围起来。

【曹长拉杜刚要挥手下令开火。

**女酒保** (急叫)慢!

【女酒保朝灌木丛奔去,众跟上。

【灌木丛中显现一个女人和熟睡的三个小孩。

**女酒保** (大叫)你在这里干什么! 你疯了,找死呀,差点就把你们打死了!

【女人吓呆了。

**女酒保** (对士兵)一个女的。

【孩子们被惊醒了,哭起来。女人哄孩子。

**拉杜** 别害怕,我们是共和军红帽子联队。你是谁,太太?

【女人把身边的孩子搂得更紧。

**女酒保** 你叫什么名字?

**女人** (低声地)米舍尔·佛莱莎。

拉杜　你的政治见解怎样？

佛莱莎　什么？

拉杜　我问你的政治见解。

佛莱莎　我从小被送到修道院，可是我结了婚，我不是修女。有人放火烧我们的村子。我们急急忙忙逃走，连鞋都没有穿。

拉杜　我问你，你的政治见解怎样？

佛莱莎　我不知道。

拉杜　你的祖国是哪一国？

佛莱莎　我不知道。

拉杜　怎么，你连自己是什么地方的人都不知道吗？

佛莱莎　哦，你是问什么地方人，那我知道的。我是西斯各依纳田庄的人，在亚舍教区。

拉杜　家里干什么的？

佛莱莎　人都死光了，一个亲人也没有了。

女酒保　哎呀，这孩子真可爱呀，（抚摸小女孩的脸）这女孩子叫什么名字？

佛莱莎　乔治特。

女酒保　大孩子呢？这小鬼是个男的。

佛莱莎　雷尼。

女酒保　小的一个呢，他也是一个男孩，还挺胖。

佛莱莎　他叫胖亚伦。

女酒保　哎呀，他们真乖，这几个小家伙！

拉杜　（打断）哎，我说太太，你从哪儿来？

佛莱莎　打那边来。

拉杜　你到哪儿去？

佛莱莎　我不知道。

拉杜　老实说，你是什么人？

佛莱莎　（迷惑）什么人？　逃难的人啊。

拉杜　我问你是哪一党的？

佛莱莎　什么党？

拉杜　你是蓝的？　还是白的？　就是你跟谁在一起？

佛莱莎　我跟我的孩子在一起。

拉杜　你的丈夫呢？　他干什么？

佛莱莎　前些日子他在打仗。

拉杜　为谁打仗？

佛莱莎　为了王上。

拉杜　还有呢？

佛莱莎　当然啦，为了他的爵爷。

拉杜　还有呢？

佛莱莎　当然啦，还有他的本堂神父先生。

士兵1　（大叫）他妈的，真正岂有此理！

女酒保　可怜的布列塔尼女人啊，你的孩子都很漂亮，这总算好福气啦。太太，别害怕，你应该参加联队。你可以做我一样的事情，我是女酒保，是人家开枪互相厮杀的时候拿酒给人喝的人。来吧，跟我们走吧，联队里都是些很好的小伙子，你可以当第二号女酒保，我来教你怎么干……

拉杜　（又一次打断）太太，你的丈夫后来呢？

佛莱莎　他不怎么样，因为人家把他打死了。

拉杜　在哪儿？

佛莱莎　在矮树丛里。

拉杜　什么时候？

佛莱莎　三天以前。

拉杜　谁杀死他的？

佛莱莎　我不知道。

拉杜　是一个蓝的？还是一个白的？

佛莱莎　是一颗子弹。

拉杜　你丈夫死后，你做些什么来着？

佛莱莎　我带走我的孩子。

拉杜　你带他们去哪儿？

佛莱莎　我带他们朝前面走。

拉杜　你睡在哪儿？

佛莱莎　在地上。

拉杜　你吃些什么？

佛莱莎　没有什么。

拉杜　没有什么？

佛莱莎　也就是一些野李子，一些桑葚，一些覆盆子，一些羊齿草的幼芽。

女酒保　天哪，这等于什么也没吃呀！

雷尼　（轻声叫着）妈妈，我饿，我饿……

　　【拉杜从口袋里掏出一块面包给佛莱莎。佛莱莎把面包一分为三给了三个孩子。

拉杜　她一点也没留给自己。

士兵1　因为她不饿。

拉杜　因为她是母亲！

雷尼　妈妈，我渴，我渴……

拉杜　这鬼树林里连溪水都没有。

佛莱莎　有人去找了。

拉杜　（警觉地）他是谁？谁？

佛莱莎　不知道，一个农夫，路上碰到的。

拉杜　他是什么人？蓝的还是白的？

佛莱莎　真的不知道。孩子要喝水，他就说他去找，叫我们在这儿

21

等着。

拉杜　嗨！我真是神经过敏了！

【乔治特哭起来。

【拉杜抱起乔治特哄她。

女酒保　多可爱的孩子呀，跟我们走吧！

拉杜　哎，我有个主意，我们联队应该做这三个孩子的父亲。大家同意吗？我们收养这三个孩子。

众士兵　（欢呼）共和国万岁！

拉杜　通过了！（摘下自己的帽子戴在乔治特头上）从现在起，他们就是红帽子联队的孩子了！

众士兵　（又欢呼）共和国万岁！

佛莱莎　（发现有人）他来了。

拉杜　谁？

佛莱莎　找水的人。

拉杜　在哪儿？

佛莱莎　那儿！

【士兵在草丛中押出一陌生人。

拉杜　（对陌生人）你是谁？

【陌生人仇恨地看着拉杜不语。

【拉杜使了一下眼色，士兵1上前搜查陌生人，发现匕首上的纹样。

士兵1　（大叫）他是叛军，叛军！

【士兵们拥上抓陌生人。陌生人腰上的羊皮水袋掉地，水流了一地。

拉杜　把他绑了！

【郭文显现在暗影里。

【汉子拔出剑来反抗，郭文出剑挡住。

【两人击剑相斗。 郭文打掉了汉子手中的剑。

**众士兵** （惊呼）郭文司令！

**郭文** （对汉子）投降吧。 你已经是我的俘虏了。

【汉子闭口瞪着郭文。

**郭文** 你叫什么名字？

【汉子仍然不语。

**拉杜** 司令，别跟他啰唆了。 把他交给我，有他好受的！

**郭文** 你是一个勇士。（伸出手与汉子握手）

**汉子** 你是司令？ 你这个弑君的奸贼！ 我以国王陛下的名义……（突然捡起地上的剑，使出最后力气喊出）国王万岁！（向郭文刺去）

【一个黑影蓦地横在汉子与郭文之间，剑刺在黑影人身上，黑影人倒下，汉子也倒下。

**郭文** 来人！ 快救人！

【军医急上检查黑影人。

**军医** 司令，不碍事，只是一点轻伤。（给黑影人包扎伤口）

**郭文** （上前查看）老乡，你要紧吗？（抱起黑影人，大惊）你是……西穆尔登……

【西穆尔登张开眼。

**郭文** （发狂地）老师！ 是你！ 你救了我的性命，这是第二次了！

**西穆尔登** 孩子，我的孩子！

**郭文** （跪下）我的恩师啊！

**西穆尔登** 我一直把你当作我的儿子。

**郭文** 你比父亲还要亲啊，我的老师！

【郭文扑在西穆尔登身上，两人紧紧拥抱。

**郭文** （对西穆尔登）老师，你的伤……

**西穆尔登** 不要紧的。 孩子，你好吗？

23

郭文　老师，你近来好吗？

西穆尔登　孩子，我们有多少时间没有见面了？

郭文　是啊，有许多年了！老师，我想你啊！

　　【两人又一次拥抱。

郭文　老师，你又救了我，记得我小时候得了一场重病，我没有爸爸，是你，老师，日夜陪伴在我身旁，把我从死神手里夺了回来，这次，你又来救我来了！老师！

西穆尔登　长大了，长大成人了！成了司令了，军事领袖了！我高兴，高兴！……

　　【士兵们一边保护着佛莱莎及孩子们，一边押汉子下。

　　【汉子想偷偷逃走。

士兵1　你想往哪儿逃！你给我站住！

　　【士兵们抓住汉子，带到郭文面前。

士兵1　报告司令，这个人就是用剑刺你的人。

郭文　（对汉子）你也受伤了吗？

汉子　我还行，还能挺得住接受你的枪毙。

郭文　（对军医）把这个人送到临时医院去，包扎他的伤口，照料他，治好他。

汉子　我愿意死。

郭文　你要活着。你代表国王要杀死我，我代表共和政府宽恕你。

　　【军医和士兵把汉子抬下。

西穆尔登　（自语）他还像小时候一样软心肠啊！（挣扎起身）

　　【郭文赶紧扶起西穆尔登。

郭文　老师！想不到会在这里见到你。

西穆尔登　我去巴黎，国民公会紧急要我去参加会议，我想多半是关于旺岱的事，他们知道我来自旺岱，我熟悉旺岱。恐怕你也早已知道，他来了！

24

郭文　你是说朗德纳克！

西穆尔登　对！你的叔祖父！到处都在传说他要在布列塔尼登陆不是吗？

郭文　是的！

西穆尔登　你准备怎么对付他？

郭文　老师，我知道你的意思。我在海岸布置了军队，一旦抓住他，（坚定地）决不宽大！

西穆尔登　好！好！（突然盯着郭文）那我来问你，你为什么要释放圣马克修道院的修女们？

郭文　我不跟女人打仗。

西穆尔登　这些女人是仇恨人民的，只要有了仇恨，一个女人就抵得上十个男人！你为什么不肯把在卢维尼抓住的一队老教士送上军事法庭？

郭文　我不跟老头儿打仗。

西穆尔登　一个老教士比一个年轻的教士更坏，白发苍苍的人来宣传叛变更加危险！你不要滥用你的慈悲心，要时刻注视着塔堡的碉楼。

郭文　塔堡的碉楼？如果有可能的话，我要把王太子从那里释放出来，我不跟小孩子打仗。

西穆尔登　（严厉地）郭文，你要知道你必须跟女人打仗，如果这个女人是玛丽王后；你也必须跟老头儿打仗，如果这个老头是教皇庇护六世；你也必须跟小孩打仗，如果这个小孩是路易·卡佩王太子！

郭文　我的老师，我不是政治家。

西穆尔登　当心不要做一个危险的人物！我问你，在攻打哥舍兵站时，叛徒伊曼纽斯一个人拿着军刀向你的整个队伍冲过来，你叫喊："队伍向两旁分开，让他过去！"这是为什么？

**郭文** 因为我们不应该用一千五百人去杀一个人。

**西穆尔登** 你错了！伊曼纽斯今天成了敌军的领袖，外号杀人魔王。你救了这个人，就给共和国增加了一个敌人。

**郭文** 我当然希望给共和国增加些朋友，而不是敌人。

**西穆尔登** 你在朗代安打了胜仗以后，为什么不下令枪毙那三百个农民俘虏？

**郭文** 因为他们赦免过共和军俘虏，我希望人家说共和军政府也赦免保王军俘虏。

**西穆尔登** （突然）要是你也抓住了朗德纳克呢？

**郭文** 朗德纳克是另外一回事。老师，你看见过我的告示吗？

**西穆尔登** 怎样？

**郭文** "捕获前侯爵朗德纳克，一经验明确属本人，立即执行枪决！"

**西穆尔登** 枪决？

**郭文** 是的，枪决！

**西穆尔登** 又发慈悲心了。应该送他上断头台！

**郭文** 我赞成军法枪毙。

**西穆尔登** 我赞成革命办法送他上断头台！

【郭文无语看了西穆尔登一眼。

**西穆尔登** （深情地自语）孩子，你的软心肠要害了你呀！

【灯急暗。

## 3. 布列塔尼海岸

【几天后。

【海浪拍打着岸边的礁岩。

【一队共和军的巡逻兵走过。

士兵　（大声吆喝）"捕获前侯爵朗德纳克，一经验明确属本人，立即执行枪决！"（下）

【一双手抓住了岩石。水手爬上了岸。接着他拉上了朗德纳克。

【朗德纳克虚弱地躺在地上。

水手　（对着朗德纳克）爵爷，你知道我是谁？我就是被你枪毙了的那个人的弟弟！

朗德纳克　（惊醒）你是谁？

水手　我刚才告诉过你了。不过我可以再说一遍，我是被你杀掉的那个人的弟弟！

朗德纳克　你要把我怎么样？

水手　把你杀死！

朗德纳克　随你的便。

水手　你准备吧。

朗德纳克　准备什么？

水手　准备死。

**朗德纳克**　为什么？

**水手**　（沉默半晌）我说我要把你杀死！

**朗德纳克**　我问你为什么。

**水手**　因为你杀了我的哥哥。

**朗德纳克**　我先救了他。

**水手**　不错，是你先救了他，然后杀了他。

**朗德纳克**　杀他的不是我。

**水手**　是谁？

**朗德纳克**　是他自己。

【水手无言。

**朗德纳克**　（补充）他自己的错误。你叫什么名字？

**水手**　阿尔马罗。你知道了也没有用，放心死在我手中吧。

**朗德纳克**　你相信上帝吗？

**阿尔马罗**　（画十字）我们在天上的父亲。

**朗德纳克**　你的母亲还在吗？

**阿尔马罗**　在的。（又画了一个十字）我再给你一分钟，爵爷。

**朗德纳克**　你为什么叫我爵爷？

**阿尔马罗**　因为你是一个领主。

**朗德纳克**　你呢，你有领主吗？

**阿尔马罗**　有的，而且是个大领主。

**朗德纳克**　他在哪儿？

**阿尔马罗**　我不知道。他叫朗德纳克侯爵。

【朗德纳克一怔。

**阿尔马罗**　我从来没有见过他，可是他仍然是我的主人。

**朗德纳克**　假如你见到他，你服从他吗？

**阿尔马罗**　那当然。好了好了，别废话，我们的事还没完呢！来吧！

28

朗德纳克　神父在哪儿？

阿尔马罗　神父？

朗德纳克　是的，神父，我给了你哥哥一个神父，你也应该给我一个神父。

阿尔马罗　我没有神父，在这种荒凉的地方能找到神父吗？

朗德纳克　那谁为我的灵魂祝福呢？你断送了我的灵魂！同时也就是断送了你自己的灵魂！

【阿尔马罗低头沉思。

朗德纳克　听着，我可怜你，你爱怎么办就怎么办吧！是我先救了你哥哥的性命，然后又夺去了他的性命，现在我又来挽救你的灵魂了！你好好想想吧！你亲眼看见我们所乘坐的那艘船被敌人击沉的吧！这都是谁的错？这是你哥哥的错！假使你哥哥尽了一个有才智而且有用的人的责任，大炮的事就不会发生，军舰就不至于丧失战斗力，不至于走错航线，不至于碰上敌人的舰队，不至于我们舰队全军覆没！不至于来旺岱帮助农民拯救法国，拯救王上，拯救上帝的责任落到了我一个人身上！而你却要把这唯一担负着神圣使命的人杀死！在这场反教的人和教士的斗争中，弑君的人和王上的斗争中，魔鬼和上帝的斗争中，你是站在魔鬼一边的！你的哥哥做了魔鬼的第一助手，你是第二个，他开了头，你结尾！杀我很容易，可是你夺去了上帝最后的希望，我是代表王上的！我死了，乡村就要继续焚烧，家庭继续哭泣，教士继续流血，布列塔尼继续受苦，小王上继续留在监狱里，耶稣基督继续受难！这一切谁造成的？是你！你！你！是的，我可怜你！你是基督徒，却不信上帝；你是布列塔尼人，却没有荣誉感；你答应人们保护我的生命，却亲手把我害死！你知道你在这里毁灭的是谁吗？是你自己！你把自己出卖给了魔鬼！在上帝面前要负责的是你！现在，请动手吧，把事情做完吧，完成你的工作吧，我已经老了，你还年轻，我是赤手空拳，你却拿着武器，杀死我吧！

【阿尔马罗扔掉手枪，跪倒在地。

**阿尔马罗** 发发慈悲吧，爵爷！宽恕我吧，仁慈的上帝！我错了，我的哥哥也错了！我愿做一切事情为他赎罪！下命令吧，爵爷！我一定服从！

**朗德纳克** 我饶恕你。

**阿尔马罗** 爵爷，是我带路呢，还是跟着你走？

**朗德纳克** 我们要分手了。（掏出绶带）阿尔马罗，你识字吗？

**阿尔马罗** 不。

**朗德纳克** 很好，识字的人反而麻烦。听着，阿尔马罗，你向右边走，我向左边走。留着你的袋子，再找一根棍子，看上去才像一个庄稼人。远远地避开过路人，不要走大路，不要过桥，你熟悉那些森林吗？

**阿尔马罗** 所有的森林我都熟悉。

**朗德纳克** 很好，你到圣俄宾森林去，那里有一棵粗大的栗树，你到那里停下来，打一个呼哨，你会吗？

【阿尔马罗打了一个呼哨。

**朗德纳克** 不错，就这样。（递给阿尔马罗绶带）这就是我的统帅绶带，上面的百合花还是王后在塔堡监狱里绣的。

【阿尔马罗跪下亲吻绶带上的百合花，然后把绶带放进怀里。

**朗德纳克** 听着！你打了三声呼哨以后就会有人出来，你给他看绶带，告诉他我的口令，起来叛变，绝不饶恕！

**阿尔马罗** （起身）起来叛变，绝不饶恕！

**朗德纳克** 你认得拉·杜尔格城堡吗？

**阿尔马罗** 怎么不认识，我就是那里的人。

朗德纳克　怎么你？

阿尔马罗　谁不知道拉·杜尔格城堡是我的领主的祖传城堡！城堡里面新图书馆和旧大厅中间隔着一扇大铁门，连大炮都打不开这扇铁门，因为图书馆里藏着一本圣书。还有地道！我知道有这条地道，也许现在只有我还知道有这条地道了。

朗德纳克　什么地道？我不知道你在说什么！

阿尔马罗　那是从前在拉·杜尔格城堡被围的时候挖的，从大厅一直通到森林里。

朗德纳克　拉·杜尔格不会有。

阿尔马罗　有的，爵爷。是我父亲告诉我这个秘密的，我知道怎样走进去，怎样走出来。

朗德纳克　显然你搞错了，假如有这样的秘密，我应该知道的。

阿尔马罗　爵爷，我真的知道，有一块石头会转的。

朗德纳克　好了，好了，石头还会唱歌呢，对吧！

阿尔马罗　可是我真的转过那块石头的呀！

朗德纳克　还是谈正经事吧。不管是谁，只要看见王后绣的这朵百合花，就会很好地接待你。你要走遍整个旺岱，整个布列塔尼，到处传达"起来叛变，绝不饶恕"的口令。

阿尔马罗　是，爵爷！

朗德纳克　我再重复一遍，你要把我的话尽你的能力传达给各个领袖，"起来叛变，绝不饶恕"！你懂了吗？

阿尔马罗　懂了，要使得到处都打仗和流血。

朗德纳克　就是这样。

阿尔马罗　绝不饶恕！

朗德纳克　不错，一条命也不饶！

【突然，一队衣衫不整的农民军包围了他们，领头的是伊曼纽斯，枪口对准了朗德纳克。

**朗德纳克** （挺身而出）我就是你们要抓的人。我是朗德纳克侯爵，布列塔尼亲王，皇家军队的陆军中将。快点动手，瞄准吧！开枪吧！

**伊曼纽斯** （认出，兴奋地）爵爷！是爵爷！

【众士兵在他周围跪了下来。

**众士兵** （压低声音欢呼）朗德纳克万岁！爵爷万岁！将军万岁！

**伊曼纽斯** （跪下，献上绶带和剑）爵爷，我们终于找到你了！这就是指挥剑，这些人现在都是你的了！我是伊曼纽斯，外号杀人魔王，本来是他们的指挥官，从现在起就是你的小兵了，请接受我们的敬礼，爵爷！你下命令吧！

**朗德纳克** （戴上绶带，接过剑）国王万岁！

**众士兵** 国王万岁！爵爷万岁！（起身）

**朗德纳克** 你们一共有多少人？

**伊曼纽斯** 我们一得到你的消息，就有七千人起义，三百个教区揭竿而起。共和军的告示透露出你在这里，我们就过来了。我们包围了前面的村庄，那些没有头脑的村民很好地接待了蓝军，蓝军们正在睡觉，我们很快就把事情解决了。

**朗德纳克** 你们有七千人吗？

**伊曼纽斯** 是的，整整七千，明天就会变成一万五！后天大后天都会成倍地增长。爵爷，我们都在等待你的命令！

**朗德纳克** 好！首先，我们必须马上分散行动，到富耶尔森林集合。

**伊曼纽斯** 是！坚决执行命令！马上行动。

**朗德纳克** 慢，（想起）你刚才说前面村庄里的村民很好地接待了蓝军？

**伊曼纽斯** 是的，那些蠢货！白痴！

朗德纳克　你把庄稼烧了吗？

伊曼纽斯　烧了！

朗德纳克　你把村子烧了吗？

伊曼纽斯　没有。

朗德纳克　烧掉它！

伊曼纽斯　是！我们还抓获了一些蓝军俘虏。

朗德纳克　他们是哪一个部队的？

伊曼纽斯　是一个来自巴黎的联队，叫"红帽子联队"。

朗德纳克　统统枪毙掉！（疾步下）

　　【白军士兵们押红帽子联队及佛莱莎和孩子们上。一阵枪响，联队战士们倒地。

　　【伊曼纽斯和白军士兵抱起三个孩子急下。

　　【佛莱莎从尸体堆里爬起。

佛莱莎　（撕心裂胆地呼喊）雷尼！亚伦！乔治特！我的孩子，你们在哪里？你们在哪里啊！

　　【灯急暗。

　　【《马赛曲》歌声大作。

## 4. 巴黎孔雀街小酒馆

【六月二十八日，傍晚。

【舞台上方显现巴黎孔雀街头。伟大、雄壮、纷乱、激昂的革命景象。

【众士兵推断头台上。

【一排囚犯被押上，里面有贵族、教士、白军军官等。

【囚犯们被一一处死。

【众欢呼。

【鼓声和铡刀落下的砰然声时隐时现一直持续。

【舞台下方显现小酒馆的后房。

【罗伯斯庇尔、丹东、马拉走进小酒馆。

【房内天花板上的一盏洋油灯照耀着一张桌子，罗伯斯庇尔、丹东、马拉在桌旁坐下。

**罗伯斯庇尔** （指着断头台）公民们！你知道它的绰号叫什么吗？

**丹东** 不是叫黑寡妇吗！

**马拉** 叫得好！多么响亮的名字！

**罗伯斯庇尔** 不管好不好，它管用就好！它最大的优点是无情！

**丹东** 不！那要看谁掌握了它！

**马拉** 当然是人民掌握了它！

**罗伯斯庇尔** 不！是我们掌握了它！谁反对革命我们就毫不留情

用它！

丹东　革命！难道还有什么标准吗！

马拉　革命！多少人假借了你的名义！

罗伯斯庇尔　不！不管是谁！我要使敌人在它面前发抖！

丹东　你想比比谁更革命吗？还轮不到你！我要把发抖的人的脑袋砍掉！

马拉　你们忘了！是谁发明了黑寡妇？是人民！人民！在人民面前你们都会发抖！

罗伯斯庇尔　革命的暴力就是正义！

丹东　集体的恐怖绝对正确！

马拉　如果以人民的名义，那我同意！

罗伯斯庇尔　我再说一遍，不管是谁！也包括了你和你！丹东和马拉！

丹东　当然也包括你！罗伯斯庇尔！

罗伯斯庇尔　丹东！只要你敢，你试试！

丹东　罗伯斯庇尔，你不是早就想用它来对付我了吗！

罗伯斯庇尔　黑寡妇只对付阴谋家！

丹东　我是阴谋家？我的名字和所有的革命行动联系在一起！和起义，和革命军队，和革命委员会联系在一起！

罗伯斯庇尔　起义！革命！我也可以把它称为暴动！造反！看怎么叫罢了！当心！总有一天黑寡妇会亲吻你！

丹东　你的野心会叫你这么做的！会的！

【马拉大笑。

罗伯斯庇尔　你这个帮凶！

马拉　我是人民的帮凶！

罗伯斯庇尔　黑寡妇也在等着你！

马拉　我吗！哈哈，我代表人民！

**罗伯斯庇尔**　什么人民！乌合之众！刁民！

**马拉**　罗伯斯庇尔，我不会屈服你的，我的头颅祖国还需要，我不会自动伸到黑寡妇怀里的！

**罗伯斯庇尔**　不会太久了！

**马拉**　给你自己留着吧！

**丹东**　（蓦地站起）好了好了！听着！公民们！我们到这里来干什么？仅仅是为了争吵吗？难道我们还有时间争吵吗？让我们谈正事吧！

**罗伯斯庇尔**　你总算清醒了！我要告诉你和你，丹东和马拉，在我们争吵的时候，敌人在旺岱登陆了！朗德纳克登陆了！

**丹东**　这真叫人受不了！祸事明明在东边，你偏偏认为在西边！请看看我们的法兰西吧，已经陷入了敌人的包围中！你们没有看到，最危险的是普鲁士！假如这种情形继续下去，假如我们不设法整顿一下，那么，法国大革命只能够使普鲁士人得利，我们只是替普鲁士国王杀掉法国国王而已！（大笑）

**马拉**　（微笑）你们各有所好，丹东，你，是普鲁士；罗伯斯庇尔，你，是旺岱。可是你们没有看出真正的危险！真正的危险是什么？是咖啡馆和赌场！公民们，这才是最严重的事情！

**丹东**　你在开玩笑吗，马拉？

**马拉**　丹东公民，假使你们不是要听取我的意见的话，那你们为什么要叫我来参加你们的秘密会议！难道是我向你要求参加的吗？恰恰相反，我丝毫没有兴趣跟罗伯斯庇尔和你一类的反革命分子做密谈！不过，这一切在我预料之中，你们不了解我，你，丹东，并不比罗伯斯庇尔更了解我，罗伯斯庇尔也并不比你更了解我！难道这里就没有政治家吗？难道在政治上还需要我从头教你们吗？我的意思是，你们两个都错了！危险就在巴黎！危险在不团结，不统一，在每个人有权爱干什么就干什么，拿你们两个来说，危险在精神的丧失，在意志的混乱……

丹东　（忍不住插嘴）混乱！难道不是你造成的吗！

马拉　（继续）危险在这些咖啡馆，在这些赌场，在这些俱乐部！危险在饥荒，危险在法院，危险在不断贬值的纸币，危险在投机商！公民们，你们怎么不看看巴黎！危险就在眼前，你们却到远处去找！危险就在你们的头顶上，你们的脚底下，阴谋，阴谋，到处都有阴谋，你们怎么不明白！把你们的眼睛睁大一点看看你们的周围吧，那些贵族在阴谋复辟，那些爱国人士在赤着脚走路，那些本应到前线去拉大炮的骏马却在街上溅我们一身污泥，一块四磅重的面包要值到三个法郎十二苏，戏院里尽上演些诲淫诲盗的戏剧，而且，我要说，罗伯斯庇尔不久就要送丹东上断头台！

丹东　呸！

【鼓声和铡刀声渐响。

马拉　你听听！听听！黑寡妇在召唤你呢！

丹东　它会先跟你说悄悄话的。你不是说你们发明了它吗？人民发明了它吗？马拉！我要告诉你！人民是喜怒无常的！是翻手为云覆手为雨的！今天它可以帮你砍敌人的脑袋，明天它同样也可以帮你的敌人砍你的脑袋！

马拉　你忘了，人民是可以掌握的！

丹东　不可能永远！

【罗伯斯庇尔仍聚精会神地看着桌上的地图。

马拉　所以，（大叫）我们所需要的，是一个独裁者！独裁者！

【罗伯斯庇尔抬起头。

罗伯斯庇尔　我知道，马拉，不是你就是我。

马拉　不是我就是你。

丹东　哼，独裁，试试看！

马拉　好吧，让我们作最后一次努力吧，让我们取得一个统一的意见吧，我们需要什么呢？毫无疑问，是团结和统一！这才是我们的救星！不过我们得赶快动手，巴黎必须掌握革命的领导权！因为假如我们稍微迟一点，也许在明天，旺岱军队就可能到达巴黎的西面，而普鲁士人就可能到达巴黎的东面，这点上，丹东，我同意你，罗伯斯庇尔，我也向你让步，那么，让我们采取独裁的办法！我们三个人代表革命，我们是看守地狱大门的三头怪犬的三个头！一个是说话的，那就是你，罗伯斯庇尔，另一个怒吼，那就是你，丹东……

丹东　还有一个头，那就是你，马拉！

罗伯斯庇尔　三个头都咬！咬来咬去！

【沉默。

马拉　是的，罗伯斯庇尔，我们都咬，可我跟你们不一样！你们都是一些大人物，可我呢，我代表人民，我是人民的眼睛，我躲在我的地窖里注视着你们，对的，我看见，对的，我听见，对的，我知道，罗伯斯庇尔，你跟我不一样，你只崇拜你自己！你把自己的画像挂满了你房间的墙上……

罗伯斯庇尔　（打断）你呢，马拉，你的画像在所有的阴沟里都挂满了！

丹东　罗伯斯庇尔，马拉，请安静点！

马拉　你说什么！你把我的名字放在他后面！丹东！不要你掺和！

丹东　我掺和？我掺和什么？我掺和的是，我们不应该互相残杀，两个为人民服务的人不应该互相斗争！外战已经够受了，内战也已经够受的了，我们再也不能同室操戈了！我是使革命成功的人，我不愿意人家破坏革命！

马拉　（冷冷地）你最好还是说说清楚你自己的问题吧！

丹东　（跳起来）我的问题？我的什么问题？你去问我指挥的那些军队吧！去问革命广场吧！去问正月二十一日的断头台吧！去问被推翻了的王座吧！去问那个断头台黑寡妇吧！

【鼓声和铡刀声又起。

马拉　（打断）断头台不是寡妇，是一个处女！人们睡在她身上，可是不能叫她生孩子！

丹东　你懂什么！我要叫她生孩子，我要把生出的孩子撕成碎片，钉在墙上！我！

马拉　（笑笑）我们等着瞧吧！

丹东　马拉！你是个躲躲藏藏的人！我是个正大光明的人！你住在地窖里，我住在街道上！你不跟任何人来往，我呢，随便哪一个过路人都可以跟我谈话！

马拉　不要脸的婊子！

丹东　（站起身，脸色可怕）是的，我是个婊子，我出卖了我的肉体，可是我拯救了世界！

【罗伯斯庇尔咬着自己的指甲。

丹东　（继续）我像海洋一样，我有潮涨的时候，也有潮落的时候，在潮落时人家看见我的浅滩，在潮涨时人家就看见我的波浪！

马拉　你的泡沫！

丹东　我的风暴！

马拉　（也站起身）罗伯斯庇尔！丹东！你们不愿听我的话！好啊，我告诉你们，你们完蛋了！你们所做的事是给自己关上了每一道门，只剩下通向坟墓的门！

丹东　这就是我们伟大的地方！

马拉　丹东！你小心点！

39

【丹东耸耸肩膀。

**马拉**　哈哈，你耸肩膀，有时耸肩膀会使脑袋掉下来的！丹东，我告诉你，你的粗大的嗓音，你的松弛的领带，你的软长靴，你的宽大的衣袋，这些东西都和黑寡妇那个断头台有关！（转身对罗伯斯庇尔）至于你，罗伯斯庇尔，对的，你是个左派，可是这对于你并没有什么用。去吧，去给你的头发洒点粉，梳梳它，把头发卷成波浪式，再刷刷你的衣服，弄得更神气点，扮个花花公子吧！但即使这样，你仍然免不了要被黑寡妇强迫亲嘴！

【隐约可听见鼓声和铡刀声。

**罗伯斯庇尔**　敌人的应声虫！

**马拉**　罗伯斯庇尔！我不是任何人的应声虫！我是大众的呼声！啊，你们还年轻，丹东，你几岁？三十四岁。罗伯斯庇尔，你几岁？三十三岁。我呢，我一直就活着，我是多年来受苦的人类的代表，我已经活了六千年！

**丹东**　这倒是真的，六千年来内贼一直隐藏在仇恨里，就像一只癞蛤蟆藏在岩石里一样，岩石裂开了，内贼跳了出来，混在人们中间，那就是马拉你！

**马拉**　丹东！

**丹东**　怎么样！

【三人对峙，静场。

【丹东打破了寂静。

**丹东**　马拉高喊着独裁和统一，可是他只有一种能力，破坏团结的能力！

**罗伯斯庇尔**　我同意，马拉不行！

**马拉**　要我说，丹东不行，罗伯斯庇尔也不行。（起身准备离开）永别了，公民们！

【舞台深处响起一个声音。

**声音** 你错了,马拉!

【三人转过身朝向声音发出处,后门门口显现西穆尔登。

**马拉** 是你吗,西穆尔登公民,你好啊!

**西穆尔登** 我说你错了,马拉。

【马拉脸色大变。

**西穆尔登** 你是有用的,可是罗伯斯庇尔和丹东是必要的。为什么要威胁他们呢?团结,团结,公民们!人民希望我们团结!

**丹东** 好啊,西穆尔登公民在这里并不是多余的!(伸出手与西穆尔登握手)你好,西穆尔登公民,你来得正是时候,你来给我们决定到底谁对。

**西穆尔登** 到底是怎么回事?

**罗伯斯庇尔** 是关于旺岱。你从旺岱来,我们最想听听你的意见。

**西穆尔登** 旺岱!这是很大的威胁,假如革命失败,那肯定是旺岱的缘故。一个旺岱比十个德国更可怕。为了法兰西生存,必须消灭旺岱!

**罗伯斯庇尔** 听听,听听!你们都听听!

**西穆尔登** 我来的时候,旺岱已经很乱,到处是暴动的火苗。

**罗伯斯庇尔** 现在旺岱有了一个领袖,那些火苗马上就要连成一片,旺岱就要变得非常可怕了!

**西穆尔登** 罗伯斯庇尔公民,他成功登陆了吗?前侯爵朗德纳克?

**罗伯斯庇尔** 是的!你知道了?

**西穆尔登** (一惊)他会的,我知道他会的!

【丹东、马拉盯着西穆尔登。

**西穆尔登** 我认识他,当然也了解他。我曾在他的家乡当过教士,他虽然是一个花天酒地的人,可一直很厉害。

**罗伯斯庇尔** 岂止厉害,简直可怕,他焚烧村庄,杀死伤兵,屠杀俘虏，枪毙妇女。

**西穆尔登**　妇女？

**罗伯斯庇尔**　是的。他所杀的妇女中有一个是三个孩子的母亲。这三个孩子不知到哪里去了。现在，这个魔鬼正在旺岱！

**西穆尔登**　应该宣布他是一个罪犯。

**罗伯斯庇尔**　已经做了。

**西穆尔登**　应该悬赏缉拿他。

**罗伯斯庇尔**　已经做了。

**西穆尔登**　应该重赏能够抓到他的人。

**罗伯斯庇尔**　已经做了。

**西穆尔登**　赏金不是纸币。

**罗伯斯庇尔**　已经做了。

**西穆尔登**　是金币。

**罗伯斯庇尔**　已经做了。

**西穆尔登**　应该让黑寡妇去照料他。

【鼓声和铡刀声。

**罗伯斯庇尔**　就要这样做。

**西穆尔登**　谁去做呢？

**罗伯斯庇尔**　你！

**西穆尔登**　我？

**罗伯斯庇尔**　是的，你，公安委员会要派你做全权代表。

**西穆尔登**　好，我接受。恐怖必须用恐怖来还击。朗德纳克很凶暴，我也要这样。我要和这个人打一场你死我活的战争。说吧，派我到什么人那里去当代表？

**罗伯斯庇尔**　派到率领远征军进剿朗德纳克的司令官那里。不过我得先警告你，这个司令官是个贵族。

**西穆尔登**　你这样不放心是对的。派一个教士去监视一个贵族的时候，责任是加倍的，这个教士必须是个刚直不屈的人。

**罗伯斯庇尔** 所以派你去呀。

**西穆尔登** 还要有铁石心肠。

**罗伯斯庇尔** 说得不错，西穆尔登公民。你负责监视的是一个年轻人。你是他的长辈，你必须指导他，可是也要很好地照顾他。据说他很有军事天才，各方面都这么说，可是他也有缺点。

**西穆尔登** 什么缺点？

**马拉** 宽大。他打仗时很坚强，可是事后就很软弱。他对敌人宽大，他饶恕人，他待人慈悲，他保护那些修女和小尼姑，他营救贵族的老婆和女儿，他释放俘虏，他给教士自由。

**西穆尔登** 这可是严重的缺点。

**马拉** 是罪恶。

**丹东** 有时候是的。

**罗伯斯庇尔** 常常是的。

**马拉** 几乎永远是的。

**西穆尔登** 在对付祖国的敌人时，就永远是一种罪恶！

**马拉** （对西穆尔登）假如一个共和党的领袖放走了一个保王党的领袖，你对这个共和党的领袖怎么办？

**西穆尔登** 把他枪毙。

**马拉** 或者送他上断头台。

【鼓声和铡刀声。

**西穆尔登** 随便选一种。

**丹东** （笑了笑）我两种都喜欢。

**马拉** 你必然会得到其中的一种。（对西穆尔登）这就是说，你同意，假如一个共和党领袖走错了这一步的话你要砍下他的头？！

**西穆尔登** 在二十四小时之内。

**马拉** 好了,我同意罗伯斯庇尔的意见,就派你去。

**丹东** 我不相信单独一个教士,我也不相信单独一个贵族,但教士和贵族在一起的时候,我就不怕了,一个监视另一个就行了。我也同意。

**西穆尔登** 假如让我去监视的那个年轻人走错了这一步,我也要判处他死刑!

**罗伯斯庇尔** 西穆尔登公民,全票通过,派你去监视那个司令官,他的名字叫郭文。

**西穆尔登** (吃惊)郭文?

**罗伯斯庇尔** 郭文子爵。

**西穆尔登** 郭文子爵?!

**马拉** 怎么样?西穆尔登公民,依照你自己提出的条件,你愿意到郭文司令官那里当政治委员吗?你决定了吗?

**西穆尔登** (脸色苍白)决定了。

【鼓声大作,铡刀轰然落地。

【灯暗。

## 5. 旺岱小镇

【七月的一天傍晚。

【镇口的一家小客栈。

【舞台上方显现小客栈的店门和"出售上等苹果酒"的招牌。

【舞台下方一片黑暗。

【西穆尔登披着黑斗篷上,敲门。

【小客栈老板开门,提着一盏提灯出来。

**老板** 公民,你在这儿住店吗?

**西穆尔登** 不。

**老板** 那你要到哪儿去?

**西穆尔登** (用手指了指)到前面去。

**老板** 前面?那可不行,前面在打仗。

**西穆尔登** 你是说前面在打仗吗?

**老板** 是的,这个时候大概又开始了。

**西穆尔登** 谁跟谁打?

**老板** 一个贵族打另一个贵族。他们俩还是亲戚呢,一个年纪轻,一个年纪老,是侄孙跟叔祖打仗。叔祖是保王党,侄孙是共和党,叔祖指挥白军,侄孙指挥蓝军,他们绝不会放过对方的,这是一场你死我活的战争。

**西穆尔登** 你死我活?

**老板** 没错，公民，你死我活！你看看这吧。（把灯照亮门的一边，念告示）"朗德纳克侯爵敬告其侄孙郭文子爵阁下：如侯爵侥幸能将子爵阁下俘获，侯爵将以温和态度将子爵阁下枪决。"公民，你再看这儿，（照亮门的另一边，念）"郭文警告朗德纳克：如抓住朗德纳克，即行枪决。"

**西穆尔登** （向第二张告示行礼）这两个人谁占上风？

**老板** 到目前为止，子爵占上风。共和军训练有素，纪律严明，斗志昂扬，奋勇杀敌，加上他们的司令雄才大略，指挥有方，把白军，那些乌合之众的布列塔尼农民打得落花流水，看看，这不，郭文把朗德纳克赶进内地，赶到了这里。听！公民，你仔细听！

【远处传来枪炮声。

**老板** 打起来了！这将是一场好战！就在前面！

**西穆尔登** 真的，我好像听见了炮声。啊，我该走了！

**老板** 我向上帝起誓，肯定打起来了！公民，你可要绕道走啊！

**西穆尔登** 谢谢，我知道该怎么走。（急下）

【舞台下方亮，镇中市场。

【枪声大作，市场空无一人。

【朗德纳克和副官伊曼纽斯带领叛军残兵上，队伍中三个士兵抱着三个孩子。他们边撤退边开枪还击。

【伊曼纽斯指挥着抵抗。

**伊曼纽斯** 给我顶住！顶住！

【受惊的农民四下逃窜，士兵也开始逃走。

**伊曼纽斯** 谁逃跑我毙谁！（开枪打死几个逃兵）

【仍然有士兵逃走。

**伊曼纽斯** （对朗德纳克）爵爷，我们遭到了袭击。

**朗德纳克** 一定又是他。到拉·杜尔格城堡的路还通吗？

伊曼纽斯　我想是通的。

朗德纳克　必须立即撤退！

伊曼纽斯　已经开始撤退了，那些农民已经逃了。

朗德纳克　不能逃，要撤退。

伊曼纽斯　你知道那些乌合之众，都吓昏了。

朗德纳克　我早知道靠不住，快撤退，向拉·杜尔格城堡撤退。

伊曼纽斯　是！

【伊曼纽斯命令士兵撤退，抱孩子的士兵欲放下孩子。

伊曼纽斯　爵爷，那三个小俘虏怎么办？

朗德纳克　啊，那三个红帽子联队的小孩吗？

伊曼纽斯　是的，是被叫作"共和国之子"的三个小孩。

朗德纳克　（沉思）带走！他们是我们的人质。把他们也带到拉·杜尔格城堡去！

伊曼纽斯　是，爵爷！

【士兵又把小孩抱起，下。

【伊曼纽斯保护朗德纳克下。

【一侧显现郭文和红帽子联队。

【联队战士推上了火炮。

郭文　红帽子联队到我这里来！

【红帽子联队集合。

郭文　我要的是整个联队。

【拉杜从队列中走出。

拉杜　我们就是整个联队。

郭文　你们只有十二个人？

拉杜　是的，我们的兄弟们被那个老奸贼俘虏了，杀害了，我们只剩下十二个人了！司令！我们要报仇啊！

郭文　（沉重地）是吗！（激动地）勇敢的兄弟们，你们只有十二

47

个人,可是你们抵得上一千个人!

【士兵们欢呼。

郭文　现在,我命令,装好子弹,准备进攻!

众士兵　是!

郭文　拉杜!

拉杜　在!

郭文　我把指挥权交给你,尽可能地使用全部火力,要用连珠炮来炮击敌人!

拉杜　是!（举起望远镜观看）

郭文　把战鼓擂响!

【鼓手们擂起战鼓。

【鼓声回荡,炮战一触即发。

郭文　准备!

拉杜　（突然大叫）司令!

郭文　怎么?

拉杜　他们在那里!（递过望远镜）

郭文　谁?（接过）

拉杜　三个孩子!他们和老奸贼在一起!

郭文　三个孩子?

拉杜　就是红帽子联队收养的那三个"共和国之子"。

郭文　停止攻击!

【西穆尔登显现。

西穆尔登　开炮!

郭文　老师!

西穆尔登　（对拉杜）我命令!马上开炮!别让老奸贼跑了!

拉杜　你是谁?我只听司令的!

西穆尔登　我是公安委员会派来远征军司令部的政治委员西穆尔

登！我命令，开炮！

拉杜　司令！

郭文　老师！那里有孩子！

西穆尔登　那里有朗德纳克！开炮！

郭文　那会打到孩子！

西穆尔登　就是打到孩子也要开炮！

郭文　老师！孩子是无辜的！

西穆尔登　为了共和国牺牲他们是值得的！开炮！

郭文　不！老师！不能！

西穆尔登　不要说是三个，就是三十个，三百个，换他一个也值！马上开炮！

郭文　不，老师！那是三个天真可爱的孩子啊！

西穆尔登　郭文司令！

拉杜　（急叫）司令！他们跑了！

西穆尔登　郭文司令！你知道你犯罪了吗？你贻误了战机！你放跑了朗德纳克！

郭文　在我上军事法庭辩护之前请允许我自我赎罪，我会想另外的方法抓住朗德纳克！

西穆尔登　我想你是无法弥补的！（摇摇头）孩子，那么如果你捕获了朗德纳克，你也会放走他吗？

郭文　不！

西穆尔登　为什么？你不是为了三个小孩而宁愿丧失击毙他的机会吗？

郭文　这些孩子没有罪，而朗德纳克罪大恶极！

西穆尔登　可是朗德纳克是你的亲戚呀！

郭文　法兰西才是最亲的！

西穆尔登　朗德纳克是个老头儿，也值得怜悯。

**郭文** 朗德纳克不是同胞,朗德纳克没有年龄。朗德纳克召唤英国人进来,朗德纳克就是侵略,朗德纳克是祖国的叛徒。我和他两人的决斗最后不是他死,就是我死!

**西穆尔登** 郭文,记住你说的这句话!

**郭文** 当然!(对士兵们)兄弟们!我命令你们,抓住朗德纳克决不饶恕!

**拉杜** 我会亲手宰了他!兄弟们!跟我来!(带联队战士及鼓手冲下)

【郭文与西穆尔登对视,沉默。

**郭文** 老师,是啊,我们现在过着的九三年,将来在历史上是一个流血的年头。

**西穆尔登** 孩子!这个伟大年头的特征就是不能仁慈!为什么?因为这是伟大的革命的年头,这个年头就是革命的化身!革命有一个敌人,这个敌人就是旧社会,革命对这个敌人是毫不仁慈的!革命要从国王身上来根绝帝制,要从贵族身上来消灭贵族政治,要从军人身上来铲除暴政,要从教士身上来破除迷信,要从法官身上来消灭野蛮,总之,要从一切暴君身上来消灭一切暴政。这个手术是可怕的,但革命必须进行这个手术!至于有多少健康的肉体要牺牲掉,我说,割治哪一种毒瘤不要流一点血呢?这些可怕的必要牺牲就是成功本身的条件!革命要肢解身体,可是挽救了生命。革命在文明身上割开一道很深的伤口,人类的健康就要从这个伤口里生长出来!你痛苦吗?是的,这是毫无疑问的,可是以后你能活下去!革命在为世界开刀,因此才有这个流血的九三年!

**郭文** 医生是冷静平和的,可是我看到的人都很强暴。

**西穆尔登** 革命拒绝一切发抖的手!革命只信任铁石心肠的人!丹东是可怕的,罗伯斯庇尔是不屈不挠的,马拉是铁面无情的，记住，郭文！这几个名字是不可缺少的，他们抵得上好几个军，他们使欧洲发抖！

**郭文** 可能也会使将来发抖吧。（停了一下）老师，你搞错了，我并不指责任何人。在我看来，真正的革命观点就是无所谓责任问题。没有人是无辜的，也没有人是有罪的。路易十六是一只被扔到狮子堆里的羊，他想逃走，他想逃命，他试图防卫自己，可能的话他会咬人，可是，并非谁想变成狮子就能变成狮子的！他这些没有行动的愿望都被视为犯罪。这只愤怒的羊露出了牙齿，"卖国贼！"狮子们吼叫着，于是它们把它吃掉了。吃完以后，它们又自相残杀起来。

**西穆尔登** 羊也是一头野兽。

**郭文** 那么狮子呢，它们又是什么呢？

**西穆尔登** （思考）这些狮子就是良心，这些狮子就是观念，这些狮子就是主义！

**郭文** 它们造成恐怖！

**西穆尔登** 恐怖算什么！进步的暴力就叫做革命！暴力过去后，人们就会明白，人类受到了呵斥，但是前进了！终有一天，革命会证明这种恐怖是正确的！

**郭文** 恐怕这种恐怖会损害革命的名誉。自由，平等，博爱，这就是和平与和谐的信条，为什么要给它们一个怕人的外表？做好事不能使用坏的手段，我们推翻帝制不是要用断头台来代替它，杀掉国王，但是让人民活着，打掉王冠，但是要保护人头，革命是和谐，不是恐怖！宽恕，在我看来是人类语言中最美好的一个字眼！如果一个人不能宽恕，那么就根本不值得去争取胜利！在打仗的时候，我们必须做我们的敌人的敌人，而胜利之后，让我们做他们的兄弟吧！

**西穆尔登** 当心！郭文，你对于我比儿子还要亲，你要当心！在我们所处的年代，仁慈可能成为卖国的一种形式！

【士兵们又围了上来。

**士兵1** 老师和学生，父亲和儿子；
**士兵2** 他们都代表着共和政府。
**士兵3** 可他们代表两个不同形式的共和政府。
**士兵4** 一个是恐怖的共和政府！
**士兵5** 一个是宽大的共和政府！
**士兵6** 一个想用严厉来取胜！
**士兵7** 一个想用温和来取胜！
**士兵8** 到底是哪一个共和政府呢？
**士兵1** 一个采取绝不放过一个的态度！
**士兵2** 一个采取绝不错对一个的态度！
**士兵3** 一个的力量是死刑！
**士兵4** 一个的力量是怜悯！
**士兵5** 一个是死亡的化身！
**士兵6** 一个是生命的化身！
**士兵7** 一颗心被切成了两半。
**士兵8** 问题是谁会占优势呢？

【郭文、西穆尔登及士兵们隐。
【传来一个女人的哭喊声，佛莱莎显现。

**佛莱莎** 谁看见我的孩子了？求求你们，告诉我，他们在哪里？三个孩子，两个男孩一个女孩，他们在哪里啊？我的上帝！什么？他们被一个贵族抓去了拉·杜尔格？拉·杜尔格城堡？那是在什么鬼地方啊？拉·杜尔格……拉·杜尔格……拉·杜尔格……

【灯暗。

## 6. 拉·杜尔格城堡

【八月。

【拉·杜尔格城堡。

【舞台可分为上中下三个演区。

【底层的舞台一侧是共和军远征军的阵地。另一侧是城堡巨大的黑影。城堡被炸开了一个大洞。共和军士兵们在掩体后持枪监视着城堡。

【另一侧中部是拉·杜尔格城堡的大厅，是叛军的最后堡垒。

【舞台中央上部是城堡的图书室。图书室下面堆满了柏油和干柴。

【灯亮时城堡的角楼上有人吹响了号角。

【掩体里也有人吹响了小号。

【角楼上的号角第二次响起。

【掩体里的小号也第二次回应。

【伊曼纽斯出现在大厅的窗口。

伊曼纽斯　城堡下面的人听着！我是伊曼纽斯，外号叫"杀人魔王"，想必你们都领教过！现在我代表郭文·特·朗德纳克侯爵老爷，我的主人同你们说话！侯爵老爷知道，你们四千五百人的军队把我们包围了，而我们只有十九个人在保卫自己，而且，你们的地雷已经炸开了城堡，你们随时随地准备发起进攻！这些我们都知道！可是我要告诉你们，我们手上有三个俘虏，是三个小孩。

【阵地一阵骚动。

伊曼纽斯　（继续）我们也知道这三个小孩曾经被你们的一个联队收养，因此也可以说是你们的孩子！现在，我们老爷建议把这三个孩子还给你们！

【阵地又一阵骚动。

伊曼纽斯　（继续）不过有一个条件，那就是让我们安全地离开城堡！

【阵地又骚动。

伊曼纽斯　（继续）你们好好听着！在你们的前方有一个三层的建筑物，看见了吧！我们已经在中间一层放满了柏油和干柴，连接这幢房子和城堡的铁门已经锁上，对不起，钥匙在侯爵老爷身上，不过我在门下弄了一个洞，从洞里穿过一根硫黄引线，一端装在柏油桶里，另一端通到城堡里我的手上。如果你们不放我们出去，我们就把三个小孩放到这个楼房的第三层里。现在，你们或者接受，或者拒绝。如果你们接受，那我们就走出去；如果你们拒绝，那三个孩子就会烧死！噢，我的上帝啊！我的话完了。

【西穆尔登在掩体旁显现。

【西穆尔登走出掩体，走近城堡。

西穆尔登　城堡里的人，你们认识我吗？

伊曼纽斯　认识。

西穆尔登　我是共和军的特使。

伊曼纽斯　你是老爷属地的前任本堂神父。

西穆尔登　我是公安委员会的代表。

伊曼纽斯　你是一个教士。

西穆尔登　我是法律的代表。

伊曼纽斯　你是一个叛徒。

西穆尔登　我是革命的政治委员。

伊曼纽斯　你是一个叛教者。

西穆尔登　我是西穆尔登。

伊曼纽斯　你是魔鬼。

西穆尔登　你们认识我吗？

伊曼纽斯　我们憎恶你。

西穆尔登　如果你们得到了我，你们满意了吗？

伊曼纽斯　我们这里每一个人都愿意拿自己的头去换你的头。

西穆尔登　那么，我就送上来给你们。

伊曼纽斯　（大笑）来吧！

【静场。

西穆尔登　不过有一个条件。

伊曼纽斯　什么条件？

西穆尔登　听着。

伊曼纽斯　说吧。

西穆尔登　你们恨我吗？

伊曼纽斯　恨！

西穆尔登　可是我，我爱你们！我是你们的兄弟！

伊曼纽斯　是的，我们的叛徒！

西穆尔登　（高傲又温柔）你们侮辱我吧！可是听我说，你们是误入歧途的可怜人。我是你们的朋友，我是光明，我向无知说话。你们以后就会明白，或者你们的子女将来会明白，或者你们的子女的子女会明白，现在我们所做的一切都是替天行道，主持革命的就是上帝！我到你们这儿来，我把我的头颅献给你们，我请求你们牺牲我来拯救你们。我有绝对的权力，我所说

55

的我能够做得到！我是在最重要的时刻，我在作最后的努力，我要尽我的一切来救你们，我的兄弟们！……

伊曼纽斯　说得好啊，传你的道吧！

西穆尔登　（继续）兄弟们啊，不要让这个可恨的时刻到来吧，这个时刻到来我们就要自相残杀，我们中的一些人会死去，而你们，你们全体都要死去！请你们可怜可怜你们自己吧！（淡淡地）其实很简单，只要杀两个人就可以救所有的人！

伊曼纽斯　两个人？

西穆尔登　是的，两个。

伊曼纽斯　谁？

西穆尔登　朗德纳克和我。

【静场。

西穆尔登　这两个人是多余的，把朗德纳克给我，我给你们，这样你们全体人的性命都可以得救！（提高嗓音）把朗德纳克给我们，把我抓去吧！（狠狠地）朗德纳克要送上断头台！至于我，随便你们怎么处置吧！

伊曼纽斯　（大吼）我们要用小火慢慢烤你！

西穆尔登　我同意。一个钟头之内，你们全体就会得到生命和自由，我是来救你们的，你们同意吗？

伊曼纽斯　西穆尔登神父，我们要把你当狗一样剥掉你全身的皮，不过你的皮怎能抵得上爵爷的脑袋，你滚吧！

西穆尔登　屠杀是很可怕的，最后一次，请考虑考虑吧！

伊曼纽斯　请考虑考虑我们的建议吧，我们把这里的三个小孩还给你们，你们让我们全体自由而安全地走出去，你们同意吗？

西穆尔登　全体也可以，除了一个人。

伊曼纽斯　哪一个？

西穆尔登　朗德纳克。

伊曼纽斯　爵爷！出卖爵爷！没有的事！

西穆尔登　我们要朗德纳克。

伊曼纽斯　绝不可能！

西穆尔登　我们只要他！

伊曼纽斯　那么开始进攻吧！

【朗德纳克显现在城堡窗口。

朗德纳克　是你，教士！

西穆尔登　不错，是我，奸贼！

【两束光打在朗德纳克和西穆尔登的脸上。

【郭文显现。

郭文　（坚定地）我们限你们二十四小时内无条件投降！

【城堡内的寂静。

郭文　明天，就在这时候，如果你们还没有投降，我们就要进攻了！

西穆尔登　（冷酷地）那时候就绝不饶命！郭文，城堡的弱点就在那座桥。

郭文　如果从这一边进攻，桥就会被焚毁。

西穆尔登　什么意思？

郭文　桥上的火会引着图书室，图书室里放着郭文家的家谱，如果把家谱烧掉，我就等于攻打自己的祖先。

西穆尔登　如果保存一座城堡，就是宽大的开始。

郭文　朗德纳克肯定会把三个孩子放在图书室。

西穆尔登　难道你想放弃对城堡的进攻？

郭文　不，我想从另一边碉堡的方向进攻。拉·杜尔格一边是野蛮的，就是那座城堡，另一边是文明的，就是那座图书室。

西穆尔登　我批准你从野蛮的一边炸开一个缺口。

郭文　拉杜会协助我从缺口进攻，老师，你负责城堡对面的高地。

西穆尔登　孩子，我必须和你在一起。

郭文　那太危险了，老师，你放心，我会采用一切方法防止敌人逃脱，我把包围圈缩小，把各个连队布置得像铁环似的互相扣着，没有任何人可以从当中穿过。

西穆尔登　我会把所有大炮的引线点燃，监视桥和山坳。

郭文　我还需要准备一架梯子。

西穆尔登　用来爬墙？

郭文　不，用来救孩子。

　　【两人隐。

　　【鼓声，号声，枪炮声，士兵喊杀声大作。

　　【浓烟弥漫。

　　【中层大厅显现。有两扇门，一扇雕花木门通楼下，另一扇小铁门通三楼图书室。

　　【伊曼纽斯与两个受伤的士兵用一个箱子顶住了雕花木门。

　　【伊曼纽斯点了点剩下的人数，连他只有七人了。

朗德纳克　朋友们，一切都结束了。

　　【六个人都看着朗德纳克。

朗德纳克　伊曼纽斯，请你最后代做一次神父吧！

　　【众跪下。

　　【共和军士兵用枪柄敲击木门的声音大作。

　　【伊曼纽斯用右手举起了十字架。

伊曼纽斯　你们每一个人高声忏悔自己的罪过吧，爵爷，请说。

朗德纳克　我杀过人。

叛军士兵1　我杀过人。

叛军士兵2　我杀过人。

叛军士兵3　我杀过人。

叛军士兵4　我杀过人。

**叛军士兵5** 我杀过人。

**伊曼纽斯** 我以上帝的名义宽恕你们！愿你们的灵魂平安离去。

**众** 阿门！

【朗德纳克站起来。

**朗德纳克** 现在，让我们死吧。

**伊曼纽斯** 也要继续杀敌人！

【敲击木门的声音伴随着共和军士兵的呐喊声越来越响。

**伊曼纽斯** 想着上帝吧，地上已经不是你们的世界了。

**朗德纳克** 是的，我们是在坟墓里。

【众垂头祈祷。

【箱子发出快散架的声音。

【突然，墙上的一块石头移动了，洞口出现一个人影。

**这个人的声音** 爵爷，我来了。

【众吃惊地看着这个人。

**朗德纳克** （惊喜地）是你，阿尔马罗！

**阿尔马罗** 是我，爵爷。你看，（指着转开的石头）我说过，石头是会转的，我们可以从这里走出去，不过要快点，十分钟以后你们就可以走到森林里了。

**伊曼纽斯** （激动地）上帝啊，万能的主啊！

**众** 你走吧，爵爷！

**朗德纳克** 你们先走！

**伊曼纽斯** 爵爷，你先走！

**朗德纳克** 我最后一个走。

**众** 爵爷先走！

**朗德纳克** 我们没有时间来表现宽宏大量了。你们都受了伤，我命令你们马上离开！快！利用这条暗道，谢谢你，阿尔马罗！

【阿尔马罗正在推那块石头。

59

阿尔马罗　爵爷，我们得快一点，这块石头不听话了，它关不上了！敌人看见洞口开着，就会追过来，现在我们一分钟都不能耽误，快走！

伊曼纽斯　从这里到森林需要多少时间？

阿尔马罗　一刻钟就够了。

伊曼纽斯　这么说，敌人一刻钟以后进来……

阿尔马罗　就无法追上我们了！

【又一阵巨大的撞门声。

朗德纳克　可是，五分钟之内他们就要进来了，一刻钟，谁能挡住他们一刻钟？！

伊曼纽斯　我！

朗德纳克　你？

伊曼纽斯　是的，爵爷，你听我说，我们六个人当中五个人受了伤，只有我没有。

朗德纳克　我也没有。

伊曼纽斯　你是领袖，爵爷，我是小兵。

朗德纳克　我知道，我们只是责任不同。

伊曼纽斯　不对，你和我有同一个责任，那就是救你！（对士兵们）兄弟们，现在最要紧的是缠住敌人，尽可能地拖住他们的追击，既然我没有受伤，我就能比别人拖的时间更长一些，你们快走吧，快送爵爷走！

【阿尔马罗催着大家走进洞口。

朗德纳克　（在洞口）等会儿见！（下）

伊曼纽斯　（轻声自语）我不希望再见，待会儿不会再见，因为我是要死的！

【伊曼纽斯透过砸坏的箱子向下面射击，共和军士兵被击中倒下的声音。枪声大作，共和军还击。

【伊曼纽斯被击中大腿。
【共和军士兵冲进木门。
【伊曼纽斯艰难地爬到铁门旁。
【共和军士兵射击,再一次射中伊曼纽斯。
【拉杜冲进了大厅,后面跟着郭文和西穆尔登。他们发现了洞口。

**拉杜** 妈的!他们跑了,化了,逃了,滚蛋了!一个人也没有了!

**伊曼纽斯** 还有一个人。

**拉杜** 哈哈,躺在地上的那个人,你是谁?

**伊曼纽斯** 我就是躺在地上的人,我嘲笑那些站着的人!

【伊曼纽斯用最后气力用火炬点燃了那条硫黄引线,倒下。
【拉杜跑至铁门边。

**拉杜** (大喊)引线着了,着了,烧起来了,烧起来了!

【黑暗中,只看见那条引线在向着三楼慢慢燃烧,闪耀着火花。

**郭文** 梯子!梯子!快拿梯子来!

**拉杜** 司令,梯子没有到。

**郭文** 刚才不是有辆送梯子的马车来了吗?

**拉杜** 马车送来的不是梯子。

**郭文** 它带来的是什么?

**西穆尔登** 断头台!

**郭文** 我的天!

【佛莱莎显现。
【引线已经点燃了图书室下面的干柴。
【佛莱莎上,发现图书室中的三个孩子,发疯似的哭叫。

**佛莱莎** 啊,我的天啊,我的孩子啊,那是我的孩子!救命啊!救火啊!救火啊!快来救火啊!难道没有人在这儿吗?我的孩子要烧死了!孩子!我的孩子!乔治特!亚伦!还有

61

雷尼！我的三个小天使，天哪，他们干过什么坏事呀，他们是纯洁的！我求求你们，快救救我的孩子吧！就算我是一条母狗，也应该可怜一条母狗啊！善良的圣母呀，天老爷把他们还给我，地狱的手又把他们抢去了！慈悲的耶稣，我要我的孩子呀，我不能让他们死！假如他们真的这样烧死，我就要杀掉上帝！救命！救火！快点呀，要不就杀死我吧！我的孩子，孩子，救救他们吧，要不就把我扔进火里去吧！（哭倒在地）

【几个共和军士兵在用斧子砍铁门，铁门纹丝不动，又用铁棍撬铁门，铁棍断了。

郭文　钥匙！钥匙！该死的钥匙！

拉杜　钥匙在朗德纳克侯爵身上。

郭文　（重重捶了一下那块石头）嗨！他从这里逃走了！

【朗德纳克从洞口钻出。

众　朗德纳克，他又从这里回来了！

【众吃惊地看着朗德纳克，呆住。

郭文　朗德纳克！

【朗德纳克镇静地掏出钥匙，打开铁门，走了进去。

【佛莱莎哭着在地上爬。

佛莱莎　（精疲力尽）我的孩子，我的雷尼，亚伦，乔治特……

【火势越来越大。

【三个孩子也发现了佛莱莎。

雷尼　（大叫）妈妈！

亚伦　妈妈！

乔治特　妈！

佛莱莎　孩子……

雷尼　我热，热极了！像烧一样！

亚伦　快来呀，妈妈！

**乔治特**　来,妈!

　　【火势卷向三个孩子。

**佛莱莎**　上帝啊,你发发慈悲吧!……

　　【突然朗德纳克出现在窗口,他从窗口放下一把梯子。

　　【众欢呼。

**拉杜**　(兴奋地大叫)共和国万岁!

**朗德纳克**　国王万岁!

**拉杜**　(喃喃自语)你爱喊什么就喊什么吧,你现在就是上帝!

　　【拉杜和士兵们爬上梯子。

　　【朗德纳克把亚伦交给拉杜,拉杜转交给下面的士兵,士兵接连传到地面。

　　【同样,雷尼也传到了地面。

　　【佛莱莎迫不及待地亲吻着她的孩子。

　　【最后,朗德纳克抱着乔治特出现在窗口。

　　【拉杜和士兵们退到地面。

　　【朗德纳克抱着乔治特一步一步从梯子上走下。

　　【朗德纳克把乔治特递给吃惊的郭文。

　　【佛莱莎从郭文手中接过乔治特乱吻一气,哈哈大笑,昏倒在地。

　　【西穆尔登走至朗德纳克背后。

**西穆尔登**　我逮捕你!

**朗德纳克**　(没有回头)我批准你逮捕我!

　　【灯暗。

63

## 7. 临时司令部

【接前场。
【傍晚,夕阳似火。
【临时司令部,原来郭文家族的客厅。
【墙上临时挂有共和国的三色旗,一侧朗德纳克的画像还没来得及取下。
【巨大的拉·杜尔格城堡背景。
【士兵们在城堡一侧组装着断头台。
【郭文沉思的背影。

**郭文** (突然转身)天哪! 在绝对正确的革命之上是不是还有一个绝对正确的人道主义?

【短暂的停顿。

**郭文** 我看到了什么! 看到了什么! 在激烈的内战中,在集中一切怨恨和复仇的动乱时代中,正当乱世达到最黑暗最疯狂的时候,正当罪恶放出它的全部火焰,仇恨发出它的全部黑暗的时候,正当斗争发展到一切都变成炮弹,正当混战激烈到这样的地步,使人再也不知道正义在哪里,诚实在哪里,真理在哪里的时候,突然间,一缕神秘的、伟大的、不朽的光线,在人生的光明和黑暗上面,放出了灿烂的光芒!

【传来三个小孩的欢笑声。

【郭文化身们围绕在郭文身旁。

**郭文1** 我看见了,我看见那三个出世未久的可怜的小生命!

**郭文2** 我看见了他们既不懂事,又被遗弃,又是孤儿,又没有人伴着他们,可他们胜利了!

**郭文3** 我看见为了犯罪而放的可耻的大火流产了,失败了!

**郭文4** 我看见那些残暴的阴谋被识破了,受挫折了!

**郭文5** 我看见摇篮战胜了枪炮!

**郭文6** 我看见纯洁战胜了罪恶!

**郭文7** 我看见童贞战胜了世故!

**郭文8** 我看见天使战胜了恶魔!

**郭文** 这是很自然的事,因为还没有开始生活的孩子没有做过坏事,他就是正义、真理、洁白,天上无数的天使在小孩子的身上活着! 从来没有在任何斗争中,能够像这次斗争一样清楚地看见魔鬼和上帝,这次斗争的战场是一个人的良心,那就是朗德纳克的良心!

**郭文1** 朗德纳克被包围了!

**郭文2** 被封锁了!

**郭文3** 他像马戏团的一头野兽一样被关起来了!

**郭文4** 被铁和火的城墙从四面八方团团围住了!

**郭文** 可他居然逃脱了!

**郭文5** 他自由了!

**郭文6** 安全了!

**郭文7** 再也抓不着了!

**郭文8** 前途无限!

**郭文** 可是,他自己又进来了! 他冒着危险! 他冲进大火! 他爬上梯子! 他自投敌营! 他为什么要这样做?

**众** 为什么? 为什么? 为什么?!

**郭文**　为了救三个孩子！他牺牲了自己的肉体却救赎了自己的灵魂，我们怎么办？怎么办？砍掉他的头颅吗？

**郭文1**　革命就必须冷酷吗？

**郭文2**　法律就没有宽恕吗？

**郭文3**　道德不就是舍身成仁吗？

**郭文4**　人性不就是自我牺牲吗？

**郭文5**　良知就不能为赎罪开恩吗？

**郭文6**　理性就不能向仁义投降吗？

**郭文7**　情感不是因为怜悯而更高尚吗？

**郭文8**　尊严不是因为善良而更荣耀吗？

**郭文**　在执行这个对于刽子手们是不名誉的刑罚的时候，人们将要看到这个人的脸上浮着笑容，共和国的脸却羞耻得通红！

**郭文1、2**　如果到目前为止他是一个野蛮的战士，

**郭文3、4**　帝制和封建制度的盲目拥护者，

**郭文5、6**　屠杀俘虏的人，

**郭文7、8**　被战争纵容的杀人凶手，

**郭文**　那我不怕他！不怕他！

**郭文1、2**　他随意把人处死，

**郭文**　我也处死他！

**郭文3、4**　他怀着深仇，

**郭文**　我也怀着深仇！

**郭文5、6**　他报复你，

**郭文**　我也报复他！

**郭文7、8**　他赤裸裸地拔剑刺向你！

**郭文**　那太简单了，我刺还他！可是他没有，他没有啊……一个杀人者，变成了一个救人者！上帝！天神！请告诉我！请告诉我！难道我要去杀一个救人的人吗？

郭文1　革命难道是要破坏人的天性吗？

郭文2　法律难道是要惩罚人的仁慈吗？

郭文3　道德难道是善的假面吗？

郭文4　人性难道是恶的根源吗？

郭文5　良知难道也会有残暴的弱点？

郭文6　理性难道也会有野蛮的漏洞？

郭文7　情感难道要使人道窒息？

郭文8　尊严难道要使人格蒙羞？

郭文　（抚摸三色旗）不！绝不是的！一七九三年的出现正是为了肯定这些崇高的现实，而不是为了否定它们！推翻封建堡垒，是为了解放人类；废除封建制度，是为了建立家庭。人类的王权是荒谬的，国王他没有权力来统治人民，因此帝制必须废除，共和国必须建立。但这一切到底是为了什么？是家庭，是人道，是革命。革命就是人民掌握统治权，归根结底，人民，就是人！朗德纳克已经回到人道的圈子里了，难道我要把他再推回去吗？……我该怎么办……怎么办……

【郭文陷入剧烈的矛盾之中。

郭文　不！不！（喃喃自语）我要救他……我要救他……

【传来《马赛曲》歌声。

【郭文化身们挡住了郭文。

众　可是，法兰西呢？我们的法兰西呢？！

郭文1　多少个日日夜夜，

郭文2　多少次激烈的战斗，

郭文3　多少个弟兄的牺牲，

郭文4　好不容易才换来今天！

郭文5　革命的巨手抓住了这个可诅咒的人！

郭文6　九三年的拳头拽住了这个保王党凶手的衣领！

67

郭文7　正义的时刻已经到来!

郭文8　人民将审判这个人民公敌!

【三个孩子的欢笑声又起。

郭文　（喃喃自语）可他救了三个孩子，无辜的孩子……

【《马赛曲》歌声压住了孩子的欢笑声。

郭文1　为了这一点小事，就把一切都还给他?

众　不能!

郭文2　还给他森林，让他用来进行叛乱?

众　不能!

郭文3　还给他自由，让他用来奴役他人?

众　不能!

郭文4　还给他生命，让他用来制造死亡!

众　不能!

郭文5　旺岱的战争又得从头打起，

众　不能!

郭文6　熄灭了的火焰又得重新燃烧，

众　不能!

郭文7　君主政治的棺材板又将盖在共和国上面，

众　不能!

郭文8　无辜的男、女、儿童又将卷入内战的旋涡!

众　不能!　郭文，不能呀，不能呀……

【众郭文化身把郭文团团围住。

众　而且，你!　你!　你!　你!　你自己会被送上断头台!

【一束光打在断头台上。士兵们在试着断头机，铡刀轰然落下。

【又传来孩子们的欢笑声。

郭文　（抬起头来看着断头台，大叫）不!

【众郭文化身定格。

郭文　你们谁，谁，谁，谁又能否定他的行为！他的克己精神！他的忘我精神！他的无私精神！怎么！在张开血盆大口的内战面前他居然表现出了人道主义！怎么！在低级真理的斗争中他居然证明了高级真理！怎么！他居然证明在王权之上，革命之上，人世的一切问题之上，还存在着人类博大无比的同情心，存在着强者对弱者应尽的保护责任，安全的人对遇难的人应尽的救护责任，老人对所有儿童应有的慈爱！怎么！身为一个将军，竟然放弃了战略、战争和复仇！怎么！身为一个保王党，竟然拿起一杆秤，一端放上法国国王，放上历时十五个世纪的君主制度，另一端放上三个无名的乡下小孩，而且认为这三个天真的小孩比国王、王座、王权和十五个世纪的君主政治更重！怎么！这一切都不算什么吗？怎么！做了这件事的人依然是一只老虎还要被人当作野兽来看待吗？……他高傲地救出了这三个孩子，却把难题留给了我，我该怎么办？怎么办？……

【灯渐暗。

## 8. 地牢

【紧接上一场。

【拉·杜尔格城堡的地牢。

【四周是坚硬的石壁。上方有一个小小的牢门,牢门口放有一盏灯,微弱的灯光映照在冰冷的地上。

【朗德纳克在来回踱步,他的身影在晃动。

【一声清脆的铁门声,牢门开了。

【郭文一只手拿起那盏灯走了下来。

【郭文把灯放在他与朗德纳克之间,灯光辉映着他们的脸。

**朗德纳克** 是你!(一阵狂笑)你好!先生!多少年来我一直没有运气跟你见面,想不到在这里你赏脸来看我了,我要谢谢你啊!告诉你,我已经等不及了,你的朋友们在浪费时间,什么验明正身,什么军事法庭,要是我的话,就爽快多了。哦,你到这里来就是为了这件事吗?你升官了吧!你要当刽子手了吧!祝贺你呀,尊敬的子爵先生!

【郭文一动不动地看着朗德纳克。

**朗德纳克** 你请坐,别客气,这儿是我的家,哦对了,也是你的家。你忘了吧,这里是我们家里的一间老房子,从前贵族用来囚禁贱民,现在贱民把贵族关在这里,这种愚蠢的把戏就叫作革命!哦,子爵先生,也许你已经不再知道一个贵族是什么样的了。那么，请看吧，我就是一个贵族！请你仔细看看，他是很少有的！他相信上帝，他相信传统，他相信家庭，他相信自己的祖先！他相信忠诚，相信节义，相信责任，相信法律，相信道德，相信正义！我还要告诉你，你姓郭文，你的血管里也流着贵族的血！真的，你的血和我的血是相同的！哦，你忘了，你忘了把我的鼻烟匣带给我了，我的鼻烟匣放在楼上的书房里，你小时候常常在那儿玩，我常常把你抱在我的膝盖上，你本应该成为这个城堡的主人的……（仿佛在回忆）那是一段多么温馨的时光啊……顺便说一句，请你代我问候西穆尔登院长。

【朗德纳克摸了摸口袋，仿佛在寻找鼻烟匣。

**朗德纳克** 哦，孩子，我不隐瞒我曾经千方百计想杀你，你也看见的，我曾经亲手一连三次把大炮瞄准你，这是一件很失敬的事，我承认，可是我们是在战争里，我的侄孙先生，一切都在火和血中，你们杀死了国王！好一个大时代！试想想看，假使伏尔泰被吊死，卢梭被送去当苦工囚犯，这一切就不至于发生了！啊！有才智的人是怎样的灾祸啊！我说，你们对这个君主政治谴责些什么呢？我年轻时也叫嚷过，我曾经和你一样蠢！不！不！我们不要舞文弄墨的人！只要有滥文人在东涂西抹，就会产生暗杀的凶手；只要有墨水，就永远有污点；只要有人拿着笔，那些毫无价值的言论就会产生残暴的行为！书籍造成罪恶，人们为了这些无稽之谈付出了多少代价啊！你们向我们高唱什么权利吗？人权！人民的权利！那是十分空洞，十分可笑，十分虚妄而且毫无意义的！什么人民！那些无赖，那些流氓，那些坏蛋！什么权利！是弑神和弑君的权利！这还不够丑恶吗！我真替你难过，我的尊敬的子爵先生，你是属于这个布列塔尼的高贵血统的，你和我的共同祖先是郭文·特·杜阿,他是法兰西贵族! 可是有什么用呢,你先生既是很荣幸地当了白痴,而且坚持要和我的马夫平等! 我曾经给你擤过鼻涕,你这流鼻涕的孩子,看来现在我还得给你擤擤鼻涕呢!

【郭文仍静静地看着朗德纳克。

**朗德纳克** (有点缓和)是的,很不错,我也同意,你们的某些进步是伟大的,你们在军队里取消了对醉酒兵士的刑罚;你们有限制物价的政策,有国民公会,你们把整个过去一笔抹去了,从巴士底狱到旧历都歼灭了,好啊,干得好,公民先生,做主人吧,统治吧,过舒服生活吧,尽情地享乐吧! 可是这一切并不能阻止宗教依然是宗教,王政依然在我们的历史上延续了十五个世纪之久! 法兰西的古老贵族,即使砍掉了头颅,依然比你们高贵! 看看你们! 你们真是些可怜的蠢货! 你们只会破坏,粉碎,摧残,毁灭,你们心安理得地充当残暴的野兽! (伤感起来)啊,你们不再要贵族了,好啊,你们以后再也没有贵族了,你们应该因此而哀伤,你们以后再也不会有骑士,再也不会有英雄了,再会吧,这些古代的伟大人物,再会吧! (激昂起来)可是让我们继续做伟大的人! 杀掉国王,杀掉贵族,杀掉教士,破坏,毁灭,屠杀,把一切放在脚下践踏,把古代的格言踩在你们的靴子底下,践踏皇座,踢倒圣坛,粉碎上帝,而且在上面跳舞,这是你们的事情! (轻蔑地)你们是卖国贼和懦夫,是不可能舍生取义和自我牺牲的。 我的话说完了,现在送我上断头台吧,子爵先生,我很荣幸地能做你的卑贱的仆人。

【朗德纳克高傲地抬起头背对郭文。

**郭文** (轻轻地)你自由了。

【朗德纳克急速转身。

**朗德纳克** 你说什么?

【郭文向朗德纳克走去,解开自己身上的司令官斗篷披在朗德纳克身上。

**朗德纳克** (震惊)你在做什么!

**郭文** (抬高嗓音)副官,给我开开门!

【一声铁门声。

**郭文** 我出去以后费心再把门关上。

【郭文把不知所措的朗德纳克推出牢门。

【又一声重重的铁门声。

【地牢的上方渐亮,是城堡底层的大厅,也就是临时的军事法庭。

【背景是巨大的三色国旗,前面放着三张椅子,中间坐着西穆尔登,右边是第一法官,左边是拉杜曹长,他是第二法官。

**西穆尔登** (大声)把地牢打开。

【两个宪兵打开地牢门。

**西穆尔登** 把犯人带上来。

【郭文从地牢门走上。

**西穆尔登** 郭文? 我说的是,把犯人带上来!

**郭文** 我就是!

**西穆尔登** 你?

**郭文** 对,我!

**西穆尔登** 朗德纳克呢?

**郭文** 他自由了。

**西穆尔登** 自由了?!

**郭文** 是的,自由了。

**西穆尔登** 逃跑了?

**郭文** 是的,逃跑了。

73

**西穆尔登** （悔恨）我应该想到的,这是他的城堡,他熟悉这里的一切,也许这地牢里就有一条通道,他可以不需要任何人的帮助就能逃走。

**郭文** 有人帮助了他。

**西穆尔登** 帮助他逃跑吗?

**郭文** 是的,帮助他逃跑。

**西穆尔登** 谁? 他是谁?

**郭文** 我。

**西穆尔登** 你?

**郭文** 我。

**西穆尔登** 你在做梦!

**郭文** 我来到了地牢,脱下我的斗篷披在他的身上,他代替我走了出去,我代替他留在了牢里。就这么简单。

**西穆尔登** 你没有做这种事!

**郭文** 我做了。

**西穆尔登** 不可能!

**郭文** 这是事实。

**西穆尔登** 把朗德纳克给我带来!

**郭文** 告诉你,他已经走了,士兵们看见我的斗篷以为他就是我,就放他过去了。

**西穆尔登** 你疯了!

**郭文** 我说的是实话。

**西穆尔登** （口吃起来）你,你知……知道吗……你这样做……应该被处……

**郭文** 死刑。

【西穆尔登仿佛受了沉重打击,半晌说不出话来。

**西穆尔登** （恢复了冷酷的样子,阴沉地）被告,你走过来。

【郭文走上前。

**西穆尔登** 你叫什么名字？

**郭文** 郭文。

**西穆尔登** 你是谁？

**郭文** 我是北海岸远征军的总司令。

**西穆尔登** 你和逃掉的人有什么亲戚关系吗？

**郭文** 我是他的侄孙。

**西穆尔登** 你知道国民公会的法令吗？

**郭文** 当然知道，因为是我签署的。

**西穆尔登** 那好，你可以挑选一个辩护人。

**郭文** 我自己为自己辩护。

**西穆尔登** 可以。

【郭文在沉思。

**西穆尔登** 你有什么话要说？

**郭文** 这样说吧，一件好的行为，离得我太近了，使我看不见一百件罪恶的行为；一边是一个老年人，另一边是几个孩子，这中间是我的责任。我忘记了那些被焚毁的村庄，被蹂躏的田野，被屠杀的俘虏，被残害的伤兵，被枪毙的妇女，我放走了祖国的凶手，我是有罪的。我这样说好像对自己不利，其实不然，我是在为自己辩护。因为一个有罪的人承认自己的错误以后，我就挽回了唯一值得挽回的东西，那就是，荣誉！

**西穆尔登** 这些就是你的全部答辩吗？

**郭文** 我还要加上一句，我既是司令官，我应当做出榜样，你们是法官，你们也应当做出榜样。

**西穆尔登** 什么榜样？

**郭文** 判我死刑。

**西穆尔登** 你认为这样公平吗？

**郭文** 不仅公平，而且必要。

**西穆尔登** 那好吧，我们表决。（对第一法官）第一法官，你先说吧。

**第一法官** （垂下头不看任何人）违反了纪律的必须受到惩罚，现在是违反了法律，法律比纪律更高。由于怜悯心发作，我们的祖国又被陷入危险之中，怜悯可以构成罪行。郭文司令放走了敌人朗德纳克，郭文是有罪的，我主张死刑。

**西穆尔登** 死刑。

**郭文** 你的意见很对，我谢谢你。

**西穆尔登** 请第二法官发言。

**拉杜** （站起，向郭文行军礼，大声地）要是这样的话，送我上断头台吧！说句良心话，我真愿意做那个老头做过的事，也愿意做我的司令官做过的事！你们想想，四个月以来，郭文司令对那些狗娘养的保王党穷追猛打，用军刀救了共和国，而你们却因为他做了一件只有最聪明的脑袋才能想出来的事而要把他的脑袋搬走！郭文公民，我也要对你说，你刚才说的都是蠢话！老头救孩子很对，你救老头也很对！如果把做好事的人都送上断头台，那我可不知道我们拼命到底是为了什么了！是要让人杀掉我们的长官？不！不能！我要我的长官！我要我的司令！我今天比昨天更爱他！如果真要有人死的话，那么，送我上断头台吧！

**西穆尔登** 你主张释放被告，是吗？

**拉杜** 我主张选他为将军！

**西穆尔登** 释放。现在是，一票死刑，一票释放，票数相等。

【所有人都看着西穆尔登。

**西穆尔登** （站起）被告郭文，军事法庭以共和国的名义，按照两票对一票的多数……

【静场。

**西穆尔登**　判处你死刑。

【全场震惊。

**郭文**　（向法庭行礼）我感谢法庭。

【卫兵把郭文押回地牢。

【拉杜晕倒在地。

【舞台上方灯急暗。

【一盏灯亮起。

【西穆尔登提着灯从牢门走下地牢。

【郭文在干草堆上睡着了。

【西穆尔登用灯照着静静地看着郭文。

**西穆尔登**　（心声）孩子，你知道吗，你就像我的儿子，我精神上的儿子！我看你长大，教你成人，如果有爱的话，我把我身上所有的爱都倾注在你身上了！你抚慰了我孤独的心灵，痛苦的灵魂，你是我的希望，我的延伸，我的造物主！我把我的信仰、我的意识、我的理想都灌输到你的血管里去了，可是我万万没有想到，你怎么会……怎么会……到了，我还是不理解你呀，我无法改变你的天性……仁慈的上帝啊……你饶恕我吧……

【郭文醒来。

**郭文**　啊，是你，我的老师！

**西穆尔登**　郭文！

**郭文**　（笑笑）我梦见死神吻我的手。

**西穆尔登**　孩子！你睡觉的样子跟小时候一模一样。

【两人对视。西穆尔登热烈的眼光和郭文恬静的微笑。

**郭文**　老师，我看见你脸上的伤痕了，那是你为我而受的，（深情地）你为我做了一切，老师！如果上帝当初没有把你放在我的摇篮边上，我现在会在什么地方呢，一定还在黑暗中！老师，假使我现在还有责任感，那也是从老师你那儿得来的！我生下来是被束缚住的，被偏见束缚住的，是你，是老师替我解除了那些束缚，把良心放在一个很可能发育不健全的形体里，使已经变成僵尸的东西恢复成为一个孩子！没有你，我长大了也很渺小，靠了你，我才能生存。我只是一个贵族，你把我造成一个公民；我只是一个公民，你把我造成一个有思想的人。

**西穆尔登** 你终于长大了，变成了一个英雄，一个军事领袖！我的理想实现了！在你的身上实现了！

**郭文** 老师，你使我作为一个人，能够适应人间的生活；作为一个灵魂，能够适应天上的生活！你给了我真理的钥匙，使我可以走进人间的现实世界；你也给了我光明的钥匙，使我可以走进天上的世界。老师！

**西穆尔登** 孩子！在我的想象当中，你披着光明的铠甲，前额闪着流星的光芒，展开正义、理性和进步的翅膀，高举着胜利之剑，你是一个天使，也是一个毁灭一切的凶神！要是这样，那该多好啊！

**郭文** 我的老师，是你创造了我！我的所有一切都是你创造的！我要谢谢你啊！老师！

**西穆尔登** 孩子，现在你要把他还给我了吗？你要让我亲手把这一切全都毁灭掉吗？那我还有什么？我活着还有什么？什么？（回到现实）孩子，我是来和你一起吃晚饭的。

【西穆尔登和郭文开始吃饭。

【可怕的宁静。郭文只顾吃面包，西穆尔登只顾喝水，前者内心平静，后者内心燥热。

【郭文打破了宁静。

**郭文** （轻松地）还有什么好遗憾的呢！我经历了九三年！多么

奇特而美丽的九三年！

**西穆尔登** 是啊，急风暴雨的九三年，生死搏斗的九三年！

**郭文** （渐渐激昂起来）我还要说，引以为傲的九三年！这一年虽然沸腾着前所未有的恐怖，但也酝酿着前所未有的进步！从这些混乱的暗影中，从这些骚动而奔腾着的云层中，射出符合神的意旨的灿烂的光芒！这些光芒留在地平线上，在人民的天空上永远可以看见！这些光芒就是正义，信仰，自由，仁慈，理性，真理和爱！它宣布贫穷应受尊敬，残疾应受尊敬，母性应受尊敬，儿童应受尊敬，无罪的人应受尊敬。它宣布普遍的道德是社会的基础，普遍的良心是法律的基础。所有这一切，奴隶制度的废除，博爱精神的提倡，人道的保障，人类良心的矫正，劳动法规的修改，国家财富的集中，儿童的教育和扶助，文学和科学的提倡，等等等等，将在人类历史上放射出灿烂夺目的光芒！是啊，九三年啊九三年，我看到了在野蛮的基础上，正在建筑文明的圣殿！

**西穆尔登** 是的，从这个暂时的野蛮里将要产生永久的文明。可是这个永久的文明是什么呢？你所说的一切是好的，但这一切都建筑在一个基础之上，这个基础比一切都重要而且在一切之上，那就是这条直线——法律！这是绝对的共和国！

**郭文** 我更爱的是，一个理想的共和国！啊，老师，你所说的共和国里有没有尽忠，牺牲，克己，恩恩相报和仁爱的地位呢？使一切保持平衡，是好的，使一切和谐相处，这就更好。比秤更高一级的还有七弦琴！你的共和国把人约束在度量里；我的共和国把人带到蔚蓝的天空里。这就是一条定理和一只鹰的区别！

**西穆尔登** 你迷失在云层里了。

**郭文** 老师你呢，迷失在计算里了。

**西穆尔登**　我所要的是数学家造成的人。

**郭文**　我吗,我倒情愿要诗人造成的人。

**西穆尔登**　诗? 不要相信诗人。

**郭文**　是啊,这种话我听得多了,不要相信清风,不要相信阳光,不要相信香气,不要相信花儿,不要相信星星。

**西穆尔登**　这一切都不能叫人填饱肚子。

**郭文**　思想意识也是一种养料,更高级的养料!

**西穆尔登**　不要说这种空洞的话,共和国就是二加二等于四,就是把每一个人应得的一份给他……

**郭文**　你还要把每个人不应得的一份给他。

**西穆尔登**　这是什么意思?

**郭文**　我的意思是指个人对于全体和全体对于个人的那种无限的互让,这就是整个社会生活!

**西穆尔登**　在严峻的法律之外,再没有别的!

**郭文**　还有一切!

**西穆尔登**　我只看见正义。

**郭文**　我呢,我看得更高。

**西穆尔登**　难道还有比正义更高的吗?

**郭文**　有的,那就是,公平!

【静场。

**西穆尔登**　你完全是在做梦。

**郭文**　什么事都是有可能的! 可能就像一只神秘的鸟,永远在人的头上飞翔!

**西穆尔登**　我们必须把它捉住。

**郭文**　你抓不住的! 我的想法是:永远前进! 如果上帝要人后退的话,他就会使人的脑后长着眼睛。我们必须永远朝着黎明、青春和生命那方面看。每个世纪都有它的使命,这一个世纪完成的是公民工作，下一个世纪将要完成的是人道工作。

**西穆尔登** （喃喃地）你走得真快呀。

**郭文** （微笑着）也许是因为我的时间太仓促吧。啊，我的老师，这就是我们两个人的乌托邦的差别。你要的是军营，我要的是学校；你梦想把人变成兵士，我梦想把人变成公民；你要他狰狞可怕，我要他成为一个思想家；你要建立一个掌握生杀大权的共和国，我要建立……（停顿，向往地）我要建立一个有才智的人的共和国！

【又一个静场。

**西穆尔登** 这简直是梦想。

**郭文** 不，是理想。我要大自然里所没有的东西，所缺乏的东西，比如纪念碑，艺术，诗歌，英雄，天才。永远背着重担并不是人类的规律。不，不，不，不要再有贱民，不要再有奴隶，不要再有苦工囚犯，不要再有罪人！我要人类的每一种特质都成为文明的象征和进步的主人，我要自由的精神，平等的观念，博爱的心灵！不！不要再有枷锁！人生下来不是为了拖着锁链，而是为了展开双翼，不要再有爬行的人类！我要幼虫化成蝴蝶；我要蚯蚓变成活的花朵，而且飞舞起来！我要……我要……

【一阵军号声打断了郭文的畅想。

【孤独的军号声继续。

【长时间的静场。

【郭文静静矗立，凝视着夜空。

【西穆尔登缓缓走出地牢。

【一阵沉重的铁门声。

【灯暗。

## 尾声　刑场

【翌日清晨。
【拉·杜尔格城堡的广场。
【阴森的城堡沐浴在晨曦中。
【前场的军号声继续，划破黎明的寂静。接着响起激烈的军鼓声。
【鼓声中一队士兵缓缓推上断头台。
【鼓声节奏慢了下来，但接续不断。
【西穆尔登端坐在城堡露台上的椅子上。
【一队鼓手上，鼓手后面是郭文，郭文后面是一队宪兵。
【郭文用手扯掉蒙住眼睛的黑布，向四周眺望。

**郭文**　你早啊！我的祖国！我的法兰西！你早！我的天空！我的大海！我的山峦！我的原野！你早啊你早！我亲爱的故乡！我亲爱的同胞！（深情地对古堡）你早！我的拉·杜尔格古堡！我儿时的家！（对断头台）还有你，你早！我的黑寡妇！我未来的家！哈哈！我要从这里走向那里，从过去走向未来，从出生走向死亡，是这样短！这样快！这样轻而易举！哈哈！想不到你们两个难兄难弟在这里相见了！是因为我你们在这里相见了！哈哈，黑寡妇，你笑了！你一定在笑我吧！笑我自作多情！自找苦吃！自投罗网！你笑了！你张开大口笑起来了！ 你很自豪你吞没过路易十六，吞没过玛丽王后，我敢说你还知道你将吞没投票同意杀死路易十六和玛丽王后的丹东，不久你还将吞没下令杀死丹东的罗伯斯庇尔自己！ 哈哈，你笑了，狰狞地笑了，开怀地放声大笑了！！ 但是不！ 你睁眼看看你的周围吧！ 看看你们周围的大自然吧！ 你们这两个人类创造出来的怪物忘记了大自然的存在，大自然是无情的，她不同意在人类的丑恶行为面前收回她的花朵，她的音乐，她的芳香和她的阳光；她用仙境的美丽和人间的丑恶的对比来折磨人类；她不肯开恩拿掉蝴蝶的翅膀，拿掉鸟儿的歌唱；人类不得不在残杀，复仇和野蛮行为进行的时候忍受那些神圣的美好东西的注视；人类无法逃避温和的宇宙的无限谴责，也无法逃避蓝天的深怀敌意的宁静；丑恶的人类法律不得不在永恒的美丽面前赤裸裸地现出原形；人类尽管破坏，毁灭，尽管杀人，但夏天仍然是夏天，百合花仍然是百合花，星星仍然是星星。 太阳仍然是太阳！ 看哪！ 太阳升起来了！ 升起来了！

【太阳升起。

【又一阵军号声。

【士兵们围住了断头台。

【郭文向断头台走去。

【郭文走到断头台前，解下佩刀交给刽子手。

【整个军队开始呜咽。

【郭文从古堡的墙缝里采下一支鲜花，把它插在断头台上。

【刽子手开始用绳子绑郭文。

【士兵们再也忍不住一起向着露台跪下大喊："开恩呀！ 开恩呀！"

【一士兵扔掉枪支，向着露台方向爬去。

**士兵** 我愿替他死！ 我愿替他死！

【全体士兵狂热地一再重复："开恩呀！ 开恩呀！"

【西穆尔登一挥手。

【士兵们停住呼喊。

**西穆尔登** （阴惨低沉一字一字地）执行法律！

【士兵们被震慑住了。

**郭文** （用尽全身气力大喊）共和国万岁！

【在铡刀落下之际，一声枪响。

【西穆尔登拔枪自杀，倒在了椅上。

【太阳冉冉升起，照耀着拉·杜尔格城堡和断头台，以及城堡上和断头台下的两具尸体。

【教堂钟声敲响。

【鼓声不断。

【幕缓缓闭。

【剧终。


初稿于 2003 年 6 月 25 日凌晨
二稿于 2003 年 12 月 16 日凌晨
三稿于 2004 年 1 月 25 日凌晨
四稿于 2004 年 11 月 19 日凌晨

话剧剧本

# 尘埃落定

根据阿来同名小说改编

## 剧中人物

傻子少爷　麦其土司家小儿子
老爷　　　麦其土司
太太　　　麦其土司太太
大少爷　　麦其土司家大儿子，傻子少爷的同父异母哥哥
茸贡卓玛　茸贡土司的女儿，后为傻子少爷的夫人
央宗　　　查查头人太太，后为麦其土司之妾
卓玛　　　傻子少爷女仆，后嫁给银匠
行刑人　　麦其土司家行刑人
书记官　　麦其土司家书记官
管家　　　麦其土司家管家
喇嘛　　　麦其土司家喇嘛
杀手　　　查查管家儿子
牧场卓玛　牧女，后为傻子少爷侍女
黄特派员　省军政府特派员
汪波土司
拉雪巴土司
茸贡土司
查查头人

查查管家

使者

偷种子贼

老鸨

仆人、百姓、奴隶、士兵、艺人、土司、妓女、神巫、白色汉人军官士兵等

# 场景

序　麦其土司家傻子少爷卧房
1　麦其土司家大院
2　罂粟地
3　麦其土司官寨
4　边界，温泉帐篷
5　麦其土司家
6　边境集镇
7　麦其土司家

# 序　麦其土司家傻子少爷卧房

【春天。　清晨。

【画眉鸟叽叽喳喳啼唱。

【一束阳光透过窗户打在麦其土司傻子少爷卧房里的丝绸被子上。

【这卧房处于麦其土司官寨的楼上，因此应该处于舞台的上方，下面是黑漆漆的一片。

【幕启时丝绸被子在蠕动。

【女仆卓玛从被子里挣扎钻出。

卓玛　傻瓜！可不敢告诉主子啊！

【傻子少爷从被子里坐起。

傻子少爷　不就是我抓了你的奶子，你亲了我一口吗！

卓玛　（赶紧堵住少爷的嘴）真是个十足的大傻瓜！（跑下）

傻子少爷　傻瓜？（揉揉眼睛）真的，到底谁是那个傻……傻瓜？是啊，我是一个傻子，在麦其土司的辖地上，没有人不知道土司第二个女人所生的儿子是一个傻子，那个傻子就是我！除了亲生母亲，几乎所有人都喜欢我是现在这个样子。要是我是个聪明的家伙，说不定早就命归黄泉，不能在这里瞎想了。土司的第一个老婆是病死的。我的母亲是一个毛皮药材商从汉人那里买来送给土司的。土司醉酒后就有了我，所以我就只好心甘情愿当一个傻子了。我是个傻子,而我的父亲是皇帝册封的辖制数万人众的麦其土司!所以侍女走了,我就会大声把她叫回来!卓玛!卓玛!我要卓玛!

【卓玛赶紧上。

**卓玛** (钻进被子)你嚷嚷什么呀,你这个……

**傻子少爷** 我要你在我身边嘛!

**卓玛** 少爷,太阳都照屁股了!快起床吧!太太要叫了!

**傻子少爷** 你管你躺着,太太才不会管我们呢!

【卓玛用被子蒙上脸。

**傻子少爷** (看看太阳,睁不开眼睛)太阳,哈哈,太阳,东面的汉族皇帝在早晨的太阳下面,西面的达赖喇嘛在下午的太阳下面,我们呢,是在中午的太阳下面靠东一点的地方,所以东面的皇帝把这块地方册封给了麦其土司。当然,皇帝封了好多土司,不止我们一家。前些天,父亲带着哥哥,哦,我还有个同父异母的哥哥,父亲带着他到省城去告我们的邻居汪波土司了。起先,父亲梦见汪波土司捡走了他戒指上脱落的珊瑚。喇嘛说这不是个好梦。果然,不久就有边界上一个小头人率领手下十多家人背叛了我们,投到汪波土司那边去了。父亲派人执了厚礼去讨还被拒绝。后一次派人带了金条,言明只买那叛徒的脑袋,其他百姓、土地就奉送给汪波土司了。结果金条给退了回来。还说什么,汪波土司要是杀了有功之人,自己的人也要像麦其土司的人一样四散奔逃。父亲无奈,从一个镶银嵌珠的箱子里取出清朝皇帝颁发的五品官印和一张地图,到中华民国四川省军政府告状去了。

【卓玛在被窝里唱起歌来。

**卓玛** (唱)罪过的姑娘呀,
　　　　水一样流到我怀里了。

什么样水中的鱼呀,

游到人梦中去了。

**傻子少爷** （继续）就这样,黄特派员带着一排政府军士兵赶来了,他们和我们的几百士兵拿着从军政府那里得来的快枪开拔到汪波土司的边境去了。嘭嘭,嘭嘭嘭,他们正在开战呢!嘭嘭,嘭……卓玛……你在咕哝什么……

**卓玛** （继续唱）

可不要惊动了他们,

罪过的和尚和美丽的姑娘呀!（大笑）

**傻子少爷** 你笑什么!

**卓玛** 傻瓜!罪过的和尚也要开战了呢!（笑又哭起来）

**傻子少爷** 她笑了又哭了,突然让我懂得了作为这块小小的土地上的王者之子是多么好的事情,也懂得了一个王者是多么地容易感到伤心。卓玛,你伤心啥呀?

**卓玛** 傻瓜,我这是高兴……

**傻子少爷** 她的泪水一下来,我就觉得心上的痛楚渐渐平复了。卓玛!（一下钻进被子,与卓玛抱作一团,继而钻出脑袋）在关于我们世界起源的神话中,有个不知在哪里居住的神人说声"哈"立即就有了虚空。神人又对虚空说声"哈"就有了水、火和尘埃。再说声那个神奇的"哈"风就吹动着世界在虚空中旋转起来。现在,我在黑暗中紧紧抱住了卓玛,也是非常惊喜地叫了一声"哈"!

**卓玛** （含糊不清）唔……唔……唔唔……

**傻子少爷** 一个水与火的世界,一个光与尘埃的世界就飞快地旋转起来了。今年,我十三,卓玛十八。十八岁的卓玛把我抱在她的身子上面。十三岁的我的身子里面什么东西火一样燃烧。

**卓玛** 你这个傻瓜，傻瓜！

**傻子少爷** 十三岁的我，大叫一声，哈！爆炸了！这个世界一下就没有了！去收拾汪波土司的人马一定也像我一样，哈！进去了！

【法号声大作。

## 1. 麦其土司家大院

【紧接上场。

【舞台下方大亮，是麦其土司家官寨前大院。

【鼓乐声大作。

【传来一阵阵马队放的排枪声。

【麦其土司太太正忙着指挥仆人、侍女准备迎接得胜回师的官兵。

【喇嘛们手持海螺与唢呐卖力地吹奏。百姓们手捧哈达低头敬畏地等候。

【鼓乐声大作。麦其土司陪着戴着墨镜的黄特派员和一队士兵上。

【土司太太带着一帮姑娘迎上。

【麦其土司向黄特派员介绍土司太太。

【黄特派员一挥手，一队士兵向麦其土司和太太齐刷刷行一个军礼，土司太太吓了一跳。

【黄特派员向土司太太送上绸缎、玉石和黄金。

【土司太太奉上一碗酒、一条黄色哈达。

【姑娘们也把酒和哈达捧到了士兵们手中。

【管家走到老爷身旁耳语。

**老爷** 把他带上来吧。

**管家** （喊着）把汪波土司的使者带上。

【卫兵押使者上，使者手中端着一个盖着黄布的铜盘。

【使者向老爷行礼，一手掀开了布。铜盘里是一只戴着银耳环的耳朵。

**傻子少爷** 我看见了，那只耳朵在盘子中跳了一下，那硕大的银耳环在铜盘中清脆地响了一声，我认出来了，那是叛徒头人的……

**老爷** 叛徒还没有死。

**使者** 你杀了我吧。

**老爷** 你想叫我背上不好的名声吗？

**使者** 你已经背上不好的名声了，你请了汉人来帮你打仗，已经坏了规矩，还想有好名声吗？比较起来，杀一个来使有什么关系呢！

**老爷** 我不要你的命，既然你们用一只耳朵来骗我，我也要你一只耳朵，叫你知道一个下人对土司该怎么说话。（拔出腰刀一挥，使者的一个耳朵掉落地上）

**黄特派员** 回去告诉你们老爷，就说省政府的黄特派员说了，麦其土司是拥戴政府的榜样，因此政府让他有了一支土司里面最先进的新式武器装备的队伍，让你们老爷好好学一学，半夜之前，把那人的脑袋送过来，不然，就要你们老爷的了。

【使者从容地从地上捡起自己的耳朵，吹去上面的灰尘，向土司鞠了一躬退下。

【大少爷押着俘虏上。

【傻子少爷下楼，在一侧看着。

**傻子少爷** 头人自知有罪逃了，留下的一家人代他受死，他们自以为聪明，以为押回麦其土司家就不杀他们了，他们太笨了，他们不知道麦其土司与别的土司不一样，我们不在战场上杀俘房,我们家几百年前就有了专门的行刑人。

【行刑人上。

**傻子少爷**　在这块土地上,只有三个人是世袭的,一是土司,二是行刑人,三是书记官。看,行刑人有遗传,就像是个专门要人性命的家伙,长长的手,长长的脚,长长的脖子……

【大少爷押着俘虏向麦其土司跪下。

**老爷**　是你们自己人留下你们代他受过,我也就不客气了。本来,那个叛徒不跑,你们的小命是不会丢的。(一挥手)

【俘虏哭喊着求饶。

【行刑人把他们押下。大少爷随下。

【一阵尖叫声。

**傻子少爷**　我看见了,行刑人手一挥,一阵刀光闪过,好几个脑袋就骨碌碌地在地上滚了,没有脑袋的身体好像很吃惊一样,直挺挺地立了好久,才转着圈倒在地上。我真纳闷,那黑糊糊的断脖子里怎么没有东西出来?都说人有灵魂,灵魂会升天,我怎么就没看见呢!奇怪!(向天空眺望)果然,那个叛变头人的脑袋也被割了下来,汪波土司还表示,因为战败,愿意把一块两倍于原来叛变的寨子的地盘献上作为赔偿。我们完全胜利啦!

【突然响起了欢呼声,人们开始喝酒唱歌跳舞庆祝胜利。

**傻子少爷**　(继续)酒坛一一打开,人们围着火塘喝起酒唱起歌跳起舞来,我却想起了留在官寨里的卓玛,想起她的气味,她的手,她的乳房……

【大少爷加入了舞队,牵住了一个姑娘的手,舞蹈节奏越来越快,很快进入了高潮,姑娘发出尖锐的欢叫声。

**傻子少爷**　她的叫声太夸张了,无非是要让大家都知道,她和尊贵的英雄跳舞是多么光荣和快乐。

【人们为大少爷欢呼喝彩。

【麦其土司一口干掉了手中杯子的酒,和身边的姑娘调起情来。太太装着没看见。

傻子少爷 (继续)只有父亲有点不高兴,因为一个新的英雄的诞生,就意味着原来的那个英雄他至少已经老了,虽然这个新的英雄是他自己的儿子,他不会不感到有些悲凉。

【大少爷发现了傻子少爷的目光,他放下姑娘,走出舞队,走到傻子少爷身旁。

大少爷 (从腰间摘下一把战利品腰刀递给傻子少爷,得意地)愿它使你勇敢。

傻子少爷 我知道他是在炫耀他的勇敢,(对大少爷)你杀人了?

【大少爷笑笑不语,握住了傻子少爷的手。

傻子少爷 我摸了摸他杀过人的手,那手是那样地温暖,不像是杀过人的样子。(对大少爷)你真的把那些人杀死了?

【大少爷用力握了一下。

傻子少爷 这下我真的相信了他真的是杀了人!

大少爷 将来你也会的!(说着回到舞队又牵起另一个姑娘的手,跳舞下)

【麦其土司指挥仆人扛来一箱银元并带来舞队中的几个姑娘。

老爷 (对太太,向黄特派员方向示了下眼色)还是你去,我是弄不懂汉人的心思的,还是你去办这件事吧。

【土司太太示意把银元抬到黄特派员面前,姑娘们立即向士兵们敬酒。

太太 黄特派员,多亏了您和兄弟们,看,政府军还没怎么施展呢,那个汪波土司就乖乖地磕头求饶了!这点小意思,还望笑纳。

【黄特派员眯着眼直盯着姑娘们。

97

黄特派员　哪里哪里，姑娘嘛，既然麦其土司一番心意，就留下吧，银元你收回去，我们政府来帮助你们夷人可不是为了银子，而是为了五族共和，为了中华民国的国家秩序来的。姑娘嘛，也是考虑到这化外之地这种事情无关风化才不驳你们面子……哈哈……哎，太太，听说你是汉人啊？

【土司太太没有反应。

黄特派员　（低声）啊，以后我们好多事情就要仰仗你了。说不定哪一天，这里就不是夷人的地盘，而是你的封地了。

太太　（变色）不要说封地，要是你们军队不抢光我父亲的铺子，我也不会落到这步田地。

黄特派员　那好办，我们可以补偿。

太太　人命也可以补偿吗？我的父母，两条人命啊！

黄特派员　（自我解嘲）哈哈，太太真是女中大丈夫！佩服佩服！（扶着姑娘的肩膀打起哈欠）哎呀，诗意来了！我要写诗去了！（搂着姑娘下）

【士兵们与姑娘们同下。

老爷　（对太太）他跟你在说些什么？鬼鬼祟祟的！

太太　他说他要写诗了！

老爷　写诗？（不理解）跟姑娘写诗？妈的假正经！

太太　银子退回来了。

老爷　你说那家伙脑壳里到底在想什么？

太太　我怎么知道！

老爷　你当然知道你们汉人脑壳里会想些什么！

太太　我又什么地方得罪你了！

老爷　嘿嘿！我对那个家伙吃不准嘛！仗是打赢了，可接下来……

太太　你以为他来干好事啊，告诉你，请神容易送神难！

**老爷**　那该怎么办？怎么办？

**太太**　你问我我问谁？

　　【傻子少爷出现在一旁。

**傻子少爷**　我知道怎么办，但我不说。

**老爷**　叫少爷！叫少爷！

**太太**　（把傻子少爷推到麦其土司面前）少爷不是在这儿嘛！

**老爷**　（瞪了一眼）我叫你叫少爷去！

**傻子少爷**　他大叫着要人去找他的儿子，好像我不是他的儿子！

**老爷**　叫他马上来！马上！

　　【书记官上。一队喇嘛头戴面具表演金刚神舞上。

**书记官**　老爷，大少爷正在跳神舞呢。

**老爷**　叫演戏的和尚们去演戏，叫他回来学着做一个土司！

**书记官**　不知是哪个呀，都戴着面具，妖魔和神灵正在打仗呢！

**老爷**　给我停下！

**书记官**　不行啊，不能停，那会违背神的意志的啊！

**老爷**　神？

**书记官**　戏剧是神的创造，是历史和诗歌，是不能停下来的！

**老爷**　（把一杯酒泼在侍女身上）他以为只要会打仗就能治理好一个国家吗！

**傻子少爷**　父亲把他的领地当成国家了，土司是汉人的叫法，在我们的语言里，叫"嘉尔波"，是古代对国王的称呼，所以并不表示他真的认为自己统治了一个独立的国家，我倒有点可怜起父亲来了。（去拽麦其土司衣袖）

**老爷**　（甩开傻子少爷）你怎么不去唱戏！难道你还想学会治理一个国家？！

**太太**　（冷冷地）未见得我的儿子就不行！

**老爷**　好了好了，你又来了！我是想叫大少爷来商量一下怎么请那个家伙走路,你想到哪儿去了!

【神舞下。

**老爷** (看着神舞下去,摇头叹气)咳,还得我自己去!

【麦其土司正欲下,黄特派员复上。

**黄特派员** 太太,你听听,听听!

(吟诗)春风猎猎动高旌,

玉帐分弓射房营。

已收麦其云间戍,

更夺汪波雪外城。见笑见笑!

**老爷** (态度变得谦恭起来)好诗好诗!

**傻子少爷** 我敢保证父亲一个字也没听懂!

**老爷** 叫我怎么感谢政府和特派员呢?连一点小小的意思都不肯收下。

**黄特派员** 我本人是什么都不会要你的,至于政府嘛……

**老爷** 特派员尽管说。

**黄特派员** 其实也没什么。(一挥手)

【一士兵拿来一只口袋。黄特派员从布袋里抓出一把细小的种子。

**老爷** 那是什么?

**黄特派员** (让种子漏过手指流回口袋)你有这么广大的土地都种粮食能吃完吗?

**老爷** (又得意又为难)每年都有一批粮食在仓库里霉烂呢!

**黄特派员** 你们的银子也像粮食一样多吗?多到在仓库里慢慢烂掉也没人心疼?

**老爷** 银子是不会嫌多的,银子不会腐烂。

**黄特派员** 那就好办了,我们不要你的银子。只要你们种下这些东西,收成了我们会用银子来买。你就用汪波土司献上的那几个寨子的土地来种就够了。

**老爷** 这是什么东西？真能换银子？

**黄特派员** 好东西！（又一挥手）

【一士兵递上烟枪。

**黄特派员** 就是这个。

**老爷** 什么？

**黄特派员** 大烟！你试试！

**老爷** （疑惑地摇摇头）不不不。

**黄特派员** 这可是好东西呀，你没看见我一刻也离不开它吗！在我们那儿非常值钱。

**老爷** 真的吗？

**黄特派员** 政府怎么会骗你！

**老爷** 那特派员一直要等到秋收吗？

**黄特派员** 老弟，你放心！我怎么会待在这儿不走呢！我知道你巴不得我明天就滚呢，对吧！

**老爷** 怎么会怎么会！特派员想待多久就待多久，特派员你是了解麦其土司的，政府的事我们怎么敢不听，麦其土司的一切还不都是政府给的，再说，这还不是政府为我们好！你就放心走吧！

**黄特派员** 那好，咱们秋天见！（把烟枪递给土司太太）太太，这个就留给你做个纪念吧！

【土司太太接过烟枪把玩，麦其土司有点嫉妒。

**黄特派员** （看见傻子少爷）小家伙，过来。

【傻子少爷走到黄特派员身边。

**黄特派员** 长得跟太太很像啊，（拿出望远镜）这个就给你了。

【傻子少爷接过。

**太太** 还不快谢谢特派员！

黄特派员　　来来来,我们来照张相留作纪念吧。

【一士兵搬出照相机,麦其土司终于叫来了大少爷,一家排好座位。

傻子少爷　　(拿起望远镜看)我看见了! 我看见了! 我看见卓玛的大奶子了!

老爷　　(呵斥)我都不能看见什么,难道一个傻子能看见吗?

傻子少爷　　我当然看得见,我什么都能看见,不仅今天,还有明天,我全部都看见了。但我不敢说出来,因为我确实不知道自己看见了明天的什么。

【啪的一响,照相机一阵白烟,众定格。

【灯光急聚在傻子少爷身上。

傻子少爷　　这就是我们麦其土司历史上的第一张照片,照相术进到我们的地方可真是时候,好像是专门要为我们的末日留下清晰的画图,刚才我的父亲那样不可一世,我的母亲那样野心勃勃,可是啪的一响,全都变得那么不死不活的呆板,好像命中注定了是些将很快消失的历史人物。

【灯渐暗。

## 2. 罂粟地

【几个月后。 夏天。
【漫山遍野的罂粟花怒放，灿烂而壮观。
【一群姑娘边跳舞边唱歌。

歌声　　啊，请你往上看，
　　　　那里有什么好景色，
　　　　那里是一座尊胜塔。
　　　　啊，请你往中看，
　　　　那里有什么好景色，
　　　　那里有背枪的好少年。
　　　　啊，请你往下看，
　　　　那里有什么好景色，
　　　　那是美丽的姑娘穿绸缎。

【歌声中，傻子少爷在一旁显现，手里拿着望远镜。

傻子少爷　　罂粟开花了，开得那么灿烂，那么壮观，漫山遍野，铺天盖地，那么美，那么撩人，我们都让这种第一次出现在我们土地上的植物给迷住了！（掏出望远镜看）看哪，看哪，看那一片红云般疯狂生长的花海，风正在轻轻亲吻着花浪，而翻滚的花浪下面，有多少罂粟正在被折断，断茎上正在流出白色的乳浆，醉人的口弦随风飘来……

【罂粟田里正在进行着疯狂的游戏。

【女人们把一个男人摔倒在地,撩起长袍脱去宽大的裤头,男人们则扒掉姑娘们的衣衫,让她们在晴朗的天空下袒露美丽的胴体。

【卓玛跑上,从背后抱住了傻子少爷。

**傻子少爷** 卓玛!卓玛!卓玛从背后把我紧紧抱住,我用头靠住她丰满的乳房,而田野里是怎样如火如荼的花朵啊,美丽的侍女把她丰满的身子紧紧贴在我背上,呼出的湿热的气息撩拨得我心痒难忍,我只感到漫山遍野火一样的罂粟花,热烈地开放到我心房上来了!(继续看望远镜)

【麦其土司在查查头人的领地里野餐。头人太太央宗殷勤地在给麦其土司斟酒。央宗放肆地与麦其土司调笑。

**查查头人** (对央宗)喂,你不是头痛吗,快回家休息去吧!

**老爷** (对查查头人)你女人也爱头痛?我看不像,我那女人头倒是常常痛。(对央宗)你的头痛吗?

**央宗** 嘿嘿……(抿着嘴笑嘻嘻不答话)

**老爷** (盯着央宗)要是真痛的话我来给你治……

**央宗** (撒娇)不……痛……

**查查头人** 该死的……

**老爷** 查查你不要不高兴,看看你的女人是多么漂亮啊!

**查查头人** 土司要不要休息一下,我看你有点不清醒了。

**老爷** (哈哈大笑)是有人不怎么清醒了!

**傻子少爷** 那个罂粟花怒放的充满诱惑的夏天啊!父亲比往常有了更加旺盛的情欲。父亲和查查头人的太太一会面,就相拥着一头扎进了疯狂生长的罂粟地。风吹动着新鲜的绿色植物,罂粟们就在天空下像情欲一样汹涌起来。

【传来口弦声。

傻子少爷　父亲的新欢还会拨弄口弦，丝线在竹腔里振动的声音从远处随风飘来。

【一侧，央宗吹着口弦在撩拨麦其土司，麦其土司在追逐央宗。

傻子少爷　我那重新又焕发了爱情的父亲只感到大地在身下飞动，女人则在他身下快乐地大声叫喊。

【随着傻子少爷的望远镜的移动，出现以下镜头。

【麦其土司和查查头人太太消失在花丛中。他们的调笑做爱声响在以下场景中时隐时现。

【渐隐。

【另一侧显现查查头人和查查头人管家。

查查管家　（掏出匕首）那件事头人打算怎么办？

查查头人　（摘了一朵罂粟花）这东西真能换到银子吗？

查查管家　土司说会就会。

【传来土司与央宗的喘息声。

查查头人　我想土司是疯了，不疯的人不会种这么多不能吃的东西。他疯了。

查查管家　你不想把这疯子怎么来一下？

查查头人　嗯？

查查管家　比如就把他干了！他明摆着要抢你老婆，你又不愿意让给他，那你怎么办？

【央宗的欢叫声。

查查头人　你是想叫我造反？像投降汪波土司的那个头人？（痛苦地）不！不！

查查管家　那你就只有死了。要是你造反我就跟你造反。不造反，我就对不起你了。土司下了命令，叫我杀死你。（没等查查头人说话当胸就是一刀）

【查查头人倒下。

【渐隐。

【麦其土司与央宗的调笑声越来越响。

**傻子少爷** 这声音传进官寨，竟然在这堡垒似的建筑中激起了回响，所有人都把耳朵堵上了，只有我那可怜的母亲，双手紧紧捧住自己的脑袋，好像那快乐而放荡的声音是一把锋利的斧子，会把她的脑袋从中劈开一样。

【一侧显现麦其土司太太。土司太太太阳穴上贴满大蒜片，哼唧哼唧在吸鼻烟。卓玛在一旁服侍。

**太太** 疼死了！疼死了！

**卓玛** 太太可好点了。

【又传来麦其土司与央宗的调笑声。

**太太** 好个屁！你看这样我能好吗！不会好的，我要被气死了！

**傻子少爷** 查查头人是父亲叫人打死的，不怪那个女人！

【央宗放荡的傻笑声。

**太太** （大哭）傻瓜呀傻瓜，你这个不争气的大傻瓜呀！你妈被人欺负了你还帮人说话呀！我怎么那么命苦呀，我没法活了呀！……

【土司太太的哭声与央宗的笑声像两个声部的交响乐。

【突然土司太太停住啼哭。

**太太** 管家！管家！

【管家上。

**管家** 有什么事太太尽管吩咐。

**太太** 既然他可以杀死自己的主人，那么就叫他顺便也把主人太太捎带了吧，免得查查在阴间寂寞。

**管家** 是！

**太太** 慢！等他把那骚女人干掉，你再把他给我干掉！

**管家** 是！（下）

傻子少爷　阿妈，叫我去吧。他们害怕阿爸，他们不敢杀死央宗。

太太　（笑出声来，把傻子少爷搂在怀里）你这个傻子呀！

【土司太太紧紧抱住傻子少爷又哭起来。

【大少爷上。

【土司太太擦干泪水，端坐起来。

大少爷　弟弟又怎么了？

太太　你弟弟又犯傻了，我骂他几句。

【大少爷怜悯地摸摸傻子少爷的脑袋，傻子少爷躲开。

【傻子少爷躲到卓玛身后，使劲在卓玛的大腿上掐了一把，卓玛尖叫着逃开。

太太　（对大少爷）看看他那个样子吧，以后，我们不在了，你可要好好对待他呀！

大少爷　（向傻子少爷招手）过来，过来。

【傻子少爷走近大少爷。

大少爷　你也喜欢姑娘？

傻子少爷　我没有回答。因为我不知道他要肯定还是否定的回答。

大少爷　我看你是喜欢的！

傻子少爷　（大声）我——喜——欢——卓——玛！

【大少爷大笑。

【土司太太与卓玛也大笑着隐去。

【麦其土司与央宗的喘息声越来越急。

【大少爷与傻子少爷走向罂粟田。

大少爷　（突然）你真敢杀人？

傻子少爷　（点点头）他真是个好兄长，希望我也能像他一样勇敢。

大少爷　（把枪塞到弟弟手上）你想打死哪个就打死哪个，不要害怕。

107

**傻子少爷** （接过枪）枪一到我手上，我就把眼下正在发生的一切都看在眼里了，看清了罂粟丛中的所有勾当。若要问我到底看到了什么，我肯定不能说出来，但我确确实实把什么都看到了。（举枪瞄准）

【查查管家从罂粟丛中跑出。

**查查管家** （大叫）查查谋反了！查查谋反了！

【傻子少爷扣动扳机，嘭的一声，查查管家倒下。

【麦其土司与央宗的喘息声几乎到了高潮。嘭！傻子少爷朝着声响方向又开了一枪。

【麦其土司一手拽着央宗，一手挥舞着来不及系好的黄色腰带从罂粟花中钻出，熊一样咆哮。

【大少爷急忙抓住傻子少爷的手腕，接下来的几发子弹都打到了天空中。大少爷赶忙把枪插在腰间。

【麦其土司来到大少爷和傻子少爷面前，不问青红皂白就给了大少爷一个耳光。

**傻子少爷** 不是哥哥，是我打的。

【麦其土司看看傻子少爷又看看大少爷，大少爷点点头。

【麦其土司从大少爷腰间取下手枪。顶上火，递给傻子少爷。

【傻子少爷接过枪，一甩手就朝躺在地上奄奄一息的查查管家又开了一枪。

【央宗尖叫，傻子少爷又开了一枪，查查管家死去。

**老爷** （干笑）哈，连我的傻瓜儿子都有这么好的枪法，就更不说我的大儿子了。（把央宗推上前）看吧，等央宗再给我生个儿子，你们三兄弟天下无敌！哈哈……（踢了踢查查管家的尸体）我是想让他做查查寨头人的，他没福气。（突然想到）傻儿子哎，是谁叫你打死他的？

**傻子少爷** 看父亲这样痴痴地看着我，我怎能让他失望呢！（得意地）是阿妈! 是阿妈说等他把央宗杀了以后再杀他的,咳! 我没等他杀央宗就先下了手!

【众吃惊。 沉默。

麦其土司　好啊,(对央宗)既然这样,我只好带你回官寨去,免得又有什么人打了主意来杀你。 走! 咱们回家!

【麦其土司带着央宗,仆人们拖着尸体回官寨。

傻子少爷　就这样,母亲深恨着的央宗顺理成章地进了麦其家的大门。 有人说,是我这个傻子给了父亲借口,叫他把野女人带进了家门,说这话的人比我还傻,一个土司想叫一个女人到自己床上来还需要什么借口吗? 我们一行人回官寨去的时候,给人倒拖着的死人脑袋在路上磕磕碰碰,发出一连串叫人不太舒服的沉闷声响。

【夕阳西下。

【麦其土司太太盛装带领书记官、管家、侍女显现,静静地看着麦其土司与央宗。

【双方对峙。

傻子少爷　母亲知道这一天终于来了。 对于一个女人来说,这是无可逃避的一个日子。 她穿上美丽的衣服来迎接这个日子。 这个曾经贫贱的女人,如今已出落成一个雍容而高贵的妇人。 她看着父亲领着新欢一步一步走向官寨,也就等于是看见了寂寞的后半生向自己走来。

央宗　(不敢看土司太太,颤抖地对麦其土司)求求你,放了我,我要回自己的家。

大少爷　那你就走吧,反正有许多人在路上等着想杀死你。

央宗　不会的,他们怎么会杀我?

大少爷　你想想,现在人人都以为是你要做土司太太才叫查查头人死于非命的!

**老爷**　你是怕那个人吧！ 不怕，不要怕她，我不会叫她把你怎么样的。（继续拽着央宗朝土司太太走去）

【人们排队经过一脸茫然的死尸前，每个人都按照规矩对着死人的脸啐上一口。

【突然，一个少年跪倒在尸体旁。

**杀手**　老爷，你让我看看你好吗？

【众凝视着少年。

**老爷**　你是谁？

**杀手**　我就是边上那个人的儿子。

**老爷**　你胆子倒不小，还敢来找我！ 本该把你一家都杀了，不过你还是逃命去吧。 要是三天后还在我的领地里就别怪我无情了。

**杀手**　老爷，你再走近些，让我看看你的脸，我好记住你的样子！

**老爷**　（一惊）你是害怕将来杀错人吗？（往前走了两步）好，好好看一看吧！

**杀手**　谢谢，我已经看清楚了！

**老爷**　（大笑）小孩，要是你还没来，我就想死了，可以不等你吗？

【黑暗中已空无一人。 远处却燃起了熊熊烈火。

**傻子少爷**　少年走了，刚属于麦其土司的查查寨子里火就烧起来了，那熊熊的烈火就像刚刚落下去的夕阳。 火是那少年的母亲放的，她没有跟那少年逃跑，而是自己跳到大火里去了。 死相很难看，女人在火中和她的诅咒一起炸开，肚子上的伤口就像一朵漂亮的罂粟花……罂粟花……真漂亮……那复仇的诅咒就像黑夜中的阴魂一样夜夜缠绕着麦其官寨，久久不散……

【灯渐暗。

## 3. 麦其土司官寨

【几个月后。

【黄昏,天黑时。

【麦其土司卧房内一片黑暗。

【偶尔有微弱的灯光亮起,那是麦其土司和太太的鸦片灯。

【黑暗中傻子少爷的叙述。

**傻子少爷** 白色,只要看看土司辖地上,人们的居所和庙宇,就会知道我们多么喜欢这种纯粹的颜色了。门楣、窗棂上,都垒放着晶莹的白色石英;门窗四周用纯净的白色勾勒。高大的山墙上,白色涂出了牛头和能够驱魔镇邪的金刚等等图案;房子内部,墙壁和柜子上,醒目的日月同辉、福寿连绵图案则用洁白的麦面绘制而成。而我,现在,我又看见另一种白色了。黑暗中我看见一种白色,浓稠的白色,一点一滴,从一枚枚罂粟果子中渗出,汇聚,震颤,坠落。罂粟挤出它白色的乳浆,就像大地在哭泣。它的泪珠要落不落,将坠未坠的样子,挂在小小的光光的青青果实上无语凝噎。它被人刮进了牛角杯里,然后倒进了铁锅,由黄特派员派来的人熬制成一种黑色的灵药。多么美妙的白与黑的结晶啊,只要有一点点钻进鼻子里,一下子就叫人飞到天上去了。你看,麦其土司,伟大的麦其土司,用一种前所未有的美妙的东西把人们解脱出来了,忘记了尘世的苦难，也忘记了此时此刻的自己。

【卓玛把灯点亮，突然发现在黑暗中发呆的傻子少爷。

**卓玛** 啊！少爷！你也会自个想东西了！

**傻子少爷** 我仍然望着刚黑的夜空，没有回过身去理她。

**卓玛** （对土司太太）太太，我看少爷今天特别像一个少爷，照这个样子，将来是他当麦其土司也说不定。

**太太** （放下烟枪）什么不知深浅的话！（很受用）这话也是你说的吗？

**老爷** 什么话不知深浅？

**太太** 两个孩子说胡话呢。

**老爷** 什么胡话，我倒要听听。

**太太** 你不生气我才说。

**老爷** 讲！

**太太** 那死丫头说，看你小儿子那个样子，将来是他当麦其土司也说不定。

**老爷** （大笑，对傻子少爷）我的儿子，你想当土司吗？

【卓玛躲到麦其土司背后直向傻子少爷摇手。

**傻子少爷** （大声）想！

**老爷** 好啊！哎，不是你妈叫你这样想的吧？

**傻子少爷** 不是！就是她不准我这样想。

**老爷** （看了土司太太一眼）我宁愿相信一个傻子的话，有时候，聪明人太多了，叫人放心不下。（对傻子少爷）你想是对的，母亲不准你想也是对的。

**太太** 卓玛，少爷该睡觉了。

【卓玛与傻子少爷慢慢从楼梯往上走向自己卧房。

**卓玛** （抓住傻子少爷的手放在自己胸上）少爷你吓死我了，你呀，傻人有傻福。

**傻子少爷**　我才不傻呢,傻子不会想当土司。

【遇上书记官。

**书记官**　是的少爷,麦其家的祖先曾经说过,要做一个统治者,做一个王,要么是一个天下最聪明的家伙,要么,就干脆是一个傻子。

**傻子少爷**　那么你认为我是聪明人呢,还是傻子呢?

**书记官**　那要等少爷当上了土司才知道。(下)

**傻子少爷**　可是我现在,宁愿做一个傻子,哥哥会对我很好,因为他无须像前辈们兄弟之间那样,为了未来的权力而彼此防备,哥哥因我是傻子而爱我,我也因为是傻子而爱他,父亲少了许多烦恼,唯一感到痛苦和绝望的是我母亲,因为三太太央宗怀上了父亲的孩子。

【显现傻子少爷卧房。

【傻子少爷拉着卓玛进屋,他们在床上躺下,傻子少爷躺在卓玛怀里。

**傻子少爷**　那天晚上我就在卓玛的双乳间睡着了。我做了一个白色的梦,我梦见白色汹涌而来,只是看不清源头是女人的乳房还是罂粟的浆果,白色的浪头卷着我的身体漂了起来,我大叫一声醒了……

【卓玛从背后抱住傻子少爷。

**傻子少爷**　我是真傻,还是在装傻?(抓住卓玛的手)卓玛,你告诉我,告诉我!

**卓玛**　傻瓜,傻瓜,你这个小傻瓜啊……

**傻子少爷**　卓玛,我现在只有你了,你抱紧我,抱紧我……我想要……我想要……

**卓玛**　不,不,(挣脱,突然跪在傻子少爷面前)少爷,银匠向我求婚了。

**傻子少爷** 不不,为什么人人都要离开我呀!

**卓玛** (跪着扑向傻子少爷)少爷! 少爷!

**傻子少爷** (流泪)我……我舍不得你呀……

**卓玛** (也呜咽起来)虽然少爷是个傻子,但服侍一场能叫傻子流泪也就知足了。

**傻子少爷** 可是我真的舍不得你呀。

**卓玛** 你舍不得我不过是因为你还没有过别的女人,我不能跟你一辈子,到你真正懂得女人的时候,就不想要我了。

**傻子少爷** 那你说,现在我是真懂女人还是不懂?

**卓玛** 你还是个傻瓜呀! (哭着离开)

**傻子少爷** 我看见银匠背着卓玛走了,走进了放满银器的白色的银匠工房,白花花的银子之间立刻传来了卓玛和银匠的欢笑声。我突然感悟到了刚才白色的梦的含义,难道将给我带来好运吗? 带来新的女人和更多的银子吗? 事实上也是如此,黄特派员用白花花的银子换走了白花花的浆果制成的黑药,而白花花的银子引起了周围土司们的眼红想得到白花花的种子也种出白花花的浆果去换白花花的银子……白色并没有带来好运却带来了白花花的战争:罂粟花战争。

【显现书记官。

**书记官** 少爷,我记下了,罂粟花战争。

**傻子少爷** 罂粟花战争?

**书记官** 是的,少爷说了。

**傻子少爷** 真的吗?

**书记官** 真的,南方的边界上,为汪波土司效力的大批神巫正在聚集,他们要实施对麦其家的诅咒了。

【一侧,显现汪波土司神巫们正在作法。

**傻子少爷** 嗯,明白了,汪波土司诅咒了我们的罂粟,作法要使我们的罂粟在生长最旺盛的时候被鸡蛋大的冰雹所倒伏。

【显现蓝天飘着白云。

**傻子少爷** （看着天空）可是天气十分晴朗，大海一样的蓝色天空飘着薄薄的白云，白云可是吉祥的云彩啊！

**书记官** 汪波土司的神巫就是想尽办法想让白云变成乌云，带上巨大的雷声，长长的闪电，还有数不清的冰雹，飘向麦其土司。

【汪波土司的神巫们卖力地作法，白云真的开始变色，慢慢移动。

【一侧，麦其土司命令喇嘛们筑起坛城，巫师们在喇嘛的带领下，穿着五颜六色的法衣，戴着奇形怪状的法冠，拿着各种各样的法器，开始念咒作法。

【两边的神巫斗起法来，只见乌云飘到了麦其家的头顶上方。

【霎时，所有的响器：蟒筒、鼓、唢呐、响铃都响了，火枪一排排射向天空。

**傻子少爷** 乌云飘到我们头上就停了下来，汹涌翻滚，里面和外面一样漆黑，都是被诅咒过了的颜色，隆隆的雷声就在头顶上滚来滚去，但是令人惊奇的是，冰雹就是下不下来。

【喇嘛仗剑作法大汗淋漓。

**傻子少爷** 我们的神巫口里诵出了那么多咒语，我们的祭坛上供着那么多祭品，还有那么多看起来像玩具却对神灵和魔鬼都非常有效的武器，我们赢了！

【乌云被驱走了，麦其家的罂粟地、官寨又重新沐浴在明亮的阳光里。

**喇嘛** （喘息着对麦其土司）云里的冰雹已经化成雨水了，可以叫它们落地了吗？

**老爷** 要是你能保证是雨水的话。

【喇嘛一阵长啸，收剑入怀，所有响器应声立即停止。

115

【远处乌云化作了一场大雨倾盆而下。
【众人欢呼雀跃。

**傻子少爷**　来而不往非礼也，我们回敬了汪波土司一场冰雹，据说那冰雹有鸡蛋那么大，倒伏了他们的庄稼，洪水冲毁了他们的果园，汪波家终于尝到了跟麦其家作对的后果。

**书记官**　野蛮的土司都不会有好结果的。

**傻子少爷**　此话怎讲。

**书记官**　汪波土司不会罢休，冤冤相报怎么会有好结果。

**傻子少爷**　你给我记下。

**书记官**　少爷，你还不是土司，你不能命令我。

**傻子少爷**　等我当了土司，仍旧让你当书记官。

**书记官**　那等你当了土司以后再说，但不知以后还有没有土司。

**傻子少爷**　书记官说得很对，汪波土司的最后一个回合是要对麦其土司家的人下手了。这种咒术靠把经血一类肮脏的东西献给一些因为邪见不得转世的鬼魂来达到目的。

【显现喇嘛。

**喇嘛**　实在抵挡不住时，只好用家里哪个人作牺牲。（卖力往傻子少爷身上喷吐念过咒语的净水）少爷，这是水晶罩，魔鬼不能进入少爷的身体。

**傻子少爷**　（感觉好多了）我没事，但我总感觉什么地方有事了。

**喇嘛**　我跟少爷的感觉一样。

**傻子少爷**　官寨里吗？

**喇嘛**　（做出几种奇特的手势）是有事了，但我不知道是谁，是土司的女人，但又不是你母亲。

**傻子少爷**　那不是查查头人的央宗吗？

**喇嘛**　我就是等你说出来呢，因为我不知道该叫她什么才好。

**傻子少爷**　你叫我说出来是因为我傻吗？

**喇嘛**　有一点吧。

**傻子少爷**　真的是三太太央宗出事了，她有了父亲的孩子，一直担心有人想要孩子的性命，觉得孩子待在她肚子里是最安全的，可是，这天晚上，那边的法师找到了麦其家未曾想到设防的地方，她再也留不住自己的孩子了。这孩子生下来时已经死了，看见的人都说，孩子一身乌黑，像中了乌头剧毒。就这样，他们赢了一局，汪波土司和麦其土司的罂粟花战争打了个平手，而央宗因祸得福，麦其土司正式宣布央宗成为他的第三位夫人。

【显现麦其土司客厅。

【大少爷上。

**大少爷**　十六家土司都来过了，只有一家没有来。

**老爷**　是汪波吧，他们不会来，没那个脸。

**大少爷**　他们会来。

**老爷**　如果为了那么点种子就上仇人的门，他就不是藏族人。那些恨我们的土司也会看不起他。

**大少爷**　天哪，父亲你的想法还是那么老派。

**老爷**　老派？老派是什么意思？

**大少爷**　没什么意思。他不一定弓着腰到我们面前来，他可以用别的办法。

**老爷**　他是我手下败将，难道他会来抢？他的胆子还没吓破吗？

**大少爷**　他们会来偷！

**老爷**　那你有什么办法？

**大少爷**　把种子都收上来，等播种时再统一下发。

**老爷**　我以为你有什么高招呢，收上来？下面的人不会感到失去信任了吗？再说，如果他们要偷，应该早就得手了。

【大少爷无语。

**老爷**　我告诉你，他们还可以用别的办法，比如说收买。

【土司太太扑哧一笑。

**老爷**　既然想到了，还是要防范一下，至少要对得起自己。

**太太**　（对大少爷）这件事你去办就是了，何必烦劳你父亲。

**大少爷**　是。

【大少爷慢慢从楼梯往下走。

**傻子少爷**　聪明的哥哥在这个问题上充分暴露了聪明人的愚蠢。他能从简单的问题里看出别人不会想到的复杂。这一天我们未来的麦其土司也是这样表现的，事情也正如他预料的那样，汪波土司派人来偷种子被抓住了，哥哥就更为他的聪明而得意了。

【下面显现庭院，一侧立着行刑柱。仆人站立两旁。

【行刑人押上偷种子贼，把他绑在柱子上，用皮鞭飞舞起来抽打。

**偷种子贼**　（受不了了，大叫）我是汪波土司的手下！我不是贼！我奉命来找主子想要的东西！

**大少爷**　（为自己的先见之明而得意）你是怎么找的，像这样大喊大叫着找的吗？还是偷偷摸摸地找？

**众仆人**　（大喊）杀！杀！杀死他！

**偷种子贼**　（叹息）可惜，可惜呀！

**大少爷**　可惜你的脑袋吗？

**偷种子贼**　不，我只可惜来迟了一步。

**大少爷**　那也免不了你的杀身之祸。

**偷种子贼**　（大笑）我来做这样的事会想活着回去吗！

**大少爷**　念你是条汉子，说，有什么要求，我会答应的。

**偷种子贼**　把我的头捎给我的主子，叫他知道他的人尽忠了。我要到了他面前才闭上眼睛。

大少爷　是一条好汉，要是你是我的手下，我会很器重你。

偷种子贼　我只求你要快，我不想在眼里已经没有一点光泽时才见到主子，那样的话，对一个武士太不体面了。

大少爷　（吩咐手下）那就快准备一匹快马吧。

【行刑人举刀走向偷种子贼，一刀下去，偷种子贼的头颅在地上滚动。

【接连押上几个偷种子贼，行刑人一刀接一刀，头颅们在地上乱滚。

傻子少爷　我真有点可怜哥哥，他是天底下最聪明的人。他的弱点是特别怕自己偶尔表现得不够聪明。这不，在他表现他的聪明和宽宏时，他已经上了偷种子贼的当。汪波土司派了几拨武士来偷种子，当哥哥把武士的头颅送回去时汪波土司把武士的头颅埋了，可是在埋头颅的地方开出了美丽的罂粟花，哥哥哪里知道，偷种子贼在被抓住之前已经把种子塞进了自己的耳朵。就这样，我们的敌人得到了罂粟种子。

【众围向头颅，突然，头颅们的耳朵里生长出花茎继而开出美丽的罂粟花来。

傻子少爷　那些年，麦其家发动了好几次战争，保护罂粟的独家种植权。没过多少年头，罂粟花便火一样燃遍了所有土司的领地。秋天收获以后，土司们都发现，来年的粮食都要不够吃了，要饿死自己的百姓了。麦其家财大气粗，用鸦片全部从汉人地方换回了粮食。开春时，麦其家派人四处探听消息，看别的土司往地里种什么。

【灯亮。麦其土司家铺着波斯地毯的饭厅。每人面前一张红漆描金矮几，几上放着银质餐具和珊瑚酒杯，几旁是烛台，烛台上几支蜡烛闪闪发光。背后墙壁是几只橱柜，橱柜里放满餐具和电话、照相机等稀奇古怪的西洋物品。

【麦其土司与土司太太坐正中,央宗坐在土司另一旁,大少爷和傻子少爷坐两侧。卓玛在服侍。

老爷　春天先到南方,南方的土司已经种了大片罂粟,北方的邻居也不傻,他们在等着看我们往地里撒什么种子。你们说,今年我们是多种粮食还是多种罂粟,或者只种粮食还是只种罂粟?

央宗　(插嘴)老爷决定种什么就种什么!

老爷　我没问你!(看着大少爷)

大少爷　(不加思索地)当然仍然是罂粟。

老爷　(把目光转向傻子少爷)嗯?

傻子少爷　(轻声问卓玛)你说种什么?

卓玛　罂粟。

大少爷　(对傻子少爷)你还没傻到什么事情都问侍女的程度吧!

傻子少爷　那你说的为什么跟她说的一样?

大少爷　傻瓜,是你的下贱女人学着我说的。

傻子少爷　(大声对麦其土司)粮食!全部种粮食!

老爷　(点点头)我也是这样想的。

【傻子少爷笑出声来。

【大少爷气得离开饭桌。傻子少爷跟上。

老爷　(对土司太太)你的儿子叫我操心了。

太太　他是对的,就像我当初叫你接受黄特派员的种子一样是对的。你的大儿子才会叫你操心。

傻子少爷　(对大少爷)哥哥你说得对,那个女人是很蠢的,她要我说罂粟,我知道她蠢,所以我说了粮食。

大少爷　(忍住)你是说我跟那个女人一样蠢喽!

傻子少爷　你不要难过,麦其家的好事来了你却要难过,人家会说你不是麦其家的人。

大少爷　(蓦地打了傻子少爷一个耳光)你给我滚!

傻子少爷　（倒地）不知道为什么，我发现自己身上的痛觉并不发达，以至于哥哥扇我耳光时干脆就不知道什么是痛，也许是从没有人打过我的缘故。我是说没有人怀着仇恨打过我，我是说人家带着仇恨竟然打不痛我。我得证明一下是不是人家怀着仇恨就打不痛我。

【傻子少爷走到麦其土司面前。

傻子少爷　父亲，你打我，你快打我一下！听说怀着仇恨打人挨打的人不会痛。

老爷　为什么？我为什么要打你？再说，我怎么会恨自己的儿子？

【傻子少爷走到土司太太面前。

傻子少爷　母亲，你就打我一下嘛！

太太　儿子，我疼你都来不及呢！

傻子少爷　行刑人！行刑人！

【行刑人手持皮鞭上。

傻子少爷　行刑人，少爷命令你，用你的皮鞭打少爷！

行刑人　不，不。

傻子少爷　行刑人，就算少爷求你了，你就用你的皮鞭打一下吧！

【行刑人迟疑地举起皮鞭刚欲抽，仆人就上前夺下皮鞭扔在地上。

傻子少爷　（无奈，捡起皮鞭，走向大少爷）哥哥，哥哥，（把皮鞭塞到他手里）你就狠狠打，解解你心头的气吧。母亲说了，我将来还要在你手下吃饭。

大少爷　（把皮鞭扔到地上，抓着自己的头发）从我这里滚开！你这个装傻的杂种！滚！快滚！

傻子少爷　（伤心地）好吧，我滚，我滚。（离开）

【大少爷走近，试图缓和与傻子少爷的关系。

**大少爷**　傻兄弟哎，有什么好伤心的！只要你听我的话，我要送给你大奶子大屁股的女人！

**傻子少爷**　（恢复状态）等你当上土司再说吧。

**大少爷**　那样的女人才是女人，我要送给你真正的女人。

**傻子少爷**　等你真当上土司了吧。

**大少爷**　我要叫你尝尝真正女人的味道。

**傻子少爷**　（不耐烦）我亲爱的哥哥，要是你能当上土司的话！

**大少爷**　（变色）……

**傻子少爷**　你要送给我几个女人？

**大少爷**　你滚开，你不是傻子！

**傻子少爷**　你不能说我不是傻子。

**大少爷**　你不是！

【麦其土司上前。

**老爷**　你们在吵什么！

**傻子少爷**　哥哥说我不是傻子。

**老爷**　天哪，你不是傻子，还有谁是傻子？

**大少爷**　那个汉族女人教他装傻。

**老爷**　（叹息）有一个傻子弟弟还不够，他哥哥也快变成傻子了吗？

**傻子少爷**　父亲，你说我是傻子吗？

**老爷**　我倒宁愿你不是傻子，但你确实是个傻子嘛！

【显现书记官。

**书记官**　老爷说，少爷是个傻子，我记下了。

**老爷**　我没让你记。

**书记官**　汉人的皇帝说，君子无戏言。

**老爷**　你为什么要记这个？

**书记官**　因为要不了多久，这片土地上就没有土司了。

老爷　你敢再说一遍！

书记官　所有的东西都是命中注定的，种了罂粟，也不过是使要来的东西来得快一点罢了。

老爷　命中注定？ 没有土司？ 那我是谁？

书记官　我是说要不了多久。

老爷　我不要听！ 我想不要多久，不是没有土司，而是说出"没有土司"的那个舌头没有了。（挥手）

【管家令行刑人上，把书记官绑上行刑柱，喇嘛和仆人们跟上。

傻子少爷　（向麦其土司求情）父亲！

老爷　（命令喇嘛）给他念经吧。

书记官　我不要你的活佛为我祈祷。

老爷　那你自己祈祷吧。 不过，我并不想要你的性命，麦其家在你所说的没有之前，还需要有人把它的历史记下来。

管家　谁叫你一定要用舌头攻击我们存在了多少代的土司。

大少爷　我们只要你的舌头对你说出来的话负责。

【麦其土司向行刑人使了眼色，行刑人提刀上前。

行刑人　（对书记官）我习惯砍脖子，快谢谢老爷的慈悲吧，只要你的舌头。

书记官　你的手最好离我的嘴远一点，我不能保证不想咬一口。

行刑人　你恨我没意思。

书记官　是啊，虽然宗教带来这么多仇恨，可是我的心里不该有这么多仇恨。 来吧。

【行刑人一挥刀，书记官大叫一声，口中喷出一口鲜血。

【灯急暗。

## 4. 边界,温泉帐篷

【又是一个春天。
【一望无边的田野。
【一阵悠扬的女声歌声:
　　黄色的金子山上,
　　金子的花开放了,
　　金子花开时没有人来,
　　人来了花又谢了。
【傻子少爷躺在草地上。

**傻子少爷** 这是一个多么美好的季节呀！ 和风吹拂着牧场,白色的草莓花细碎,鲜亮,从我的面前,开向四面八方。 间或出现一朵两朵蒲公英更是明亮照眼。 浓绿欲滴的树林里传来布谷鸟叫。 一声,一声,又一声。 一声比一声明亮,一声比一声悠长。 这可真是个好兆头,我们的情形真是再好不过了,麦其家在边境盖了许多仓库,父亲派哥哥去南边,我来北边。 哈哈,那边的罂粟花开得真漂亮,可那边的人却眼巴巴地看着我们满仓的麦子。 我让卓玛架起十口铁锅炒麦子,真香啊,卓玛炒的麦子的香味随风刮到了田野上,那边脸上饿出了青草颜色的人一定是闻到了,他们都仰起头来,对着天贪婪地掀动鼻翼,步子像是喝醉了一样变得跟跟跄跄。

【显现新建的粮仓。仆人们正在架锅炒麦子。远处是转圈的饥民。

【傻子少爷带着仆人巡视。

【满脸锅底灰的卓玛吃力地背着一口锅上,看见傻子少爷闪在一旁。

【傻子少爷发现卓玛,叫一个男仆人替她背锅子。

【卓玛掩脸痛哭,双肩颤抖。

傻子少爷　你是后悔嫁给银匠了吗?

【卓玛点点头,又摇摇头。

傻子少爷　你不要害怕。

卓玛　(抬起头来)少爷,有人说你会当上土司,你就快点当上吧。

傻子少爷　她的悲伤立即充满了我的心间。卓玛要我当上土司,到时候把她从奴隶的地位上解放出来,这时候,我觉得自己的确应该成为麦其土司。我想对她说,总有一天,我会解除她的奴隶身份,不过我看着她,又觉得这话说出来没什么意思。

卓玛　少爷,可不要像以前那样看我,我不是以前的那个卓玛了,是个老婆娘啦。(咯咯地笑起来)

【傻子少爷也笑起来。

【管家带拉雪巴土司上。

拉雪巴土司　天哪,发笑的那个就是我的外甥吗?

傻子少爷　(不语)……

拉雪巴土司　麦其外甥,我是你的拉雪巴舅舅呀!

【傻子少爷转过脸去抬头看天。

拉雪巴土司　(对管家)天哪,我的外甥真是传说中那样。

管家　你看出来了?

拉雪巴土司　我可怜的外甥,你认识我吗?我是你的拉雪巴舅舅。

125

**傻子少爷** （突然转过脸）我们炒了好多麦子。

【拉雪巴土司擦汗的手巾掉在了地上。

**傻子少爷** 拉雪巴的百姓没有饭吃，我炒了麦子准备给他们吃。要是不炒，落到地里发了芽，他们就吃不成了。

【卓玛撒麦子喂鸟。

**傻子少爷** 拉雪巴土司的领地上，鸟都快饿死了，多给它们吃一点吧。

**拉雪巴土司** 哎，哎，我们是亲戚，麦其家是拉雪巴家的伯父。

【傻子少爷大笑。

**拉雪巴土司** 就说这麦子……

**傻子少爷** （傻乎乎地）麦其家仓库里装的不是粮食，而是差不多和麦子一样重的银子。

**拉雪巴土司** （惊呼）那麦子不是像银子一样重了吗？

**傻子少爷** 也许是那样的。

**拉雪巴土司** 世界上没有那么贵的粮食，你们的粮食没有人买。

**傻子少爷** 麦其家的粮食都要出卖，正是为了方便买主，伟大的麦其土司有先见之明，才把粮仓修到了你们家门口，就是不想让饿着肚子的人再走长路嘛。

**拉雪巴土司** 粮食就是粮食，不是银子，放久了会腐烂，存那么多在仓库里又有什么用呢。

**傻子少爷** 那就让麦子腐烂，让你的百姓全饿死吧。

**拉雪巴土司** 大不了饿死一些老百姓，反正土司家的人不会饿死。

【傻子少爷等着拉雪巴土司说下去。

**拉雪巴土司** 看看吧，地里的麦苗都长起来，最多三个月，我们的新麦子就可以收割了。

**管家** 最好赶在你的百姓全部饿死之前。

**傻子少爷** 是不是拉雪巴家请了巫师把地里的罂粟都变成了麦子？

拉雪巴土司　你……（噎得说不出话来，拂袖下）

傻子少爷　舅舅，还是侄儿，你还会再来。

【卓玛走到傻子少爷身边。

卓玛　茸贡土司和她的女儿来了。

傻子少爷　在哪儿？（站起张望）天哪，马背上的姑娘是多么漂亮！过去，我不知道什么样的女人是漂亮的女人，这回，我知道了。

管家　少爷，看吧，这个女人不叫男人百倍地聪明，就要把男人彻底变傻。

【傻子少爷直愣愣地盯着看。

【茸贡土司上，女儿茸贡卓玛与侍女跟上，茸贡土司挡住了傻子少爷。

傻子少爷　哎，你挡住我的眼睛了，我看不见漂亮姑娘。

茸贡土司　二少爷正是我想象的那个样子。

傻子少爷　都说女土司像男人，但我看还是女人。

茸贡土司　麦其家总是叫客人站在外面的吗？

管家　（大喊）迎客了！

【傻子少爷想走在茸贡土司与她的女儿之间，被侍女扶住。

茸贡侍女　少爷，注意你脚下。（把傻子少爷推到与茸贡土司并排的位置）

管家　都到我们门口了，你们还要在外面住一晚上，少爷很不高兴。

茸贡土司　我看少爷不是自寻烦恼的那种人。

傻子少爷　麦其家喜欢好好款待客人。

茸贡土司　我们茸贡家都是女人，女人与别人见面前，都要打扮一下。我，我的女儿，还有侍女们都要打扮一下。

【茸贡土司女儿茸贡卓玛高傲地朝傻子少爷看了一眼。

127

**傻子少爷**　我明显感觉到她们把我看成是一个脑子有毛病的人。（对管家）还是让客人谈谈最重要的事情吧。

**管家**　对，我们还是谈正事吧。

**茸贡土司**　我的女儿……

**傻子少爷**　还是说麦子吧。

**茸贡土司**　（有些脸红）我想把我的女儿介绍给……

**傻子少爷**　该介绍的时候没有介绍，现在已经过了介绍的时候了，你就跟我的管家谈谈粮食的事吧，你不就是为了粮食而来的吗？

**管家**　请！

【茸贡土司一行不得已跟管家下。

**傻子少爷**　女土司要为小瞧人而后悔了。女土司犯了聪明人常犯的错误，小看一个傻子。这个时候，小瞧麦其家的傻子，就等于小瞧了麦子。

**行刑人**　少爷，那姑娘多么漂亮呀！

**傻子少爷**　是的，这样漂亮的女人，大概几百年才会有一个吧。我都有点后悔了，刚才应该让茸贡土司把她女儿介绍给我。可我总不能老着脸皮再进去吧。

【管家复上。

**管家**　女土司想用漂亮女儿叫你动心，那是她的计策，你没有中计，少爷，我没有看错，你真不是个一般的人，我愿意你让我干什么我就干什么。

**傻子少爷**　可我已经后悔离开你们了，你们一走，我就开始想那个姑娘了。

**管家**　是的，世间有如此美貌的女人，少爷不动心的话，也许真像别人说的，是个傻子了。

**傻子少爷**　我尽量不出面，你跟她们谈吧。

管家　少爷，你就是犯下点过错，土司也不会怪罪的。

傻子少爷　你去吧。

　　【管家向仆人做了个手势下。

　　【显现温泉。傻子少爷有点魂不守舍。

　　【仆人带一个姑娘上，傻子少爷看也没看就让退下。

　　【行刑人带另一个姑娘上。

行刑人　少爷，管家说，让她陪你说说话。

傻子少爷　她有那个姑娘漂亮吗，如果没有，你陪她说吧。

　　【行刑人笑着让姑娘下。

　　【一阵马蹄声。

傻子少爷　（对行刑人）去，把那个骑马的人杀了，把那匹马的四条腿都给我砍了。

行刑人　使不得，是管家特地从草原上选来，晚上陪少爷睡觉的。

　　【牧场卓玛上。

傻子少爷　（头也不抬）去，是谁叫来的，就叫谁消受吧。

行刑人　是。（准备带牧场卓玛下）

傻子少爷　这时一股风从外面吹来，吹来了一股青草味。我闻到了姑娘身上的清香。（对行刑人）把她留下吧。

　　【牧场卓玛害怕地走向傻子少爷。

傻子少爷　（把姑娘的衣襟拉到鼻下嗅闻）是牧场上的姑娘？

牧场卓玛　（怯生生）我是，少爷。

傻子少爷　从她口里吹送出来草地上特有的细碎花朵的芬芳。（示意仆人退下。）

　　【仆人们下。

傻子少爷　我病了。

牧场卓玛　我知道。

傻子少爷　你怎么知道？

129

**牧场卓玛**　少爷不生病，管家不会叫我来。

**傻子少爷**　好多姑娘在这个时候都会装着悲伤的样子，她没有。（对姑娘）牧场上来的姑娘，我喜欢你。

**牧场卓玛**　少爷还没有好好看过我一眼呢。

**傻子少爷**　几年前，我有个侍女卓玛，想不到，这个世界上还按原样为我藏了一个卓玛在这牧场上，浑身散发着牧场上花草的芳香。（对牧场卓玛）你叫卓玛吗？

**牧场卓玛**　不，我不叫卓玛。

**傻子少爷**　多年以前，早晨醒来，我一把抱住了卓玛，（对内大喊）卓玛，这里有个人跟你的名字一样。

**牧场卓玛**　我不要叫卓玛，我不要到官寨去做厨娘，我要留在牧场上。我是这里的姑娘。

**傻子少爷**　我答应你了，你不做厨娘，你留在牧场上，嫁给你心爱的男人。但现在，我要你叫卓玛！

【傻子少爷一把抱住牧场卓玛跳进温泉。

**傻子少爷**　你就是卓玛！卓玛！

**牧场卓玛**　（啼哭）要发生什么事情，就早点发生吧！

**傻子少爷**　卓玛！卓玛！（与牧场卓玛做爱）她知道我是同时呼喊着两个人。我的老师和她。是的，她连身体都和侍女卓玛差不多一模一样。我已经是个大人了，不再被卓玛壮健的身体淹没，而像驱驰着一匹矫健的骏马。骑在马上飞奔的骑手们都是要大声欢呼的！（大声）卓玛！卓玛！卓玛！

【卓玛上，看见了一切，马上跪在一旁。

**傻子少爷**　她看到了青春时的自己正在和我做爱。我依然大叫：卓玛！卓玛！马跑到了尽头，那里出现了一段高高的悬崖，我从马背上飞起来，落到悬崖下面去了。（瘫倒一旁）

【卓玛在一旁不敢看，浑身颤抖。

130

傻子少爷　（发现卓玛）卓玛，你怎么在这里？

卓玛　我听见少爷在叫我的名字，以为有什么事要吩咐，结果就看见了。

傻子少爷　（对牧场卓玛）当年，她就像你。（对卓玛）她跟你年轻时一模一样。

卓玛　（哭着）少爷，我不是有意要看见的呀！

傻子少爷　看见了就看见了，能怎么样？

卓玛　按照刑法要挖掉眼睛。我不愿当一个瞎子女人，要是那样的话还不如叫行刑人杀了我吧。

傻子少爷　你起来，好好洗个澡吧。

卓玛　让我洗得干干净净，体体面面去死吧。（唱起歌来）
　　　　罪过的姑娘呀，
　　　　水一样流到我怀里了。
　　　　什么样水中的鱼呀，
　　　　游到人梦中去了。
　　　　可不要惊动了他们，
　　　　罪过的和尚和美丽的姑娘呀！

傻子少爷　她在温泉中开始唱歌，歌是那天早上唱的老歌，但从来没有唱得这么响遏行云，她披着湿漉漉的头发，半躺在水中，她在歌唱，如醉如痴，我突然感到，当年的卓玛又复活了！

【卓玛朝着傻子少爷微笑。

傻子少爷　不要担心，我饶恕你了，我不会杀你。

【卓玛马上哭起来。

傻子少爷　我知道自己干了一件傻事，我应该在她洗完澡、唱完歌时再告诉饶恕了她，让她沉浸在赴死之前短暂复活的曾经的浪漫之中，她会觉得少爷不忘旧情，觉得没有白白侍奉主子一场。可是我把一个厨娘一生仅有的一次浪漫破坏了。

**卓玛**　我恨你，我比死了还难受。叫我死吧！

**傻子少爷**　不，我不！

**卓玛**　（停止哭声）叫我死吧！

**牧场卓玛**　（劝卓玛）你不该这样，少爷有好多操心的事情，你还要叫他不开心！

**傻子少爷**　我想厨娘清醒了。已经完了，我和她的缘分，我对她的牵挂，在这个时候，就像牛角琴上的丝弦一样，嘣的一声，断了。人的一生，总要不断了断一些人，一些事。好吧，卓玛，我再也不会挂念你了，当你的厨娘去吧，做你的银匠老婆去吧。

【两个卓玛隐。

【傻子少爷又像开始的时候一样躺下。

**傻子少爷**　我又躺回我的草地上了，看着天上来来去去的云彩，云彩底下是一条黄褐色的大路直直地穿过草原，我好像走到了这条路上。我在想，我是谁？我在什么地方？我好像看见我被两个人抬了起来，路旁的人们都从帐篷里跑出来了。传说雪域大地上第一个王，从天上降下来时，就是这样让人直接用肩抬到王位上去的。好大一片人在我面前跪下了。就在我做着土司美梦的时候，我感到我的脖子上有一股凉飕飕的感觉……

【杀手上，用刀顶住傻子少爷的脖子。

**傻子少爷**　哈哈，我知道你是谁，而且知道你早晚会来，就是没想到你会来得那么早。让我坐起来吧，这样不舒服。

**杀手**　呸，上等人，死也要讲个舒服。

**傻子少爷**　这么低沉，真像是杀手的声音。

**杀手**　是我的声音。

**傻子少爷**　我知道是你的声音，而且我知道你是查查管家的儿子，可是我不知道你叫什么名字……

**杀手** 我为什么要告诉你,再说告诉一个要死的人也没什么意思。

**傻子少爷** 我看过你父亲的脸,能不能让我看你一眼,看你像不像你的父亲?

**杀手** (突然收起刀子)我为什么要杀你,要杀就杀你父亲和你哥哥。再说,杀一个傻子,我的名声就不好了。

**傻子少爷** 那你来干什么?

**杀手** 我来报仇!告诉你的父亲和哥哥,他们的仇人来了。
(下)

**傻子少爷** 望着他消失的背影,我又开始发呆。望望天空,天空里的云啊,风啊,鸟啊,都还在。望望地上,泥巴啊,泥里的草啊,草上的花啊,花丛里我的脚印啊,都还在。我看看水,看见水花飞溅,涟漪消失,波平如镜中我还在,我第一次认真看了自己的模样,要是脑子没问题,麦其土司家的二少爷真是个漂亮的小伙子,我有一头漆黑的、微微卷曲的头发,宽阔的额头很厚实,高直的鼻子很坚挺,要是眼睛再明亮一些,不是梦游一般的神情,就更好了。正当我对自己很满意的时候,我看见水花里的一群姑娘向我走来了……我又犯傻了……

【茸贡土司带着一帮侍女上,围住了傻子少爷。

**茸贡土司** 让他睡吧,当强大土司的少爷是很累的。

**傻子少爷** 我想,要是当一个强大的土司就更累了。是吹风了吗?

**茸贡土司** 不,是流水声。

**傻子少爷** 他们说晚上流水声响,白天就是大晴天。

**茸贡土司** 是这样,少爷很聪明。

**傻子少爷** 我就这样被吵醒了。

【傻子少爷醒来。

**茸贡土司** 少爷醒了吗?

**傻子少爷** 我醒了。

茸贡土司　你要是醒了，就把眼睛睁开来吧。

傻子少爷　我在哪里？

茸贡土司　要是早上一醒来，身边全是不认识的人，我也会不知道自己在哪里。

【众侍女笑。

傻子少爷　你们笑吧，可我还是不知道我在哪里。

茸贡土司　你认不出我来了吗？

傻子少爷　（摇了摇头）我怎么会认不出她！

茸贡土司　你仔细看看。

傻子少爷　（却环顾四周）我的人呢？

茸贡土司　你的人？

傻子少爷　管家，行刑人，卓玛。

茸贡土司　卓玛，侍候你睡觉的那个姑娘？

傻子少爷　她跟厨娘，银匠的老婆一样的名字。

茸贡土司　（笑了）你看看我身边的这些姑娘吧！

傻子少爷　你要把这些姑娘都送给我吗？

茸贡土司　你不傻嘛！也许吧，只要你听我的话。

【傻子少爷坐起。

茸贡土司　知道吗，你落到了我手里了。

傻子少爷　我不知道。

茸贡土司　你不知道？！

傻子少爷　我在什么地方，现在？

茸贡土司　不要装傻，我看你并不是传说中的傻子。我不知道是传说中麦其家的二少爷并不傻，还是你不是麦其的二少爷。

傻子少爷　要是你不告诉我现在在哪里，我真的什么也想不起来。

茸贡土司　难道你不是为了躲避我，藏到这有温泉的牧场来了吗？

傻子少爷　（拍了一下脑袋）我终于明白了，我被女土司劫持了。

（对茸贡土司）我们什么时候出发？

**茸贡土司** （吃惊）你要去哪里？

**傻子少爷** 去坐茸贡家的牢房啊。

**茸贡土司** 天哪，你害怕了，我怎么会做那样的事，不会的，我只要从你手上得到粮食。我是说，只要你借给我粮食。

**傻子少爷** 你没说呀，我只看到你带来了美丽的姑娘。

**茸贡土司** 可是拉雪巴土司要了也没得到！

**傻子少爷** 他没钱，父亲说了，麦其家的粮食在这年头，起码要值到平常十倍的价钱。

**茸贡土司** （惊呼）十倍？！告诉你，我只是借，一两银子也没有！

**傻子少爷** 那对不起，我要洗晨浴了。（脱下衣服跳进温泉）

【茸贡土司背身。

**傻子少爷** 你带来了很多银子吗？

**茸贡土司** 你就这样跟我谈正事？

**傻子少爷** 父亲知道你们只种鸦片，不种粮食，所以就把粮仓修到你们家门口了。这样，你们不等把买到的粮食运回家，在路上就吃光了。

**茸贡土司** （绝望地）我是来借粮食的，我没有那么多银子，真的没有。你为什么要逼我，谁都知道我们茸贡家只有女人了。

**傻子少爷** 这个世界上从来没有人会欺负一个傻子，女人就可以随便欺负一个傻子吗？

**茸贡土司** 我已经老了，我是一个老婆子了。（叫来两个侍女，问傻子少爷）她们漂亮吗？

【傻子少爷点点头。

**茸贡土司** 那你要她们吗？

【傻子少爷摇摇头。

**茸贡土司**　天哪，你还想要什么，我可是什么都没有了。

**傻子少爷**　（傻乎乎地笑）你有，你还有个女儿不是吗？

**茸贡土司**　（心痛地）可你是个傻子啊！

【傻子少爷不理茸贡土司，一头钻进水中。

**傻子少爷**　我沉到水底下好长时间，才从水里探出头来，然后我又沉下去，再浮上来。温泉水又软又滑，我在水里玩得把正在和女土司谈着的事情都忘记了。女人总归是女人，这水可比女人强多了。

**茸贡土司**　（生气，用珊瑚项链击打傻子少爷）你快起来，你这个……

**傻子少爷**　（露头）要是麦其土司知道你打了他的傻瓜儿子，就是出十倍的价钱你也得不到一粒粮食。

**茸贡土司**　少爷！起来，我们去见我女儿吧。

**傻子少爷**　天哪，我马上就要和世界上最美丽的姑娘见面了！我的心猛烈地跳动起来，一下，又一下，撞击着我的肋骨，把我撞痛了，可这是多么叫人幸福的痛楚呀！

**茸贡土司**　（严肃地）少爷可是想好了，想好了一定要见我女儿吗？

**傻子少爷**　为什么不？

**茸贡土司**　男人都一样，不管是聪明男人还是傻瓜男人。没有福气的人得到了不该得到的东西要倒大霉，卓玛这样的姑娘不是一般人能得到的。

**傻子少爷**　卓玛？！（赶紧从水中起身）天哪，这个名字叫我浑身一下子热起来了，在这里，一个比刚才的卓玛和以前的卓玛更美妙的卓玛就要出现了！

【茸贡土司一挥手，茸贡卓玛上。

**傻子少爷**　她出现了！我傻乎乎地站在她面前，手上的指甲都发烫了，更不要说我的心，我的双眼了！好像从开天辟地时的一声呼唤穿过了漫长的时间，终于在今天，在这里，在这个美丽无比的姑娘身上得到了应答。

【茸贡卓玛微微一笑。

**傻子少爷** 现在，她就在我面前，灿烂地微笑，红红的嘴唇里露出了洁白的牙齿，衣服穿在她身上不是为了包藏，而是为了暗示，为了启发人的想象。（对茸贡卓玛）就是你！就是你……

**茸贡卓玛** （看了傻子少爷一眼，对茸贡土司）你来找的就是这个人吗，阿妈？

**茸贡土司** 现在，是他来找你了，我亲爱的女儿。

**茸贡卓玛** 我明白了。（闭上眼睛）

**傻子少爷** 卓玛！

**茸贡卓玛** （张开眼睛，眼角沁出一滴眼泪）你知道我的名字，也告诉我你的名字吧。

**傻子少爷** 我是麦其家的傻子，卓玛啊！

**茸贡卓玛** （一笑）你是个诚实的傻子。

**傻子少爷** 是的，我是。

**茸贡卓玛** 那么，你同意了？

**傻子少爷** 同意什么？

**茸贡卓玛** 借给我母亲粮食。

**傻子少爷** （不加思索地）同意了。

**茸贡卓玛** （对茸贡土司）现在，你们可以走开了。

【茸贡土司与侍女们下。

**茸贡卓玛** （突然哭出声来）你配不上我，你是配不上我的。

【傻子少爷低头不敢看茸贡卓玛。

**茸贡卓玛** （半倚半靠在傻子少爷身上）你不是我倾心的人，你抓不住我的心，你不能使我成为忠贞的女人，但现在，我是你的女人了，你抱我吧。

傻子少爷　　她这几句话使我的心既狂喜又痛楚。（迟疑半晌，蓦地一把抱住茸贡卓玛）我紧紧地把她抱在我怀里，就像紧抱着我的命运。我突然明白，就是以一个傻子的眼光来看，这个世界也不是完美无缺的。这个世界上任何东西都是这样，你不要它，它就好好地在那里，保持着它的完整，它的纯粹，一旦到了手中，你就会发现，自己没有全部得到。可是即便这样，我还是十分幸福，可心可意的美人就在我怀里，我是这个世界上最幸福的人了。（对茸贡卓玛）看，你把我变成一个傻子，连话都不会说了。

茸贡卓玛　　（笑了）变傻了？难道你不是远近有名的傻子吗？

【傻子少爷欲吻茸贡卓玛被她用手挡住。

茸贡卓玛　　（自言自语）谁知道呢，也许你是个特别有趣的男人也说不定。

【傻子少爷把手伸向茸贡卓玛的酥胸。

茸贡卓玛　　（站起来理理衣服）起来，走吧，我们取粮食去吧！

傻子少爷　　我的眼睛里肯定燃烧着疯狂的火苗，我命令管家：把仓库打开！

【灯暗。

# 5. 麦其土司家

【几月后。麦收季节。
【麦其土司官寨大院。景同第一场。
【鼓乐齐鸣。老百姓手捧哈达蜂拥在门口。
【麦其土司与土司太太兴高采烈地在门口等待。央宗好像在梦游。
【傻子少爷与茸贡卓玛和随从上。

**傻子少爷** 回家时，我们的速度很快，马队冲下山谷，驮着银子和珍宝的马脖子上铜铃声格外响亮，一下把空旷的山谷填得满满当当。官寨还是静静地在远处，带着一种沉溺于梦幻的气质。

【卓玛向老百姓撒糖果，众边抢边欢呼。

**傻子少爷** 糖果像冰雹一样从天上不断落入人群。百姓们手里挥动着花花绿绿的糖纸，口里含着蜂蜜一样的甘甜，分享了我在北方边界巨大成功的味道，在官寨前的广场上向着我和卓玛大声欢呼。

【传来狗吠声。

**茸贡卓玛** （对傻子少爷）麦其家是这样欢迎他们的儿媳妇吗？

**傻子少爷** 这是聪明人欢迎傻子。（叙述）在如雷般滚动的欢呼声里，我听到官寨沉重的大门咿咿呀呀呻吟着洞开了。

【大门开了。

【麦其土司与土司太太上前,众立即停止欢呼。

【傻子少爷与茸贡卓玛向麦其土司与太太及央宗致礼。

【土司太太用嘴唇碰了碰傻子少爷的额头,然后一把抱住茸贡卓玛。

太太  我知道你是我的女儿,让我好好看看你。让他们男人干他们的事情吧,我要好好看看我漂亮的女儿!

老爷  (高兴地对人群)你们看到了,我的儿子回来了!他得到了最多的财富!他带回了最美丽的女人!

【众欢呼万岁。

傻子少爷  (环顾四周,问麦其土司)哥哥呢?

老爷  在碉堡里,他说可能是敌人打来了。

傻子少爷  难怪,他在南面被人打了。

老爷  不要说他被打怕了。

傻子少爷  是父亲你说被打怕了。

老爷  儿子哎,我看你的病已经好了。

【大少爷出现在一旁,冷冷地看着他们。

傻子少爷  (发现大少爷)哥哥!

【大少爷上前居高临下地拍拍傻子少爷的肩膀,眼光却落在茸贡卓玛的身上。

大少爷  瞧瞧,你连女人漂不漂亮都不知道,却得到了这么漂亮的女人。我有过那么多女人,却没有一个如此漂亮。

傻子少爷  她的几个侍女都很漂亮。

大少爷  (仍然盯着茸贡卓玛)侍女漂亮顶个屁用。兄弟哎,你脑袋后要长只眼睛才好啊。

【卓玛和牧场卓玛献上礼物。

茸贡卓玛  (看着牧场卓玛)看看吧,我没有把你看成一个不可救药的傻子,是你家里人把你看成一个十足的傻子,只要看看他们给了你一个什么样的女人就清楚了。（对牧场卓玛）我听说你跟我一个名字，以后，你不能再跟我一个名字了。（对卓玛）还有你，厨娘。

**卓玛、牧场卓玛** 是，少奶奶。

**牧场卓玛** 请主子赐下人一个名字。

**茸贡卓玛** （对麦其土司）父亲，请赐我们的奴隶一个名字。

**麦其土司** 尔麦格米。

**央宗** （傻笑）意思就是没有名字嘛。

【众笑。

**大少爷** 漂亮的女人一出现，别人连名字都没有了，真有意思。

**茸贡卓玛** 漂亮是看得见的，就像世界上有了聪明人，被别人看成傻子的人就看不到前途一样。

**大少爷** 世道本来就是如此。

**茸贡卓玛** 这个，大家都知道，就像世界上只有胜利的土司而不会有失败的土司一样。

**大少爷** 是茸贡土司失败了，不是麦其土司！

**茸贡卓玛** 是的，哥哥真是聪明人。所有土司都希望你是他们的对手。

**大少爷** 你！（被噎住，说不出话来）

【大少爷走到傻子少爷身边。

**大少爷** 喂，你要毁在这个女人手里。

**老爷** 住口吧，人只能毁在自己手里。

【大少爷悻悻下。

**傻子少爷** 父亲，你叫我回来做什么？

**老爷** 你母亲想你了。

**傻子少爷** 父亲，麦其家的仇人现身了，他不肯杀我，他要杀你和哥哥。他只请我喝酒，但不肯杀我。

老爷　（不当回事）我想他也不知道拿你怎么办好。如果能再见他,我真想问问他,是不是因为别人看你是个傻子,就不知道拿你怎么办了。

傻子少爷　父亲也不知拿我怎么办吗?

老爷　你到底是聪明人还是傻子?

傻子少爷　我不知道。

【老百姓扛着大袋大袋的玉米过场。

傻子少爷　父亲……

老爷　你想说什么?

傻子少爷　（看着人们交粮）我想求你……

老爷　你不要想到自己是傻子,想到别人说你是傻子就什么都不说。

傻子少爷　父亲,仓库都被粮食撑破了。麦其土司应该免除百姓们一年贡赋。

老爷　（沉吟半晌）你不想麦其土司更加强大?

傻子少爷　对一个土司来说,这已经够了。土司就是土司,土司又不是国王。

老爷　儿子哎,我小看你了。（对众百姓）大家听着,小少爷从边境回来,见大家整年辛苦,建议我免除大家一年贡赋,我同意了。

众　（欢呼）托少爷的福!万岁!万岁!

【人群中显现书记官。

书记官　（对着大家）这是神的眷顾,是二少爷带来的!他走到哪里,神就让奇迹出现在哪里!

傻子少爷　割去舌头的书记官又开始说话了,这本身就是奇迹。

【两个强壮的汉子把傻子少爷抬起来庆贺。众又欢呼万岁。

傻子少爷　我高高在上,在人头组成的海洋上,在声音的汹涌波涛中飘荡。

【两个汉子抬着傻子少爷开始跑动。

**傻子少爷** 一张张脸从我下面闪过,激动的人群围着我在广场上转了几圈,终于像冲破堤防的洪水一样,向着旷野上平整的麦地奔去了。我不害怕,但也不知道他们为什么如此欣喜若狂。这种疯狂就像跟女人睡觉一样,高潮的到来,也就是结束。激动,高昂,狂奔,最后,瘫在那里。回望身后,麦其土司官寨显得孤零零的,带点茫然失措的味道,一阵莫名的忧伤涌上了我的心头。

【麦其土司突然惶惑不安,土司太太流泪,茸贡卓玛笑容满面。一侧大少爷阴沉的脸色。渐隐。

**书记官** 少爷,你不知道发生奇迹了吗?

**傻子少爷** 什么是奇迹?书记官。

**书记官** 你真是个傻子,少爷。

**傻子少爷** 有些时候。

**书记官** 你叫奇迹水一样冲走了。

**傻子少爷** 他们是像一股洪水。

**书记官** 你感到了力量?

**傻子少爷** 很大的力量,控制不了。

**书记官** 因为没有方向。

**傻子少爷** 方向?

**书记官** 你没有指给他们方向。

**傻子少爷** 我的脚不在地上,我的脑子晕了。

**书记官** 你在高处,他们要靠高处的人指出方向。

**傻子少爷** 难道我错过了什么?

**书记官** 你真不想当土司?

**傻子少爷** 让我想想,我想不想当土司。

143

书记官　我是说麦其土司。

傻子少爷　（停顿，然后朝着官寨大喊）想！

书记官　奇……迹……不会……发……生……两……次！（隐）

傻子少爷　现在，我明白了，刚才，我只要一挥手，洪水就会把阻挡我成为土司的一切席卷而去。就是面前这个官寨，只要我一挥手，洪水也会把这个堡垒席卷而去。但我是个傻子，没有给他们指出方向，使他们的能量白白地耗掉了。我想当土司，现在我才知道自己有多想，可是，我还能当上土司吗？

【众隐。

【显现麦其土司家正厅，麦其土司、土司太太、央宗、大少爷、茸贡卓玛等正襟危坐。书记官站立一旁。

老爷　（虚弱地）我病了，老了，为麦其家的事操心这么多年，累了，活不了几年了。

傻子少爷　父亲怎么一下子就累了，老了，又病了？怎么这几样东西一起来了？

老爷　叫我说下去吧。你要不是那么傻，你的哥哥不是那么聪明，我不会这么快又老又累又病的。对这件事，你们的父亲已经想了很久很久。总之，一句话，我要在我活着的时候把土司的位置让出来，让给合法的继承人，我的大儿子。

【众惊愕。

老爷　选大儿子做继承人绝对正确，因为他是大儿子，不是小儿子，因为他是聪明人，不是傻子！（安慰傻子少爷）再说，麦其家的小儿子将来会成为茸贡土司。

茸贡卓玛　不配成为麦其土司的人就配当茸贡土司？

【麦其土司哑口无言。尴尬的沉默。

书记官　土司说得很对，大儿子该做土司。但土司也说得不对，没有任何重要的事情证明小少爷是傻子，也没有任何重要的事情证明大少爷是聪明人。

【众吃惊地看着书记官。

**老爷**　那是大家都知道的。

**书记官**　前些时候，你还叫我记下说傻子儿子不傻，他做的事聪明人也难于想象。

**老爷**　人人都说他是个傻子。

**书记官**　但他比聪明人更聪明！

**老爷**　你嘴里又长出舌头了？你又说话了？你会把刚长出的舌头又丢掉的。

**书记官**　你愿意丢掉一个好土司，我也不可惜我的半截舌头。

**老爷**　我要你的命。

**书记官**　你要好了。但我看到麦其家的基业就要因为你的愚蠢而动摇了。

**老爷**　我们家的事跟你有什么相干？！

**书记官**　不是你叫我当书记官吗，书记官就是历史，就是历史！

**傻子少爷**　你不要说了，就把看到的记下来，不也是历史吗？

**书记官**　（对傻子少爷大叫）你知道什么是历史？历史就要告诉人什么是对，什么是错。这就是历史！

**大少爷**　你不过还剩下小半截舌头，我当了土司也要一个书记官，把我所做的事记下来，但你不该急着让我知道你嘴里还有半截舌头，现在，你要完全失去你的舌头了。

**书记官**　（知道自己要失去舌头了，对傻子少爷）少爷，你失去的更多还是我失去的更多？

**傻子少爷**　是你，没有人两次成为哑巴。

**书记官**　更没有人人都认为的傻子，在人人都认为他要当上土司时，因为聪明父亲的愚蠢而失去了机会。

【傻子少爷无语。

书记官　当然，你当上了也是因为聪明人的愚蠢，因为你哥哥的愚蠢。

【傻子少爷与书记官告别。

书记官　（大声对茸贡卓玛）太太，不要为你丈夫操心，不要觉得没有希望，自以为聪明的人总会犯下错误的。

【大少爷押着书记官下楼。

大少爷　你也可以选择死。

书记官　我不死，我要看你死在我面前。

大少爷　我现在就把你处死。

书记官　你现在就是麦其土司了？土司只说要逊位，但还没有真正逊位。

大少爷　好吧，先取你的舌头，我一当上土司，立即就杀掉你。

书记官　到时候，你要杀的可不止我一个吧？

大少爷　是的。

书记官　告诉我你想杀掉谁？我是你的书记官，老爷。

大少爷　到时候你就知道了。

书记官　你的弟弟？

大少爷　他是个不甘心做傻子的家伙。

书记官　土司太太？

大少爷　那时候她会知道谁更聪明。

书记官　你弟弟的妻子呢？

大少爷　妈的，真是个漂亮女人，比妖精还漂亮，昨晚我都梦见她了。

书记官　（笑了）你这个聪明人要做的事，果然没有一件能出人意料。

大少爷　你说吧，要是说话使你在受刑前好受一点。

书记官　妈的，我是有些害怕。

【大少爷与行刑人把书记官押下。

**太太** （对麦其土司）你还没有见过另一个土司对人用刑，不去看看吗？

【麦其土司摇摇头，一脸痛苦的神情。

**太太** 你不去我去，我还没见过没有正式当上土司的人行使土司职权。（下）

【傻子少爷欲下，麦其土司喊住了他。

**老爷** 儿子啊，你不想和父亲在一起待一会儿吗？

**傻子少爷** 我看不到天上的云。

**老爷** 过来，坐在我跟前。

**傻子少爷** 我要出去，外面的天上有云，我想看见它们。

【麦其土司走到傻子少爷身边，与傻子少爷一起看着外面。

**老爷** 真静啊。

**傻子少爷** 就像世界上不存在一个麦其家一样。

**老爷** 你恨我？

**傻子少爷** 我恨你。

**老爷** 你恨你自己是个傻子吧？

**傻子少爷** 我不傻！

**老爷** 但你看起来傻！

**傻子少爷** 你比我傻，他比你还傻！

**老爷** 我头晕，我要站不住了。

**傻子少爷** 倒下去吧，有了新土司你就没有用处了。

**老爷** 天哪，你这个没心肝的家伙，你到底是不是我的儿子？

**傻子少爷** 那你到底是不是我的父亲？

**老爷** （叹了口气）我本不想这样做，要是我传位给你，你哥哥肯定会发动战争。你做了比他聪明百倍的事情，但我不敢肯定你永远聪明。我不敢肯定你不是傻子。

傻子少爷　天上不知什么时候飘来一片乌云把太阳遮住了,也就是这个时候,广场上的人群他们齐齐地叹息了一声"呵",叫人觉得整个官寨都在这声音里摇晃了。

【传来老百姓在行刑人动刀时的大声叹息。

傻子少爷　（走下楼梯）我从来没有听到过这么多人在行刑人手起刀落时大声叹息,我想,就是父亲,也没听到过,他害怕了。我想,他是打算改变主意了。

老爷　儿子啊,你告诉我,你到底是个聪明人还是傻子?

【傻子少爷回头对麦其土司笑了笑。

老爷　（动情地）我知道你会懂我的心的。刚才你听到了,老百姓一声叹息,好像大地都动摇了,刚才他们疯了一样把你扛起来奔跑,踏平了麦地时,我就害怕了,我真的害怕了,连你母亲也害怕了。就是那时候,我才决定活着的时候把位子传给你哥哥。看着他坐稳,也看着你在他手下平平安安。

傻子少爷　我突然感觉我的舌头也像针刺一样痛起来,我知道书记官已经失去舌头了,这种痛楚是从他那里传来的。（对麦其土司）我也不想说话了。

【麦其土司隐。

【静场,只听见风的呼啸声。

傻子少爷　风吹在河上,河是温暖的。风把水花从温暖的母体里刮起来,水花立即就变得冰凉了。水就是这样一天天变凉的,直到有一天晚上,它们飞起来时还是一滴水,落下去就是一粒冰,那就是冬天来到了。

【显现傻子少爷卧室,茸贡卓玛在照镜子顾影自怜。

茸贡卓玛　这世界上没有人相信像我这么漂亮的女人,男人却一天都不在身边。

傻子少爷　冬天来了。田野都收拾干净了。黑色的红嘴鸦白色的鸽子成群结队,漫天飞舞,在空中盘旋鸣叫。就是这样,冬天还是显不出热闹,因为河,因为它的奔流才使一切显得生机勃勃的河封冻了,躺在冰层下面了。

**茸贡卓玛**　没想到你还真不说话了。天哪,世界上有一个傻子不说话了,这怎么得了呀!

【大少爷上。

**大少爷**　(对茸贡卓玛)我来看看弟弟。

**茸贡卓玛**　来也没有用处,他再也不说话了。

**大少爷**　是你不要他说,还是他自己不说了?

**茸贡卓玛**　麦其家的男人脑子里都有些什么东西?

**大少爷**　我跟他不一样。

**傻子少爷**　他们俩叽叽喳喳说了好多话,我迷迷糊糊就睡着了。等我醒来时,他们正好在告别。

【大少爷欲下又回头。

**大少爷**　我会常来看弟弟的。小时候,我就很爱他。后来因为想当土司,他开始恨我了。但我还是要来看他的。

【茸贡卓玛对着镜子把辫子解开。

**大少爷**　你睡吧,这么大一个官寨,你那么漂亮,不要担心没有人说话。

【茸贡卓玛对着镜子一笑。

**大少爷**　弟弟真是个傻子,世界上不可能有比你更美的姑娘,但他却不跟你说话,可见世界上不可能有比他更傻的人了……(下)

【茸贡卓玛走到傻子少爷身边。

**茸贡卓玛**　傻子,我知道你没有睡着,你不要装睡着了。

**傻子少爷**　我睡着了,我正在做梦呢。天哪,她是那么美,坐在那里,就像在梦里才开放的鲜花。

茸贡卓玛　我一直在等你醒来。他们说妻子就该等着男人醒来。再说，你还有老问题要问，不是吗？不然，你就要显得更傻了。

傻子少爷　我在想第一次得到这个漂亮女人时的情景。我把她压在下面了，我把手放在她的乳房上，把自己的东西刺进她的肚子里了，我得到她了！但这不是一个女人的全部，更不是一个女人的永远，于是我对她说：你使我伤心了，你使我心痛了。

茸贡卓玛　你要再不说话，真要成为一个十足的傻子，成为不知道自己是谁，也不知道自己在哪里的傻子，你还是说话吧。

【傻子少爷仍不语。

茸贡卓玛　要是不能叫男人这样，我就不会活在这世上。

傻子少爷　一个恶毒的念头突然涌上了心头，我说：你死了，也会活在我心里。

【茸贡卓玛使劲地捶打傻子少爷，傻子少爷仍不理，茸贡卓玛伤心下。

【傻子少爷像梦游一样站起。

【麦其土司显现，向傻子少爷走去。

老爷　他不想说话，你们不要逼他，他也是麦其家一个男人，他为麦其家做下了我们谁都不曾做到的事，他这样子，我心里十分难过。

【土司太太显现，向傻子少爷走去。

太太　（对傻子少爷喷了一口鸦片烟）儿子，你不想对别人说话，你就对我说话吧，我是你的母亲呀！

【管家显现，向傻子少爷走去。

管家　少爷为什么不和少奶奶睡一起，大少爷又去看她了，少奶奶唱歌了。

【杀手显现，向傻子少爷走去。

杀手　我要杀了你的父亲和你的哥哥。

傻子少爷　冷、冷、冷……我感到浑身发冷，从来没有过的冷……

【行刑人手持紫衣显现，向傻子少爷走去。

【傻子少爷一把夺过行刑人手中的紫衣。

行刑人　（夺回）少爷，你不能穿，这件衣服不是平常的衣服，是受刑者留下的，里面有他们的灵魂。

傻子少爷　这更激起了我想穿的欲望。我要穿，我要穿！

【行刑人逃窜傻子少爷追赶。

【行刑人逃入收藏死人衣服的房间，傻子少爷追入，房间里挂满了紫衣。

傻子少爷　那么多紫衣啊，（拍打着，尘土飞扬）谁能想到衣服上会有那么多灰尘呢！我仿佛感到那些颈子上有一圈紫黑色血迹的衣服都在空中摆荡起来，倒像有灵魂寄居其间。

【紫衣们围着傻子少爷摆荡。

傻子少爷　（抓住了一件紫衣）多么漂亮的衣服啊，我不记得在哪里见到过紫得这么纯正的紫色。衣服就像昨天刚刚做成，颜色那么鲜艳。

【傻子少爷手持紫衣走出房间，行刑人在后面追赶哀求。屋外阳光灿烂。

傻子少爷　我还没有来得及记住这是怎样一种紫色，它就在阳光的照耀下黯淡、褪色了，马上变成了另一种紫色，这种紫色更为奇妙，它和颈圈上旧日的血迹是一个颜色。我抑制不了想穿上这件衣服的冲动。（穿衣）

【行刑人跪在地上不停叩头。

傻子少爷　我感到周身发紧，像是被人用力抱住了。

行刑人　（叩头如捣蒜）鬼……鬼……鬼……

傻子少爷　就算鬼魂附体我也不想脱下这件衣服。一会儿那种被紧紧束缚的感觉就从身上消失了,我感到人也真正和衣服合二为一了。

【傻子少爷炫耀着四处行走。

**傻子少爷**　现在,我看出去,眼前的景象都带着一点或浓或淡的紫色,河流、山野、官寨、树木、枯草都蒙上了一层紫色的轻纱,带上了一点正在淡化,正在变得陈旧的血的颜色。

【显现茸贡卓玛翻箱倒柜找出许多衣服,试图换下傻子少爷的紫衣。

【傻子少爷把茸贡卓玛找出的衣服统统踩在脚下。

**茸贡卓玛**　(害怕地)我受不了了……我受不了了……(哭下)

**傻子少爷**　(在地毯上坐下)我看见了,我看见了……

【显现大少爷卧室。

【茸贡卓玛跑上,一头扎进大少爷怀中,撞痛了大少爷的鼻子。

**茸贡卓玛**　抱紧我,快抱紧我。

**大少爷**　(摸着鼻子)你叫我流血了。

**茸贡卓玛**　再紧一点,不要叫我害怕。

**大少爷**　(紧紧抱住茸贡卓玛)你把我碰流血了。

**茸贡卓玛**　你流血了?你真的流血了。你是真正的人,我不害怕了。

**大少爷**　谁不是真正的人?

**茸贡卓玛**　你的兄弟。

**大少爷**　他是一个傻子嘛。

**茸贡卓玛**　他叫人害怕。

**大少爷**　你不要害怕。

**茸贡卓玛**　那你抱紧我吧!

**傻子少爷**　(凄楚地)我也看见了,看见了……

【显现躺在烟榻上的太太吞云吐雾。

【喝得醉醺醺的麦其土司进来，一下跪倒在烟榻前。

**太太**　你后悔了？

**老爷**　呃！（按捺不住扑上烟榻欲掀太太衣襟）

**太太**　（一下推开麦其土司）老畜生！你就是这样叫我生下了傻子儿子的！你滚开！

【麦其土司情欲难忍，立即走到央宗卧室。
【显现央宗正在打坐，一下比一下更长地呼吸。
【麦其土司扑了上去。
【另一侧，大少爷也把茸贡卓玛压在了下面。

**傻子少爷**　痛苦又一次击中了我，像一支箭从前胸穿进去，在心脏处停留了一阵，又像一只鸟穿出后背，吱吱地叫着，飞走了。

【两对男女互相撕扯着对方，使官寨摇晃起来。

**傻子少爷**　我闭上了眼睛，身子随着这摇晃而摇晃。

【隆隆雷声。

**傻子少爷**　雷声隆隆地从遥远的地方滚来，官寨更剧烈地摇晃起来，我坐在那里，先是像风中的树那样左右摇摆，后来，又像筛子里的麦粒一样，上下跳动起来。

【又一阵从地底传来的巨大而低沉的声音，人们都从屋里跑到了广场，大少爷和茸贡卓玛、麦其土司和央宗，同时几乎是光着身子冲出了卧室，现身于众目睽睽之下。

**傻子少爷**　好像是为了向众人宣告，这场地震是由他们大白天疯狂的举动而引发的。大地深处又掀起了一次更强烈的震动，大地又摇晃起来了！

【众人被震得趴在地上。
【突然，"哗啦"一声官寨碉楼的一角崩塌了。一阵烟尘升入天空。

**傻子少爷**　大家都趴在地上，目送着那柱烟尘笔直地升入天空，就好像看到麦其家的什么在天空里消散了。烟尘散尽，碉楼的一角没有了，但官寨却依然耸立在蓝天之下。大地的摇晃走到远处去了，远了……远了……

【人们回到了自己的家，大少爷和茸贡卓玛、麦其老爷和央宗都回到了自己的卧室，一切又恢复了宁静。

【显现大少爷卧室。傻子少爷进来扬手就给了大少爷一个耳光。

大少爷　（捂着脸）傻子，刚才我还在可怜你，因为你的妻子不忠实，但现在我高兴，我把你的女人干了！

傻子少爷　我终于感到这件衣服的力量，它叫我转过身去，不理会这个疯狂的家伙，回自己房间去了。

【显现傻子少爷卧室，茸贡卓玛在照镜子。傻子少爷走了进来。

茸贡卓玛　（惊叫）天哪，哪里来的一股冷风！

傻子少爷　你给我从我的屋子里滚出去！你不再是我的老婆了！快滚到他那里去吧！给你母亲写封信，告诉她地震的时候，你光着身子站在众人面前是什么滋味！

茸贡卓玛　你真狠啊，一开口就说出这么狠心的话来了。

【傻子少爷在床上躺下，茸贡卓玛想上床被傻子少爷一脚踢下，在地毯上蜷成一团。

【一轮明月升起，传来凄楚的口弦声。

傻子少爷　月亮完全升起来了，在薄薄的云彩里穿行。官寨里什么地方，有女人在拨弄口弦，口弦声凄楚迷茫，无所依傍。

【口弦声继续。

【突然走廊里传来一声枪声，傻子少爷起身走出房门。

【一个黑影闪过。接着一声"哗"的倒水声。

傻子少爷　那黑影我知道是杀手，那枪是父亲打的，随着枪声一盆尿倒在了我身上,他一定以为杀手穿着紫衣,而尿有魔力能化解仇人的法术。

【傻子少爷回到房中,脱掉了紫衣,茸贡卓玛赶紧把紫衣扔出窗外,紫衣被杀手捡去了。

**傻子少爷**　我仿佛看到,那件紫色的衣服在空中像人的灵魂那样展开了。

【传来喇嘛诵经声。

**傻子少爷**　那件紫衣离开了我,我难免有点茫然若失的感觉,我一下抓住了卓玛,我要了她,不知哪来的前所未有的欲望,带着爱和仇恨给我的所有力量与猛烈,我狠劲地占有了她。

【诵经声越来越响,雄浑的诵经声中傻子少爷与茸贡卓玛做爱,茸贡卓玛放肆地呻吟。

【一侧显现大少爷卧室。

【诵经声中穿着紫衣的杀手偷偷上,蹑手蹑脚走向酣睡的大少爷。

【正在激烈性战中的傻子少爷突然坐起。

**傻子少爷**　(惊呼)杀手来了!杀手来了!

【杀手举刀对准大少爷的后背刺了下去。

**傻子少爷**　(大叫)杀人了!杀人了!

**茸贡卓玛**　(狂叫)来人哪,来人哪!

【傻子少爷、茸贡卓玛、麦其土司等众人冲上。

**杀手**　你们好好看看,这是我的脸,我是报仇来了!（下）

**茸贡卓玛**　他还活着,他还活着。

【众围住大少爷。

**大少爷**　(醒来)我还在吗?

**傻子少爷**　你还在自己床上。

**大少爷**　我怎么了?

**傻子少爷**　仇人，刀子，麦其家仇人的刀子。

**大少爷**　（笑笑）这个人刀法不好。

【麦其土司握住大少爷的手。

**老爷**　你是活不过来了，儿子，少受罪，早点去吧。（老泪纵横）他为什么不杀我啊！

**大少爷**　（幽怨地）要是你早点让位，我就当了几天土司。可你舍不得。我最想的就是当土司。

**老爷**　好了，儿子，我马上让位给你。

**大少爷**　（摇摇头）我没有力气坐那个位子了。我要死了。（眼睛直盯着傻子少爷）

【麦其土司流着眼泪下，众随下。只留下傻子少爷一人。

**大少爷**　（轻轻地）你能等，你不像我，不是个着急的人。知道吗？我最怕的就是你，睡你的女人也是因为害怕你。现在，我用不着害怕了。

**傻子少爷**　哥哥！

**大少爷**　想想小时候，我有多么爱你呀，傻子！

**傻子少爷**　我也爱你。

**大少爷**　我真高兴……

**傻子少爷**　哥哥……

【茸贡卓玛一步一步走回傻子少爷卧房，寨子里的所有人都看着她。

【灯渐暗。

## 6. 边境集镇

【几年后。又是一个秋收季节。
【隐约显现麦其土司官寨。
【傻子少爷带着马队离开官寨去向边境集镇。

**傻子少爷**　又是一个秋天，这几个秋天外面发生了多少翻天覆地的大事啊。正如班禅喇嘛圆寂前所祈祷的那样，东面的日本鬼子失败了，但是班禅喇嘛也没想到，内地的汉人自己打起来了。我们呢，照旧过我们的慢日子，不过我们在边境建立的粮食茶马集镇使麦其土司发了大财，成了土司里面最富有的。我又要去边境集镇了。我们的马队逶迤离开时回望麦其家的官寨，不知道为什么，我突然有一个感觉，觉得这座雄伟的建筑不会再矗立多久了。不知道等我们回来时还能不能看到它。

【傻子少爷依依不舍地看着远处越来越缥缈的官寨。

**傻子少爷**　在路上，不能说话的书记官写了一首诗献给我，诗是这样写的：

　　你的嘴里会套上嚼子，
　　你的嘴角会留下伤疤；
　　你的背上将备上鞍子，
　　鞍上还要放一个驮子；
　　有人对你歌唱，

唱你内心的损伤；

有人对你歌唱，

唱你内心的阳光。

我敢说，从第一次被割舌头开始，他还从没有这样激动过。他不大相信边界上不是一座堡垒，而是一座开放的建筑，他更不相信，这里会有一个巨大的、汇聚天下财富的市场。作为一个记载历史的人，他记载的麦其土司所有的一切，不过是过去历史的重复而已，而现在，他会在边界看到前所未有的崭新的东西。

【显现边境集镇上的一家酒馆。

【酒馆里人来人往，喝酒的、猜拳的、喝醉的、卖唱的、乞讨的充斥其间，一片繁忙景象。

**傻子少爷** 我回到了边界，是的，现在人们把市场叫做镇子了。这个镇子也越来越繁荣了，街上开出了许多商店，还有一座酒馆，人们不用醉倒在草地上了。可是，不知怎么的，我越来越感到眼前的一切是一种幻觉，书记官告诉我，什么东西都有消失的一天，是的，眼前的一切都会消失，可是在消失之前，它会更加繁荣，你看看这些不知道未来，也许是不想知道未来的人们吧，好像不把这些繁荣消耗掉决不罢休似的。在这一切消失之前，我想让土司们最后狂欢一下吧，可怜的土司们！我已经写了帖子，派了人，派了快马，去请邻近的土司们来此聚会，我把这个聚会叫做"土司们最后的节日"。

**管家** （喊）麦其土司到。

【仆人们拥着麦其土司上。

**老爷** 儿子，你知道我到这里来干什么吗？我来看那些老家伙吗？不，我来看你，我的儿子！我知道自己活不了多久了，这事完了你就跟我回去吧。我一死，你就是麦其土司了。

**傻子少爷**　父亲……

**老爷**　（捂住傻子少爷的嘴）不要对我说你不想当土司，也不要对我说你是傻子。儿子，当上土司后，你想干什么？

**傻子少爷**　（茫然）是啊，过去我只想当土司，却没有想过当上土司后要干什么。我很认真地想当土司能得到什么。银子？女人？广阔的土地？众多的奴仆？这些我没费什么力气就已经有了。权力？是的，权力。我并不是没有权力。再说了，得到权力也不过就是能得到更多的银子、女人、土地、奴仆。这就是说，对我来说，当土司并没有什么意思。可是奇怪的是，我还是想当土司。我想，当土司肯定会有些我不知道的好处，不然，我怎么这样想当？

**老爷**　好处就是你知道的那些了，余下的，就是晚上睡不着觉，连自己的儿子也要提防。

**傻子少爷**　这个我不怕。

**老爷**　为什么不怕？

**傻子少爷**　因为我不会有儿子。

**老爷**　没有儿子？你怎么知道自己会没有儿子？

【传来茸贡卓玛的歌声。

**傻子少爷**　我想告诉父亲，卓玛的下面干了，不会再生儿子了，可是我对父亲说，（对麦其土司）因为你的儿子是最后一个土司了，如果你把位子让给他的话。

**老爷**　你又犯傻了吧！

**傻子少爷**　要不了多久，土司就会没有了。

**老爷**　（跪地）请问预言的是何方的神灵？

**傻子少爷**　你还记得吗，一条舌头说了，你却把说这话的舌头割掉了。

**老爷**　我拿不准你到底是不是傻子，但我拿得准你刚才说的是傻话。

傻子少爷　我确实清清楚楚看到了结局，互相争雄的土司们一下就不见了。

老爷　（起身）我请活佛替我卜了一卦，说我的大限就在今年冬天。

傻子少爷　叫活佛再卜一卦，反正土司们就要没有了，你晚些死，就免得交班了。

老爷　（认真地）你看还有多长时间？

傻子少爷　十来年吧。

老爷　要是三年五年兴许还熬得下去，十年可太长了。（入内）

傻子少爷　也许是三年五年吧，但不管多久，我在这天突然感到了结局，不是看到，是感到，感到将来的世上不仅没有了麦其土司，而是所有的土司都没有了。

老爷　我想通了，要不然，上天怎么会让你下界，你不是傻子，你是个什么神仙，是负有什么使命来结束这个时代的。哎，我怎么会养你这样一个儿子啊！

傻子少爷　你为什么要把我生成傻瓜啊？

老爷　为什么你看不到现在，却看到了未来？

傻子少爷　是的，我看到了，将来，所有官寨都没有了，这里将成为一个新的地方，一个属于未来那个没有土司的时代的地方，越来越大，越来越漂亮。

【麦其土司摇着头进内室。

管家　（喊）茸贡土司到！

【侍女们拥着茸贡土司上。

茸贡土司　（径直往内室）女儿，女儿，我的心肝宝贝，谁敢欺负你，我跟他没完！

管家　（急急跟上）茸贡土司！茸贡土司！少爷在等你……

茸贡土司　你给我好好照料我的马吧,那是花了大价钱刚从蒙古人手里买的。

【傻子少爷一示意,管家一抬手朝茸贡土司来的方向就是两枪。

【茸贡土司吃惊地止步。

管家　太太不必担心,等你回去时少爷会给你快上十倍的马!

【茸贡土司马上转变脸色。

茸贡土司　哎哟,我当是谁呢,是我的宝贝女婿呀,女婿亲自下的帖,我做岳母的能不来吗?!

傻子少爷　岳母够赏脸的。

茸贡土司　再说,我也得会会我的那些老对手,老朋友呀。

【又传来茸贡卓玛的歌声。

茸贡土司　看来小两口子日子过得不错呀。卓玛,卓玛,卓玛……(进内室)

【一刹那茸贡卓玛的歌声变成了哭声。

管家　(喊)拉雪巴土司到!

【仆人拥着拉雪巴土司上。傻子少爷迎上。

拉雪巴土司　(赶紧上前)啊,我的朋友,我的老朋友啊。

【两人紧紧握手。

拉雪巴土司　瞧,腰上的力气使我还能坐在马背上,手上的力气使我还能抓住朋友。老朋友,咱们有多少日子没见面了,好想念呀,这不,我一接到少爷的请帖就马不停蹄地赶过来了……老朋友啊……(进内室)

管家　(喊)汪波土司到!

【仆人拥着年轻汪波土司上。

傻子少爷　(迎上)欢迎,欢迎!

汪波土司　麦其少爷,刚才从镇子上过,你经营得不错呀。

傻子少爷　哪里哪里，等住下来，我好好陪你转转。

汪波土司　相信我们会有共同的话题。哈哈，过去的事是我们父亲那一代的事，让我们把仇恨埋在土里，而不是放在肚里。

傻子少爷　是啊是啊，请诸位来就是这个意思呀。

汪波土司　我请麦其少爷在镇上给我一块地方，让我也在这里做做生意，你不会不答应吧！当然，我会按时上税。

傻子少爷　没问题，没问题，哎，我要那么多的钱干什么？要是中国人还在打日本人，那我掏钱买飞机，但日本人已经败了，我要那么多钱干什么？

汪波土司　说得也是呀，我们要那么多钱干什么呀，朋友是第一的呀，哈哈（进内室）

【管家在傻子少爷耳边耳语。

傻子少爷　快请！

【黄特派员上。

傻子少爷　啊，黄特派员，上次你给我们带来了现代化的枪炮和鸦片，这次给我们带来了什么？（自叙）有史以来，汉人到我们这里来，不是带来什么就是带走什么。

黄特派员　我就带来了我自己，我是投奔少爷来了。老实告诉少爷，我在我原来的地方待不下去了。

傻子少爷　你是红色汉人？

黄特派员　不不不，怎么会！算是红色汉人的亲戚吧。

傻子少爷　汉人都是一个样子的，我可分不出来哪些是红色，哪些是白色。

黄特派员　那是汉人自己的事。

傻子少爷　这里会有你一间房子。

黄特派员　（拍拍自己脑袋）也许这里面有些东西少爷会有用处。

傻子少爷　姑娘怎么办？我不打算给你姑娘。

**黄特派员**　我老了。

**傻子少爷**　不准你写诗。

**黄特派员**　我不用装模作样了。

**傻子少爷**　我就是不喜欢你过去那种样子，我要每月给你一百两银子。

**黄特派员**　我不要你的银子，我找得到自己花的银子。

**傻子少爷**　这个我相信，我只是不知道你到底是干什么的？

**黄特派员**　落到这个地步，我也不知道自己是干什么的，这样吧，我就当你的师爷吧。

**傻子少爷**　我的傻子脑子里像有一群蜜蜂在嗡嗡嗡唱歌。（问黄特派员）那我是什么人？

**黄特派员**　现在你什么人都不是，但却可能成为你想成为的任何一种人。

**傻子少爷**　是的，要是你是一个土司的儿子，而又不是土司继承人的话，就什么都不是，但我知道，管家暗示过，现在黄师爷也在暗示，有一天我可以同时成为两个土司。

**黄特派员**　这一切，都需要等，要耐心地等待。

**傻子少爷**　好吧，我们一起去跟土司们喝酒吧。

【舞台中间显现土司宴会。

【傻子少爷和黄特派员加入宴会。

【土司们已经喝得有些醉意了。

**茸贡土司**　（借着酒意，指着麦其土司）他的儿子是个傻子，我的女儿是世上少有的漂亮姑娘，他儿子都不知道亲近，你们看他是不是傻子。（轻声对汪波土司）让我把女儿嫁给你吧。你没见过我的女儿吗？

**汪波土司**　你放了我吧，我见过你女儿，她确实生得美丽非凡。

**茸贡土司**　那你为什么不要她，想娶她就娶她，不想娶她，也可以陪她玩玩嘛。（瞄着麦其土司）大家都知道我喜欢男人，我的女儿也像我一样。

**汪波土司**　（轻声向茸贡土司）求求你，放开我吧，我的朋友会看见。

**傻子少爷**　我想，新的朋友要背叛我了。我心里没什么痛苦，反而希望发生点什么事情。我在心里说，新朋友，背叛我吧！

【茸贡卓玛又在走廊里唱起歌来。

**傻子少爷**　看来，上天一心要顺遂我的心愿，不然，卓玛不会在这个时候突然出现在走廊上开始唱歌。我不知道她是对人群还是原野歌唱，但我知道她脸上摆出了最妩媚的神情。她的存在本身就是一种诱惑。

【汪波土司显现出受到诱惑的惊恐。

**茸贡土司**　（对汪波土司）你看见了吧，唱歌那个就是我漂亮的女儿，这个傻子却不跟她住一个房间，不跟她睡在一张床上。

**傻子少爷**　我真想告诉他们，那是因为她作为一个女人的泉水已经干涸了。但我没有说。

**汪波土司**　天哪，我的朋友怎么会这样？

**茸贡土司**　你的朋友？我不懂堂堂土司为什么要把他当成朋友。他不是土司，他是傻子！我死了，位子就是我女儿的丈夫的，每当我想到这傻瓜要成为茸贡土司，我整夜都睡不着觉。长久睡不好觉叫我老得快了，脸上爬满了皱纹，男人都不想要我了。可你还多么年轻啊，就像早晨刚刚升起的太阳一样。

**傻子少爷**　我真懒得听她胡诌，温暖的阳光照得我昏昏欲睡。

**茸贡土司**　（大声对傻子少爷）喂！我们这些土司，不是你请来的客人吗，主人却睡过去了，像话吗！

**傻子少爷**　你怎么不回自己的领地，有人在你面前睡觉就杀了他。

**茸贡土司**　看看这傻子怎么对自己的岳母的吧。他不知道自己的妻子有多么美丽，也不知道岳母需要尊敬。他想叫我回去，我偏不回去。我是他请来的，我们都是他请来的。他该有什么事情，没有事情把我们管理着大片土地和人民的土司请来是一种罪过。

【汪波土司不敢看傻子少爷。

**拉雪巴土司** 我这个土司没什么事做，我认为土司都没什么事做。

【土司们大笑。

**土司甲** 那说明你不配当土司！

**土司乙** 快把位子让给更合适的人吧！

**拉雪巴土司** （笑着）自从当了土司以后，真的没做过什么事呀。你们又有什么脑子好动？地盘是祖先划定了的，庄稼是百姓种在地里的，秋天一到，他们自己就会把租赋送到官寨，这些规矩也都是以前的土司定下的。他们把什么规矩都定好了，所以，今天的土司无事可做。

**土司甲** 那可不能这么说，麦其土司种鸦片不能算是无事可做吧。

**拉雪巴土司** 啊，鸦片，那可不是好东西。（对傻子少爷）真的，鸦片不是好东西。（对茸贡土司）鸦片使我们都失去了些好东西。

**茸贡土司** （没好气地）我并没有失去什么。

**拉雪巴土司** （一笑）哈，我失去了土地，你失去了女儿。

**茸贡土司** 我女儿是嫁出去的。

**拉雪巴土司** 算了吧，谁不知道在茸贡土司手里，美色就是最好的武器。

【茸贡土司无言可答，深深叹了口气。

**拉雪巴土司** 反正，我跟你们这些人动了一次脑子，结果，饿死了不少老百姓，失去了那么多土地。好了。不说了，不说了，哎，我说麦其家少爷，你总得给我们找点事做做吧。

土司乙　做什么事！这地方很热闹，就在这里多玩几天吧。

【众土司起哄。

傻子少爷　事情不必去找，到时候自然就会发生，需要的是等待，人要善于等待。（一挥手）

【老鸨带领一群妓女从楼上蜂拥而下，妓女们自动找到自己的目标客人，除了茸贡土司。

拉雪巴土司　（大笑）哈哈，麦其少爷原来是请我们来享受这些美妙的姑娘的！妙！妙！

茸贡土司　（对麦其土司）看看你们麦其家吧，你的大儿子带来了鸦片，傻瓜儿子又带来了这样的女人！

麦其土司　你带来了什么？你也给我们大家带点什么来吧。

茸贡土司　我不相信女人有什么不同。

土司甲　住嘴吧，每个女人都大不相同！哈哈，你怎么会知道！

【众土司大笑，茸贡土司悻悻下。

【妓女们把土司们拉上楼，进入一间间客房。

老鸨　（对傻子少爷）少爷有两个专门的姑娘，其他的姑娘少爷不能去碰。

傻子少爷　为什么不能？

老鸨　那些姑娘不干净，有病。

傻子少爷　什么病？

老鸨　把男人的东西烂掉的病。

傻子少爷　有那么厉害吗，那是什么病？

黄特派员　梅毒！

傻子少爷　梅毒？

黄特派员　（与傻子少爷耳语）少爷，鸦片是我带来的，这梅毒可不是我带来的。

傻子少爷　（半信半疑）梅毒难道比鸦片还厉害吗？！

黄特派员　天哪，这里连这个都有了，还有什么不会有呢！

【楼上传来欢笑声。

傻子少爷　可土司们喜欢哪，他们不怕，他们没人想离开。

黄特派员　由他们去吧，他们的时代已经完了，让他们得梅毒，让他们感到快活，我们得操心我们自己了。

傻子少爷　（仍然沉浸在恐惧中）起码三天，我都不想吃饭了。

黄特派员　对人来说，钱是厉害，但却比不过鸦片，鸦片嘛，又比不过梅毒。但是我要跟少爷说的不是这个。

傻子少爷　还有什么？

黄特派员　少爷，他们来了。

傻子少爷　他们来了？！

黄特派员　对，他们来了！

傻子少爷　他们是谁？

黄特派员　汉人！

傻子少爷　（大笑）那有什么可大惊小怪的！难道你不是汉人？我母亲不是汉人？这镇上好多铺子里待着的不是汉人？连我自己都是一个汉族女人的儿子嘛！

黄特派员　我是说有颜色的汉人来了！

傻子少爷　我明白了。没颜色的汉人到这里来，纯粹只是为了赚点银子，像那些商人，或者只是为了活命，就像师爷本人，但有颜色的就不一样了，他们要我们的土地染上他们的颜色。好吧，叫他们来吧。

老鸨　什么有颜色没有颜色，是红色还是白色，在我这里都是一样的！（朝地上啐了一口）呸！什么颜色的男人都没有两样，除非像少爷一样。

傻子少爷　少爷怎么样？

老鸨　像少爷这样，像傻又不像傻，我就不知道了。

167

【土司们摇摇晃晃上。

**土司甲** 谁,谁,谁要来了?

**黄特派员** 红汉人。

**土司乙** 汉人不是自己打起来了吗?

**黄特派员** 估计是中国最后一仗啦。

**土司甲** 那你认为,是红汉人会赢还是白汉人?

**黄特派员** 不管哪一边打赢,那时,土司们都不会像今天了,不会是自认的至高无上的王了。

**土司乙** 我们这么多王联合起来,还打不过一个汉人的王吗?

**黄特派员** (对傻子少爷)少爷,听见了吗? 这些人说什么梦话!

**茸贡土司** (冲出土司群被拦住)土司里还有男人吗? 土司里的男人都死光了!

【众土司把茸贡土司劝下,黄特派员和老鸹随下。

**傻子少爷** 刮风了,一柱寂寞的小旋风从很远的地方卷了过来,把街道上的尘土、纸片、草屑都旋到了空中,发出旗帜招展一样的劈啪声。 有几个姑娘从楼上跑了下来……

【几个妓女打闹着从楼上跑下。

**傻子少爷** 她们对着旋风撩起了裙子,我好像看见了那种叫做梅毒的花朵。 天哪,它们为什么不像罂粟花那样漂亮呢! 我想起了那漫山遍野火一样灿烂的罂粟花,现在,那恶心的梅毒的花朵也要像罂粟花一样开遍整个酒馆,整个镇子了……我问过书记官,这个镇子是不是真该被诅咒,他的回答是,并不是所有到过这个镇子的人身体都腐烂了,他说,跟这个镇子不般配的人才会腐烂。 他还说,凡是有东西腐烂的地方都会有新的东西生长。

【杀手上。

**杀手** 少爷!

傻子少爷　是你？你又来了。

杀手　是的，我又来了。

傻子少爷　你还要来报仇吗？

杀手　是的，我知道麦其土司在楼上。我本来想上楼去杀死他，一了百了。

傻子少爷　是吗！

杀手　我杀死你父亲，你再杀死我，不是一了百了了吗？

傻子少爷　要是我不杀你呢？

杀手　那我就要杀你，因为那时你是麦其土司。

傻子少爷　这么着急想一了百了？

杀手　我要从近处好好看看杀了我父亲的仇人，可是当我从近处看到了杀我父亲的仇人之后，我又不想杀他了。

傻子少爷　为什么？你不是想一了百了吗？

杀手　我想不用我动手了，少爷，你看看上面……

【楼上一间间妓女房间中人影晃动。

杀手　你说，还用我动手吗？（走至一半停下）不能全怪汉人，是土司自己一了百了了。（下）

【一群衣衫褴褛的白色汉人残兵败将持枪上，他们迫不及待地冲上楼去。

【姑娘们尖叫，土司们慌忙地从楼上跑下。

【汪波土司急下，后面跟着茸贡卓玛。

【茸贡卓玛发现傻子少爷，跑到一半停下。

茸贡卓玛　（对傻子少爷）你为什么不要我，不要我，你真是个傻子，难道我不是你的妻子吗？当初不是你一定要娶我的吗？难道是因为我和你那个死去的哥哥，对吗？这值得你一直不理我吗？难道我不是天下最美丽的女人吗？男人们总是要打我主意的，总会有个男人，在什么时候打动我的。我不是还爱你吗？我多么想给你生个儿子啊，哪怕是一个傻儿子！

**傻子少爷**　不怪你，卓玛，是我，是我不行，你去另找个小伙子试试吧。

**茸贡卓玛**　傻子，你不心痛吗！（痛哭）傻子，你不爱我了……（哭下）

**傻子少爷**　（深深叹了口气）卓玛走了，她跟汪波土司走了。土司们也作鸟兽散，都回到了自己的领地。白色汉人来了不久，红色汉人也来了，看看楼上的样子吧……

【一间间妓女房间中白色汉人晃动的身影又显现。

**傻子少爷**　就知道他们根本不是红色汉人的对手。春天来了，大地解冻了，解放军用炸药隆隆地放炮，为汽车和大炮炸开宽阔的大路向土司们的领地挺进了。土司们有的准备跟共产党打，有的准备投降。拉雪巴土司投降了，换回了一身解放军衣服；茸贡土司买枪买炮，要跟共产党大干一场。最有意思的是汪波土司，他说不知道共产党是什么，也不知道共产党会把他怎么样，反正不能跟麦其家的人站在一起，也就是说，要是麦其土司抵抗共产党他就投降，要是麦其土司投降，那他就反抗。而麦其土司却不知为什么跟共产党干上了。

【灯暗。

## 7. 麦其土司家

【几月后。初春
【麦其土司家正厅。墙壁已被炸出一个大洞。到处堆着掩体和尸体。
【炮声隆隆。一群身穿五颜六色法衣头戴奇形怪状法帽的神巫在作驱鬼法事。不断有藏人士兵与白色汉人士兵倒下。
【显现傻子少爷。

**傻子少爷** 听到激烈的枪炮声，我的心被突然涌起的，久违了的，温暖的亲情紧紧攫住了，好久以来，我都以为已经不爱父亲，也不太爱母亲了，这时，却突然发现自己依然很爱他们，我不能把他们丢在炮火下，自己逃生，我回到了官寨回到了家。

【傻子少爷从大洞里爬上。

**傻子少爷** 我看见父亲了，他没有更显苍老，虽然须发皆白，但他的眼睛里却放射着疯狂的光芒。

【麦其土司亢奋地上。

**老爷** （一把抓住傻子少爷的手）瞧瞧，是谁来了！是我的傻儿子来了！

【土司太太跟上。

**太太** （扑上，抱住傻子少爷的头在怀中摇晃）儿子，儿子，想不到还能看到我的亲生儿子！

**傻子少爷** 母亲的泪水还是流出来了,落在我的耳朵上,落在我的颈子里。(起身,大声地)我来接父亲和母亲来了。

**老爷** 神巫的法事还真管用,抵挡了红色汉人一阵子,让我们父子俩还有见面的机会。

**傻子少爷** 父亲,母亲,快跟我走吧,快走,在红色汉人还没有攻寨子前。

**老爷** 我什么地方也不去,我老了,要死了。本以为就要平平淡淡死去了,想不到却赶上了这样一个好时候!一个土司,一个高贵的人,就是要热热闹闹地死去才有意思。

**太太** 我要跟老爷死在一起。

**老爷** 你来得正好,老天把你送来了,我把最后一件事办完了,我就可以放心地死了。

**傻子少爷** 父亲!

**老爷** 傻小子哎,我要把土司的位子传给你,让你当麦其土司!

**傻子少爷** 现在,土司的位子还重要吗?

**老爷** 我要让我的傻儿子做土司,哪怕只当一天的土司,一个时辰的土司,你也是做过土司了!

**傻子少爷** 来不及了,父亲!

**老爷** 世界上没有来不及的事,我现在就宣布,大家听了!

【没有一个人听麦其土司讲话。

**老爷** 我把土司的位子正式传给我的小儿子了,从现在起,他就是麦其土司了。(兴奋地到处乱窜)我宣布,我宣布……(下)

**太太** 儿子哎,你坐下吧,(拽傻子少爷在烟榻旁坐下)让我好好看看你。(端详傻子少爷)我的儿子啊,新的麦其土司,你知道你妈的身世吧。

**傻子少爷** 我知道。

**太太** 在今天要死去的人里面,我这一辈子是最值得的。我先是一个汉人，现在，已经变成一个藏人了。闻闻自己身上，从头到脚，散发的都是藏人的味道了。当然，我最满意的还是从一个下等人变成了上等人。（贴近傻子少爷）我还从一个下贱的女人变成了土司太太，变成了一个正经女人。儿子，你妈做过妓女。（一下吞了几个鸦片烟泡，然后亲了一下傻子少爷的额头）这一下，我生的儿子是不是傻子我都不用操心了。（又吞了几个烟泡，慢慢在矮榻上躺下）以前，想吃鸦片却担心钱，在麦其，从来没有为这个操心过，我值得了……（隐）

【显现傻子少爷卧房。

**傻子少爷**　我的父亲死了，我的母亲也死了，我又回到了我小时候住的那个房间，睡在了我小时候睡的那张床上，就是在这里，那个下雪的早晨，我第一次把手伸进了一个叫卓玛的侍女怀里，画眉鸟在窗子外面声声叫唤，一个侍女的身体唤醒了沉睡在傻子脑袋里的那一点点智慧，那年我十三岁，我的生命就是从我十三岁的那个画眉鸟鸣叫的早晨开始的……

【窗外又传来画眉鸟及百灵和绿嘴小山雀的啼叫声。

**傻子少爷**　啊，我又听到了画眉的叫声，还有百灵和绿嘴小山雀的叫声，卓玛，我要谢谢你，谢谢你……

【卓玛显现。

**卓玛**　少爷，对不起你，我没向你告辞我就走了，我要投奔红色汉人队伍去了，他们告诉我，我再也不是奴隶，不是下等的奴隶了，我自由了，自由了！不过少爷，好人哪，我还是会想你的，想你的……

**傻子少爷**　我还想起了那一汪泉水，多么柔滑又烫得恰到好处的泉水，还有一股湿漉漉的青草味和奶香味，卓玛，我也要谢谢你，谢谢你……

【牧场卓玛显现。

**牧场卓玛** 少爷,我把你赐给我的少奶奶的首饰盒子紧紧地抱在怀里,我哪儿也不去,我要守住首饰盒直到死,因为这是少爷给的,少爷亲手给的,少爷,我真想为未来的麦其土司去死啊……

**傻子少爷** 我还怀念那一轮照着波光粼粼的小河的明月,月光下那一对闪着纯澈光辉的明眸,像刚刚出膛的滚烫的子弹把我狠狠地打中了,从皮肤到血管,从眼睛到心房,都被她的美弄伤了。我真后悔去碰她呀,她要永远是那样有多好,我要永远活在因为美而变成傻子的状态里那有多好,卓玛,我还是要谢谢你,谢谢你呀……

【茸贡卓玛显现。

**茸贡卓玛** 傻子哎,你知道吗,我跟别人在一起时,跟你的哥哥,跟汪波土司,跟白色汉人军官在一起时,我心里还是想着你,每次你都叫我伤了你,到头来还是觉得你可爱,傻得可爱啊,我的傻子!我要跟汪波土司去了,汪波土司投降了红色汉人,在土司没消灭前他还会做土司,我也会成为土司太太,可是,我还是想着傻子呀,我的傻子……

**傻子少爷** 卓玛,我的卓玛,我要谢谢你们啊……

【卓玛、牧场卓玛、茸贡卓玛隐。
【一阵猛烈的爆炸声,麦其土司的官寨碉楼倒塌了。
【儿歌声起:
  牦牛的肉已经献给了神,
  牦牛的皮已经裁成了绳,
  牦牛缨子似的尾巴,
  已经挂到了库苴曼达的鬃毛上,
  情义得到报答,坏心将受到惩罚。

  妖魔从地上爬了起来,

　　　　　国王本德死了,

　　　　　美玉碎了,美玉彻底碎了。

　　【歌声里,白色汉人士兵与藏人士兵高举双手走了出去。里面有管家和行刑人。

傻子少爷　（大笑）哈哈,我是土司了! 我是麦其土司了! 我是最后一个麦其土司了! 来人,来人,来人哪!

　　【书记官上,书记官奋笔疾书,对着傻子少爷张开口似乎在说：我记下了! 我记下了,新的麦其土司诞生了! 诞生了! （隐）

傻子少爷　（虚弱地越来越轻）来人啊,来人啊……

　　【无人答应。官寨的废墟上空无一人。 乌鸦哀鸣。

傻子少爷　真安静啊,我发觉我的时候就要到了,我当了一辈子傻子,现在,我知道自己不是傻子了,也不是聪明人,不过是在土司制度将要完结的时候,到这片奇异的土地上来走一遭罢了,是的,上天叫我看见,叫我听见,叫我置身其中,又叫我超然物外,上天是为了这个目的,才让我看起来像个傻子的。

　　【突然,传来轻轻的敲门声。

傻子少爷　谁?

　　【敲门声不慌不忙地继续。

傻子少爷　门没锁。

　　【敲门声继续。

傻子少爷　进来吧。

　　【杀手抱着一坛酒进来。

杀手　少爷,我给你送酒来了。

傻子少爷　放下吧,你不是送酒来的,你是杀我来了。

　　【杀手手一松,那坛酒跌落地上,粉碎了。 屋子里立刻充满了酒香。

**傻子少爷** 你的复仇的任务终于可以完成了。

**杀手** 这是我最好的酒,我想好好请你喝一顿。

**傻子少爷** 谢谢,不用了,你快动手吧。

**杀手** 我本来不想杀你,谁让你做了新的麦其土司呢!(从怀中取出一把亮晃晃的刀子,苍白的额头上沁出汗珠,向傻子少爷逼来)

**傻子少爷** 等等。(爬到床上躺下)好了,来吧。

【杀手举起了刀。

**傻子少爷** (又说了声)等等。

**杀手** 你要干什么?

**傻子少爷** 我突然想起,他的父亲是我杀的,难道真的是宿命吗!我说出口的却是,(对杀手)你叫什么?你的家族姓什么?

【杀手举刀的手开始颤抖。

**傻子少爷** 是的,我知道他是麦其家的仇人,但却忘了他的家族的姓氏了。我的这句话把这个人的尊严深深地伤害了。本来,他对我说不上有什么仇恨,因为他不知道是我杀的,他知道杀他父亲的我的父亲已经死了,但这句话,使仇恨的火焰在他眼里燃烧了起来。

【杀手高举刀子狠劲地向傻子少爷刺去。

**傻子少爷** 刀子,锋利的刀子,像一块冰,扎进了我的肚皮,不痛,但是冰冰凉,很快,冰就开始发烫了。我听见自己的血滴滴答答地落在地板上。

**杀手** 土司少爷,再见了。(隐)

**傻子少爷** 现在,上天啊,叫我来到这个世界上的神灵啊,我身子正在慢慢分成两个部分,一个部分是干燥的,正在升高;而被血打湿的那个部分正在往下陷落。

【傻子少爷的身体缓缓升起。

**傻子少爷**　我发现我自己的一部分正在脱离我的躯体,正在缓缓上升,缓缓上升……啊,我看见了,看见了,春天正在染绿果园和大片的麦田,在那绿色中间,土司官寨变成了一大堆石头,低处是自身投下的阴影,高处,则辉映着阳光,闪烁着金属般的光泽。我感到我的眼里涌出了泪水,要是我还能流泪的话。一小股旋风从石堆里拔身而起,带起了许多尘埃,在废墟上旋转。旋风越旋越高,最后,在很高的地方炸开了。看不见的东西上到了天界,看得见的尘埃从半空中跌落下来,罩住了那些累累的乱石,最后还是重新落进了石头缝里,只剩下寂静的阳光在废墟上闪烁。我眼中的泪水加强了闪烁的效果。我在心里叫我的亲人,阿爸啊!阿妈啊!我仿佛听见整个山谷都是悲伤的哭声,我的心感到了从未有过的痛楚。上天啊,如果灵魂真有轮回,叫我下一生再回到这个地方吧!我爱这个美丽的地方!我爱……我爱……我的灵魂终于挣脱了我流血的躯体,飞升起来了,起来了,我看见了灿烂的阳光,阳光一晃,灵魂也飘散,一片白光,就什么都没有了,没有了……

【傻子少爷消失于舞台上方。

【歌声起:

　　太阳从雪山升起,

　　照耀着无边的原野,

　　黑暗终于过去,

　　新的一天已经到来。

　　呀拉索……

【一轮红日照耀下的一望无际的川藏高原。

【灯渐暗。

【幕闭。

话剧剧本

# 主 角

根据陈彦同名小说《主角》改编

## 剧中人物

忆秦娥　　原名易招弟、易青娥，秦腔名伶
封潇潇　　秦腔演员，忆秦娥同学，初恋情人
刘红兵　　地区专员之子，忆秦娥的第一任丈夫
石怀玉　　画家，忆秦娥的第二任丈夫
胡三元　　秦腔鼓手，忆秦娥的舅舅
胡彩香　　秦腔演员，胡三元的相好
胡秀英　　忆秦娥母亲
易存根　　忆秦娥弟弟
刘　忆　　忆秦娥之子
宋　雨　　秦腔演员，忆秦娥学生
单仰平　　省秦腔剧团团长
封　子　　省秦腔剧团导演
薛桂生　　省秦腔剧团演员，后任导演
秦八娃　　秦腔剧作家
楚嘉禾　　秦腔演员，忆秦娥同学
周玉枝　　秦腔演员，忆秦娥同学
惠芳龄　　秦腔演员，忆秦娥同学
苟存忠　　秦腔老艺人

古存孝　　秦腔老艺人

周存仁　　秦腔老艺人

裘存义　　秦腔老艺人

廖耀辉　　县秦腔剧团厨师

朱继儒　　县秦腔剧团团长

封潇潇爷　封潇潇的爷爷

龚丽丽　　省秦腔剧团演员

皮　亮　　龚丽丽的丈夫

刘红兵母亲

住　持　　莲花庵住持

刘四团　　古存孝的侄子，煤窑老板

封导妻　　封子的老婆

网络写手

宋雨婆　　宋雨的外婆

胖姑娘　　封潇潇未婚妻

卖化妆品女人

记者，小场记，警察，茶馆报账，刘四团跟班，县、省秦腔剧团演员、护理工等

## 时代

[1977年——

## 场次

1. 《杨排风》
2. 《白蛇传》
3. 《游西湖》
4. 《白蛇传》（2）
5. 《狐仙劫》
6. 《白蛇传》（3）
7. 《秦魂》

尾声　《梨花雨》

# 1.《杨排风》

【空台。

【显现易招弟和小羊。

**易招弟** 我要走了,我害怕去那个陌生的地方,可是我娘逼着要我去……

【显现胡三元和胡秀英。

**胡秀英** 你舅给你把天大的好事都寻下了,县剧团招演员,让你去上台唱戏哩!

【易招弟哭了起来。

**胡秀英** 唉,娃还没满十一岁呢,在家放羊,也总有个照应……

**胡三元** 放你一百二十个心,娃去了,比你们的日子受活,一踏进剧团门槛,就算是吃上公家饭了,你掰指头算算,咱九岩沟,出了几个吃公家饭的! 走!

【易招弟告别小羊前行。

**胡三元** 得把名字改一下,叫招弟,城里人笑话呢,就叫易青娥吧,省城有个名演员叫李青娥,你叫易青娥,说不定哪天就成了大名演了呢!

【显现胡彩香。

**胡彩香** 胡三元!

**胡三元** 这就是剧团的大名演,胡彩香,叫胡老师。

易青娥　（怯生生地）胡老师。

胡彩香　你姐的娃？

胡三元　嗯，叫易青娥，这回就靠你了，下个礼拜就考试，你无论如何得把娃带一带，先把唱腔音阶教一下，再给娃把胳膊腿顺一顺，能看过去就行。

胡彩香　（一把脱掉易青娥身上的外衣）看你那死烂舅，有眼无珠的货！给你买下这号怀娃婆娘的衣服，不是让你上台丢人现眼去吗？快脱了！（三下五除二给易青娥换上了裙子）

【易青娥手足无措。

胡彩香　你看看，你看看，人凭衣裳马靠鞍，这一打扮，不也像个样子了吗？你舅就知道打鼓啥也不懂，靠你那个死舅，啊呸！吃屎去吧！

【胡三元在一旁练起打鼓。胡彩香开始教易青娥音阶声。

胡彩香　来跟我唱！咦——

易青娥　咦——

胡彩香　唱戏先得胆子大，敢做动作敢发声，这叫自信心，懂不懂？唱戏还怕丑，那就只好跑龙套了。再来！

易青娥　咦——啊——

【易青娥声音渐大。

胡彩香　哎呀，娃嗓子好着哩呀！音域宽，又甜得很，要好好教，不定还能教出个台柱子来呢！

【鼓板声戛然而止，两个警察上。

警察1　在全国人民沉痛悼念伟大领袖的时候，胡三元却偷偷在房里练习鼓艺，早有群众把他盯上了。

警察2　把胡三元带走！

【易青娥冲上一下抱住胡三元痛哭。

胡三元　（向胡彩香跪下）我娃……这下可怜了！娃太小……还请

185

帮忙照看一下……

**胡彩香** （拉起易青娥）你这不得好死的，害了自己还害了娃……（也痛哭起来）

【警察把胡三元带下。

【显现朱继儒。

**朱继儒** 易青娥，你舅当初通过种种不正当手段，硬把你从后门弄了进来，不过，组织上对你还是仁慈的，经过反复商量，还是给你留了个商品粮户口，叫你到厨房做饭去。（隐）

**易青娥** （哭喊着）舅……我要回家……我要回家……

**胡彩香** 青娥！你跑啥跑，娃，你舅走了，还有你胡老师呢！你怕啥？不要听旁人胡说，你是靠你舅拉关系进来的，没有的事，你是靠你自己的本事进来的，我是考官我证明，谁说你开后门，请他出来比试比试，青娥的模样、青娥的扮相、青娥的功夫、青娥的嗓音，这个团里谁能比？谁敢比？青娥啊，你舅不在了，还有我啊！平常有人了，你叫我老师，没人了，叫姨、叫娘都行。一定要撑住，烧火咋了，不丢人，你可不敢回去，回九岩沟，你一辈子可就完了，知道不？啥事都是一阵子，撑过去了，一切都会好的，（递过羊娃娃）娃呀，想家了，孤单了，就跟羊娃娃说话。娃乖，听姨话，还好好学戏，有你姨在，怕啥呢！

【显现剧团厨房灶台。

【易青娥抱着羊娃娃走向灶台吹起了火。

【显现县秦腔剧团院子。

【裘存义、周存仁、苟存忠、古存孝四老艺人带领封潇潇、楚嘉禾等年轻学员搬上十几口旧箱子。

**裘存义** 六六年封的箱，十一年了。

**周存仁** 可不是咋的。

【学生们打开箱子，把一件件戏服拿出来比画。

苟存忠　看看，看看，这老戏服，还就是做工精到。

古存孝　你看看这金绣，看看这蟠绣，今天人只怕是打死也绣不出来的！

封潇潇　苟师，老戏又让演了？不是说是牛鬼蛇神吗？

学员们　牛鬼蛇神嘛！

古存孝　娃你叫啥？

男学员　封潇潇！

苟存忠　你看过老戏吗？还牛鬼蛇神呢！

裘存义　相公小姐也是牛鬼蛇神？

周存仁　包公、寇准也是牛鬼蛇神？

古存孝　岳武穆、杨家将也是牛鬼蛇神？

四人合　还牛鬼蛇神呢！

楚嘉禾　哎呀呀呀呀！

古存孝　你叫啥？

女学员　楚嘉禾！

楚嘉禾　（讥笑）哈哈，一个看门的，一个管伙食的，一个电影院守夜的，一个跑场子的，四个老蔫瓜还能捣腾个什么出来！笑死人！谁看！

学员们　谁看呢！

【四个老艺人被噎得说不出话来。

【一侧灶台，易青娥在练功。

苟存忠　不是我要说团里这几个演旦的，那也叫旦？

四人合　旦是啥？

周存仁　旦就是一个戏班子的眼窝哩！

裘存义　画龙点睛你懂不懂？

四人合　旦就是那个睛。

187

苟存忠　戏班子就靠旦角这盏灯照亮哩!

【易青娥聚精会神地听着。

苟存忠　娃啊,你知道我们那时是咋练圆场的?

古存孝　师父让给腿中间夹把扫帚跑,你步子一大……

四人合　扫帚就掉了。

【易青娥拿起扫把练。

苟存忠　(继续)师父拿根藤条,你扫帚一掉,

四人合　一藤条,

苟存忠　你一慢,

四人合　一藤条,

苟存忠　你腰一拧,

四人合　一藤条,

苟存忠　你屁股一坐,

四人合　一藤条,

苟存忠　你胳膊一摇,

四人合　一藤条,

苟存忠　你脑袋一晃,

四人合　一藤条,

苟存忠　有时一早上跑下来,

四人合　能挨几十藤条呢!

苟存忠　你说为啥我们"存字派"的,能出那么多吃遍大西北的名角儿?

四人合　就是师父太厉害了!

学员们　太厉害了!

易青娥　(下跪)师父,我想跟你好好学戏。

学员们　嗯?

苟存忠　好,娃想好好学就好。(扶起)娃啊,师父为啥看上

你了。

古存孝　一来觉得娃乖,娃可怜,但可爱。

学员们　哼哼!

周存仁　二来觉得你有潜力,就在你们这班学员里,你都是最好的。

学员们　切!

裘存义　三是看你能吃苦。

四人合　不吃苦中苦,哪能人上人哪!

学员们　呵呵!

苟存忠　娃呀,你把师父这三条记下,严格按照师父的要求来了,再把戏唱不出名堂,师父就拿一根绳,吊死在这灶门口了,你信不信?

学员们　不信!

古存孝、裘存义、周存仁　(合)我们信!

易青娥　(含泪)师父!(跪下连磕了几个头)

【古存孝、裘存义、周存仁一起鼓掌。

【易青娥向三位鞠躬。

苟存忠　娃哎,把你的烧火棍练练,给师父们瞧瞧。

【易青娥练了一套棍术。

古存孝　哎呀,撩咋咧。

四人合　宁州剧团有人了。

古存孝　没想到,一个烧火的娃娃,还是这好个戏坯子。

古存孝、裘存义、周存仁合　存忠,你立功了!(向苟存忠竖起了大拇指)

周存仁　这娃扎实。腰上、腿上、膀子上,都有力道。

古存孝、裘存义、周存仁合　是个好武旦料。

苟存忠　这娃只要嗓子能出来,就不仅仅是唱武旦了。你看看那一对"灯"……

**四人合**　棍到哪儿,"灯"到哪儿。

**苟存忠**　就是演几十年戏的人,还有不会"耍灯"的呢。娃是一边烧火一边练,你看看现在灵便的,是不是出"活儿"了。

**古存孝**　(沉吟着)我看这娃就是杨排风的料。

**苟存忠、裘存义、周存仁**　(合)是是是,咋没想到呢!

**古存孝**　排《杨排风》现在还不是时候,我看不如咱们先私下排个折子《打焦赞》吧。

**苟存忠、裘存义、周存仁**　(合)对对对,咋又没想到呢!

**古存孝**　这样吧,存忠,你继续给娃练"灯"。存仁,你把娃的烧火棍再练练。存义,你就把你的旧活捡一下,配个焦赞吧。

**苟存忠、裘存义、周存仁合**　好好好,咋都没想到呢!

**古存孝**　虽说杨排风唱只有八句,但咋也得教教,我看就叫彩香吧。

**四人合**　她行。

**苟存忠**　成了,成了,这娃成了。

**古存孝**　娃成了,咱四个老蔫瓜不也成了吗!

**四人合**　都成了!

【锣鼓声骤起。

【苟存忠教易青娥走圆场,周存仁教易青娥棍术,胡彩香教易青娥唱腔,古存孝指导裘存义与易青娥配戏,学员们嬉笑、讥讽、惊奇、静观。

【显现易青娥与裘存义《打焦赞》场面。

**焦赞**　排风,来在校场,你与二爷扎枪?

**杨排风**　不好!

**焦赞**　攀刀?

**杨排风**　也不好!

焦赞　打拳？

杨排风　更不好！

焦赞　你说，你我是怎样的比试？

杨排风　二爷，咱们比棍吧！

焦赞　此处无有。

杨排风　我有。

焦赞　你取来。

杨排风　你等着。

焦赞　你取来。

杨排风　二爷请看！

焦赞　一根怎样比试？

杨排风　我还有。

焦赞　你取来。

杨排风　你等着。

焦赞　你取来。

杨排风　二爷请看！

焦赞　（接棍）不轻不重，刚刚趁手。

杨排风　有道是……当场不让步！

焦赞　举手不留情，排风请！

杨排风　二爷请！

　　【一阵棍打，裴存义真的败下阵来。学员们狂鼓掌喝彩。

　　【显现朱继儒。

朱继儒　没想到，没想到，戏能被你们捏码成这样。十几年都没过这样的戏瘾了。你们是咋把这个娃给发现了，并且调教、琢磨得这样好？当初让娃去学做饭，我心里就有些别扭，要不是有你们这群伯乐，这娃一辈子不就完了？

古存孝　团长，《打焦赞》算啥，《杨排风》才看真本事呢！

朱继儒　是啊是啊,哎存孝,你前两天说四川演老戏了?
古存孝　可不是,说是中央大领导让演的! 都演开啦!
朱继儒　那咱也演,咱也演,咱也演!
学员们　咱也演!
　　【显现排练场。
　　【周存仁排《杨排风》武打场面。
周存仁　(用棍子抽地,喊)停! 停! 都给我停了!
　　【众停下。
周存仁　(一下撩起易青娥的练功裤)看看! 你们几个男同学都看看! 看看易青娥人家是咋吃苦的! 那些乌斑都是你们的枪头碰的!
　　【易青娥腿上露出一块块乌黑的伤痕,几个男同学"呀"了一声,易青娥急忙把裤管放下。
周存仁　不要以为易青娥有一身的好功夫,就是天生的能打会翻,不是的,她是吃了你们所有人都吃不了的苦,才硬拼出来的!
男同学　对不起!
周存仁　对不起就完了? 你们几个下去给我好好练,今天就先练到这儿! (下)
　　【易青娥用手背挡着笑。
封潇潇　(掏出药包递给易青娥)给!
　　【易青娥摇摇头。
封潇潇　拿着。
　　【易青娥没接。
　　【楚嘉禾上前。
楚嘉禾　哟,快拿着呀,人家的手都拿酸了! 装啥装! 不就是擦破一点皮吗,还往死里装! (一把把药包拨掉)
　　【众一惊。

楚嘉禾　谁知道是咋弄伤的，说不定是烧火棍呢！

封潇潇　（气愤）楚嘉禾！ 把药捡起来！

楚嘉禾　就不捡，咋了？

封潇潇　你不对，咋了？ 你欺负人，咋了？ 你要给人家道歉！

楚嘉禾　哟哟，啥关系啊，还把一个烧火的心疼上了！

封潇潇　（气极）楚嘉禾！ 你今天不给易青娥道歉就别想走！

楚嘉禾　我就不道歉，咋了，谁跟谁道歉呢，哼！

　　【封潇潇冲上，被同学拦住，楚嘉禾嚎啕大哭下。

　　【易青娥欲下，封潇潇捡起药包追上。

封潇潇　用碘酒把伤口擦一擦，然后，倒点白药面，再用纱布包着，这样能好得快些。

　　【易青娥摇摇头。

封潇潇　别客气，都是同学，我也给别人拿过药的，我家在县城，很方便的。（把药包塞在易青娥手中离去）

　　【显现剧团伙房。

　　【易青娥回到灶台。

易青娥　（一边流泪一边给自己敷药）不疼，不疼，一点也不疼……真的不疼……（开心地笑了起来）

　　【传来里屋师傅廖耀辉的呼喊声。

廖耀辉　"娃呀，到灶上看看火灭了没有，顺便帮师傅弄点热水，想把脚擦一下。"

　　【易青娥打水送进廖耀辉房间。

廖耀辉　"娃哎，再给师傅擦下脚……娃呀，腿有点麻，娃帮着捏捏吧……娥儿娥儿娥儿，我把一盒冰糖都给你，把一盒都给你……"

易青娥　（大喊）"朱团！ 朱团！"

　　【朱继儒冲上。

朱继儒　咋了咋了？（抄起一把椅子冲进廖耀辉房内）

【椅子砸中物体的声音。

廖耀辉　（惊慌）"不敢呢，朱团！"

【易青娥哭着冲出，被跟出的朱继儒叫住。

朱继儒　娃，你先别走，说，廖耀辉都对你做啥了？

【易青娥浑身颤抖。

朱继儒　不要怕，廖耀辉这下是犯了罪了，他是要坐监的，搞不好还要挨枪子儿呢，你怕啥？

【廖耀辉冲出。

廖耀辉　（颤抖）哎呀朱团，你可不敢这样乱说哇！我可是把娃的指甲壳都没动一下呀！

【易青娥捂着脸要走。

朱继儒　廖耀辉，你对人家干了啥？

廖耀辉　我真的没干啥呀，你问娃，问娃么。

【易青娥只是低头哭。

廖耀辉　（急了）你不说话，光哭，朱团还真以为我干了！

易青娥　你还没干啥！

廖耀辉　我干啥了，我干啥了？娃呀，你可不敢血口喷人哪！

朱继儒　说，别怕，我给你做主！

易青娥　他拉我的手，乱摸……（又哭）

朱继儒　畜牲！

廖耀辉　可再没干别的啥呀！你都看着的，娃衣服都是穿得好好的。

朱继儒　娃呀，他是不是还干别的啥了？

易青娥　他……他还把我……压到床上……解……解我的练功带……

朱继儒　解开了没有？

易青娥 （摇摇头）没有。我练功带……绑得紧，他还没解开，我……就喊你了。

朱继儒 （一下松了口气）这就好了，这就好了，娃呀，你这叫不幸之中大幸哪，没让猪拱了。

廖耀辉 朱团！

朱继儒 滚！滚回去！

【廖耀辉进里屋。

朱继儒 （来回踱步）娃，你看这事，我想了好几个来回，只要没糟践，我觉得还是不要声张的好，要是说出去，公安局把廖耀辉倒是抓走了，可你也活不成人了，也学不成戏了，你懂不懂？娃呀，你还是个好娃，浑浑全全的好娃。明天该干啥干啥，一切都跟昨天、前天一样。（隐）

【显现剧团伙房。

【廖耀辉哼着《小寡妇上坟》。

【胡三元冲上，抓过铁火钳扑上。

胡三元 狗日廖耀辉，你个臭流氓，今天死期就算到了！（扑上用火钳捅廖耀辉）

廖耀辉 （躲避）三元，三元，误会了，你误会了，我敢对天发毒誓，我要干坏事了天打五雷轰，死后喂王八，你误会了……

【胡三元狠命追打廖耀辉。

廖耀辉 （喊救命）来人啊，杀人了，胡三元杀人了！

【朱继儒急上，众闻声涌上。

【朱继儒夺过胡三元火钳把门关上。

朱继儒 （对胡三元）胡三元，我看你是要你外甥女的名誉，还是要廖耀辉的老命，要是要廖耀辉的老命了，你就把他戳死算了！你要是想要青娥的名誉了，就得把这泡臭粪吞了，咽了。青娥可是刚起步，都看好着呢，苟存忠他们说，搞不好，这娃

195

将来还能成大名呢,你这一闹,娃一辈子就说不清白了。其实,廖耀辉也没把娃咋,你要听我劝了,就赶快撒手,对你也好。

【胡三元默许,朱继儒发现外面围了许多人在偷听。

**朱继儒**　(对廖耀辉,故意说给大家听)你就爱跟胡三元开玩笑,都这大一把年龄了,还跟人家说些有油没盐的话,你管人家几年不近女色了没,你管人家憋死没憋死,人家才出来,你就说这样的话,不拿火钳把你戳几下咋的?这下玩大了吧?散了散了!

【廖耀辉狼狈下,众散去。

【显现易青娥。

**易青娥**　(对胡三元发火)舅,你咋是这样的人呢!我不说,你偏要问,我跟你都说明白了,啥事都没有,你还偏要去打人家,这下好,弄得那么多人都知道了,还反倒有了事了。你说你……刚一出来,咋就又惹下这大的祸嘛!

**胡三元**　娃呀,这狗日的是欺负你呀,你才多大呀?我杀了他的心思都有,舅不在,一个做饭的都敢欺负我娃了!舅被放出来,一听说这事,昨晚舅咋都睡不着,就想拿把菜刀把老狗日的片了算了,舅也不想活这个人了,窝囊啊!

**易青娥**　舅,你千万别这样,我好着哩,真的好着呢,你这一闹,反倒不好了,我求你了,舅,别闹了好不好?你这一回来,啥都好了,你安安生生的,我们就都好了,好不好哇?

**胡三元**　好好,我听娃的,咱安安生生的,都好。

【隐。

【锣鼓声起,激烈无比。

【掌声雷动,《杨排风》大获成功。

## 2.《白蛇传》

【显现排练厅。

【苟存忠给易青娥与封潇潇排《白蛇传》。

【古存孝披着军大衣跟上,后面跟着刘四团。

**古存孝**　《杨排风》一炮而红……

【古存孝肩一抖大衣掉落,刘四团赶紧上前接过给他披上。

**古存孝**　(继续)团里决定趁热打铁、再接再厉,排演咱秦腔的招牌戏《白蛇传》,经团上研究,决定由易青娥担任白云仙A角,楚嘉禾担任B角,封潇潇扮演许仙。

【古存孝观看易青娥和封潇潇排戏。

**古存孝**　青娥,你咋不开窍呢? 跟许仙是演爱情戏,眼睛里得有东西。 两对儿"灯"一碰上,就要见火花花呢。 存忠,你得好好抠娃的感情戏了。 娃一到感情戏,就冒傻气么。 你看这个瓜娃哟! 你看你看,是不是傻了?

【易青娥羞得用手抿嘴傻笑。

【苟存忠给易青娥示范,一个眼神一个眼神地抠戏,春情似火的"灯"连封潇潇都不敢正视。

**苟存忠**　(批评易青娥和封潇潇)看你们那么年轻,想不到封建思想那么严重! 这是排戏,是工作。 你白云仙就是到凡间找爱情来了,结果,看见了自己最满意的风流小生许仙,又不敢使出含情脉脉的眼神来，那还演什么戏？易青娥，师父老实跟你说，别看你演了个杨排风，你就觉得把戏演好了，还差得远着呢！一辈子不会演感情戏，那你还算个演员？还能当主角吗？

【易青娥羞涩得一直低头捂嘴笑。

古存孝　这戏恐怕要塌火在两个娃不解风情上了。你老苟演一辈子旦角，不是在后花园勾引公子，就是在绣楼上窝藏相公，八百里秦川，谁不知道你苟存忠那一对"骚灯"的厉害，咋就把两娃调教不出来呢！看娃把白娘子演成烧火丫头，青菜萝卜给一锅烩了。我的瓜娃哟，你真是瓜实心了！

【古存孝一激动大衣又掉了，刘四团捡大衣给古存孝披上，眼睛却一直盯着易青娥。（隐）

【楚嘉禾一直忌恨地看着。

楚嘉禾　（献媚地）苟老师，您啥时候有空我来找您，排排B角啊？

苟存忠　（直盯着易青娥，没看楚嘉禾）A角还没排好呢！

楚嘉禾　哟，苟老师偏心啊，她那个白云仙是白云仙，我这个白云仙就不是白云仙吗！

苟存忠　（对着易青娥喊着）不行不行，这样绝对不行。你们不是在演爱情戏，而是在演路人戏，就像两个过路的陌生人，相互打问路径呢，这样绝对不行的！（下）

封潇潇　（对易青娥）我家没人，到我家练，去不去？我爸和我妈到省城逛去了，家里只有我爷在，他耳朵聋，啥都听不见。

易青娥　（轻声）去你家吧。

封潇潇　好！

【显现封潇潇家院子。封潇潇爷爷在画面具。封潇潇带易青娥回家。

封潇潇爷　谁？

封潇潇　同学。

封潇潇爷　吃过了。这谁？

封潇潇　你不认识。

封潇潇爷　谁的媳妇？你的？

【易青娥的脸一下红到脖根。

封潇潇　（急忙）胡说呢，爷。

封潇潇爷　问是谁，你说吃过了，问是谁的媳妇，你说是同学，同学你往屋里带啥呢？

【两人开始排戏。

白云仙　我的好官人哪！（唱）

　　　　你我夫妻心相印，

　　　　多受劳累恩义深。

许仙　（接唱）

　　　　但愿得你我夫妻天长地久，

　　　　不羡他富贵人家卿相王侯。

【两人紧紧相拥，许仙久久痴望着怀抱里的白娘子。

封潇潇爷　（不知哪里冒了出来）停！莫动！让爷爷好好看看，哎呀这女娃好看得很！潇潇的媳妇好看得很！啥时候把孙娃给爷生下咧！

易青娥　（一把推开封潇潇）今天就练到这里吧。

【易青娥羞得跑出院子，封潇潇追了出去。

【显现胡三元家。

【易青娥一口气跑到了胡三元家。

【易青娥发现床上动静，惊呆了，胡三元与胡彩香正在做爱。

【胡三元发现易青娥大惊。

胡三元　娃……你咋这时候来了，平常这时候……团里不是出不来吗？你等一下……

【易青娥从房里退出，胡彩香追上。

**胡彩香** 青娥，今天我跟你舅的事，你都看见了，也没啥好给你隐瞒的，我跟你舅，就是好，都好好多年了，团上没有不知道的，我家里那个也清清楚楚、明明白白的。他一年就只能回来那么一次，我说离婚，他又不愿意。你舅一直对我好，从我十几岁学戏起，就一直帮着我，但凡我演的戏，他都敲得特别卖力，时间长了，不可能不产生感情。我无论嗓子、身段、扮相，在宁州剧团挑大梁，大家都是公认的，可就因为跟你舅有了这层关系，团上就让我靠边站了。你舅就仗着他技术过硬，眼中常常没有领导，不仅领导不待见他，好多群众也不待见他。其实你舅是个可怜人，一辈子吃尽了亏，我这人就认死理，喜欢你舅，就死跟着，唱不唱主角无所谓，与其看团上领导的脸，不如自由自在地跑龙套，唱合唱，想哭就哭，想笑就笑，想骂就骂呢！我跟胡三元就是好，咋了，坐了监回来，我还跟他好，跟他睡，咋了？今天的事，你都看见了，你还小，本来不该看的，可看了，也没啥，人么，只要东西都全乎着，一辈子总是要看、要干的，话丑理端。你舅怕你生气，让我来给你说说清楚，我想也没啥好说的，让你把这事撞见了，也不知你还瞧不瞧得起我这个老师，反正就这回事了，我也不给你多说了，学唱的事，我把课程表都弄好了，你就自己看着办吧。（掏出一张课程表递给易青娥，又掏出一块红布递给她）给，这是早先你舅给你从庙上求的一块"老爷红"，说是你今天看了不该看的东西，怕你背时走霉运，让你别在裤腰上，辟邪哩！（说完走了）

【易青娥木呆呆地走回剧团。

【显现周玉枝。

**周玉枝**　你上哪儿了？　楚嘉禾今天都来找你好几次了，问你去了哪里，说封潇潇咋也不见人，说实话，是跟你在一起吧！

【易青娥无语。

**周玉枝**　都说封潇潇爱上你了，是真的吗？　青娥，要爱上了，你就同意，知道不？　我们这一班，就数潇潇家庭条件最好了，潇潇长得帅气、潇洒，将来肯定是台柱子，你俩最般配了，你就别让她楚嘉禾了，这事不能让！

**易青娥**　我跟封潇潇……没有的事，永远都不会有的，我永远也不会找对象。

**周玉枝**　青娥，你是真傻呀还是假傻？　你咋能永远不找对象呢？

**易青娥**　我不爱找，真的，我不会找的，一辈子都不会的。

**周玉枝**　青娥！

【周玉枝傻傻地看了易青娥半天。（隐）

【传来封潇潇的唱腔：

　　　但愿得你我夫妻天长地久，

　　　不羡他富贵人家卿相王侯。

【秦腔悲乐大作。

【显现舞台，易青娥与封潇潇上演《断桥》。

**许仙**　……娘子，我错了。

**白云仙**　（唱）

　　　你不念，风雨西湖情义重，

　　　你不念，钱王祠畔新婚燕尔天地盟，

　　　你不念，殷勤伺病三月整，

　　　难道说你不念妻腹中尚怀着你许门娇生，

　　　并非是小青儿执剑凶猛，

　　　许官人负义郎你，你，……太得绝情！

**许仙**　（抱住白云仙痛哭）娘子，我的恩妻呀！

【掌声雷动。

【显现刘红兵和刘红兵妈。

**刘红兵** （大声叫好）好！ 好！ 好！

**刘红兵妈** 好啦好啦。

**刘红兵** 易青娥是我的，就是我的！ 不信，妈，你等着瞧！

**刘红兵妈** 唱戏的，那都是化妆化出来的好看。

**刘红兵** 没化妆我也见了，比化了还好看呢！

**刘红兵妈** 唱戏的职业不行，你还是去上学混个文凭吧，回来找个文工团的。

**刘红兵** 我就要娶易青娥，要是娶不到易青娥，我就不是你儿子！

**刘红兵妈** （摇摇头）跟你爸一样的货！ （隐）

【朱继儒带着古存孝、易青娥送秦八娃出来。

**朱继儒** （介绍）这就是秦老师，这是古导，《白蛇传》、《杨排风》都是他导的。

**古存孝** （急忙鞠躬）古存孝。

**秦八娃** （拉着古存孝的手）导得好，今天算是见了真神了。

**古存孝** （摆摆手）不敢不敢。

**朱继儒** （继续介绍）这就是易青娥，卸了妆，只怕不好认了。

**秦八娃** 咋认不出来，我看这娃卸了妆，比上着妆还好看呢！

【易青娥不好意思笑了。

**秦八娃** 这娃极有可能，成为秦腔最闪亮的一颗新星。

【易青娥低头搓着手指。

**秦八娃** 关键是功夫太扎实了。 戏曲艺术，没有基本功，说啥都是空的，再就是娃的扮相好，看戏看戏，演员是要让人看的。 过去批判"色艺俱佳"，说情趣不高，只注重演员色相，是对演员的不尊重，那完全是胡说呢！ 让人欣赏生命最美好的东西，有什么不好？ 有什么不健康？ 演员很难有浑全的，有的有嗓子，却没功；有的有功，却没嗓子；有的有功有嗓子，扮相却不赢人。易青娥是真正把一切都占全了。算是秦腔的一个异数，一颗福星！大西北人，应该为这颗福星的降临，而兴奋自豪啊！

【易青娥用手使劲搓脸。

**秦八娃**　朱团长，你别嫌我说话不客气，易青娥可能不是你宁州能搁下的人，你信不？咱今天把话撂在这儿，娃可能很快就会被挖走。陕西不挖，甘肃会挖；甘肃不挖，宁夏会挖；新疆不挖，西藏会挖。反正娃可能是留不住的。

**易青娥**　（急忙）我哪儿也不去。

**朱继儒**　宁州不会放娃的，县上领导还打来电话，要把娃提成副团长呢！

**易青娥**　不，我不当副团长，我不会当，我不想当，我不当！

**朱继儒**　你看这个娃瓜不瓜？是瓜得很的一个娃呀！

**易青娥**　我瓜吗？我咋瓜了？我咋瓜了？团长？

【秦八娃、古存孝、朱继儒都笑了。

**朱继儒**　不瓜不瓜，好了吧。咱说正经的，秦老师，我们这次专程请老师来，是希望老师能根据易青娥的情况，给娃好好写个戏。

**秦八娃**　（停顿半晌）我想想，好些年不写了，手也生了，不过，我还是想给娃写的，等我想好了写啥再说。

**朱继儒**　好好好，那就拜托秦老师了。

**秦八娃**　（叫住易青娥）娃，我想送给你一个艺名，字音都可以不大动，叫"忆秦娥"怎么样？

**易青娥**　忆秦娥？

**秦八娃**　"忆秦娥"是个词牌名。据说最早是李白作的一首诗。里面有一个句子非常好，"秦娥梦断秦楼月"，多有诗意啊，有

"秦",合了"秦腔"的意思;"秦娥",本来是指秦国一个会吹笙笛竹箫的女子,叫"弄玉","萧史弄玉"知道不? 那可是一个千古流芳的佳话呀!"秦娥"前面加个"忆"字,好像什么意思都齐了,我也没多想,突然起意,觉得娃出了名就得有个艺名,几乎是字改音不改,就脱俗了,咱为啥不改呢!

**朱继儒** 好、好、好。

**古存孝** 高、高、高。

【隐。

【显现汽车站。

【封潇潇背着忆秦娥的行李相送易青娥。

【传来《白蛇传》秦腔唱段:

  西湖山水还依旧,

  憔悴难对满眼秋。

  ……

**封潇潇** 秦八娃老师说得对,宁州根本留不住青娥,省上领导直接把电话打到县委书记那里,通知青娥一个礼拜内报到,说省秦要赶排《游西湖》,参加全国调演。青娥只好去省城西京了。

【秦腔唱腔继续:

  到如今夫妻们东离西走,

  受奔波耽惊慌长恨悠悠。

  ……

【两人依依惜别。

【渐暗。

204

## 3.《游西湖》

【省秦腔剧团忆秦娥临时住所。
【忆秦娥在练功。
【刘红兵提着一网兜东西进来。

刘红兵　我说地方太小,得找个大房子,你还跟我犟,你看这沟子大一坨地方,还能练了功？趁早听我话,换房吧。

忆秦娥　（一听来气）刘红兵,我已经跟你说过好多次了,咱是不可能的,我还小,还不到谈婚论嫁的年龄,再说,单位也不允许。我才来,得先搞事业。

刘红兵　我也没说现在就要结婚哪,换大房,也是为了让你住好,休息好,能搞好事业嘛。（掏出梳妆盒）

忆秦娥　你干吗呢？

刘红兵　本来是要买个好的梳妆台,可这房里放不下,只好先凑合了。

忆秦娥　我不要,你快拿走！我真的不要,你放在这里我也会给你扔出去的,你信不信！

【刘红兵把梳妆盒放到桌子上,忆秦娥拿到屋外,刘红兵随即拿回,忆秦娥无奈。
【刘红兵又掏出个尿盆。

忆秦娥　干嘛干嘛？

刘红兵　给你买的尿盆，这儿离公厕有八百米远，晚上起夜不方便，你就尿在尿盆里吧。

忆秦娥　流氓！你耍流氓！

刘红兵　我咋耍流氓了？

忆秦娥　你怎么这么下流？

刘红兵　我是考虑到你晚上出去不方便，怕遇见坏人。

忆秦娥　你就是坏人。

刘红兵　好好好，我是坏人，不该考虑你尿尿的事，好了吧！

忆秦娥　你还说流氓话，滚！（把尿盆扔了出去）

刘红兵　好好，我滚！说尿尿咋了，谁不尿尿？只有鸡不尿，鸭不尿，谁还不尿了？

忆秦娥　滚！

【刘红兵甩门出去了。
【忆秦娥想想哭了起来。
【古存孝来看忆秦娥。

古存孝　娃呀，咋了。

【忆秦娥仍在呜咽。

古存孝　那刘红兵又来了是吧。听说刘红兵为了你，通过他大把他的工作调到西京办事处了。

【忆秦娥哭得更伤心了。

古存孝　娃呀，这事也不一定是坏事，就看你咋看了。娃才十九岁，正是事业爬坡的时候，婚姻这事，有时候就没个准头，你红了，他能给你拾鞋穿袜子，说个丑话，你屙下的，他都能一口热吞下，可真心跟你过日子的能有几个鬼？遇见一个真心人不容易。这个刘红兵嘛，现在还说不清，你先看看，是你的，跑不了；不是你的，经上一两件事，你不撵，他自己都溜走了。

忆秦娥　我不是这个意思，我心里……压根儿就不喜欢他。他就是真心，我也不想。

古存孝　娃呀，你心里……是不是还记挂着那个封潇潇？

忆秦娥　（一下脸红了）不，不是的……就是不想谈这事。

古存孝　我借到省团来排老戏，还推荐过县团的一帮人，人家只要了楚嘉禾和周玉枝，潇潇其他条件都好，就是嗓子不太赢人，加上他又没有得力人手帮忙，要想进省团恐怕很难啊。

忆秦娥　我不是这个意思……

古存孝　娃，再看看，那个刘红兵要真有心了，跟他也算不错。一来家境好；二来，我看这小伙子还蛮细心的。你唱戏啥都顾不上，家里还总得有个支应事情，说不定，还真是老天爷给你安排的董永呢。

忆秦娥　啥董永，就是一个闲人，绝对靠不住！

古存孝　娃记住，就是好，手都别让他摸。直到结婚，绝对不能让他摸！这样我娃就值钱了，他真得了手，就会更加珍惜。

忆秦娥　古老师！

古存孝　娃呀，我来就是来向娃告别的。

忆秦娥　古老师，咋了？

古存孝　也没啥，省团人家自己有导演，那个去上戏进修过的新派封子导演，总是嫌弃咱老旧，正好我那个侄子刘四团请我到西北看看，我想此处不留爷、自有留爷处，当然人家也没有不留，我还不如自己不留了，省得到时候大家都没面子。

忆秦娥　古老师！

古存孝　差点把大事忘了！娃啊，你知道省团为啥调你来？

忆秦娥　不是说排《游西湖》演李慧娘吗？

古存孝　可人家省团本来就有那个叫龚丽丽的演员演李慧娘啊！

忆秦娥　啊！

207

古存孝　娃啊，咱县上的团已经够复杂了，省上的团可想而知了！

忆秦娥　（不知所措）那我……

古存孝　娃啊，你知道李慧娘出彩在哪？

忆秦娥　喷火？

古存孝　是啊，那是咱秦腔的绝技！苟存忠本来就想传给你，可你走得太急了呀，存忠毕竟年纪大啦，他也怕把他的一身绝技带到棺材里去呢，娃啊，赶快抽空回宁州把你师父看看吧！

忆秦娥　会的会的，等这里一安顿好我立马回去看苟老师。

古存孝　只要额娃身上有了绝技，谁也夺不走抢不去，那你在咱秦腔界就立于不败之地了，你古老师也就放心了！娃，走了！

忆秦娥　（热泪盈眶）古老师！

古存孝　（止步回头叮嘱）那个刘红兵，平常也别跟他撂干话，尽量拿老成些，他要跟你说流氓话了，你就两个字：你滚！嘿嘿嘿……行哩！走了！（下）

【忆秦娥回到房内，躺在床上辗转反侧。

忆秦娥　（对着羊娃娃）咩咩，你好吗？你在哪？好几个晚上做梦，还跟你一起演戏呢。离开你了，才觉得你是真的好，那时要是嗓子有点不舒服，你一定在我身边的某个地方放着药；要是为排练、为演出误了吃饭，即使再晚，一定在一个地方，放着我最喜欢的吃喝的。（抱紧羊娃娃）难道这就是……（羞涩地）爱情？

【刘红兵拿着摔坏的尿盆上。易青娥一下放开羊娃娃。

刘红兵　可惜了，多好的莲花瓣图案，都碰烂了，要不我再去买一个。

忆秦娥　买了我还扔。

刘红兵　我就不信你不尿。

忆秦娥　不许说流氓话。

刘红兵　尿尿不是流氓话。

忆秦娥　就是流氓话,那就是流氓话。

刘红兵　好好,流氓话,流氓话,忆秦娥不尿。

忆秦娥　你滚!

刘红兵　好,我再不说了,你爱尿不尿。

忆秦娥　滚!滚!

【突然,封潇潇出现在门口。

【三个人都愣住了。

【刘红兵热情地迎上。

刘红兵　哎,这不是封潇潇吗?啥时来西京的?也没打声招呼,让我跟秦娥去接一下,来,快进来坐!房小,转不过身,将就着坐。哎,秦娥,你愣着干啥,安排潇潇先坐下嘛,吃了没?没吃我给咱掺面。

【封潇潇转身走了。

忆秦娥　(追出去)潇潇!潇潇!

【封潇潇已不见人影。忆秦娥沮丧地回屋。

忆秦娥　(火爆骂人)刘红兵,我日你妈了!你胡说啥呢!

刘红兵　(厚颜装无事)我没胡说呀,你同学来了,难道我不该热情些吗?难道你不想让他吃顿饭吗?

忆秦娥　(气极)我日你妈,刘红兵!

刘红兵　好好,你日,你日,你咋高兴咋来。

忆秦娥　(拿起尿盆砸刘红兵脑袋)滚!你滚!

刘红兵　我滚,我滚。(退下)

【忆秦娥把尿盆狠劲地朝刘红兵的背影扔去,随即嚎啕大哭。

【显现省秦剧团排练厅。

【全团集中。

【单仰平团长、封子导演带着忆秦娥进排练厅,几乎所有人的眼睛盯向了忆秦娥。

**单仰平** （介绍）忆秦娥同志，十九岁，汉族，原宁州县剧团三级演员，曾在《杨排风》、《白蛇传》中担任女一号，现正式调来我团工作，大家欢迎！

【掌声稀落。

**单仰平** 团里决定，此次《游西湖》参加全国调演，由忆秦娥同志担任李慧娘Ａ角。

【众骚乱。

**演员1** 单团，Ａ角不是龚丽丽吗？咋换了？

**演员2** 人家龚丽丽排了好久了呀！

**演员3** 封导，这不是让省团老演员好看嘛！

**封子** 是团上临时决定，时间不等人了，离全国调演还有一个月零三天，我们不能把时间再耗在培养演员练基本功上了，就这样，《鬼怨》、《杀生》由忆秦娥先排，丽丽下去也好好练着，若练得能达到排练要求，随时可以换上来……

【龚丽丽把茶水一泼走了，众惊愕。

**封子** 注意！注意！大伙先准备准备，一会儿就开排。

**忆秦娥** （胆怯地对单仰平）团长，我演不了李慧娘，还是让龚老师演吧。

**封子** 龚老师她不仅是"卧鱼"问题，是整个基本功都不行，越排我越觉得，这帮演员实在是耽误完了，秦娥，你要做好上全本戏的准备啊！

**忆秦娥** （吓得直往后缩）不，不，不，千万别这样，如果实在没人吹火，那我就演吹火一折，其余的，我绝对不上，让我跑龙套好了，真的，我一定把龙套跑好。

**封子** 咋的，怕了？

**忆秦娥** 不，不是的，我就喜欢演龙套。

单仰平　要跑龙套,我们就犯不着花那么大气力,把你从宁州特殊办来了,办来,就是要让你唱主角的!

忆秦娥　不,我真的唱不了主角,这是省城大剧团,我一身的毛病,不适合在省上……朝台中间站。

单仰平　能不能朝台中间站,那是要行家说了算、观众说了算,你就好好跟着封导排戏就是了,其余的事,我们会安排好的。

忆秦娥　不,我真的唱不了省上的主角……

单仰平　不说了,团上定了的事,还能随便改? 你马上排戏。

忆秦娥　(缠住)团长,封导,我真的把火吹好就行了,哪怕当吹火替身都行……

封子　你真是个没出息的娃哟,这算啥,唱戏这行,自古以来就是明争暗斗的事,怕事,就别学戏。 有团上撑腰,你还怕啥? 天塌不下来,上!

【喝得醉醺醺的皮亮冲了进来,后面跟着龚丽丽。

皮亮　单跛子,还有那个啥疯子导演,你们给我说清楚! 为啥不让我老婆演《鬼怨》? 是吃了忆秦娥的啥药,让一个"外县范儿"来败坏省秦的名声了?

单仰平　皮亮,皮亮。

皮亮　一个好端端的团,眼看就让你们这些败家子给败葬完了。 我今天是要替天行道了!

封子　皮亮! 这是国家剧团,不是旧戏班子,换不换角色,还能由了你不成?

皮亮　不由我,也不能由了你个烂疯子,路见不平众人踩,我今天就是要给这个屃团立个规矩哩!

封子　皮亮,想撒野是吧? 来,我看你有多大能耐,敢把单位的摊子砸了! 这是艺术殿堂,不是街上的卖场!(提高声调)出去! 我要排戏了。

211

皮亮　哟哟，我今天倒要看看，这个烂唱戏的殿堂，咋把我赶出去。

【皮亮一脚踢翻舞台正中的椅子，众尖叫。

【突然刘红兵提着警棍进来，一步一步走向皮亮。

单仰平　你是谁？你来凑啥热闹，快出去！

楚嘉禾　他是忆秦娥的男朋友！

刘红兵　（继续朝皮亮走去）我看他撒啥泼来了。

单仰平　出去，不允许任何人到排练场来撒野，听见没有，出去！

【刘红兵用警棍直戳皮亮，皮亮一下被击麻过去了。众惊呼。

【警察把刘红兵和皮亮带走。

封子　（跟单仰平耳语）今天就排到这，大家先回吧，等候通知。

【众陆续散去。忆秦娥不停地哭。

封子　娃，别哭了，别哭了。

忆秦娥　我不排了，不排这个破戏了！

封子　事情已经走到这一步了，还有退缩的余地吗？就是火坑，也得往里跳了。古话说物极必反，兴许这一闹腾，一切都万事大吉了呢！

单仰平　秦娥，我就说坏事也能变成好事呢！

忆秦娥　单团？

单仰平　我刚跟封导商量了，那就索性全本戏都由你上，也只有你能挑得起来。

忆秦娥　（急了）我不！

单仰平　这不是你个人的事。

忆秦娥　不，我不么。

封子　这是大好事，秦娥！多少演员，盼了一辈子，能演上一两折名戏，就算烧高香了。你才多大，一进省团，就让背上这么大的全本秦腔名剧，而且还要参加全国调演哩，一下就成名角了，还有啥克服不了的心理障碍呢？

**忆秦娥** 反正我不。

**单仰平** 为啥不？

**忆秦娥** 就是不。

**封子** 皮亮这下让派出所一笼，看他还闹啥？你还有个朋友不是？

**忆秦娥** 我就不！就不！

**单仰平** 没看出，你这娃还这犟的，有我们撑腰，你怕啥？

**忆秦娥** 我不，我就不，杀了我，我也不！

**单仰平** （无奈）好了好了，你先回去好好想想，明天再说。

【显现忆秦娥住所。

**忆秦娥** 主角？主角有啥好啊！不就是比别人多出几十身汗，多使出几十倍牛马力气的蠢差事吗！何苦呢？何必呢？就非要唱这主角吗？我是咋都不想唱这个李慧娘了，就是死，我也不唱这本戏了。（哼起小曲）

【显现刘红兵妈。

**刘红兵妈** 你还唱曲，兵兵还关在里边呢！

**忆秦娥** 阿姨。

**刘红兵妈** 好了，一切都摆平了。让他在里边再待上几天，你就去把他接回来。

【忆秦娥给刘红兵妈倒水。

**刘红兵妈** 兵兵哪，是真爱你呀！不过哪个男人不爱漂亮女人呢？阿姨不是吹呢，年轻那阵儿，也漂亮过。兵兵他爸那时还是地委领导的秘书，一下把我看上，就死缠活缠的，愣是把我原来的对象都缠没了，一步一步，阿姨就上他的贼船了……（得意）不说这些了，这个兵兵哪，我看就像他那个能缠死人的爸！哎，兵兵没在你这住？

**忆秦娥** 看阿姨说啥话，他怎么能在我这儿住呢？

**刘红兵妈**　这就怪了，他不在你这儿住，那他到底在哪儿住呢？

**忆秦娥**　听说，他租住在附近村子里。

**刘红兵妈**　附近村子里？那说明他还是在守着你嘛。孩子啊，阿姨也不瞒你说，我和他爸都是太娇惯兵兵了，本来他看上你，我们是不同意的，倒不是别的，就是觉得……我们这样一个家庭，找一个文艺界的媳妇不合适不是，可兵兵看上了你，我和他爸也看了你的戏，也觉得你是难得的人才，难得的大美女，谁不愿意把这样心疼的美女娶回家做儿媳妇呢？所以兵兵追你，我们心里也挺热乎，他爸比我还积极，见兵兵就问，追得咋样了？兵兵就天天给他爸和我吹牛说，你们只要抓紧给我准备新房就是了，别的啥心都不用操，绝对是手到擒来的事！所以我们以为你们俩早就住在一起了，没想到……兵兵追了那么长时间，你们……你们还都这样单吊着……

**忆秦娥**　（岔开）阿姨，你说红兵的事，都跟派出所说好了？

**刘红兵妈**　说好了，五天出来，今天在派出所把兵兵也见了，看他情绪挺好的，我也就放心了，最不放心的，还是你们俩的事，怎么就拖成这样了呢？你们到底准备咋样？你得给我个准话呀孩子！

**忆秦娥**　阿姨，既然来了，就多住几天吧。

**刘红兵妈**　不了，他爸在家不知急成啥样呢，我今天就得回了。秦娥呀，好在你的事业，在省城又要红火起来啦，阿姨真替你高兴哪！

**忆秦娥**　阿姨，我都不想干了。

**刘红兵妈**　怎么能出现这种情绪呢？团里给你创造了多好的条件哪，唱戏，我看跟官场也差不多，就看谁唱主角，谁演配角哩。你想想，生活中谁愿意永远给别人跑龙套呀！可为了当主角，谁又不是给人咬得伤痕累累？你想想，你要不是戏唱得好,怎么会从宁州到西京? 兵兵一个堂堂专员的公子,能这样死乞白赖地把你从地区追到省会? 他已经为你进号子了,坐牢了,有前科了,这可是一辈子的污点啊! 你要再不唱这个主角,能对得起红兵在你最危难时刻挺身而出吗?

【忆秦娥不知如何回答。

**刘红兵妈** (紧逼)我的话你听明白了吗?

【忆秦娥不得不点点头。

**刘红兵妈** 这就对了,必须唱! 必须把《游西湖》全本拿下,懂不懂? 这就是人生,这就是战场,等你演出的时候,我跟他爸,还有北山的亲戚朋友们,都来给你捧场,一定会比北山更轰动,我坚信这一点。孩子,阿姨爱你,是很爱你! (一把把忆秦娥抱在怀里)你就是不做我的儿媳妇,我也是要收你当亲闺女的。

【汽车喇叭声。

**刘红兵妈** 来了来了,我走了。 不用送! 催啥呢催! (下)

【忆秦娥起身练习吹火,不小心点燃了屋顶顶棚。
【一阵火焰,全团惊乱,消防警车声大作。
【烟雾中显现苟存忠和易青娥。

**苟存忠** 这吹火,你要拿下了,就可排李慧娘了,你只要拿下《白蛇传》、《游西湖》这两本戏,一辈子走州过县,那都是吃香喝辣的事了。 娃呀,这"连珠火",关键还在气息。 最长的拖腔咋唱,这火就咋吹。 (咳嗽)

**易青娥** 师父! 师父!

**苟存忠** 娃呀,吹火,要说难,很难,要说简单,也很简单,其实就是气息的掌握。 吹火,看着是技巧,其实是《游西湖》的核心,把鬼的怨恨、情仇,都体现在鬼火里边了。 最高的技巧,都要藏在人物的感情里边,只要感情没到,或者感情不对,你

215

耍得再好，都是杂技，不是戏。舞台上的所有技巧，都必须在戏中，是戏才行。（又喘气）

**易青娥**　师父师父，你歇会儿。

**苟存忠**　师父老了，脸上就跟苦瓜一样，拿石灰泥子都搪不平了。娃呀，你说小，也不小了，都满十九的人了，再不出道就晚了，唱戏这行，出名得赶早呢，越早越好，越早唱的年代越长。年过半百以后，虽然能唱，可这脸皮已没光彩了，戏再好，也是要逊色不少的。

**易青娥**　师父好看着呢。

**苟存忠**　好看啥呢？我还不知道，李慧娘这个鬼，是要越美丽越动人的。师父这脸，已真是一副死鬼相了。（颤抖着）秦腔吹火……那个苦就不是人能干的事……那是鬼吹火……只有鬼才能拿动的活儿……不蜕几层皮，你休想吹好……（浑身颤抖呼唤）青娥……青娥……

**易青娥**　（紧紧抓住师父的手）师父，师父，我在这里，我在这里。

**苟存忠**　娃，娃，师父……可能不行了。记住……吹火的松香，每次……要自己磨……自己拌，记住比例……（轻声）十斤松香粉……拌……拌二两半……锯末灰。锯末灰要……要柏木的。炒干……磨细……再拌……（吐出一口血来）

**易青娥**　苟老师！苟老师！

【苟存忠闭上了眼睛。

**易青娥**　（放声大哭）师父——

【板鼓声大作。

【显现舞台，忆秦娥在演《鬼怨》。

**李慧娘**　（唱）

　　怨气腾腾三千丈，

屈死的冤魂怒满腔。

　　可怜我青春把命丧，

　　咬牙切齿恨平章。

　　贾似道，老贼！

　　提起此事咬牙关，

　　恨不得把贼挖心肝！

【李慧娘吹出一连串"连珠火"，掌声雷动。

【显现古存孝。

**古存孝**　娃火了！真的火了！果然火了！一直火到了北京，火进了首都。领导接见，都说她扮相好，演得好，尤其是火吹得好，还有领导说，有了这么好的李慧娘，秦腔就后继有人了。（老泪纵横）存忠啊好兄弟，你放心吧，放你一百二十个心吧，你放心闭眼吧，闭眼吧……（隐）

## 4.《白蛇传》(2)

【众欢呼:"忆秦娥! 忆秦娥! 忆秦娥!"
【显现横幅。
"热烈欢迎省秦腔剧团晋京演出载誉归来!"
"《游西湖》一举夺得全国戏曲调演一等奖!"
"热烈祝贺我团演员忆秦娥调进省团后一举夺得全国表演一等奖!"
【忆秦娥捧着鲜花显现,后面跟着楚嘉禾和周玉枝等。
【记者蜂拥而上。

记者1　忆秦娥,你能不能说说你是怎样勤学苦练基本功的?

记者2　听说你的功夫尤其是吹火是在宁州县剧团学的,能不能介绍一下这方面的情况?

忆秦娥　谢谢! 谢谢! 我没有什么好说的,你们可以采访她们俩,我宁州县团的同学楚嘉禾和周玉枝,不好意思不好意思……(脱出记者群走向一侧的秦八娃)

【记者们围向楚嘉禾和周玉枝。

楚嘉禾　(连连摇手)我只不过是李慧娘的鬼影子,有啥好采访的!　(不耐烦地下)

【周玉枝随下,记者们跟下。

【显现一直鼓掌的秦八娃,忆秦娥把鲜花献给秦八娃。

秦八娃　（连连拒绝）秦娥呀,那是献给你的,要好好祝贺你呀!

忆秦娥　谢谢秦老师那么远赶到省上来看。

秦八娃　秦腔界的盛事能不来吗!不过秦娥呀,好话你听得太多了,我倒是要说说不中听的,你们把《游西湖》搞得太花哨了你知不知道?这么大的悲剧,怎么能轻飘得只剩下炫目的灯光、吹火了呢?我是历来主张戏曲表演要有绝技、绝活的,但绝技、绝活一定要跟剧情紧密相关,你的火,吹得太多、太溜,而忘记了"鬼怨",忘记了杀身之仇。还有对戏曲程式的随意篡改,填充了大量舞蹈,虽然戏好看了,节奏也快了,演员漂亮,服装华美,但恕我说实话,戏味减少了,就像西京的古城墙一样,我们不能给它贴进口瓷砖吧。只有最古朴的老砖,它才是古城墙啊!哎,那个古存孝老艺人不是调省秦了吗?怎么没发挥作用?

忆秦娥　古老师已经离开了。

秦八娃　为啥?

忆秦娥　跟团上人说不到一起,吵架走了。

秦八娃　可惜了,可惜了,可惜了。那是个真懂戏的人。

忆秦娥　秦老师,那你说,我该咋演呢?

秦八娃　你应该朝回扳一扳,就是朝传统扳一扳,吹火的戏,只要是为技巧而技巧,都要减一减。你之所以能获得那么大的奖,是大家看到了一个功底很深厚的戏曲苗子,太难得了。虽然这个奖含金量很高,全国一等奖才几个,但你要有清醒的头脑,得在戏的本质上下功夫呢!

忆秦娥　（连连点头）嗯,是呢。秦老师,团上想请你写个戏,也不知你答应不,单团长跟我咬耳朵说,要我再请你呢。

秦八娃　写,当然写,咋能不写呢!我要不写,很可能就错过历史机遇了。

219

忆秦娥　什么历史机遇？

秦八娃　忆秦娥呀，不是哪个时代，都能出忆秦娥的，这样好的演员，也许几十年，或者上百年，才出那么一个半个，作为一个写剧本的，我要是错失了这个良机，也就是跟自己过不去了。

【忆秦娥眼泪夺眶而出。（隐）

【一阵欢闹声。

【显现西京某烤肉店。

【刘红兵请来的亲友们纷纷敬酒。

祝忆秦娥：名动京华，声震三秦！

祝胡秀英：生得伟大，养得光荣！

祝胡三元：慧眼识才，马跃千里！

祝胡彩香：心地善良，育人有功！

【一侧，显现拿着酒瓶已经半醉的封潇潇。

楚嘉禾　哎，潇潇咋没来呢？潇潇最应该来给秦娥捧场么，他们可是演爱情戏的绝配呀！

胡彩香　就是的，我觉得秦娥的戏，还要潇潇来配哩，今晚这个裴郎，跟咱们潇潇可是没法比啊，先是扮相不如潇潇潇洒，再是年龄也偏大，咱秦娥才多大，咋能配这么老个裴郎呢！眼袋都出来了。

刘红兵　配老些好，配得太年轻，我还不同意呢！戏就是要突出咱慧娘么。

周玉枝　潇潇来看戏了呀，咋不来祝贺呢！

惠芳龄　（叹气）潇潇可不是过去的潇潇了，这家伙不知咋搞的，现在天天喝酒，都快成酒疯子了。

忆秦娥　咋会这样？

惠芳龄　不说潇潇了，人真是变得太快了，有时一眨眼功夫就变得不敢认了。就说秦娥，这才调到省城多长时间，就坐上了"秦腔小皇后"的交椅了!

【众向忆秦娥敬酒。

【封潇潇跟跄离去。

**惠芳龄** （发现）哎,那不是潇潇吗?

【忆秦娥追出,封潇潇已不见人影。

【刘红兵向各桌敬酒,忆秦娥沮丧归座。

**胡秀英** 也不知易家前世烧了啥高香,后辈竟能攀上这样的高枝!不仅门户高,才貌出众,做事大方,而且还懂礼数得要命,当着众人面,都叫我三四次娘了。

**易存根** 姐夫长得跟电视里的人一样。

**胡三元** 封潇潇看来是个没多大出息的货了。刘红兵过去我也不喜欢,可这次来看了看,好像又还行,反正你自己看着办吧,这年月,好男人比好女人走俏,能抓,趁早挖抓一个,要不然,好的都让十六七岁的女娃子下手抓完了。

**胡彩香** 不要听团上的,团上不让早恋爱、早结婚、早生娃,那就是想让你多出几年力气,多卖几年命呢! 卖完命,你还是你的日子,团长又不能帮你过,再等几年,剩给你的,那就是残羹剩汤了。 我看刘红兵,咋越看越还行,你就抓住算了吧,他像糯米一样,能粘你这久,那也是不容易的事。 人么,只要他能真心待你,你就应该把心给他。

【众隐。

【小场记急上。

**小场记** （紧张地）秦娥姐,秦娥姐,不好了,不好了……

**忆秦娥** 咋了?

**小场记** 那个小报的记者到我这儿来打听了……

**忆秦娥** 打听啥呀,看你慌的!

**小场记** 打听姐在宁州的事……

**忆秦娥**　是吗？

**小场记**　说是姐和伙房师傅的事，还说姐跟一个男演员……

**忆秦娥**　啥！

**小场记**　……同……居了好几年……问有没有这事？

【忆秦娥一下蒙了。

**小场记**　姐，你要小心了，传到我这儿，那就等于到处都在传呢！

**忆秦娥**　都是胡说呢，谢谢你噢！

【小场记下。

**忆秦娥**　（跺脚）哼！不是你们俩还会是谁！

【显现楚嘉禾和周玉枝。

**忆秦娥**　嘉禾，我是哪里把你得罪了，你要到处乱说我呢？我把你咋了？

**楚嘉禾**　你说啥呀，妹子？我咋听得稀里糊涂的？我啥时说你了？说你啥了？

**忆秦娥**　你心里明白得很。

**楚嘉禾**　哎，忆秦娥，别以为你演了个烂主角，就可以欺负到我楚嘉禾头上了，你有没有搞错耶？你个啥货吗？还跑到我面前撒野来了。

**忆秦娥**　我啥货，你说我是啥货？

**楚嘉禾**　你啥货，你说你是啥货？

**忆秦娥**　你还没说，你还没说。

**楚嘉禾**　我到底乱说你啥了吗？

**忆秦娥**　你……乱编派我……在宁州剧团的事。

**楚嘉禾**　你在宁州剧团咋了吗？

**忆秦娥**　我咋了，你不知道？

**楚嘉禾**　我知道你咋了？

**忆秦娥**　和廖耀辉的事，还有……还有封潇潇。

楚嘉禾　你和廖耀辉的啥事吗？和封潇潇的啥事吗？

忆秦娥　你还装，廖耀辉糟蹋我的事。

楚嘉禾　咋糟蹋你的吗？

忆秦娥　都是你说出去的，你还装。

楚嘉禾　你的那些烂事宁州谁不知道，还用我说！你还有脸来找我！（转身下）

忆秦娥　你！

【忆秦娥欲冲上被周玉枝拦下。

忆秦娥　玉枝，你跟楚嘉禾是不是说我坏话了？

【周玉枝没有回答。

忆秦娥　那个老家伙，明明是糟蹋我，没有成，你们为啥要说他把我糟蹋了？我跟封潇潇，连手都没正经拉过，你们为啥要说我跟他……睡了好几年？

周玉枝　秦娥，我也不知道是哪里来的这股风，传得到处都是。我觉得你找谁论理都没用，谁也不会承认的。你相信姐，姐嫉妒是嫉妒你，可还没坏到这一步，你得回宁州一趟，让单位给你写个证明，回来让单团长在团上念一下，要不然，越传越臭，对你活人、唱戏，可不利了。再说，你也该回去看看封潇潇……（同情地下）

【忆秦娥又一次呆住。

【显现忆秦娥租房。

【忆秦娥进屋，一下扑倒在床上抱住羊娃娃。

忆秦娥　（自语）睡了五年？要是真的倒好了……

【刘红兵进屋。

刘红兵　（放录像带）快起来，快起来，看片子，看片子。

忆秦娥　啥片子？

刘红兵　当然是艺术片，高级得很，能帮助你提高演技呢！

忆秦娥　好啊，看看。

【刘红兵放起 A 片。

忆秦娥　（用手捂住眼睛）臭流氓！臭流氓！

刘红兵　（扑上掰开忆秦娥的手）好看得很，这才是人生最有意思的事，比唱戏出名有意思多了！

【忆秦娥踢刘红兵，刘红兵一下翻上把忆秦娥压在下面，忆秦娥翻身反把刘红兵压在身下，用床头柜上的闹钟猛砸刘红兵砸出血来。

刘红兵　（一下激怒一骨碌爬起来大骂）忆秦娥！谁不知道你十四五岁，就让一个脏老头上了。后来又跟封潇潇搞到一起，把人家都捣鼓疯了，你还假正经呢？我对你咋了？你一而再再而三地骂我、打我、羞辱我，我啥事做得对不起你了？我给你说，老子还不伺候你了！妈的，啥东西，不就是个烂唱戏的么，婊子！呸！（下）

【忆秦娥跳起来一脚把录像机踢飞，扑到床上嚎啕大哭。

【单仰平兴冲冲上，忆秦娥止哭。

忆秦娥　单团，啥事？

单仰平　团上准备给你报梅花奖呢。

忆秦娥　（无动于衷）我不够格呢。

单仰平　够不够格不是你说了算，是评委说了算。你还要做好思想准备，团上准备让你当副团长。

忆秦娥　我才不当呢！

单仰平　恐怕不由你了，上面领导点的。

忆秦娥　管他点谁，反正我不当。

单仰平　你为啥不当呢？

忆秦娥　我咋能当领导呢？

单仰平　你咋当不了领导呢？

忆秦娥　我就是当不了，也不喜欢。

单仰平　娥呀，说你瓜你还真是瓜呀！

忆秦娥　单团，要不，你先答应我一件事。

单仰平　啥事？说。

忆秦娥　我想回宁州团里开个证明。

单仰平　啥证明？

忆秦娥　就是没那事的证明。

单仰平　娥呀，你真是瓜到底了，那有用吗！

忆秦娥　你先答应了。

单仰平　好好好，你先去，不给你安排演出了。

忆秦娥　单团，还有件事……

单仰平　还有啥事？

忆秦娥　我……我……我想……

单仰平　啥时学会扭捏了？

忆秦娥　我觉得……薛老师的裴郎年龄有点……有点……大，我入不了戏……

单仰平　娥呀，你啥意思？

忆秦娥　就是感情……上不去……

单仰平　不是演得好好的吗。

忆秦娥　宁州团倒是有一个……

单仰平　封潇潇吗？娥呀，原来传的是有影子的啊。

忆秦娥　没有没有……不是不是……

单仰平　不管有没有，娥呀，你想把他调来是吧！（沉吟）好吧，那也是好事，省了好多麻烦也堵了人家的嘴。这样吧，你回宁州吧，省里我去想办法。就这，走了。

忆秦娥　（感激地）谢谢单团！改天我一定带上东西上你家去看你。

单仰平　你可千万别来，更不能带东西。

忆秦娥　单团？

单仰平　……我不是不收你的东西，我是谁来了都不收！这年头，工资都不高，都不容易，何必花这钱呢？……我这条腿残了，我不能让我这颗心也残了……秦娥，还请你能理解我。……就这，走了！（下）

忆秦娥　单团……

【显现某饭店。

【宁州剧团同学聚餐欢迎忆秦娥。

【忆秦娥左顾右盼不见封潇潇。

惠芳龄　今天就差了潇潇，都以为他艳福不浅，结果被人家专员的儿子淘汰出局了，他受了震了，连脑子都有麻达了。

忆秦娥　潇潇到底咋了？

惠芳龄　你还不知道？

【忆秦娥摇摇头。

惠芳龄　潇潇自从进西京看了你一次后，回来脑子就不对了。天天喝酒，越喝脑子越瓜，一醉，见了花草、猫狗，都叫忆秦娥呢。他家里人看着不对，最近给找了个对象，上个礼拜都订婚了。今天我们本来想叫的，又没敢，怕出事呢。

【忆秦娥不知说什么好。

男同学某　潇潇这家伙，看上去硬硬朗朗、明明白白的，可没想到，还真当了贾宝玉，成花痴了。

惠芳龄　哎，秦娥，你咋没带那个专员儿子回来呢？

忆秦娥　（怔了半天）他是我的什么人，我带他回来？

【众愣住。忆秦娥不顾大家独自走出。

【显现空旷的街道昏暗的路灯，响起《白蛇传》的音乐过门。

【一个矮胖女人搀着喝得酩酊大醉的封潇潇一摇三晃地走来，

【忆秦娥躲闪。

**封潇潇**　哦,我的娘子啊!（唱）
　　　　　　穿上新衣我心高兴,
　　　　　　遍体凉爽遍体轻。

**胖姑娘**　潇潇,以后别再这样喝了好不好? 你看人都笑话你呢。

**封潇潇**　谁笑话? 忆秦娥吗? 娘子啊——（接唱）
　　　　　　多谢你辛辛苦苦、一针一线
　　　　　　殷勤为我亲手缝、亲手缝。

**胖姑娘**　别娘子啊娘子啊的,好不好? 人家都要结婚了,你还惦记人家啥呢?

**封潇潇**　我惦记她了吗? 我惦记你好不好? 我惦记她?! 人家是专员的儿媳妇了,咱他妈是谁呀……娘子,你看这件绸衫做得太细致了,我嫌它……累坏了我的娘子啊!

**胖姑娘**　你是不会忘记忆秦娥的,永远也不会忘记的!

**封潇潇**　娘子,我的好娘子,许仙心疼都来不及,哪来的嫌弃二字呀……

【忆秦娥眼泪唰地流了下来。
【悲凉的秦腔音乐曲牌继续,隐。
【显现省秦团部。
【忆秦娥来找单仰平,把证明材料递给他。

**忆秦娥**　单团,能不能把这个结果,还有宁州剧团的证明,一起在大会上念一下?

**单仰平**　（看证明）处女膜完整?（笑了）你这个娃呀,你咋是一根筋呢? 我咋念? 念了全团会不会起哄、发笑? 有人再给你编出新的段子来,说处女膜是重新修复的,你咋回答? 秦娥,唱戏这行,就这样,你一出名,啥事都来了,不要在乎,乱说一阵就过去了,过去好多名演员不都是这样过来的。

**忆秦娥** 你们团上就这样不问不管了？

**单仰平** 不是不管不顾，这种事，以我过去的经验，就让它自生自灭，秦娥，你就别再背这个包袱了，你啥事都没有，你就一门心思搞好业务，天塌下来，有组织给你撑着。（关心地）娃呀，封潇潇的事咋样了？

**忆秦娥** （低声）人家已经订婚了……（忍不住捂脸呜咽）

**单仰平** 娃呀，叔是过来人，咋活都是一辈子，你就认命吧！

【显现忆秦娥租房。

【忆秦娥扑倒在床上用被子蒙住头抽泣。

【刘红兵进屋。

**忆秦娥** 你回来干啥？

**刘红兵** 我回来拿东西。

**忆秦娥** 拿啥东西？

**刘红兵** 拿录像机。

**忆秦娥** 碎了。

**刘红兵** 生要见人，死要见尸。

【忆秦娥收拾东西准备走。

**刘红兵** （挡住）哎，别别别，我走，我走。我就是回来给你装空调的，我走。

**忆秦娥** 你回来！

**刘红兵** （一怔）咋？

**忆秦娥** 我有话要跟你说。

**刘红兵** 有啥话，你说。

**忆秦娥** （把证明材料扔给刘红兵）你自己看。

【刘红兵捡起，看完大笑。

**忆秦娥** 笑啥？

**刘红兵** 你真傻，傻得可爱！

忆秦娥　你才瓜了吧，我傻。

刘红兵　你还不傻吗？这号事，还能回去开证明？还能到医院做检查？你想证明给谁看呢？还有比你更傻的女人吗？……

忆秦娥　（激怒跳起来）刘红兵！

【忆秦娥突然脱掉外衣，露出胴体。

忆秦娥　（静静地）刘红兵，我今晚就证明给你看，我没有被人糟蹋过，我还是处女，我不是他妈说的婊子！

【忆秦娥走到床边，静静地躺下。

刘红兵　秦娥，对不起，我……我是爱你的……

忆秦娥　我不是你想的那样子……

刘红兵　我想的什么样子？

忆秦娥　我不是婊子。

刘红兵　我是说的气话。

忆秦娥　你说的是你心里的真话，可惜我不是。

刘红兵　我就是说的气话，你肯定不是，就是的，我也爱你，要你，娶你。

忆秦娥　你还说是的。

刘红兵　我说就是真的也娶你呀！

忆秦娥　你凭啥说是真的？你凭啥侮辱我？

刘红兵　好好，不是真的，不是真的，好了吧。

忆秦娥　听你这口气，你还是说是真的嘛。

刘红兵　我没有说呀！

忆秦娥　刘红兵，你心里就是这样说的，你把我能冤枉死！

【刘红兵终于控制不住自己，向忆秦娥压了上去。

刘红兵　（突然起身扑通一声跪了下来）对不起，秦娥，你是洁白无瑕的，我要好好爱你，比爱亲生父母还更加爱你，你是值得我一生去好好珍爱的！你记住，就是再骂再打再踢，我都是打不散踢不走的！我是你的人，这一辈子，都心甘情愿……做你的奴隶……

**忆秦娥** （泪流不止）我们结婚吧。

【灯渐暗。

## 5.《狐仙劫》

【显现忆秦娥婚房。

【刘红兵把忆秦娥抱着朝床上摁。

刘红兵　哎，妹子，这下可是合理合法了耶，你还不给？

忆秦娥　去你的！（一脚踢开）

刘红兵　（痛得捂住跳起）你咋了，你该没病吧，老朝我这儿踢！

忆秦娥　（捂嘴笑）谁让你不老实。

刘红兵　我咋不老实了？

忆秦娥　大中午的你要干啥？

刘红兵　你说我要干啥？你已经是我的老婆了，我要干啥？都受法律保护了，我想干啥就干啥，想啥时干就啥时干。

忆秦娥　流氓！

刘红兵　好好好，我流氓，忆秦娥，我也老实告诉你，以后哪儿都能踢，就是这儿不能踢，你懂不懂？这是命根子！它是我的命根子，也是你的！知道不？我们的幸福生活，我们生儿育女，统统都靠它了，懂不懂？

【忆秦娥只管傻笑。

忆秦娥　你写。（拿出纸笔）

刘红兵　写啥？

忆秦娥　纪律、制度。

**刘红兵** 定些啥制度？

**忆秦娥** 第一，不准跟前跟后。

**刘红兵** 啥子不准跟前跟后？

**忆秦娥** 我走到哪儿，不准你跟着。

**刘红兵** 那就让别的男人跟着？

**忆秦娥** 去你的！写！第二，不准见人就说这是我老婆。

**刘红兵** 都结婚了我还不能说？

**忆秦娥** 不准说，就不准！第三，大白天不准耍流氓。

**刘红兵** 这个不行哟，绝对不行！这不叫耍流氓，这叫过夫妻生活。

**忆秦娥** 去你的，就按我说的写，你写不写？

**刘红兵** 好好好，我写我写。

**忆秦娥** 第四，不准跟团上人喝酒。

**刘红兵** 同意。

**忆秦娥** 第五，我演出时，不许到观众席乱叫好，乱拍手。

**刘红兵** 照办。下一条。

**忆秦娥** 先写这些，想起来再写。

**刘红兵** 我加一条行不？

**忆秦娥** 不行，只能我定，不许你定。

**刘红兵** 好歹让我定一条行不？

**忆秦娥** 你说我看。

**刘红兵** 第六，不准施行家庭暴力，不准打人，不准踢人，尤其不准踢命根子！

**忆秦娥** （扑哧笑了）你不耍流氓，我就不踢。

**刘红兵** 问题是我们都结婚了，都不是耍流氓了，那叫爱，西方叫做爱。

**忆秦娥** 你又说流氓话了。

刘红兵　乖，我把你彻底服了。不过，还得加一条，我答应单团的。

忆秦娥　答应啥了？

【显现单仰平。

单仰平　五年内不能要孩子，有了，也得采取措施，忆秦娥演戏正是如日中天的时候，一生孩子，立马完蛋，团上这样的例子太多了，几年拖下来，功夫功夫没了，嗓子嗓子倒了，身体再一发胖，大尻子大脸盘的，浑身往下泄，就把一个好演员活活毁了。

刘红兵　这个你放心，我们保证五年内不要孩子，结婚，也是为了让她更好地唱戏，更好地振兴秦腔事业呢！

忆秦娥　你保证，不能代表我保证！我要生！我就是要生！

单仰平　忆秦娥同志，你是说真话么，还是开玩笑？

忆秦娥　单团，我啥时跟你开过玩笑了？

单仰平　娃呀，你咋能给我咥这冷货呢？

忆秦娥　我咋了？

单仰平　你说你咋了？

忆秦娥　别人都能怀孕、生娃，我就不能？

单仰平　你能，可你是主角，是团上重点培养对象啊！你这一生，团上岂不就……砸锅倒灶了？

忆秦娥　我啥时这么重要了。

单仰平　（跛着腿来回走动）你不重要吗？你没感到你的重要吗？你不重要，我们能从深山老林里，把你当金丝猴一样捉来？你不重要，团上能把一个又一个大戏，都压在你一人身上？多少人寻情钻眼地要上戏，我们都哄人家，说以后会安排的，我顶着多少压力，把上上下下都得罪完了，就想把你促起来，给省秦树一面大旗呢，你倒好，你把碌碡拽到半坡上，扭身溜了，逃了，你对得起谁？你对得起培养你的组织吗？

【忆秦娥死不吭声。

**单仰平** 说你傻，你还不承认，我看你就是天底下的头号傻瓜蛋！不是世界第一傻，也是中国第一傻；不是中国第一傻，也是大西北第一傻；不是大西北第一傻，也是西京城第一傻；最起码是省秦第一傻……

**忆秦娥** 你才是世界第一傻呢！说我傻，你比我傻一百倍、一千倍、一万倍……

**单仰平** 我不跟你这个傻子说，我跟刘红兵说，他不傻，他给我做了保证，他发了毒誓的……（对刘红兵）你狗日的刘红兵，这下算是把我彻底给算计了。我把一个团的宝，都压在你老婆身上了，给她排了这么多戏，也是想促红个角儿出来，让省秦振兴振兴，没想到遇到你这个不讲信用的货，你结婚时，是咋样给我保证的？说要是五年内要娃了，就让团上把你劁了、骟了，你来团上演太监，说没说过？

**刘红兵** （死皮赖脸一笑）对不起，对不起，单团，我真不是故意的，你想劁，就把我劁了得了。

**单仰平** 你个赖皮货，来不及了！人家在外巡演好好的，你倒是哪根筋抽得慌，一个月都忍不住，非要心急火燎地跑去闯祸！你破坏我的纪律，扰乱我的军心，打乱我的全盘部署，把好端端一个团，眼看要逼上绝路了，你懂不懂？

**刘红兵** 不至于吧，单团。

**单仰平** 还不至于，你还要咋至于？她一生娃，立马三台大戏就演不成了，我好不容易攒点家底，都让你狗日的彻底给搞泡汤了。你知不知罪？

**刘红兵** 知罪知罪，小的知罪，团里不是还有Ｂ角儿、Ｃ角儿吗？

**单仰平** 你倒说了个轻巧，Ｂ角儿、Ｃ角儿能演过忆秦娥？演不好，不是倒砸了省秦的牌子？省秦正在爬坡阶段，一连三本大戏，一下把声望打出来了，让你老婆一折腾，隔壁邻居很快就会冒出好戏，冒出硬扎角儿来，观众都是吹红火炭的，哪儿红，腮帮子就对着哪儿使劲吹，等咱的炭灰凉了，只怕是想吹也吹不起来了。

**刘红兵**　我检讨、我检讨。

**单仰平**　检讨顶个屁用！（把酒瓶使劲一蹾）你必须做工作，采取断然措施！

**刘红兵**　我知道你说的啥措施，可是单团，你觉得做忆秦娥这工作我有能力吗？

**单仰平**　（砸酒瓶）刘红兵，你这个臭流氓！你欺骗组织，你只顾自己骄奢淫逸，贪图享乐……你永远不要让我再看见你！（下，刘红兵追下）

【单仰平与刘红兵的对话中忆秦娥用身段表演怀孕过程，最后婴儿呱呱坠地。

【秦八娃来看望忆秦娥。

【忆秦娥抱着婴儿跑圆场。

**秦八娃**　秦娥！

**忆秦娥**　秦老师，你怎么来了？

**秦八娃**　看我们的名角儿来了呀！

**忆秦娥**　（放下孩子）还啥子名角儿不名角儿的。我离开舞台一年多，都成孩子他妈了。

**秦八娃**　（看看孩子）依你演戏的天分，要孩子真是早了点。

**忆秦娥**　（亲昵地）孩子很乖，一天特别爱睡觉。我倒没觉得有啥麻烦的。

**秦八娃**　这满头大汗的，还在练功呢。

**忆秦娥**　活动活动，闲着也是闲着。

**秦八娃**　不敢再闲了呀,秦娥,再闲,只怕就把事业彻底丢了。

**忆秦娥**　丢了就丢了,反正孩子也得带。

**秦八娃**　孩子谁不能带? 你得对秦腔负责哩。

【胡秀英买菜回来。

**忆秦娥**　妈,这就是咱秦腔的大编剧秦八娃秦老师。

**胡秀英**　秦老师好!

**秦八娃**　这不很好嘛,有你娘在这里照看娃,你赶快回去搞事业,多好。

**胡秀英**　就是的,连我去买菜,菜市场的人天天都说,你女子咋不见唱戏了呢,都盼着呢。不唱真是可惜了,还都说生了娃,也得唱戏么! 娥呀,房子你也给我租下啦,我早就说把孩子交给我带,你还不放心?

**秦八娃**　秦娥啊,你知道,我为什么来看你吗? 娃哎,糟老头说话算数,答应你的事做成啦!

**忆秦娥**　真的,秦老师!

**秦八娃**　给娃量身定做的呢,不是我吹,我把我自己都服了! 哈哈,好多年没动笔了,没想到一动笔,那就是行云流水、江河倾覆啊!

**忆秦娥**　写的啥呀?

**秦八娃**　那是我奶奶说给我听的一个民间传说,说是九只狐仙姐妹在一个山清水秀的地方修行,突然有一天来了只富豪狐狸,用黄金、美玉、财富骗走了八只狐仙姐妹,虽然可以吃香的、喝辣的,可是富豪狐狸家里的三房四妾,随意凌辱她们,最小的狐九妹历尽磨难把姐姐们奋力救回来,可她们却再也过不惯昔日修行的苦日子,一个个又回到了富豪狐狸的身边,最后,九妹在绝望中愤然跳崖咧。

**忆秦娥**　她自杀了?

秦八娃　是的，死了……

胡秀英　太感人了！娥啊，你要听秦老师的话，娃妈给你带着！

　　【忆秦娥默然。

秦八娃　娃啊，这戏肯定写成了，就看你们省秦的二度创作了，我只有一个要求：忆秦娥不上，本子我收回。我就是一个乡镇文化站的破站长，靠老婆卖豆腐为生，不卖文，也没有给你们写本子的义务，更没有给你们培养二三流演员的义务，我就是冲着忆秦娥来的……

忆秦娥　（泪流满面）我明天就回团上班。

秦八娃　我走了，回了，好好排你的戏。（下）

忆秦娥　秦老师！（隐）

　　【显现剧团排练场。

　　【剧组成立大会，显现单仰平和封导。

单仰平　今年十月份，在上海有个国家戏剧节，团上决定排演省上著名剧作家秦八娃秦老师专门为省秦写的新戏《狐仙劫》，参加戏剧节，为了拿奖，团上决定让忆秦娥同志主演……

　　【众一阵骚动。

楚嘉禾　（委屈地）团上一有难场，就把我弄出来给人家垫背；一有好事，又把人家抬出来敬着供着，咱把命搭上，折腾了快一年，咱是有病呢，一天尽给人家填这黑窟窿。

单仰平　秦老师有话，说这个戏就是给忆秦娥写的，如果让别人上，他就要把剧本收回。

楚嘉禾　你们团领导把先人都亏尽了，怎么还让一个烂写剧本的把事拿了。那个秦八娃是干啥的？你光听听这名字，土气得比土狗还土。我就不信，离了什么八娃九娃打唱本，省秦还能封了戏箱，改说相声不成？

单仰平　秦八娃是大剧作家，五六十年代就红火起来了，请他写戏

237

是很难的事。

**楚嘉禾**　请他干啥？ 哪里娃好耍耍，叫他到哪里跟娃耍去，还专给忆秦娥写戏，一听就是个老不正经的货色。

**单仰平**　（发怒）楚嘉禾！ 你胡说啥！

**楚嘉禾**　我是说，要写，谁演啥角色，就得团长你说了算。

**单仰平**　就是我定的，你们说，要参加这样大的活动，团里不用忆秦娥用谁？ 你们给我找一个"能上杆的猴"出来！

【众被镇住。

**单仰平**　（平静下来）咱就是个唱戏的单位，谁把戏唱得好，咱就促红谁，省秦就要排出最好的戏来。 这个没得商量，并且一切都得为这个让路，要不然，国家拿税收养活我们一两百号人，是白米细面没法变粪了！

**封子**　行咧，按照团里的安排，开始排练！

【众散去。

【封子单独给忆秦娥排戏。

【一侧，显现楚嘉禾与封导妻。

**楚嘉禾**　这事全世界都知道了，只怕就你还蒙在鼓里呢，不是你老汉心花，而是那个碎婊子见老男人就想染呢！

【封导妻蹒跚着骂着冲上前。

**封导妻**　忆秦娥！ 你这个烂破鞋！ 你这个碎婊子！

【封子赶紧上前拦拉。

**封导妻**　（直接骂封子）还有你这个老不要脸的！

**封子**　这是在排戏！ 排戏！

**封导妻**　排戏？ 排啥戏？ 排独角戏？ 其余人呢？ 都死完了？

**封子**　都吃饭去了。

**封导妻**　都吃饭去了，你咋不吃？ 是不是两人勾扯着比吃饭香？

**封子**　刚排到这儿，不再说说，害怕忘记了。

封导妻　你编,封子,你给老娘编,别看老娘几十年不下楼,团上的啥事老娘不知道? 你一天就爱给女演员说个戏,你看看你排的戏,哪一个不是女角戏? 你咋不排包公戏,不排水浒戏,不排岳家将的戏呢? 尽给忆秦娥这碎婊子排戏了。 你知不知道这碎货,小小的就让一个老做饭的拾掇了? 这么个破瓜,你还当香包子朝脖项上挂呢?

【忆秦娥浑身发抖。

封子　（变脸）你胡说人家娃啥呢? 看你有病,不跟你计较,还撒上泼了! 回去! （上前搀老婆）

【封导妻一屁股坐在地上,连哭带号叫地引来了一院子人。

【单仰平上,后面跟着刘红兵。

单仰平　哎呀,这是干啥呢么?

刘红兵　我就知道谁在搅浑水! 谁在我妻子身上打主意! 你们不要再给她泼脏水了! 我告诉你们,我老婆忆秦娥比你们谁都干净! 她就是一个给单位卖命的戏虫、戏痴。 秦娥,跟我回家,不排咧!

【刘红兵欲搂忆秦娥离开被忆秦娥拒绝。

忆秦娥　（平静地）封导,我没事,请继续排!

【众演员自发鼓掌。

【锣鼓声大作。

【排练《狐仙劫》,八狐姐围着九妹跑圆场,刘红兵讪讪离去。

忆秦娥　（唱）

　　狐仙咽,

　　　山崖断处留残月。

【显现忆秦娥家。

忆秦娥　（接唱）

　　留残月,

239

　　　　欢歌洞穴，

　　　　又成陵阙。

【忆秦娥回到家，轻轻推开门……

【一个女人与刘红兵睡在床上，忆秦娥惊呆了。

**刘红兵**　（突然醒了睁开眼惊叫）啊，不……不是说明天下午……五点……才回来吗？……

**卖化妆品女人**　咋提前回来了？

**刘红兵**　谁知道！

【忆秦娥转身冲了出去。

**幕后伴唱**

　　　　死生慷慨秦音绝，

　　　　悲歌召唤声声烈。

【刘红兵追上，跪了下来。

**刘红兵**　秦娥，我错了，我不是人……我是畜牲。只求你原谅我这一次，我是真心爱你的……

**卖化妆品女人**　他刚才也是这么跟我说……

**刘红兵**　……那女的，是推销化妆品的。

**卖化妆品女人**　谁是推销化妆品的？

**刘红兵**　你不是说你是推销化妆品的嘛？

**卖化妆品女人**　你说我化妆好看，要给我买化妆品。

**刘红兵**　秦娥，真的没有啥，就为给你买化妆品……

**卖化妆品女人**　胡说！

**幕后伴唱**

　　　　声声烈，

　　　　秦娥堪忆，

　　　　动容真切。

**刘红兵**　秦娥，你打我几下，好不？狠狠踢我几脚，好不？往死里踢，好不？

**卖化妆品女人**　他刚才跟我说，你每天打他骂他踢他，往死里踢。

**刘红兵**　你别说了！秦娥，我不是人！我该死！

**卖化妆品女人**　你就该死！

**刘红兵**　你！

　　【忆秦娥一动不动，两行热泪静静淌下。

　　【秦腔锣鼓点从远飘来，越来越激烈。

　　【显现露天野舞台，正在上演《狐仙劫》，观众人山人海。

　　【九妹愤然从山崖跳下，掌声如雷。

　　【舞台轰然倒塌。

**众人**　台塌了，单团长也砸死了，还死了三个娃。

**忆秦娥**　都是我作的孽啊！是我联系的演出……

　　【胡秀英抱娃上。

**胡秀英**　秦娥呢？秦娥在哪儿呢？秦娥在哪儿呢？

**忆秦娥**　都是我作的孽啊！

**胡秀英**　娥，刘忆娃可能真的有点痴聋瓜呆……

　　【忆秦娥刺激晕倒。

　　【显现忆秦娥噩梦。

　　【显现牛头马面、阎王及众魂灵。

**牛头**　禀爷，忆秦娥拿到！

**阎王**　什么忆秦娥？

**牛头**　就是那个唱秦腔的。

**马面**　忆秦娥。

**阎王**　听这名儿，就是想出大风头的恶俗之名，你知罪吗？

**忆秦娥**　小女子有什么罪？

**阎王**　咄！你还不知罪！就因为你爱出风头，把多少好慕虚名的凡俗无辜，招致虚空台前，看你搔首弄姿，大玩花拳绣腿，鼓噪爱恨情仇，引发血光之灾，你竟然还不知罪！来人，带她巡游地府，观照自身罪孽！

【牛头马面押着忆秦娥巡游地府。

**牛头** 看见没？不是都爱当台柱子吗？都朝舞台中央挤吗？阎王爷可是给你们准备了个好地方，就是挤到了中间，也是要被挤下去的，哈哈。

**马面** 舞台本来就是空的，那是人搭出来的，台子搭得高出好一大截，那是稀罕着它能让人出人头地，挤上挤下，挤来挤去，挤到最后，都是要被挤下去的。

**牛头** 多可怜的人啊，到台上争个位子争个角色，就那么有趣吗？

**马面** 还都只想唱主角，不演配角，都唱了主角，谁给你搭台呢？

**牛头** 看吧，你们都好好看看你们打破脑袋，拼着小命儿挤上去抛头露面的地方吧！哈哈哈哈！

【舞台轰然倒塌。

**忆秦娥** 我作孽啊作孽，我在乡间的旧戏台上唱戏，台塌啦！单团长和三个孩子被砸死了，这都是我作的孽啊！

【隐。

# 6.《白蛇传》(3)

【显现莲花庵。

【忆秦娥拜见住持。

**住持** （念佛）阿弥陀佛!

**忆秦娥** 法师万福!

【住持赐座。

**住持** 唱戏是何等风光热闹,怎么要到这深山破庵来暂住呢?

**忆秦娥** 想清静清静。

**住持** 想清静,就能清静得了吗?

**忆秦娥** 希望大师能教我清静之法。

**住持** 哦,清静之法? 你进了庵堂,听见身后的山门,是有人关上了吗?

**忆秦娥** 有人关上了。

**住持** 那你就应该已经清静了。

**忆秦娥** 我应该学念什么经文,才能消除身上的罪孽呢?

**住持** 一切佛门经文,皆是度己度人、消除孽障的无量大法。几天修行,泥牛入海,也只能挑紧要的,诵读几篇罢了。若要论消除罪孽,《地藏菩萨本愿经》就是最妙的了。

**忆秦娥** （合掌）既然念佛,还请法师赐号。

**住持** 老衲看居士聪慧有灵性,那就叫慧灵居士吧。

**忆秦娥** （再合掌）谢法师。

【刘红兵上,求见忆秦娥。

【忆秦娥出来见刘红兵。

**忆秦娥** 说,来干啥?

**刘红兵** 我是给你赔罪来的,秦娥,我是畜牲,我不是人,但我不能没有你。

**忆秦娥** 还有更新鲜的话没有? 没有就赶快滚!

**刘红兵** 你怎么这么不原谅人呢?

**忆秦娥** 我什么都能原谅,就是不能原谅你那种无耻!

**刘红兵** 那……那就是逢场作戏……

**忆秦娥** 你别解释了,越解释越令人作呕。你走吧。

**刘红兵** 可我们……已有了共同的孩子……

**忆秦娥** 再别说孩子! 你快走吧,我要清静清静!

【忆秦娥把刘红兵推了出去。

**住持** 莲花庵每年七月十五都有一个法会,我看慧灵尘缘未断,特地请了县秦腔剧团原班人马来演《白蛇传》,也借此了却她一段孽缘吧。

【忆秦娥跟封潇潇见面。沉默半晌,封潇潇先开口。

**封潇潇** 你咋了?

**忆秦娥** （泪水夺眶而出）好着呢。

**封潇潇** 好着呢,怎么要出家?

**忆秦娥** 我没有出家,就是来清静清静。

**封潇潇** 是不是那个刘红兵欺负你了?

**忆秦娥** 没有,好着呢。你……好吗?

**封潇潇** 我能不好吗?

【锣鼓声、板胡声起。

【显现舞台,忆秦娥与封潇潇再演《白蛇传》。

许仙　娘子！

【忆秦娥浑身一抖。

许仙　我的好娘子，许仙心疼都还来不及，哪来的嫌弃二字呀！
（转身把娘子揽在怀里）

白云仙　（有些羞涩地）待为妻上楼去，炖好莲子羹，官人喝了，保养身体要紧。

许仙　怎么做饭之事，也要娘子动手？

白云仙　我的好官人哪！（唱）

　　　　你我夫妻心相印，

　　　　多受劳累恩义深。

许仙　（唱）

　　　　但愿得你我夫妻天长地久，

　　　　不羡他富贵人家卿相王侯。

【两人紧紧相拥。

【住持久久看着他俩，然后带走了忆秦娥。

【显现莲花潭。

住持　慧灵，在这儿洗吧，水洁净，冬暖夏凉。

【忆秦娥入潭洗浴。

【住持在一旁打坐。

【忆秦娥出浴，住持给她披上袈裟。

住持　慧灵，你就算是受戒入过佛门了。

忆秦娥　不，师父，我还没有想好……

住持　不用想了，孩子，我今天之所以这样做，就是怕你有一天想好了，真要剃度，走入空门，那我也就有了罪孽了。

忆秦娥　师父怎么说这样的话？

住持　孩子，如果说几天前，老衲还有意，想让你进入佛门，那么在看了你的白娘子后，就彻底断了这个念想。

245

忆秦娥　为什么，师父？

住持　你是有大用的人才，不可滞留在小庵之中。

忆秦娥　我不想唱戏了，真的不想唱戏了！

住持　为啥？

忆秦娥　师父，你不知道……你不知道……

住持　慧灵，到底为啥呀？

忆秦娥　……戏台塌了，单团长和三个孩子被砸死了，我还能再在台上唱吗？……单团长从前是省团有名的武生，因为演武松摔断了腿……是单团长把我调到省上的，是单团长帮助我、培养我、保护我，我才有了今天……他跛着腿去救孩子，也被砸死在台下……单团长和几个孩子都压在我的脚下，我有罪啊！我还能在台上唱吗？

住持　不，慧灵，你只有重新站到舞台上去唱，才能使逝去的亡灵得到安宁，你也才对得起疼惜你的单团长！也许你把戏唱好，让更多的人得到喜悦，才是单团长最希望看到的！也就是你最好的赎罪了。慧灵啊，你还是走吧，修行是一辈子的事，吃饭、走路、说话、做事，都是修行。唱戏，更是一种大修行，是度己度人的修行。只要懂了这个道理，就没必要住庙剃度了。要不然，这世间的庙堂也是住不下的。其实，世上每个人都是很可怜的。

【忆秦娥离开了莲花庵。

【显现剧团院子。

【楚嘉禾遇上刘红兵。

楚嘉禾　哎，红兵兄，咋好久都没见你了？秦娥呢？

刘红兵　唉，一言难尽！

楚嘉禾　有啥难缠事，能给妹子说说吗？兴许还能帮哥排忧解难呢。

刘红兵　那就给妹子说说，家里没人吗？

【楚嘉禾撇嘴冷笑径直回家，刘红兵跟着。

【显现楚嘉禾家，两人进房。

楚嘉禾　秦娥还真的不回来了？

刘红兵　谁知道，就跟疯子一样。

楚嘉禾　哟，你当时不是跟疯子一样追着人家，现在倒说人家是疯子了。

刘红兵　不是疯子，能去尼姑庵？

楚嘉禾　不过是去玩玩，图个新鲜罢了，莫非还能真去？

刘红兵　那可说不定，忆秦娥是你同学，你还不了解？生就一头犟驴，真撒起邪来，九头牛都拉不回。

楚嘉禾　那她到底是为啥事去尼姑庵呢？

刘红兵　谁知道，大概是为塌台死人的事吧。

楚嘉禾　你刘红兵，都没再装啥药？

刘红兵　我？我能给她装啥药？

楚嘉禾　你个花花心肠，是个能安分守己的人？该不是让秦娥抓住啥把柄了吧？

刘红兵　没有，真的没有。

楚嘉禾　再老奸巨猾的贼，都有失手的时候。只怕是玩栽了吧。

刘红兵　（站起朝卧室走）这里边多凉快，咱们到里边聊吧。

楚嘉禾　你倒想得美，那是本姑娘的卧室、闺房、绣楼，你都敢乱闯？要是秦娥知道，看不打折了你的腿，揭了你的皮！

刘红兵　她敢。

楚嘉禾　哟，谁不知道你刘红兵长了副贱酥酥的挨打相，还是规矩些吧，你不怕，我还怕呢！

刘红兵　这里只有天知地知，你知我知。（上前抱楚嘉禾）

楚嘉禾　松手，你要不松手我可就喊人了。

247

【刘红兵把楚嘉禾撂倒在沙发上。

楚嘉禾　（抽出一把藏刀）刘红兵，你把我当什么人了？你以为我也是你家忆秦娥，是把做饭的都可以上？什么脏老汉、跛子腿，都可以把她压倒在床上干？你打错了算盘！

刘红兵　你……你什么意思？

楚嘉禾　你说我什么意思？你什么意思？

刘红兵　你可以羞辱我，但不可以羞辱忆秦娥！她跟做饭的啥事也没有，她跟我时，还是处女！

楚嘉禾　笑话！忆秦娥跟你时能是处女？恐怕能跑火车了吧？她不仅让做饭的睡了，而且还让那几个给她排戏的老家伙睡了，你怕是还蒙在鼓里吧？你以为帮她的那些人，都图了啥？图艺术？笑话！还不是图她身上的那股腥臊味儿！你说你们这些臭男人，还有一个不沾荤腥的吗？

刘红兵　楚嘉禾！你不要血口喷人，忆秦娥是干净的，起码比你干净！我已经没有资格做忆秦娥的丈夫了，我现在，就是一个嫖客！就是来嫖你楚嘉禾的嫖客！一个十足的大流氓！（朝楚嘉禾走去）

楚嘉禾　你站住，你站住！再不站住，我可真拿刀戳了！（举刀胡乱戳）

刘红兵　（一把夺过直抵楚嘉禾咽喉）把裤子脱了！脱了！

【楚嘉禾乖乖脱了裤子。

刘红兵　（呸地唾了一口）再侮辱忆秦娥，小心你的狗命！（把刀扔下扬长而去）

【显现忆秦娥家。

【刘红兵进屋，忆秦娥没理他。

【忆秦娥在训练刘忆走路。

刘红兵　（干咳了一声）我对不起你。

【忆秦娥没有回应。刘忆在"噢噢噢"叫着。

**刘红兵**　我们这样僵着，也不是办法。

【忆秦娥还是没有吭声。

**刘红兵**　咱们离婚吧。儿子我可以带走，有福利院可以接收，我们只需定期去看看就行了。生活费由我负担，另外，你看还需要什么补偿，我都会满足你。

**忆秦娥**　我只要孩子。

**刘红兵**　你要演戏，你还有你的生活。

**忆秦娥**　我生活的全部就是孩子，这是我造的孽。你走吧，我们已经了结了。

**刘红兵**　秦娥，我欠你的太多太多了！我不是人，真的不是人！

**忆秦娥**　别说了，你走吧，你快走吧。

【刘红兵走了。

【胡三元陪秦八娃来看望忆秦娥。

**胡三元**　娥啊，儿子傻，我看你比儿子更傻！

**忆秦娥**　（突然暴怒）你个老舅才是大傻子呢，滚！舅你滚！

**胡三元**　舅觉得这么好个唱戏的材料，不唱戏，只陪个傻儿子，是太可惜太可惜了，这还不傻吗？

**忆秦娥**　我愿意！我愿意！

**胡三元**　娥啊，看谁来了。

**忆秦娥**　（才发现秦八娃不好意思）秦老师。

【忆秦娥抱着孩子哭了。

**秦八娃**　秦娥，你要继续把陪伴儿子作为生命的一切，我也不会阻拦你，但你似乎还有更重要的事要做，你应该把你的爱，还有你所理解的爱，通过唱戏，传递给更多人，让更多的人有温度，有人性，有责任，那不是更有意义吗？！

【忆秦娥哭得更厉害了。

**秦八娃**　娃啊,我来了又能安慰你些什么呢？讲些大道理,又管什么用呢？可思来想去我还是得来。(递一个纸包)你师娘给你带了一千块钱的打豆腐钱,那也不够给孩子跑一趟外省治病的,我是觉得,你还得回到舞台上,如果你愿意回归舞台,我会根据你的这段生命体验,写一个关于母爱的戏,让你的生命烛光,在舞台上照亮更多的生命幽暗。写不成,我秦八娃死不瞑目!

【胡三元流下了眼泪。

【忆秦娥抱着孩子哭得浑身抽动。

【渐隐。

## 7.《秦魂》

【显现西京某茶室。
【熙熙攘攘,茶客满座。
【刘四团在一帮跟班的簇拥下进了茶馆,被引到预留的座位上,他一抖大衣,跟班接过,他落座。
【内喊:"秦腔小皇后忆秦娥老师到!"
【忆秦娥出现在小舞台上。

**忆秦娥** (唱)

　　怨气腾腾三千丈,

　　屈死的冤魂怒满腔。

【刘四团披衣站起,走到中间座位又抖落大衣,跟班麻利接住,他坐下。

**忆秦娥** (接唱)

　　一缕幽魂无依傍,

　　星月惨淡风露凉。

**报账** (有点语无伦次)一百万! 刘老板,拿出了现金,一百万! 一百万! 一百万哪!

【众惊呆。
【刘四团起身披衣走到忆秦娥面前,摘下墨镜,把风衣朝后潇洒一抖,跟班接住。

刘四团　忆秦娥，当初我伯古存孝给你排戏那阵儿，我可没少为你服务，还记得吗？

忆秦娥　刘四团？四团哥……

【茶馆隐，刘四团陪忆秦娥走了出来。

忆秦娥　四团哥，你今天该没喝酒吧，咋一定要送我回呢？你在剧团混了那么多年，还不知道唱戏人值几斤几两？

刘四团　可你是忆秦娥呀，你是秦腔小皇后呀！我送你回家是我的荣耀啊！

忆秦娥　快别瞎说了，唱秦腔的名角儿多得很，太皇太后级的都还活着，我算哪门子皇后哟？你再乱说，只怕有人要上门掌嘴呢！

刘四团　看他谁敢，我说你是秦腔皇后，你就是皇后。你看需要怎么包装，怎么宣传，钱有的是。你这个哥呀，过去穷，是真穷，看人家吃冰棍都流口水哩。今天穷，也是真穷，穷得只剩下钱了。

忆秦娥　四团哥好幽默呀。

刘四团　不是幽默，是真穷，如果有了你，我就一下子富裕起来了。

忆秦娥　可别乱说，我不喜欢谁开玩笑。

【显现忆秦娥家。

刘四团　不开玩笑，都到家了，也没说让哥进去坐一下。

忆秦娥　（不好意思拒绝）请进请进，坐呀，请坐。

刘四团　秦娥，要说你的变化，确实很大，变得洋气了，大牌了，更有女人味儿了。要说没变，三十多岁了，还跟在宁州演白娘子时一样迷人，并且是更加迷人了。我可就是那时候被你迷倒的，到现在还犯迷魂着呢。

忆秦娥　四团哥，没想到十几年不见，你还真变得不敢相认了，啥玩笑都敢开了。

**刘四团**　不是开玩笑,我那时真的是被你迷住了,还想让我伯给你提亲呢,你猜我伯说啥?

**忆秦娥**　古老师说啥了?

**刘四团**　癞蛤蟆还想吃天鹅肉。

【忆秦娥笑得捂上了嘴。

**忆秦娥**　古老师真逗。

**刘四团**　我知道那时我没戏,好在这一天,我总算把机会等来了。

**忆秦娥**　刘四团,你要再乱说,我可就不让你坐了。

**刘四团**　秦娥,真的,我是认真的。我这次来西京,就是为了了却一桩心愿的。

**忆秦娥**　你别说了,不要说了,要说就说说我古老师,其余,一概不听。

**刘四团**　好吧,咱就说说你古老师。我伯的脾气你最清楚,走到哪儿都不容人,由宝鸡到天水那一线,走了好多家剧团,有国营的,也有私人戏班子,落脚都不长,最后遇到了一个爱秦腔的煤老板,把我们收揽下了,我伯把煤老板喜欢的几个女子骂得狗血喷头,老板就把我伯撵了。我没跟我伯走,我毕竟是二十多岁的人了,也得有自己的生活了,我就给老板回了话,接手往下排。

**忆秦娥**　你?还能排戏?

**刘四团**　跟伯十几年了,看也看会了。与其说排戏,不如说是图哄老板高兴呢,老板咋高兴咋来,最后哄得太高兴了,把他女子都嫁给我了……(说漏嘴)不过,也不是一桩啥好婚姻。

**忆秦娥**　咋了?

**刘四团**　这女子是……是小儿麻痹。

**忆秦娥**　哦,你是当了人家上门女婿,才发达的。

刘四团　也算是吧，不过现在，这矿已全是我的了。她爸去年突然心脏病发作，跟人结账时，死在老板台上了。

忆秦娥　你可得把人家女子伺候好了，要不然，会遭报应。

刘四团　看来，我该走了。

【刘四团往外走时，忆秦娥也没留，刘四团走出房门的一刹那，突然返身。

刘四团　（扑通跪下）秦娥，我爱你，我是一直爱你的！只要你能跟我好，提什么条件我都答应，包括马上离婚。

忆秦娥　别说了刘老板，我绝对不可能跟你好。

刘四团　（起身）为什么？因为我有妻子？

忆秦娥　就是你没有妻子，我也不会跟你的。

刘四团　为什么？

忆秦娥　不为什么，你走吧。

刘四团　我跟那个小儿麻痹本来就没有爱呀。好，我不离婚，你愿意做我……情人吗？

忆秦娥　住口！

刘四团　我可以在西京给你买最豪华的别墅、最昂贵的汽车，还可以让你一家人，都活得荣华富贵起来。我知道你还有一个傻儿子，那个傻儿子也需要有钱看病……

忆秦娥　闭上你的嘴！（气得双手颤抖）你走，你马上走！

刘四团　（露出泼皮相）好好好，婚不结，情不做，那你开个价吧，跟我到国外旅游一个月，给你一千万，怎么样？一个月后，刀割水洗，人财两清，你还是做你的小皇后，唱你的白娘子、黑娘子；我还去守我的破煤窑、瘸腿妻。怎么样？数字不够还可以加……

忆秦娥　（忍无可忍）刘四团，没想到你变得那么坏！你就是有一百亿、一千亿，我忆秦娥就是沿街乞讨卖唱，也绝不稀罕！滚出去，你给我滚出去！永远别让我再看见你，滚！

【忆秦娥把刘四团推出去。

【秦腔锣鼓声大作。

【显现舞台后台。

【《狐仙劫》演出结束，忆秦娥在卸妆。

【薛桂生陪着石怀玉闯了进来，出现在忆秦娥背后，忆秦娥吓了一跳。

**石怀玉** （笑笑）是不是吓着忆老师了？照说修炼了五百年的狐仙，是不会害怕一个山鬼的狰狞面目的。

【忆秦娥笑了。

**薛桂生** （向忆秦娥介绍）这是石怀玉老师，大书画家，一直在秦岭深山中，修炼着他的绘画书法艺术呢。这次团上重排《狐仙劫》，我专门请他出山来看，想听听他的意见，他对你的表演评价很高，说一定要来看看你。

**忆秦娥** （起身欠身点头）谢谢石老师鼓励。

**石怀玉** 不敢不敢，千万别叫石老师。看了你的戏，我敢说，就在这个西京城，能经当起你称老师的人不多。实在是戏太好了，可以说是个美到极致的舞台艺术作品，尤其是忆老师的表演，是给观众展现了一串闪亮的珍珠，而这些珍珠，哪一串单独提出来，都是一幅精妙绝伦的书画作品。

**忆秦娥** 石老师过奖了。（不好意思匆匆下）

**薛桂生** 人家不好意思啦！

**石怀玉** 桂生桂生，你这个团长一定要"为民做主"。

**薛桂生** 啥"为民做主"？

**石怀玉** 为我做主。

**薛桂生** 为你做啥主？

**石怀玉** 我要是得不到忆秦娥，可能连活下去的勇气都没有了。

255

薛桂生　不，不，不，怎么可能？怎么可能？

石怀玉　你看我，狐仙刚走，我就相思了，真没想到，这个世界上，还有这等优秀的人物。桂生，你是我发小，你最了解我，你要是把这事办不成，我就从你省秦最高的那座楼上跳下去了！

薛桂生　你现在就跳吧！她忆秦娥就是再找一百次对象，跟你石怀玉也是呱嗒不上的。不是我当面吹捧你，你石怀玉绝对是个好画家，好书法家，好艺术家，作品的确超凡脱俗，没有匠气，也无铜臭味，可是你毕竟未进入主流，也没多少人知道你，而人家忆秦娥可是西京城里不折不扣的大名人，把你们两个人弄一块，你自己觉得般配吗？

石怀玉　我办个画展，明天就可以出名！

薛桂生　你自己照照镜子，一个流浪汉，一叶无根浮萍，把你们牵到一起，不是害了人家忆秦娥！忆秦娥就是个戏痴，本来就把生活过得一塌糊涂，再招惹来个更不靠谱的，这日子都怎么朝下混呢！

石怀玉　那可不一定，她忆秦娥一旦拥有了我，说不定会在艺术上更添翅膀，再经历一次华丽转身的！（拽住薛桂生胳膊不放）

薛桂生　实话对你说，她还有个傻儿子，你能经受得了？！

石怀玉　那她不是更会答应我了，不是吗！（恳求）桂生，你就让我试试吧！

薛桂生　好吧好吧，我只负责引荐，剩下的就看你自己的造化了。让全团演员都要提高艺术素养，就让忆秦娥跟你学学写字画画，也算开一门艺术修养课，剩下的就看你自己的造化了。

石怀玉　桂生！

薛桂生　干啥呀？

石怀玉　桂生！（一把抱起薛桂生）

**薛桂生**　你放开我！（隐）

　　【显现乡下舞台旁的临时灶台。

　　【宋雨在吹火，忆秦娥帮她把火吹着了，宋雨笑了。

　　【石怀玉在旁画速写。

**忆秦娥**　认得我吗？

**宋雨**　（捂着嘴）唱戏的阿姨。

**忆秦娥**　喜欢看戏吗？

**宋雨**　喜欢。

**忆秦娥**　几岁了？

**宋雨**　九岁。

**忆秦娥**　没上学吗？

　　【宋雨摇摇头。

**忆秦娥**　为什么不上学呢？

　　【宋雨捂嘴笑。

**忆秦娥**　谁让你来烧火的？

**宋雨**　婆。

**忆秦娥**　你婆人呢？

**宋雨**　在剥葱。

　　【宋雨婆上。

**宋雨婆**　这不是秦娥吗？你的戏唱得几多好呀，几十里外的人都赶来了。都说"不看秦娥唱秦腔，枉来人世走一趟"呢，我这算没白活一世了，不仅看了你的戏，还见了真人！还安排我来给你们做饭了呢。

**忆秦娥**　阿姨辛苦了！这孩子是你的外孙女吗？

**宋雨婆**　是啊。

**忆秦娥**　孩子叫什么名字？

**宋雨**　我叫宋雨。

宋雨婆　就是这个名字起瞎了，把雨水都送人了，你还能有啥好日子过！

忆秦娥　孩子为什么没上学呢？

宋雨婆　唉，不怕你笑话，她爸到南方打工，跟别人好上了，连家都不要了，她妈也生气跟人跑了，就剩下姐弟俩，都跟了我。这个书念不起，我老婆子也抓养不起两个上学的，我在这远近算做饭还有点名气，就让她随我出门烧个火，混个嘴，在这农村，就算是吃了香的喝了辣的了，（对宋雨）麻利把火朝大吹，要上笼蒸馍了。

【石怀玉给忆秦娥看速写，忆秦娥惊喜。

忆秦娥　石老师，画的是宋雨？

石怀玉　是啊，像吗？

忆秦娥　太像了！（崇敬地）石老师，你画得太好了！太好了！我好像……（潸然泪下）

石怀玉　想到你小时候了吧！

忆秦娥　你咋知道！（背身抹泪）

石怀玉　你喜欢这孩子？

忆秦娥　嗯，很喜欢。

石怀玉　想要吗？

忆秦娥　你说什么？

石怀玉　想要吗？

【忆秦娥沉默。

石怀玉　刘忆太孤单了，应该有个姐姐陪陪。

忆秦娥　人家的孩子，怎么能给我呢？

石怀玉　我去试试。

宋雨婆　娃啊，咱宋家前辈子烧了高香，你被秦腔皇后看上了，要收你做亲闺女呢。这下，你一辈子都有戏看了。

【石怀玉抱着宋雨奔向忆秦娥。

石怀玉　娥，我把宋雨给你送来了！

【忆秦娥抱着宋雨，幸福地看着石怀玉。

【隐。

【显现薛桂生办公室。

【石怀玉得意地特地来向薛桂生炫耀他的爱情。

石怀玉　桂生，你知道什么叫幸福吗？我他妈现在就幸福了！幸福的模样，就他妈是我这个样子你知道不？

薛桂生　（哭笑不得）去去去。

石怀玉　桂生，我的团座，我的幸福都是你给的，也必须跟你一同分享，懂不懂。我他妈幸福得就想冲大街上去喊，就想插两个翅膀朝天上飞。

薛桂生　别飞啦，你这个尻人，看把忆秦娥的业务耽误成啥了。

石怀玉　磨刀不误砍柴工你知道不？她的气色、面容，年轻多了你知道不？女人哪，就要靠爱情来滋养你知道不？艺术呀，那就更需要爱情滋养了，只有懂爱情的人才能在艺术上有大造就你知道不？我是在给你培养秦腔大师呢，你知道不？（蹦起来）

薛桂生　别蹦别蹦，你坐着好不好？

石怀玉　幸福得坐球不住么。

薛桂生　行了行了，怀玉，快让她住回来吧，她肩上担着省秦多大的责任哪你知道不？无论哪儿包场没她当主角的戏都不要，你知道不？我说怀玉，我们上上下下的心思都想把忆秦娥推上秦腔大师的宝座，你知道不？你自私得整天拖后腿，她功不练，戏不排，还能进步，还能成大师吗？你知道不！

石怀玉　放心放心，蜜月一过，保证让她按时上下班！可是现在，我他妈幸福得就想死！立马去死！就是立马死去，也是无悔一生，也是含笑九泉！你知道不？

**薛桂生**　我不管你立马去死、无悔一生、含笑九泉，你得让忆秦娥练功！练功！练功！你知道不？！（隐）

【显现忆秦娥家。

【宋雨偷偷练功，忆秦娥回家。

**忆秦娥**　不要练！不要练！宋雨，你这在干啥呢！跟你说多少遍了！

【宋雨像当年的易青娥一样用手背挡住嘴。

**忆秦娥**　玩一玩可以，你要好好上学，知道不？学戏很苦，妈妈的苦，是没办法给你说的，知道不？妈妈要你，就是想让你好好念书，妈妈希望咱家，能有个把书念得很好的孩子，知道不？

【宋雨没说话，啃着手背。（隐）

【显现石怀玉家院子。

【忆秦娥在葡萄架下练功，石怀玉跑上。

**石怀玉**　（大喊）来了来了！创作灵感来了！娥，跟你商量个事？

**忆秦娥**　啥事？

**石怀玉**　能不能让我创作一幅作品。

**忆秦娥**　你能不能让我只周六过来，平常就睡在家里？我要上班，要排戏。

**石怀玉**　先答应了我好不好？

**忆秦娥**　你必须先答应我。

**石怀玉**　好好，答应你。来来来，让我给娥收拾打扮起来。（欲脱忆秦娥衣服）

**忆秦娥**　干吗呢？你疯了！

**石怀玉**　没人来，大门关着，这个世界就你我二人。……阳光。绿叶。藤萝。葡萄。荼蘼架。多么鲜活的生命包裹着你呀！我在秦岭很多年，都没有感受到如此强烈的审美愉悦与冲

动了。（又要脱忆秦娥衣服）

**忆秦娥**　你要干什么？

**石怀玉**　画裸体。这么美好的一切，只有你的裸体，才是可以与它们媲美的。也只有你的裸体，才能拎起这个画面的生命重心。

**忆秦娥**　你疯了！

**石怀玉**　作为画家，如果我不能把今天这种对生命的独特感知，真切记录下来，那就是我的失职，是对人类美术史的不负责任。

**忆秦娥**　你找个模特帮你画吧。

**石怀玉**　娥，今天的阳光、植物、生命，包括我的创作冲动，一切的一切，也许不会再出现了，这种稍纵即逝的灵感，如果丢失，会让我后悔一辈子的！相信你也会后悔的！

**忆秦娥**　我可不是青春少女了，有什么好画的。

**石怀玉**　你跟别的女人不一样！

【石怀玉脱了忆秦娥衣裤，开始作画。

【起风了，要下雨了。

【石怀玉赶紧把画架搬下。

**石怀玉**　太好了！起风了！要下雨了！娥啊，亲爱的，让我们一道回归自然吧，到田野里、到山林里、到暴风雨里去吧！

【下雨了。

**石怀玉**　（向天举起双手）我要裸奔呐喊屈原的《天问》！我要大声朗诵哈姆雷特的"生存还是毁灭"！我要模仿李尔王，在电闪雷鸣中"把一切托付给不可知的力量"！我要做高尔基的海燕，让暴风雨来得更猛烈些吧！

**忆秦娥**　雨下大了！下大了！（跑下被拽回）

**石怀玉**　娥，你要在风诉雨哭中唱《鬼怨》，那感觉肯定跟舞台上不一样，冤魂野鬼，最有可能在这种天气里出现！

**忆秦娥**　要裸、要奔、要喊、随便你，你放开我！

**石怀玉** 你要干吗?

**忆秦娥** 我要回去,下那么大的雨,我不放心刘忆。

**石怀玉** (阻挡)刘忆有娘在哪!

**忆秦娥** 不,我要回!(发现门锁了)……你怎么把门锁上了?神经病!

**石怀玉** 大门也锁了,我不要你走!我要你留下!

【忆秦娥泪流满面。

【显现忆秦娥家阳台。

**胡秀英的声音** 刘忆!刘忆——你妈妈一会儿就回来了,别跑!别跑!……别到阳台上去!

**刘忆** (喊着)妈妈………妈妈……(从阳台摔下)

**众人** 娃从阳台上摔下来了!

【忆秦娥背身痛哭,双肩颤抖。

【显现胡三元。

**胡三元** 娥啊,别太难过,哭多了,不仅伤身子,还伤嗓子,傻儿子走了,说不定还是你的福分呢!

**忆秦娥** (呜咽声)舅,你咋这样说!

【显现胡彩香。

**胡彩香** 人死不能复生,你也算对得起刘忆了。你还得顾活人哩,还得好好唱戏,咱就是这唱戏的命,好在你是把戏唱成了,好多人唱一辈子还啥名堂都没有呢,你可要珍惜啊!(抹眼泪,隐)

【显现易存根。

**易存根** 姐,刘红兵找到了。他躺床上下不了地了,一条腿截肢了,他开车去青海湖玩,喝了酒把车翻沟里了,第二天才被人救起,腿就只能截了。他现在很可怜,父母也不认他,嫌给家里丢了人,跟姐离婚后,他又先后找了两个女人,一个嫌他穷，打了一架走了，另一个在他车祸后，见锯了腿吓跑了，他现在屙尿都成问题，是办事处雇了个人看着。我告诉他刘忆的事了。

【显现刘红兵。

**刘红兵**　我不能到殡仪馆送儿子了，我和雇工借了一百块钱，无论如何替我帮儿子烧点纸钱，火化时说一声，爸对不起他……

**忆秦娥**　（对易存根）你跟那个雇工说，我一个月给他加一千块钱，请他好好善待刘红兵……

【显现石怀玉。

**石怀玉**　娥，我有罪，罪不可恕，都怪我留下你不让你回去，现在说一切都晚了，我回秦岭了，我什么也没拿，就拿了那张画稿……

【幕后伴唱悲调渐渐远去。

【显现省秦剧团团部/楚嘉禾家。

【显现"秦腔金皇后忆秦娥传统剧（曲）目演出季"的横幅。

【显现楚嘉禾和网络写手。

**楚嘉禾**　"秦腔金皇后"，你看看，你看看，都把这破鞋吹破天了！

【显现薛桂生和秦八娃。

**薛桂生**　"金皇后"是戏迷主动提出来的，我总觉得"秦腔金皇后"的头衔有点刺激人，但赞助商绝不退让。

**网络写手**　放心吧，我就是笔杆子，绝对会利用网络还有其他手段，把这个忆秦娥彻底搞臭的。

**秦八娃**　照说秦娥身上能背这么多戏，完全可以担起秦腔名角的旗号。

**楚嘉禾**　你这晚了不回去，老婆都不问你干啥去了？

**网络写手**　单位加班写材料。

**秦八娃**　不过"秦腔金皇后"的名号是绝对不能用的，用了，不是把秦娥彻底摆治了吗！

**楚嘉禾** 哎，你准备咋样写呢？

**网络写手** 搞得咋臭咋写。

**秦八娃** 你想想秦腔界的那么多大名演咋办！不能弄成有组织的"吹牛不上税"。"秦腔皇后"倒也算了，还"金皇后"？（连连摇头）不能用，不能用。

**楚嘉禾** （恶狠狠地）我让她演！演！演！……走，上我闺房去！

【隐。

【显现忆秦娥家。

【忆秦娥在练功。

【宋雨跟忆秦娥学。

**忆秦娥** （发现）雨啊，（摇头）你咋不听话呢！都摔骨折了还练！

**宋雨** 我要像妈那样，就是要像妈那样！……要不，就放我回去找婆。

**忆秦娥** 你哪里知道妈吃的苦啊！

【易存根进屋。

**易存根** 你还练他妈的逼呢练！

**忆秦娥** 咋啦咋啦。（赶紧把宋雨推进里间）

**易存根** 你看看，狗日的，都把你糟蹋成啥样了，我把他祖宗十八代都操了！操他妈，我要是把这个狗日的找出来，看不把他碎尸万段了！

**忆秦娥** 到底咋了吗？

**易存根** （把手机给忆秦娥）自己看！

【显现八个龙套演员，围上了忆秦娥。

**龙套1** 你是娼妓！

龙套2　你是败类！

龙套3　你是渣滓！

龙套4　你是戏霸！

龙套5　你是蛀虫！

龙套6　你是怪胎！

龙套7　你是狐精！

龙套8　你是妖孽！

**忆秦娥**　不……不……不……你们是谁？

龙套1　老干部。

龙套2　老演员。

龙套3　老艺术家。

龙套4　秦腔资深观众。

龙套5　忍无可忍者。

龙套6　路见不平者。

龙套7　心存正义者。

龙套8　良知未泯者。

**忆秦娥**　你们是鬼……鬼……鬼……

众　老实交待，你跟多少人搞破鞋！

龙套1　廖耀辉！

龙套2　封潇潇！

龙套3　刘红兵！

龙套4　石怀玉！

龙套5　刘四团！

龙套6　朱继儒！

龙套7　裘存义！

龙套8　周存仁！

【越来越快。

龙套1　苟存忠！

龙套2　古存孝！

龙套3　封导演！

龙套4　单仰平！

龙套5　薛桂生！

龙套6　秦八娃！

**忆秦娥**　（被围倒在地爬行）没有……没有……没有……

龙套1　你为了骗廖耀辉的冰糖吃，上了人家的床！

龙套2　你为了演戏，给四个老头，干尽了投怀送抱的苟且勾当！

龙套3　你欺骗了封潇潇的感情，攀上高官之子就把人家一脚踹开，让一个前途光明的艺术人才，堕落成一事无成的街头醉鬼！

龙套4　为了当主角，你与单仰平长期勾搭成奸，使他成了身残心更残的淫棍团长！

龙套5　为了当主角，你与封导演长期媾和，以致气得他夫人一病不起，终成废人！

龙套6　为了当主角，你与薛桂生暗中姘居多年，用纳税人的钱把你包装成"秦腔金皇后"！

龙套7　你大搞权色交易！艺色交易！财色交易！尤其是跟煤老板刘四团，上床一次一百万，敛财数千万卖淫费！

龙套8　你道德败坏！人品恶劣！先后抛弃两任丈夫！第一任因其高官父亲退休，无油水可榨，置丈夫身有残疾于不顾，毅然决然抛弃；第二任完全是玩弄性欲，玩腻后因其无权无势无钱，再次赶进深山，做了当代"白毛男"，至今生死下落不明！

**忆秦娥**　（缩成一团，喊不出声）污蔑……污蔑……污蔑……（最后用尽全身力气呐喊）胡三元！你为啥不早些死了呢？把我弄来唱戏，唱你妈的逼，唱！唱……唱……唱……（晕倒）

【秦八娃与薛桂生进屋。

**秦八娃**　秦娥，我知道这时劝啥也没用。就是我这个乡下写唱本的糟老头子，被人这样铺天盖地地辱骂着、诽谤着，也是受不了的，搞不好也会发疯上吊的，何况你。可话又说回来，人家不拿你开刀，不拿你出气，不拿你娱乐，拿谁玩能有这个效果呢！可你对秦腔事业的贡献，是谁也抹杀不了，你所达到的艺术高度，也是人人心里再明白清楚不过的事。

【忆秦娥抽泣了一声。

**秦八娃**　其实也没啥，说你是娼妇，你就是娼妇了？秦娥，你是因为太优秀，而遭人嫉恨、围猎、恶搞的。你何必去想，何必去计较呢？听我一句劝，天地自有公道，黑的说不白，白的说不黑。我知道你很痛苦，很难过，但你别无选择，你还得好好唱戏，只有好好唱，唱得比过去更好、更精彩，才有可能让这场危机化解过去。你要风里能来得，雨里能去得，眼里能揉沙子，心上能插刀子，才能把事干大，干成器了！哭一哭就得了，晚上还得登台唱戏。

【忆秦娥嚎啕大哭。
【薛桂生悄悄给秦八娃竖了个大拇指。

**薛桂生**　娥啊，我一定要查个水落石出，过后我们好好分析分析，到底谁他妈的干的！

**秦八娃**　不要再分析了，没有用！你忆秦娥只要优秀，只要处在这门艺术的高端，你就是众矢之的。除非你自己躺下，再不出场，再不唱戏。永远记住，能打倒自己的，只有自己！秦娥，你为秦腔做了这么多事情，应该有一份任由评说的放达了。秦娥，什么也别在乎，就唱你的戏。

**忆秦娥**　戏已经把我唱得……肝肠寸断，苦不堪言了。

【舞台深处，裘存义、周存仁、古存孝、苟存忠、胡彩香、胡三元、朱继儒、单仰平缓缓走来，渐渐围拢在忆秦娥身后。

**秦八娃**　离了唱戏，你会更加苦不堪言，甚至变得一钱不值。

**忆秦娥**　都把我说成娼妓了，我还能朝舞台中间站吗？

**秦八娃**　任何丑恶，在你单纯、阳光、敢于直面面前，都会显得苍白无力。

**忆秦娥**　他们为什么要这样？为什么要这样？我害过一个人吗？我甚至见了蚂蚁都要绕着走开的人，别人为什么要这样待我？

**裘存义**　娃啊，不苦不累不成角儿啊！

**周存仁**　娃啊，不伤不悲不成角儿啊！

**古存孝**　娃啊，不患不难不成角儿啊！

**苟存忠**　娃啊，不煎不熬不成角儿啊！

**胡彩香**　娥，不屈不辱不成角儿啊！

**胡三元**　娥，不容不忍不成角儿啊！

**朱继儒**　青娥，不傻不痴不成角儿啊！

**单仰平**　秦娥，不疯不魔不成角儿啊！

**秦八娃**　（缓慢而坚毅地）谁让你当主角呢，主角就是自己把自己架到火上去烤的那个人，因为你主控着舞台上的一切，因此，你就需要有比别人更多的牺牲、奉献和包容。有时甚至需要宽恕一切的生命境界。唯有如此，你的舞台，才可能是可以无限延伸放大的。

【众渐渐隐去。

【突然锣鼓大作。

【忆秦娥冲向舞台深处，"连珠火"漫天飞舞。

# 尾声 《梨花雨》

【显现剧团排练场。
【《梨花雨》剧组成立大会。
【忆秦娥坐到了薛桂生和秦八娃中间。

**薛桂生** 今天,我代表团上正式宣布,经过我们编导组的慎重考虑,秦老师的新作《梨花雨》的主角由我团的新秀宋雨担任。

【众愣了愣,鼓掌。

**忆秦娥** (愣住了不禁问秦八娃)为什么不是我?

**秦八娃** 把你女儿宋雨推出来不好吗?

**忆秦娥** 她才十六七岁,能担得起这样的主角吗?

**秦八娃** 戏里写的就是这个年龄,你演有点大了。秦娥,记得你出道的时候,也才十六七岁啊,在十八九岁时你已经是北山地区的大明星了!

**忆秦娥** 你……你不是答应……再为我写一部的吗?

**秦八娃** 我没有觉得这部戏不是为你写的。

**忆秦娥** 明明是……

**秦八娃** 秦娥,宋雨是你收养的孩子,她排的两个折子戏,也都是你手把手教的,团里所有人,几乎都自然而然地把这孩子叫"小忆秦娥"了,为她写戏,把她推上秦腔舞台的中心,难道还不是在为你写吗?

【忆秦娥无语，一阵悲凉感油然而生。

**秦八娃**　秦娥，培养这帮孩子，是秦腔事业的需要，推出宋雨，我觉得既是省秦的需要，也更是你的需要，你的艺术生命，走到今天，唯有依托徒弟的演进，才可能延展下去。我已是七十七岁的人了，真的感到写戏有些力不从心了，我看了你女儿宋雨的折子戏，觉得这一生，若不为这个孩子写个戏，我的整个一生可能都是不完整的。这里面有对秦腔的感情，有对一个好苗子的感情，更有对你忆秦娥的感情啊！我觉得，我是在为你赓续生命哪！

【忆秦娥觉得受了猛烈一击。

**秦八娃**　（补了一句）娃啊，有的时候是很残酷，可是秦腔要传承下去，永远需要年轻的主角啊！

【显现石怀玉。

**石怀玉**　秦娥，我回西京了，在省美术馆举办首次个人书画展《秦魂》，希望你能来参加开幕式……

【忆秦娥回望。

【显现美术馆大厅，正面中间显著地位挂着忆秦娥的裸体画《秦魂》。

【嘉宾和观众们窃窃私语。

**观众**　那不是忆秦娥吗？

　　忆秦娥……

　　忆秦娥……

　　忆秦娥……

**观众1**　画名似乎没起好，一个裸体女人，竟然叫《秦魂》，跟秦魂有什么关系呢？

**观众2**　人是万物之灵，忆秦娥是秦腔精灵中的精灵，叫《秦魂》再合适不过了！

【显现忆秦娥,她扬起手中的墨汁瓶向画像泼了上去,众大惊。

**观众** 她就是忆秦娥!

是忆秦娥……

就是忆秦娥……

【显现石怀玉倒在血泊中,胸口插着匕首。

**石怀玉的画外音** 我这一生最对不起的是我最爱的妻子忆秦娥。

秦岭是我的生命腹地,自打见了忆秦娥,听了忆秦娥的秦腔后,我才似乎突然抓住了秦岭的精魂,觉得她就是这个巍峨山脉的魂中之魂了。我以为画出这个精魂的阳光透明状态,就是画出了世界最美的东西,可在她眼中,却是丑陋不堪的,也因此损害了她的名誉,我向我的至爱深深道歉!

【忆秦娥忍住呜咽。

**石怀玉的画外音** (继续)我该走了。似乎也没有什么事再可以做了。也没有什么画再想画了。如果可能,如果忆秦娥能原谅我,请在火化我时,不要播放哀乐,就播一段她唱的《鬼怨》,以送我魂归秦岭吧……

**忆秦娥** (嚎啕大哭扑上)怀玉——!

【响起忆秦娥唱的秦腔《鬼怨》。

仰面我把苍天望,

为何人间苦断肠。

一缕幽魂无依傍,

星月惨淡风露凉。

【忆秦娥起舞。

【显现舞台,化为《梨花雨》场面,梨花漫天飞舞,宋雨沐浴着万瓣梨花走向观众,全场欢呼,掌声雷动。

**观众** (欢呼)小忆秦娥!小忆秦娥!小忆秦娥!

**观众1** 省秦又有台柱子了,这娃绝对没麻达!

观众2　这个宋雨不比忆秦娥差,现年轻么,现在讲颜值哩!

观众3　有新把式了,看来忆秦娥这个老把式该退阵啦!

【传来秦腔黑头的吼叫声:

　　人去了,戏散了,
　　悲欢离合都齐了;
　　上场了,下场了,
　　大幕开了又关了。

【忆秦娥感到从来没有过的孤寂。

忆秦娥　哈哈,主角,主角,四十年了,从一个放羊娃,被推上主角的位子,真像一场梦啊,一眨眼,这四十年就这样过去了。我有时感到新鲜刺激,有时又懵懵茫然;有时深感受用,有时又身心疲惫;有时斗志昂扬,有时又退避三舍;有时呼风唤雨,有时又草木皆兵;有时扶摇直上,有时又堕落深渊!(自嘲自笑)吃了别人吃不下的苦头,也享了别人享不到的名分,得到了唱戏的顶尖赞誉,也受到了唱戏的无尽诽谤。我真是进不得,退不能,守不住,罢不成,非常态,无消停,难苟活,不安生!谁让你是主角呢!谁让你唱主角呢!易招弟、易青娥、忆秦娥,我就这样光光鲜鲜、苦苦巴巴、香气四溢也臭气熏天地活了半个世纪……(传来秦腔悲怆的音乐)可是我要唱,我要唱!我一听到秦腔的乐声,我就浑身颤抖、血脉沸腾、热泪盈眶!这是八百里秦川的乐声,是山岚呼啸的声音,是大河奔腾的声音,是我们亲人血脉里流动的声音,骨头里崩出的声音,心怀里吟唱的声音,是我们千千万万普通老百姓灵魂中生命呐喊的声音!我能不唱吗?能不唱吗?是那么多人搀着、扶着、推着、托着我走过来,我不唱怎么对得起他们!我要唱!我要唱!我要代他们唱!替他们唱!为他们唱!我要向着千山万水唱!对着广阔天地唱!我老了也要唱!死

　　　　了也要唱！
　　　【显现九岩沟山村。
　　　【显现易青娥和小羊。
**忆秦娥**　我给那么多地方的那么多人唱过，可从来没有给家乡的父老乡亲唱过，我要唱！我要唱！我要唱！
**众人**　忆秦娥回来了！易青娥回来了！易招弟回来了！……
　　　【显现戏台，主角的椅子。
　　　【幕缓缓闭。
　　　【剧终。

话剧剧本

# 牛 虻

根据艾·丽·伏尼契同名小说改编

## 人物表

亚瑟·勃尔顿　　　　　后化名为范里斯·列瓦雷士，绰号牛虻
罗伦梭·蒙太尼里　　　红衣主教
华伦·琼玛　　　　　　波拉夫人，亚瑟的恋人
绮达·莱尼　　　　　　牛虻的情妇
西萨尔·玛梯尼　　　　波拉和琼玛的朋友
波拉　　　　　　　　　琼玛的丈夫
詹姆斯·勃尔顿　　　　亚瑟的异母哥哥
裘丽亚　　　　　　　　詹姆斯·勃尔顿的妻子
卡尔狄　　　　　　　　神学院新院长
审判官 A、B、C、D
看守长、看守 A、B
统领
青年意大利党成员、教士、军官、市民、士兵、工人、报童和贩子等。

## 场景

1 大教堂
2 小酒馆
3 大教堂
4 监狱
5 亚瑟家
6 十三年后，堤旁码头集市
7 牛虻寓所
8 大教堂
9 多空间
10 集市
11 监狱

# 1. 大教堂

【庄严肃穆的大教堂深邃、空旷。
【舞台尽头是高耸的彩色玻璃圣画。
【两座雕像立在彩色玻璃下面,仿佛是圣父与圣子。
【童声无词圣歌声起。
【一群无忧无虑的少年儿童走进时立即变得屏气敛声。
【天边似乎飘来一个声音:

  不论我活着,

   或是我死掉,

   我都是一只

   快乐的牛虻!

【童声重复。突然一个停顿。少年们隐去,两束灯光罩住雕像。他们是蒙太尼里和亚瑟。
【亚瑟在向蒙太尼里忏悔。

亚瑟 神父,请原谅我,我已经好久没来忏悔了,你知道我母亲——

【蒙太尼里一震,但难以察觉的震颤马上被冷漠掩饰。

亚瑟 我妈妈,她死了!

【蒙太尼里已恢复原状,用手画十字。

亚瑟 你知道,我妈妈已病得好久了,她在那些人中间完全是孤独的，光是裘丽亚的那条舌头就够送她的命了。到了冬天，她的病更重了，我差不多一直陪伴着她，一直到那天……

【在亚瑟叙述时，蒙太尼里内心在颤动。

亚瑟　那天晚上，天还是那么黑，风还是那么大，风吹进窗缝发出呼呼的声音，那微弱的油灯在风中摇曳，（沉浸在回忆中）突然，我听见了妈妈的呻吟，低低的呻吟，她似乎是在呼叫着什么人的名字——

蒙　（画十字）阿门！

亚瑟　（继续）我听不清，我赶紧起来，走进母亲的房间。房间里空空的，只有壁龛中的那个巨大的十字架在黑暗中发出幽光（画十字），我扑到妈妈床边，妈妈闭着双眼，嘴唇在微微颤动，喃喃自语，好像在向什么人倾诉着什么……

蒙　（嘴唇微微嚅动，十字画得更快）……

亚瑟　我把耳朵贴近妈妈，可是听不清，什么也听不清，妈妈的声音越来越微弱，越来越轻，终于她睡着了，安详地睡过去了……

蒙　（低下头）……

亚瑟　我想也许上帝会帮助我，于是我跪下去，跪在妈妈床边为妈妈祈祷，我一直等着、等着、等着奇迹出现，一直等了一夜。第二天早晨醒过来的时候，神父，我没有办法，我无法解释，我无法告诉你我看到了什么……

【亚瑟捂面抽泣，蒙太尼里上前抚抱亚瑟的双肩。

亚瑟　神父！

蒙　我的孩子。（找不出什么话来）上帝与你我同在！

亚瑟　（抬起头）妈妈她走了，她的面容上安详中带着一丝遗憾，她的微闭的眼睛中流露出一丝的留恋。神父，我失去了唯一的亲人，这世界上唯一让我挂念的亲人，这世界上唯一关心我的人——

蒙 （低声）孩子,还有我——

亚瑟 我现在孤苦伶仃,无牵无挂了。（苦笑）我可以去做我想做的事情去了,再也不会犹豫不决,彷徨徘徊了——

蒙 （警觉）孩子！你想去做什么？

亚瑟 （坚定地）要把我的卑微的生命献给祖国,帮助她从奴役和贫困之中解放出来！

蒙 （吃惊,好像不认识一样）孩子,你在说什么！

亚瑟 （更加坚定地）我现已了解这个事业,就是这个事业中的一个人了。（突然想起）神父,我该去开会了,同学们都在那里等我。

蒙 （关心地）什么会？

亚瑟 （迟疑）这不是一个经常的会……有一个同学从热亚那回来,他向我们做一次演讲……

蒙 讲哪一方面的事？

亚瑟 神父,你不会向我追问他的名字的,是不是？因为我曾经答应过……

蒙 我不会的,你既然答应了人家守秘密,当然就不应该告诉我,但是,孩子,我想告诉你,你母亲去世以后,这世界上至少还有一个人值得你去信赖……

亚瑟 神父,当然我信赖你。他讲到……我们,以及我们对人民的……和对我们自己的……责任；讲到……我们怎样可以去帮助……

蒙 帮助谁？

亚瑟 人民……和……

蒙 和什么？

亚瑟 意大利！

【一阵沉默。

蒙　孩子，今天我不能与你讨论，事情对我来得太突然，我必须有充分的时间来仔细考虑。 现在，我只要你记住一件事：如果你为了这件事搞出麻烦来，如果你……因此而死，那是要使我心碎的！

亚瑟　神父！

蒙　让我把话说完。 我曾经告诉过你，说我在这个世界上，除掉你之外再没有第二个人。 我想，你一定不能完全明白这句话的意思，也许以后你会明白。 亚瑟（激动起来）你对于我好像是我的……亲生孩子一般，你明白吗？ 你是我眼睛里的光明，心坎里的希望，我就是死，也不肯让你走错一步路，以致断送你的生命。 可是我也无能为力。 我并不要求你对我提出什么诺言，我只是要求你记住这一点，在你采取任何决定性的行动之前，必须考虑成熟。 即使不是为你母亲的在天之灵，也要为我……

亚瑟　（感动）神父，我一定听你的话，请替我祷告，也替意大利祷告吧！

蒙　（画十字）阿门！

【亚瑟亲吻蒙太尼里胸前的十字架，离去。 蒙太尼里凝视着他的离去，像一座雕像。

【灯暗。

## 2. 小酒馆

【紧接上场。

【上层教堂场景突隐时,底层小酒馆喧闹景象突现,形成了强烈对比。

【一阵压低嗓音的欢呼声后,一个穿着破烂的青年正在用沙哑的声音挥臂演说,他是波拉。

【亚瑟从上层教堂走下,走至人群边倾听。

波拉　(激昂地)大地在燃烧,人民在怒吼! 同志们,你们知道山区农民的悲惨情况吗? 他们在受苦! 男人们被逼着去打仗,女人们在忍饥挨饿,孩子们在一天一天接近死亡! 人民再也忍受不了了,盼望着那一天的到来! 共和国万岁!

【人们齐声欢呼:"共和国万岁! 共和国万岁!"

【一个年轻女子也跳上了椅子,她是琼玛。

琼玛　同志们! (用手势示意大家安静)

亚瑟　(吃惊)琼玛!

琼玛　同志们! 这是山区一个地方的情况吗? 不! 这是整个意大利的一个缩影! 整个意大利都处在水深火热之中,我们必须行动起来,去实现我们心中的梦想,去想、去感觉、去拥抱我们的理想! 共和国万岁!

【众跟着欢呼:"共和国万岁! 共和国万岁!"定格。 渐隐。

亚瑟　琼玛！琼玛也在我们里面，这太好了！我感到世界变了，真的变了！我感到整个世界都充满光明，因为琼玛和我在一起！琼玛，你知道我是多么吃惊，多么高兴。我从小偷偷爱上的姑娘竟然是我的志同道合但又从未相知的战友！可是，琼玛，你为什么不告诉我呢！不！不能怪她，我不也是没有告诉她嘛！嗨！真太棒了！

【琼玛走离人群。

亚瑟　（迎上）琼！

琼玛　（惊奇地）亚瑟！啊，我不知道你……也在这里！

亚瑟　我也没有想到你。琼，你是什么时候……

琼玛　我不是党员，我不过是帮人办一两件小事才到这里来的。——你知道波拉吗？

亚瑟　当然，谁不认识他，所有的青年意大利党人都知道他。……你认识他？

琼玛　是的，很早了。是他让我来参加这个会的，他让我也谈谈那个悲惨的山区。

亚瑟　这么说，你说你有事去佛罗伦萨原来是去山区了！

琼玛　是的。

亚瑟　……是跟波拉一起去的？

琼玛　是的。

【人群声又起，又听到波拉的声音。

琼玛　（崇敬地）讲得太好了！像我心里想的那样。他强调我们必须实现那个共和国，不要光是梦想它，这正是我的看法。

亚瑟　我不喜欢的恰好就是这一部分，他说了那么多理想的新奇事物，就是没有告诉我们实际上应该怎么办。

琼玛　爆发的时机一到，我们就会有许多工作要做的，可是我们必须忍耐，波拉说过，巨大的变革不是一天做得成功的。

**亚瑟**　不，一桩事业的完成需要的时间越长，那就越有理由立刻动手去做。意大利的情形就是这个样子，现在需要的并不是忍耐——而是要有人站起来，来保卫他们自己！

**琼玛**　（对亚瑟的突然激动很吃惊）亚瑟，你怎么啦？

**亚瑟**　（感觉到自己的失态）琼，亲爱的，我只是对你也是我们一起的感到高兴，才会这么说。

**琼玛**　你呀，老是改不了抬杠的毛病。

【波拉离开人群，走近。

**波拉**　嗨！琼！亚瑟！你早来了！

**亚瑟**　波拉！

【波拉与亚瑟握手。

**波拉**　（对亚瑟与琼玛）你们认识？

**亚瑟**　从小就认识了。

**琼玛**　（点头微笑）是……

**波拉**　（热情地）那太妙了！我们成了同志了！今后我们可以一起工作了！

**亚瑟**　（尴尬地）真没想到琼也跟你认识。

**波拉**　你说琼吗？她可是好样的，这次去山区多亏了她的帮忙，你猜我们怎么躲过了那些宪兵？

**亚瑟**　怎么？

**波拉**　（大笑）琼扮成了我的太太！我的老婆！

**亚瑟**　（神情有些不自然）……

**波拉**　琼，你还记得吗？那个老色鬼宪兵队长拦住了我们，为了使他相信我们是夫妇，你还当着面使劲地吻了我！

**琼玛**　（不好意思）波拉！

**亚瑟**　那倒是个好办法。

**波拉**　亚瑟。（严肃起来）说正经的，今天让你来，党让我通知你，把那些书运往城里的事不用你去做了。

亚瑟　为什么？我可以去做，我一定会完成任务。

波拉　党不是怀疑你的能力，党是绝对信任你的，不过为了预防万一，为了安全起见，党决定让我去。

亚瑟　不！我要去！就是牺牲性命，也在所不惜！

琼玛　亚瑟！波拉说得对，党的利益高于一切，那批书籍是党所急需的文件。我们需要的是安全运达。你想想，到那条肮脏的驳船上去，是一个人人都认识、衣冠楚楚的神学院学生会引起人怀疑呢，还是一个谁也不认识的、衣衫褴褛的搬运工人会引起人怀疑呢？！

亚瑟　我也可以化装……

波拉　好啦好啦，兄弟，就让我去吧！

亚瑟　波拉，我可以的……

琼玛　亚瑟！波拉会完成的。

亚瑟　（失望地看了看琼玛）那好吧，我走了。

波拉　亚瑟，别不高兴，来，我们来喝一杯！

亚瑟　不了，已经很晚了，我该回神学院去了。

琼玛　亚瑟你……

波拉　那好吧。

【波拉上前紧紧握住亚瑟的手。

波拉　为了上帝和人民……

亚瑟　（低声）始终不渝。

【众隐，只留下亚瑟的灯光。

## 3. 大教堂

【亚瑟独自慢慢走回教堂。

亚瑟　琼玛,你知道吗,我是爱你的,当你还是一个难看的小姑娘,穿着一件花格子布的罩衫、围着一个皱皱巴巴的胸兜、背上拖着一条小辫子的时候,我已经爱上你了,我现在还是爱着你,可是不知道为什么,我没有勇气对你说,当我鼓起胆量想把这个世界上最简单的事说出来时,我看到你单纯的目光,我的心虚了,跳得厉害,我害怕,我害怕你的拒绝。

【蒙太尼里显现,两人独自叙说,并不交流。

蒙　孩子,你在想什么,你能告诉我吗,你能让我替你分担痛苦吗,你看上去那么憔悴,那么疲惫,把你心里的忧愁说出来就好了,也许以后与你分享痛苦的机会不多了,孩子,你知道吗,梵蒂冈方面要召我去罗马,他们要升我为主教,可我怎么舍得离开你……

亚瑟　琼、琼玛,你不理我了吗,难道你心里有了另外的人,难道这个人就是他,波拉,那个夸夸其谈的家伙！这不可能！（渐渐虚弱）这不可能……

蒙　亚瑟,我又怎么犯得上,为了一个主教的职位而失去我的……失去你！我看见你苍白的脸了,你一定有什么事瞒着我！我感到一种恐怖感觉的袭击,亚瑟！告诉我,你有没有什么特别的危险?

亚瑟　可是琼玛,琼,你为什么不理我,为什么要跟他去呢,他哪一点比我好,我又哪一点比他差呢,不,琼玛,你不会喜欢他的,不会喜欢那种人的,一定是他在引诱你,他爱上了你,你看那会儿,是傻瓜才看不出来!

蒙　你到底有没有危险?我并不想知道你的秘密,只要你告诉我这一点!你无须跟我讲什么理由,只要你对我说"留下来",我就放弃去罗马!只要你在我身边,我就感到你会比较安全一些,亚瑟,你劝我留下来吗?

亚瑟　不!不可能,难道去了一次山区就把你迷住了吗?难道一次简单的私运书报就让你神魂颠倒了吗!琼,不会的,不会的,我相信你不会的,你不会被那个……那个……夺去了……你的……心……

蒙　亚瑟,我的孩子,你不理我,那我只好走了,我要坐早班驿车动身了。我走了以后,我把你托付给神学院的新院长卡尔狄神父,孩子,你有什么精神上的需要,你可以找他,他是一个值得信赖的好神父……

【蒙太尼里隐去,小酒馆波拉、琼玛等在唱着激昂的歌曲。

亚瑟　(突然醒悟)不!我怎么会有这种肮脏的想法!一个时刻准备着要跟上帝和他自身以及整个世界和平相处的灵魂,怎么会怀着这样卑鄙的嫉妒和疑虑!对自己的同志怎么会怀着这样自私的敌意和偏狭的仇恨!神父,你在哪儿?你在哪儿?你快帮帮我,我该怎么办?(走至上层教堂)

【神学院新院长卡尔狄在另一角显现。

卡　孩子,你愿意向我忏悔吗?蒙太尼里神父他走了,我知道他对你非常关切,而且按照我的想象他好像对你有些不放心,要是我也一样,要离开一个心爱的学生也一样会不放心,但是他如果知道你能得到他的同事的精神指导,他一定会很高兴的。你在担心神学院的院长照例不接受世俗的忏悔吗? 不,孩子!我告诉你,我喜欢你,我很高兴尽我的力量帮助你!

亚瑟　我愿意,神父,不管是谁,我需要上帝的帮助。

卡　上帝通过我来向你伸出援助之手,亚瑟,把你的痛苦向上帝诉说吧。

亚瑟　我的神父,我要控诉我自己,我控诉我自己犯了嫉妒和忿恨之罪,我对于一个待我毫无过错的人起了卑鄙的念头。

卡　孩子,你还没有把一切都告诉我呢。

亚瑟　神父,我用卑鄙的思想去想他的那个人是我应该特别去爱和尊敬的人。

卡　一个跟你有血统关系的人吗?

亚瑟　比血统更要密切的关系。

卡　那是什么关系呢,我的孩子。

亚瑟　同志关系。

卡　(吃惊)什么事业中的同志关系?

亚瑟　一桩伟大而又神圣的事业。

【停顿。

卡　那么你对于这个……这个同志的忿恨,你对于他的嫉妒,是因为他在这桩事业中的成就比你更大而引起的吗?

亚瑟　……是的,这是一部分原因。我嫉妒他的经验……他的才干。还有……我担心……我害怕……他会把我……所爱的那个姑娘的心,夺去。

卡　你心爱的姑娘……

亚瑟　是的,我爱她,我们俩是一块儿长大的,我们的母亲也是好朋友……我嫉妒那个人,因为我看出了他也在爱她,而且因为……因为……

卡　　我的孩子，你还是没有把一切告诉我呢，你的灵魂上面一定还不止这点负担。

亚瑟　　神父，我……

卡　　（平静地）把这些负担通通卸掉吧，让我来替你承担，孩子！

【又一次停顿。

亚瑟　　我嫉妒他，因为我们的团体……青年意大利党……

卡　　（注意）唔？

亚瑟　　是的。青年意大利党，我也在里面，党把一件我所希望的工作交给他了，我是想做这份工作的，特别想让我所爱的姑娘知道我在做这件工作。

卡　　什么工作？

亚瑟　　把一些书籍……政治性的书籍……从轮船上带到……城里……找一个隐蔽的地方……

卡　　党把这件事交给你的竞争者了，是不是？

亚瑟　　交给波拉了。

卡　　波拉？

亚瑟　　是波拉。因此我嫉妒他。

卡　　那么他没有别的什么不对的地方使你产生这种情感？

亚瑟　　不，神父，他是一个真正的爱国志士，我除了爱他和尊敬他之外，不应该有其他任何卑鄙的情感。（匍匐于地）

【又一次停顿。

卡　　（激昂起来）我的孩子，如果你的心里怀着一种新的光明，怀着一个要为你的同胞完成某种伟大工作的美梦，怀着一种为那受苦难的人、受压迫的人减轻负担的希望，那么你对待上帝所给你的这种极宝贵的恩惠就要非常当心。一切好的东西都是上帝赐予的。因为上帝的赐予才有新的诞生。

【卡尔狄渐渐隐去，四个士兵渐渐显现。

**卡的剪影**　如果你已经找到了牺牲的道路，已经找到了引导到和平的道路，如果你已经跟亲爱的同志们联合起来，准备把解放带给那些在暗中哭泣和悲悼的人，那么你得时时留心，要使你的灵魂完全摆脱掉嫉妒和情欲，要使你的心地像一个祭坛，让圣洁的火永远在上面燃烧！

【卡尔狄消失，四个士兵围住亚瑟，亚瑟没有发觉。

**卡的画外音**　你要记住，这是一桩崇高和神圣的事业，承担这一事业的那颗心，必须把每一种自私自利的念头都洗涤干净。它不是为了一个女人的爱，也不是为了那种转瞬即逝的私情，它是为了上帝和人民，始终不渝！

**亚瑟**　（大惊）神父！

【四士兵押住亚瑟。

**一士兵**　（对亚瑟）勃尔顿先生，你被捕了！

## 4. 监狱

【四个审判官显现在高台上。

【亚瑟被士兵押着面向观众。

**审 A**　你知道青年意大利党吗？

**亚瑟**　知道，那是个政治团体，他们出版一种报纸，鼓动人民起义，把侵略者赶出意大利。

**审 B**　你读过那种报纸吗？

**亚瑟**　读过，我对这件事很感兴趣。

**审 C**　你知道读它是一种违法吗？

**亚瑟**　当然知道。

**审 D**　从你房间里抄出来的那些报纸是从哪里来的？

**亚瑟**　那我不能告诉你。

**审 A**　在这里，你不能说我不能！

**亚瑟**　那我改，我改成不愿意！

**审 B**　你延续使用这类词语你会后悔的，老实说，谁介绍你入党的？

**亚瑟**　没有谁，是我自愿的。

**审 C**　那换个问法，你曾向谁表示过你要入党的愿望？

**亚瑟**　（沉默）

**审 D**　谁批准你入党的？

**亚瑟** 你们要问这一类的话,我是不回答的!

**审A** (突然)你认识波拉吗?

【亚瑟吃惊。

**审B** 乔万尼·波拉?

**审C** 你的同学?

**审D** 那个高个子年轻人,脸上刮得光光的。

**亚瑟** 不,我不认识!

**审A** 你不认识他,他可认识你! 亚瑟·勃尔顿先生! (掏出一份供词记录,扔给亚瑟)这是他的供词记录,你自己看吧!

**审B** 这是他交代入党的经过。

**审C** 这是他交代开会的经过。

**审D** 这是他交代运报纸的经过。

【亚瑟越来越吃惊。

**审A** 你看看这里,"在加入我们党的那些同志当中,有个年轻人名叫亚瑟·勃尔顿,他出身于一个开设轮船公司的富裕家庭"。

**亚瑟** (热血涌上脸)啊! (自语)波拉? 波拉把我出卖了?! 波拉,这个负有党的领导人的神圣职责的人? 波拉,这个曾经使琼玛迷恋而且也爱着琼玛的人?

【亚瑟手中的纸在颤抖,抬头望着审判官。

**亚瑟** 不! 我不认识他!

**审A** 哈哈,不认识? 还替他保密! 可人家已经把你出卖了! 你还要维护出卖你的人,以致把你自己牵连在里面,这样会毁掉你的一生! 你亲眼看到了吧,他供出你的时候,并没有像你现在这样维护他,对你并没有什么特别关照呀!

**亚瑟** 不! 这是伪造! 这是谎言!

**审A** 你好好想想吧!

【审判官、士兵隐去。

**亚瑟**　波拉？ 那个我曾经嫉妒过的人！ 那个曾经从我手中夺去那份工作的人？ 那个也许夺走了我爱着的恋人的心的人？ 是他吗？ 真是他吗？ 上帝，你告诉我！（低下头，又猛地抬起）我感到一阵盲目的，不自觉的，野兽一般的狂怒在胸中涌起，仿佛是一个什么活着的东西东奔西闯，我怕快要失去控制自己的能力了！（发现胸前的十字架）不！ 亚瑟！ 你这个混蛋！ 你已经忏悔过你的卑鄙的嫉妒之心，你怎么又对你的同志产生卑鄙的怀疑！ 这肯定是伪造，肯定是谎言！……谎言……波拉，我相信你不会……

【亚瑟迷睡过去。

【看守长上。 推醒亚瑟。

**看守长**　起来！ 起来！

【亚瑟起来。

**亚瑟**　怎么啦，老头！

**看守长**　叫你起来你就起来。（随手拿起亚瑟的毯子）跟我来！

**亚瑟**　怎么又要搬地方了吗？

**看守长**　小子，你好运气！

**亚瑟**　去哪儿？

**看守长**　小子，你释放了！

**亚瑟**　释放？ 老头，你在开玩笑？

**看守长**　少费话，跟我走！

【亚瑟狐疑地跟着看守长。

**亚瑟**　（抓住看守长胳膊）老头，你到底说说清楚呀！ 怎么回事？

**看守长**　（轻蔑地）你自己心里最清楚呀！

**亚瑟**　我？ 那么释放的还有其他人吗？

**看守长**　不见得是说波拉吧。

**亚瑟**　（急切地）是，是波拉。

看守长　他是不会像你那么被释放的,他被一个同志出卖了!

亚瑟　一个同志？ 出卖了？

看守长　（鄙视地）这个同志不是你吗？

亚瑟　（停住）老头,你疯了! 你胡说!

看守长　不是我说的,是昨天他们审问波拉时说的。

亚瑟　他们告诉波拉说是我出卖了他吗？（冷笑）他们当然会这么说,他们也对我这样说,说是他出卖了我呢!

看守长　那么说这是谎言？

亚瑟　当然,这是他们的伎俩。

看守长　可是,他们还说,你所以去告发波拉,是因为……因为嫉妒,因为你们两人爱上了同一个姑娘……

亚瑟　（震惊）同一个……姑娘……嫉妒……他们怎么会知道的呢……怎么会知道的呢？

【看守长把陷入迷惘的亚瑟带到审判官前。

【审判官们显现。

审A　勃尔顿先生,我以极大的喜悦向你祝贺,佛罗伦萨那里来了一道释放你的命令,从现在起,你自由了!

亚瑟　（仿佛没有听到审判官宣判他获释的声音）我只想知道,谁告发了我？

审A　谁？ 你猜一猜吧!

亚瑟　我不知道。

审A　勃尔顿先生,你是个天主教徒吧？

亚瑟　是的。

审A　你经常去忏悔吧？

亚瑟　是的。（突然想到,惊恐地）难道——

审A　否则别人怎么会知道你的恋爱私情呢,你问谁告发了你？ 嘿嘿,你自己!

亚瑟　（被击倒）是我……自己……

【亚瑟踉踉跄跄离去,背后传来审判官的声音。

审A　快走吧,快走吧,我想你一定急着回家了吧,嗨,我们还没你那么自由哟,我们还要去对付那个傻小子波拉,我怕他的罪名不会太轻！ 走好！ 勃尔顿先生！

【审判官隐去。

【亚瑟麻木地走出去,他推开了看守长和士兵,疯一样地走出去。

【琼玛在等他。

琼玛　亚瑟！（抓住亚瑟的双手）你终于出来了,我太高兴了！我快活极了！

亚瑟　（颤抖着抽回双手）琼！

琼玛　（热情地）亚瑟,我在这里等了半个钟头了。 他们说你四点钟就可以出来的。（看着亚瑟的眼睛）亚瑟,你干吗这样看我？ 出了什么事啦？ 亚瑟！

【亚瑟转身走开,琼玛追上。

琼玛　亚瑟！ 告诉我,发生了什么？

亚瑟　（欲说又止）琼……

琼玛　（安慰地）亲爱的,你千万不要把那件倒霉的事放在心上,我们大家都明白是怎么回事。

亚瑟　哪件事？

琼玛　就是波拉那封信的事。

亚瑟　（痛苦地）波拉！

琼玛　波拉他简直疯了,他曾经托人带信出来。

亚瑟　这件事？

琼玛　你也许不会知道,他曾经带信出来说是你说出了轮船运书的事,所以他才被捕。

亚瑟 （更痛苦）他是这么说的吗？

琼玛 亚瑟，亲爱的，我们怎么会相信他这种荒谬透顶的话，凡是认识你的人都不相信，我今天特地来接你，就是为了这件事，我要亲口告诉你，我们团体中没有一个人相信他信里说的话！——

亚瑟 （打断）琼！

琼玛 波拉就是这样一种人，喜欢胡乱怀疑别人，亚瑟，别人不了解你，难道我还不了解你吗！

亚瑟 （痛苦欲绝）琼……

琼玛 好了好了，别难过了，你不是出来了吗，应该高兴才是，同志们有个聚会在等着你，祝贺你的自由！欢迎你的归来！

亚瑟 （大声打断）琼玛！

琼玛 （疑惑）怎么啦，亚瑟！

亚瑟 我……（欲说又止）

琼玛 亚瑟，应该高兴才是！快走，快走吧。

亚瑟 有一件事我不得不告诉你，如果我瞒了它，我会一辈子不得安宁。

琼玛 不，你不用说，你不说我也明白。

亚瑟 不，我要说。（悲伤地）不过我说了的话，我怕你会对我……我们……肯定完了……

琼玛 亚瑟，你还不相信我吗！我对你……永远……否则我就不会来接你了……

亚瑟 （悲观地）没有用，肯定完了……

琼玛 亚瑟，你相信我！

亚瑟 （下定决心）那件事是真的！

琼玛 哪件事？

亚瑟 就是你刚才说的那件事！

琼玛　什么？

亚瑟　那全是真的！

琼玛　（不相信）你在开玩笑吧。

亚瑟　是的，那轮船运书的事是我说的，而且我还说出了波拉的名字，上帝，我是怎么啦，上帝！

【停顿。琼玛大惊，好像不认识亚瑟，慢慢退后，寂然不动地冷冷看着亚瑟。

琼玛　亚瑟你？！

亚瑟　（发疯似的向前抓住琼玛）琼玛，这怪我……不，这不能怪我……（语无伦次）怪我对你的……对波拉的……我不知道我会出卖他……这一切都是——

琼玛　（像看见了瘟疫一样躲避，恐怖地）不要碰我！

亚瑟　（追上）琼，你听我解释，这不能怪我……这都是——

琼玛　（挣扎）放开，你给我放开！

亚瑟　（几乎哀求地）琼，亲爱的，看在上帝的面上，这真的不能怪我……我不是故意的，这都是上帝……

【琼玛狠狠地打了亚瑟一个耳光。

亚瑟　（呆立）琼玛！

【琼玛捂脸离去。

【亚瑟无助的身影。

【灯暗。

## 5. 亚瑟家

【亚瑟的卧室。

【神龛上立着耶稣蒙难十字架,一旁挂有蒙太尼里的画像以及亚瑟母亲的画像。

【灯亮,亚瑟跪在十字架前。

亚瑟　（祈祷）全能的慈悲的上帝,你都不愿收留我吗?……你不是说你不会遗弃任何一个人吗? 不要遗弃我,主,不要遗弃我……（又跪向蒙太尼里画像）神父,你告诉我,我该怎么办,该怎么办?

【蒙太尼里在画像中显现。

蒙　我的亲爱的孩子,我不能在你释放的一天见到你,我觉得非常失望,我多么想见到你,但我不得不去为一个临死的人祈祷,你一定要等着我,等着我……

亚瑟　神父,你知道我也是一个临死的人吗? 我觉得我已经死了,完完全全地死了……

【亚瑟慢慢地走向母亲的画像。

亚瑟　母亲,现在只有您和我在一起了,我想我很快就会来陪伴您,只有您不会遗弃我吧,母亲! ……

【裘丽亚与詹姆斯急上。

裘丽亚　（大声）那个杂种怎么还有脸回来,勃尔顿家的名声被他败坏到阴沟里去了,我可不能让这个野种留在家里!

詹姆斯　（阻止）裘丽亚！　裘丽亚！

【亚瑟冷冷地出现在裘丽亚面前。

亚瑟　你们认为怎么办就怎么办吧,不管怎么样都没关系。

裘丽亚　怎么办？　立即——（克制地）走——

詹姆斯　裘丽亚！

亚瑟　我会的,我早就不想呆在这个家了!

裘丽亚　家？　你怎么还有脸称这儿是你的家！　你去问问你那个死了的妈吧,你还配不配称这儿是你的家！

詹姆斯　（上前阻止）裘丽亚,你不要胡说！

裘丽亚　我胡说！　我说詹姆斯,我们还要瞒多久！　还要让那个下流女人生的杂种继续败坏勃尔顿家的名声吗！

亚瑟　裘丽亚,你说谁？

裘丽亚　我告诉你,我说的就是你妈！

詹姆斯　（急切地再次阻止）裘丽亚！

亚瑟　不许你侮辱我的母亲！

裘丽亚　好纯洁的母亲！（掏出一张纸,扔给亚瑟）看看这张纸吧,你就知道你的那个纯洁的母亲是个什么货色,你自己是个什么种！

詹姆斯　（欲抢,被裘丽亚拦住）裘丽亚,你太过分了！

【亚瑟拿起那张纸。

裘丽亚　看看那张忏悔书吧。看呀,往下看！　看是谁的签名,你看到了你熟悉的你妈妈的漂亮的签名了吧！　没错吧？　你再往下看,看到了吧,是那个万人崇敬的,你也崇拜得五体投地的大主教罗伦梭·蒙太尼里的签名！

【一阵惊雷。　亚瑟拿纸的手开始颤抖。

裘丽亚　这不是我胡说吧,你再忍耐着往下看日期,再跟你自己的生日对一下，要是没算错的话，是你出世前四个月吧，也就是说，他们写了这份忏悔书四个月后才有了你！

【又一阵惊雷。

**詹姆斯** （忍无可忍）你这个可恶的女人，你给我滚！滚！

**裘丽亚** 好，我滚，我滚，让你们这对没有血缘关系的兄弟俩好好谈谈。不过我要跟你说清楚，勃尔顿家是绝不留一个天主教教士养的私生子的！

【又一阵惊雷。裘丽亚下。

【亚瑟呆立不动。

**詹姆斯** 亚瑟，都怪裘丽亚的烂舌头，其实这事跟你没有关系，事情都已过去了，没有必要让你知道。我本来准备让这事永远消失的。现在既然你已经知道了，那么也不应该再瞒你了。亚瑟，当初你母亲向我父亲忏悔她堕落的经过时，他老人家很慷慨，并没有跟她离婚，只是要求那个把她引诱坏了的男人立刻离开国境，所以，你知道的，他就到中国传教去了，后来他回国，我是竭力反对你去跟他发生任何关系的，可是我父亲临终时竟答应让他教你读书，只要他永远不跟你母亲见面。我想这个条件，他们俩都是忠实遵守到底的。嗨，这本来就是一个伤心事，最好的办法就是大家绝口不把它说出去……

**亚瑟** （奇怪的表情）这一切，不是很滑稽吗？

**詹姆斯** 亚瑟！

**亚瑟** （疯狂大笑）我明白了！我明白了！

**詹姆斯** （害怕地退后）亚瑟！你疯了！

**亚瑟** （拿起榔头）我是疯了，疯了……

【詹姆斯逃下。

**亚瑟** （走向蒙太尼里画像）我终于明白了。（对着画像大笑）母亲临终时呼唤的是你的名字。（一锤子把十字架打碎，又瞪着画像）我相信你跟相信上帝一样。上帝是一个泥塑木雕的东西，我一锤子就把它打得粉碎，可你呢，却一直拿谎话欺骗我！我恨你，恨你主教大人！（一锤子把画像戳破，跪倒在地，喃喃自语）母亲！你也骗了我！（突然爆发）我恨这一切，一切！你，你，还有你！这房间，这大楼，这街道，这教堂，这城市，这整个世界！

【一阵惊雷，亚瑟跟跟跄跄朝外走去，在亚瑟的悲鸣中，房间消失、窗消失、门消失、楼消失。

【亚瑟不知不觉走到一个阳台下，那是琼玛家的阳台，阳台上的窗户亮着微弱的灯光。

【亚瑟在阳台下徘徊。

亚瑟　琼玛，我现在只有你了，你能让我见你一面吗，我有话要跟你说，琼，你开开窗好吗，只说一句话。（灯仍亮着，但窗仍紧闭）琼玛，你在听着吧，是的，轮船运书的事是我说的，波拉的名字也是我说的，可我不是故意告密，我是在忏悔自己，忏悔自己的狭隘心理，忏悔自己对波拉的嫉妒，忏悔自己亵渎了对你的……琼，我这一切都是因为我……爱……你……（灯光摇曳，窗仍未开）好了，说出了这句话我也没什么遗憾了，琼，你能让我吻你一下吗，请你原谅我在你没有答应的情况下偷偷地吻了你一下，现在我该走了……该走了……

【轮船的汽笛声。

【显现台阶，通向高高的河堤，亚瑟一步一步走上台阶。

亚瑟　哦，多么柔和的春夜，星光灿烂，温暖的海风吹来了大海的腥味，孤独的汽笛带来了大海的召唤。亚瑟、亚瑟，过去的你已经死了，此地已没有任何留恋。向着大海，向着另外的世界，上路吧，亚瑟！（转身）我要走了，我要上路了，亲爱的琼，请祝福我，还有你……（低声）神父……（大声）祝福我吧，大海！再见了……再见了……

【一阵钟声，亚瑟消失在台阶后。

【琼玛奔上台阶。

**琼玛** 亚瑟——

【钟声大作，童声歌谣起。

　　不论我活着，

　　或是我死掉，

　　我都是一只

　　快乐的牛虻！

【灯渐暗。

## 6. 十三年后，堤旁码头集市

【长长的台阶通向河堤。

【灯亮。琼玛的背影眺望大海。

【琼玛转身，年轻的琼玛已变成少妇。

【玛梯尼上。

**玛梯尼** 琼玛，你为什么总是在这里眺望大海？

**琼玛** 十三年了，十三年前我的一个朋友从这里跳下大海死了，可是我总觉得他好像还活着，还会从这里回来似的。

**玛梯尼** 你是在说亚瑟吧。

**琼玛** 十三年了，日子过得真快，每次来码头，不知不觉就会来这里。

**玛梯里** 琼玛，你还是忘不了他。

**琼玛** 玛梯尼，你为什么选在这里跟那个牛虻见面？

**玛梯尼** 这还不明白吗，越是危险的地方越安全。

**琼玛** 可是，我们真的需要他吗？他会给我们带来什么？

**玛梯尼** 他是我生平遇到的最机智的人。你知道亚平宁山区的起义失败后，我们是多么伤心，可是一有牛虻在，就再也没一个人愁眉苦脸了。他那满口诙谐的谈吐，简直是一团永远喷不完的烈火，他的犀利的言词曾经鼓励了多少人，使他们不致因伤心而绝望，琼玛，我们需要他，波拉死后再也没有像牛虻那样能鼓动人的了。（发现琼玛的脸色）噢，对不起，我不该提到波拉。

**琼玛** 不，没什么。玛梯尼，问题是我们真的了解他吗？

**玛梯尼** 听说他是被探险队从南美赤道一带的荒野中带回来的，当时他因参加阿根廷共和国的独立战争做了俘虏，后来逃了出来，用各种各样的方法乔装改扮在阿根廷境内流浪，探险队需要翻译才找到他。来意大利后就参加了我们的亚平宁起义。

**琼玛** 可是，我总觉得他过于激进。（掏出报纸）你看看，他写的文章。

【长堤下显现熙熙攘攘的市场，有小贩、旅客、码头工人、绅士淑女、教士、妓女、小偷等。

【一小报童穿梭在人群中散发小报。

【报童把报纸塞给小贩。

**小贩组** （念报纸）"意大利活像一个醉鬼，他正搂着一个扒手的脖子在哭泣，而这个扒手却正在掏他的口袋！——牛虻！"

【工人们从报童手中抢过报纸。

**工人组** （念）"我们已经过份沉醉在宗教游行和互相拥抱并且高叫爱啦，和解啦这些热闹的场面里，这些场面弥漫着甜蜜的毒雾！——牛虻！"

【报童把一份报纸插在一教士胁下。

**教士组** （念）"这个笑嘻嘻的扒手是谁？你们知道吗？他就是教皇的密友，教皇派到我们这里来的红衣主教罗伦梭·蒙太尼里！——牛虻！"

【教士们面面相觑，赶紧把报纸扔掉。

【琼玛与玛梯尼边说边走下台阶。

**玛梯尼** 这就是牛虻的风格，刻薄、恶毒，但是，你不能不承认他说得正确。

**琼玛** 我是说他对红衣主教的态度，新的红衣主教罗伦梭·蒙太尼里的事我还是知道一些的，十三年前他做过我们这里的神学院院长，我从一个……朋友那里听到他许多事情，从来没有听说过他做过什么坏事，我相信，至少在那个时候，他的确是一个值得尊敬的人。

玛梯尼　可是十三年过去了，可能现在他变了，你知道漫无限制的权力曾经腐化了多少人！

琼玛　（若有所思）十三年了，一切都变了……

【两个流浪艺人：一个驼背小丑和一个吉卜赛女人上。

小丑　世道变了人不变，人面变了心不变。算命算命，不算不准，一算就准，（拦住玛梯尼和琼玛）两位算一卦。（取出扑克牌）

【琼玛与玛梯尼拒绝。小丑缠住他们。

小丑　（取出两张牌）你看这黑桃皇后和红桃皇帝，你们真好运气。（又取出一张"J"牌）是因为另一个 Jack 来到了这里，对不对？（用黑桃 Queen 牌碰碰琼玛，琼玛让开）皇后有点不高兴。（又用红桃 King 牌碰碰玛梯尼）皇帝却有点喜欢她……

玛梯尼　（有点生气）走开！

【小丑跟上。

小丑　我还算出来，先生和夫人在这里等一位贵宾……

【玛梯尼和琼玛吃惊。

小丑　（接着）这贵客身上肩负着重要任务……

玛梯尼　（大惊）疯子！

小丑　（哈哈大笑，直起身子，拽下假驼背）玛梯尼先生！

玛梯尼　（认出）牛虻？！

牛虻　让你受惊了！

玛梯尼　我还在担心你们怎么来呢！来来来，我来介绍一下，这是波拉夫人。

牛虻　（一惊）波拉？是十三年前被捕，后来牺牲在英国的那位青年意大利党的领导人吗？

**玛梯尼** 你也知道？

**牛虻** 当然！

**琼玛** （伸出手）久仰大名，牛虻先生！

**牛虻** （扯下胡须，也伸出手）你好，波拉太太！

【两只手在两人之间停住，定格。

**牛虻** （心声）你好吗，琼，你这只手在我的脸上留下的痕迹，这十三年来每日每夜都在刺痛我，我多么希望这只手再一次轻轻地抚平我心头的伤痛，琼，你知道吗？

**琼玛** （心声）你就是那个大名鼎鼎的牛虻吗？这只手就是参加过亚平宁起义的手，并且要来帮助我们的手吗？可是，为什么你的手在颤抖，你脸上的那个刀痕在神经质地痉挛？牛虻，为什么？

**玛梯尼** 他们俩怎么啦。

**牛虻** （冷漠地）波拉太太，让您也受惊了。

**琼玛** （同样冷漠地）这倒没什么，这很符合您的性格，您还没到这里，这里已经刮起了您的旋风。（递给牛虻报纸）

**牛虻** （接过报纸）登出来了？（兴奋地）太好了！

**琼玛** 不过，委员会对您的文章有点不同意见。

**玛梯尼** 琼玛！（对牛虻）牛虻，你写得很过瘾，反响很大！（对琼玛）琼玛，你怎么可以……

**琼玛** 我本人也同意他们的意见。我觉得您的文章太激烈，要得罪人，而且可能把平时帮助和支持我们党的人吓跑了。

**牛虻** （冷笑）嘿嘿，得罪人，那正是我原来的用意。

**琼玛** 问题在于你是否会得罪错了人！

**牛虻** 请问，你们委员会请我来的目的是什么？

**玛梯尼** 当然是请你来暴露和讽刺耶稣会派教士的。

牛虻　那么我已经完成我的任务了！

琼玛　委员会所担心的是，这篇文章也许会得罪自由派人，许多人会把它解释成对整个教会和新教皇的攻击。在策略上，委员会认为是不妥当的。

牛虻　（激动起来）我明白了，当我攻击那群小教士时，我就可以畅所欲言地说出真理，当我直接触犯那些委员会所宠爱的大人物时，真理便成了一条狗，一定要把它关起来。委员会的目的只是攻击两旁的小卒子，却放过了站在中间的新红衣主教……罗伦梭·蒙……太……尼……里……

琼玛　蒙太尼里？

牛虻　他已经来了……

【有人喊："红衣主教罗伦梭·蒙太尼里大人到！"

【众簇拥着蒙太尼里在河堤上缓缓走过。

牛虻　（远远盯着蒙太尼里，狠狠地）当你们认为无可非议的红衣主教他老人家大驾光临时，波拉夫人，我请求您和委员会不要剥夺我尽情恶毒一下的权利！

【牛虻几乎颤抖地一瘸一拐地随着蒙太尼里移动而移动。

琼玛　牛虻，问题就在这里，我不理解你为什么对他，蒙太尼里，这样地憎恨？

牛虻　（发现失态）这位蒙太尼里先生……难道他没有做过一件坏事吗？

琼玛　不管教会里有多少坏人，可他是特殊的，他是我所听到过的最卓越的一个传教士。

牛虻　（冷笑）你怎么知道！

琼玛　我的一个最好的朋友告诉我的，他是他的学生，我相信他不会骗我，而且我也没有见过蒙太尼里先生。

牛虻　是那个有名的叛徒亚瑟吗？！

琼玛　不！他不是叛徒，他是无辜的！

牛虻　（手开始抖动）可是人们都传说他畏罪自杀……

琼玛　不，不是这样的……是我……

玛梯尼　琼玛，还是不要谈他吧，他跟蒙太尼里有什么关系！

琼玛　（自责地回忆）我一直认为我的那个朋友的死跟我有关，因为我曾经……打了他……当我的父亲和詹姆斯·勃尔顿先生到港口去打捞他的尸体时，我一直在自责，一个女仆上楼来告诉我说有一位尊敬的神父来拜访我们，她告诉我说我父亲去码头了，他就走了。我知道那一定是蒙太尼里，就追出去，在花园门口追上了他。我对他说："蒙太尼里神父，我想跟你说句话"，他就停住了，默默地站在那里，等着我说话。天哪，我从未看见过那张脸——后来我足足有几个月一闭眼睛就会看见它！我说："我是华伦医生的女儿，亚瑟的朋友，我要告诉你，杀死亚瑟的人就是我！"

牛虻　（忍不住失口）琼玛！

琼玛　于是我把经过情形统统告诉他。他像石头人似的站在那里听着，等到我说完。他才说："我的孩子，你安心吧，杀他的人是我，不是你。我欺骗了他，他发觉了。"说完他就走了。

【牛虻脸上的刀痕更加抽搐。

琼玛　牛虻，你怎么能忍心攻击有着如此同情心、慈悲心的蒙太尼里神父！

【蒙太尼里为众人祈祷。

牛虻　同情心……慈悲心……那都是骗……你……的……（虚弱地晕倒）

琼玛、玛梯尼　（合）牛虻！

【灯暗。

309

## 7. 牛虻寓所

【透过窗户可见古老的教堂等建筑。
【牛虻躺在床上。
【绮达在服侍牛虻。

牛虻　（呻吟着）鸦片！鸦片！

绮达　（喂牛虻）这一次怎么会发作得这么厉害！前几次都没这样呀，范里斯。

牛虻　（挣扎着起来）你走！你走！

绮达　我知道你又要赶我走了，你一生病就恨我在你身边。

牛虻　绮达，你爱干什么干什么去吧，唱歌、跳舞、喝酒，什么都行，就是不要在我这边，我不愿你看到我这个样子！

绮达　可是你这个样子……行吗？

牛虻　没事！你看我，不是挺好的吗！

绮达　你快给我躺下！

【琼玛上。

琼玛　列瓦雷士先生，委员会派我来看你。

牛虻　（又挣扎着起来）噢，波拉太太，快、快，请坐。

【绮达搬来椅子。

牛虻　（对绮达）绮达，你不能走开一会吗！就一会儿！我跟波拉太太有事谈。

【绮达愣了一下,故意当着琼玛的面亲牛虻。

绮达　范里斯,我不,不嘛,谁不知道我是你的……

牛虻　(厉声)绮达,听话!

【绮达呆住,突然大哭起来。

绮达　我走!我走!我是多余的!

【琼玛上前安慰绮达。

绮达　(对琼玛)我恨你们!恨你们这批人!你们到这里来跟他谈政治,他就让你们通宵陪他,就是不让我在边上!他跟你们到底是什么关系呀!你们有什么权利到我这里来把他从我手里拖走呀!我恨你们,我恨你们,我恨透你们了!(下)

【琼玛尴尬地站着。

牛虻　她就这个样子,一会儿就好了。波拉太太,你别介意。

琼玛　列瓦雷士先生,看上去她很爱你呢。

牛虻　爱我?(苦笑)那可没好下场。波拉太太原谅我,不能给您倒茶,相反还得求您,您能不能给我倒一杯水。

琼玛　(给牛虻倒水)我们都没想到您看到红衣主教大人会晕过去……

牛虻　(掩饰)不是因为主教大人,而是我的老毛病。……(接杯子)好多年了……

琼玛　(发现牛虻手上的伤痕)您是怎么会受到这么多伤的?在战场上吗?

牛虻　(兴奋起来)这是在巴西的战场上留下的,这一块是在阿根廷的土牢里,这里呢,是野狼咬的,那是在秘鲁,这一条最难忘,是在厄瓜多尔那壮丽的海滩上,跟敌人搏斗时……

琼玛　是吗?好像是在小说里。

牛虻　(有点丧气)看来,波拉太太,你不相信我刚才说的是真话吧。

311

琼玛　那些伤疤……

牛虻　伤疤会骗人吗！我忘不了这第一块伤疤，那是十三年前……

琼玛　（吃惊）十三年前？

牛虻　怎么啦，波拉太太？

琼玛　没什么，没……什么。

牛虻　我还从来没有跟任何人讲过这块伤疤，现在我要跟您说了，波拉太太，如果您想听的话。

琼玛　十三年前怎么啦？

牛虻　十三年前……（停顿，仿佛陷入回忆，手上的伤疤在微微颤抖）当我们的船经过了惊涛骇浪到达秘鲁利马的时候，我正害着黄热病。好心的船长不能再收留我了，把我扔在了码头，我记得那是个没有月亮的夜晚，我孤零零地躺在一个破旧荒废的茅草棚子里，又饥又饿，浑身发抖，那种情形实在把我弄怕了。我怕我会死在那里，我挣扎着起来，摸着黑爬到一所亮着灯的房子门口，我不知道那是个赌窟，想要点吃的，可是欢迎我的是一根拨火棒，我用手一挡——

琼玛　啊（轻叫一声）！结果怎么样呢？

牛虻　我也记不得了，一个人碰到这样的倒霉事，照例是有好几天什么也记不得的。也许从那以后我就有了晕过去的毛病。

琼玛　后来呢？

牛虻　像我这样的人还有后来吗？后来就是流浪，就是这些伤疤，就是孤独，就是疼痛，您可想像不出那时候的情景，最疼的时候照例是在傍晚发生，就是黄昏时分，每天下午我独自躺在那里，眼睁睁地看着太阳一点一点地沉到海里。——啊，你不会明白，波拉太太，现在我一看到太阳下山就要觉得难受，你不记得主教大人来的时候太阳正在下山吗？

【沉默。

琼玛　我想知道，十三年前你为什么会单身流浪到那种地方去？

牛虻　非常简单，我在这里的家庭里，原来有一个很好的生活，后来我逃走了。

琼玛　为什么？

牛虻　为什么？（笑起来）因为当时我是一头自命不凡的小野兽。我生长在一个过分奢侈的家庭里，被他们娇惯得什么似的，以致我觉得这整个世界都是糖做的，后来有一天，我发觉我所信任的人曾经欺骗了我。

【琼玛差点把杯子中的水打翻。

牛虻　怎么，您为什么这么吃惊，波拉太太？

琼玛　没，没什么，你说下去。

牛虻　我发觉人家施用诡计使我相信了一个谎言，当时我又年轻又自负，我认为凡是说谎的人都要下地狱，所以我就从家里逃出来了，逃到了南美去过流浪生活。嗐，十三年了！

琼玛　十三年，这太可怕了！难道你没有朋友吗？

牛虻　朋友！（突然狠狠地）我自从来到这个世界上就没有一个朋友！

【沉默。

【传来绮达的歌声。

琼玛　那你为什么没有自杀呢？

牛虻　我想你也会提出这个问题，你想，我想做的事怎么办呢？谁能代替我去做呢？

琼玛　我明白了，你的工作。如果你经历了这样的处境都忘不了你的工作的话，你真是我所见到的最最勇敢的人了。

牛虻　（抓住琼玛的手）你真的这样认为吗？

【绮达带着三个军官上，她似乎已经喝了酒，手里拿着一束紫罗兰，军官们围着她抢。

313

绮达　（唱）开吧开吧，

　　　　　孤独的紫罗兰，

　　　　　抢吧抢吧，

　　　　　发情的小可怜！

　　（用花指着牛虻）你们看床上躺着的那个丑男人是谁？嘿嘿，他是我的情夫！我的男人！你们想找我玩吗，没问题，只要他同意就行！

【三个军官随着绮达的诉说做出各种造型。

绮达　什么？你问我我跟他是怎么认识的？哈哈，你得问他，（指牛虻）那个丑八怪！难道不是吗，范里斯，你到我们班子里来的那天晚上不是更狠狈、更粗俗、更下流吗！你到帐篷来乞讨，就晕倒在马车房，我出来换戏装时踩到了一个软绵绵的东西，一看，哈，就是你。（亲昵地）你这个怪物！你还记得吗，是我把你这个又脏又臭的半残废抱到帐篷里，给你水喝，让你烤火，使你喘了一口气！最后还是我让班主收留了你，让你演一个驼子，一个小丑，一个畸形人，天哪，我是怎么搞的，怎么会喜欢上你这个驼子呀！你这个怪物什么地方让我着迷的呀！

牛虻　绮达！

绮达　（突然推开琼玛扑向牛虻）范里斯，你不知道我是多么爱你，多么爱你！

牛虻　绮达，你喝醉了！（竭力推开绮达）你不能让我安静一会吗！（不得已起身把绮达往门外推）你走！你走！

绮达　不，我不吗！

牛虻　绮达，我求求你，你走好不好，我跟波拉夫人有事谈……

绮达　（狠狠地抓住琼玛）我就知道，都是你，都是你，你还我，你把他还给我！

牛虻　（啪地打了一下绮达耳光！）

【停顿。

绮达　范里斯……你……打我……

【三个军官围上抓住牛虻。

绮达　不！你们给我住手！我不许你们动他一下！你们快给我滚！

【绮达掩面痛哭下。三军官跟下。

【又一次停顿，绮达的哭声远去。

【窗外太阳下山了，牛虻转身望着窗外，双肩颤抖。

琼玛　我不明白你，既然你不喜欢她，那你又为什么要跟她同居呢，照我看来，这是对她的一种侮辱，对一个女人的侮辱！

牛虻　一个女人！（一阵狂笑）难道这就是你所说的一个女人吗？

琼玛　那是不公平的！你没有权利对任何人这样说她，尤其是对另外一个女人说她！

牛虻　另外一个女人……（把脸埋进双手间……）（虚弱地抬起头来）波拉夫人，你说得对，这的确是我生活里一段丑恶的纠葛。但是你要知道，一个男人不是每天都能遇到一个可以……可以爱恋的女人的，而我……我是一个曾经爱过的人。我害怕……

琼玛　害怕？

牛虻　我害怕黑暗。有时我是不敢单独过夜的，我需要一样活的……结实的东西在我身边。我怕的是内心的黑暗，那里并没有哭泣或咬牙的声音，只有寂寞……寂寞……你是不能理解的，要是我试着一个人过下去的话，我很可能会发疯的。所以请你不要对我过分苛求责备吧，波拉太太。

琼玛　我没有吃过你那样的苦，但是我……我也曾经深深地爱恋过一次……只是与你的方式不同。因此我觉得，你如果做出如此残忍的事来的话，你将来一定会后悔的。

牛虻　（接近琼玛，温柔地）告诉我，你生平曾经干过一件真正残忍的事吗？

【琼玛低下头。　牛虻突然抓住她的手。

牛虻　告诉我吧，我已经把我的一切苦恼全部告诉你了。

琼玛　是的……有一次……也是在十三年前，而且我是对我在世界上最心爱的人做出来的。

【牛虻抓住琼玛的双手剧烈地颤抖。

琼玛　他是我的一个同志，我听信了一个显而易见是诽谤他的谎言。竟把他当作一个叛徒打了他一个耳光，就像你刚才打绮达一样，他走了，而且投水自杀了。两天以后，我发觉了他是完全无罪的，可是他，却再也回不来了。要是做过了的事可以取消，我情愿砍掉我这只手！

【牛虻流着眼泪轻轻地吻了那只手。

【灯渐暗。

## 8. 大教堂

【蒙太尼里跪在高高的祭台前祈祷。

【下面跪着一排香客，中间有化装成老年香客的牛虻。

**牛虻**　我不知道我为什么又来到了这个地方，十三年来我魂牵梦绕的地方，难道就是为了看一眼那个黑夜一般的身影，听一声那个晨风般的声音吗？我想走近他又怕走近他，我想仔细聆听又怕清晰听见，我真是没救了，无药可救了！

**蒙太尼里**　祝你们平安，我的孩子们！

【蒙太尼里缓缓沿着台阶走下，众香客拥上前抢着吻他的香，吻他法衣的袍角。

**牛虻**　他向我走过来了，走过来了！天哪，他的声音跟以前一样，以前也是这样为人们祝福的，我恨不得钻到什么角落里去塞住自己的耳朵不再听到那声音，可那声音越来越近，越来越近，我只要伸出手去就可以碰到那只慈爱的手！

【蒙太尼里走近牛虻。牛虻开始颤抖。

**蒙**　亲爱的，你好像在发抖，可能着凉了吧。

**牛虻**　呵，我的心停住了跳动！几乎失去了知觉，只觉得有一种难受的血的压迫，似乎要把胸膛炸开，我只感到血在全身回荡，燃烧。（颤抖地盯着蒙太尼里）

**蒙**　你一定有过很大的痛苦，我可以给你帮一点忙吗？

牛虻 （摇摇头）我的心快要跳出来了，我在心里说，你帮过我的忙还少吗？

蒙 （柔和地）你是一个香客吗？

牛虻 我是一个不幸的罪人。

蒙 （俯身更靠近牛虻）也许你愿意跟我单独说话吧，如果我对你能有什么帮助……

牛虻 （恢复自制力）没有用的。我的事是没有什么希望的，我犯过大罪……

蒙 我的朋友，只要一个人肯真诚悔罪，那就没有一桩事情是没有希望的。今天晚上你愿意到我那儿来忏悔吗？

牛虻 难道主教大人会接见一个杀死亲生儿子的罪人吗？

蒙 （后退）杀死亲生儿子……（奇怪地看着牛虻）无论你犯过什么罪，上帝都不许我诅咒你。在上帝的眼中，我们大家都同样有罪。如果你肯来，我就愿接见你，正如我祷告企盼上帝也有一天会接见我一样。

牛虻 （向着众人）听着！所有你们这些上帝的子民听着！如果一个人曾经杀死他的独生儿子，杀死那个曾经爱他、信他，而且是他亲骨肉的儿子，如果他曾经用谎言和欺骗引诱他的儿子掉进了死亡的陷阱，你想那个人在人间或天国还能有什么希望吗？我也曾在上帝和人的面前忏悔过我的罪行。我也曾忍受过别人加到我身上的刑罚。他们已经把我放出来了，但是，什么时候上帝才肯说，你已经赎完罪了这句话呢？怎样的祝福才能够解除上帝对我灵魂的诅咒？怎么样的宽恕才能够撤消我所犯的罪行呢？

【沉默。蒙太尼里不停地在胸前画十字。

蒙 上帝是仁慈的，把你的负担放到他的面前去吧，因为圣经上写着：你不该蔑视一颗破碎、痛悔的心。

【蒙太尼里慢慢退回祭台。

【众也慢慢地隐去。

【蒙太尼里跪在祭台前祷告。

牛虻　十三年了,十三年来,我一直试图忘却那个创伤,一直欺骗自己,那个创伤是早已治好了,可是今天,这个创伤就在眼前赤裸裸地揭开了,它仍然在流血!

蒙　（祈祷）我的可怜的孩子!　啊,上帝,我的可怜的孩子!

牛虻　如果现在我想治好那创伤,那是多么容易呀,我只要跨上一步,对他说:"神父,我回来了!"相信一切都完好如初了。（突然碰到了胳膊上的伤疤,疼痛难忍）可是就这样宽恕了吗?　我能够从自己的记忆里,把那个码头,那个茅草窝,那个杂耍班,那些伤疤的烙印全都剜掉吗!　我愿意宽恕,渴望宽恕,但又不能宽恕,不能宽恕,天哪,人生这样的两难境地为什么会遭遇在我的身上!

蒙　（轻轻自语,绝望无助）亚瑟……亚瑟……（摇摇晃晃从祭台下来,从牛虻身旁走过）

牛虻　他从我身边走过去了,叫住他,叫住他,这是最后的机会,千金一刻的机会,如果错过的话,就会永远地错过了!　（向着蒙太尼里的背影,颤抖地）神父!

【蒙太尼里一阵震颤,停住脚步。

【如果有转台的话,两人对峙,转台转动。

【蒙太尼里仿佛要栽倒,牛虻也支撑不住。

蒙　（喃喃自语）亚瑟……那水很深,很冷吧……

牛虻　（喃喃自语）神父……你写忏悔书时的手一定在颤抖吧……

【当转台转至原来位置时,一切如常。

牛虻　饶恕我,主教大人。

蒙　啊,你就是那位香客吗?　你需要什么帮助吗,我的朋友,夜已

319

经很深了。

牛虻　如果我已经犯了过错，主教大人，请您饶恕我。我想得到主教大人的祝福。

蒙　你放心吧，我的朋友，因为上帝是和蔼又仁慈的，你上罗马去，请求上帝的使臣——圣父——给你祝福吧。祝你平安！

【牛虻慢慢转身走开。

蒙　（叫住牛虻）站住！我有一件事求你，我的朋友。

牛虻　您说，我的主教大人，您让我做的任何事情我都愿意为您效劳。

蒙　你在罗马接受圣餐的时候，请你为一个痛苦极深的人——一个灵魂上感觉罪孽深重的人祷告祷告。

牛虻　我是什么人呀，上帝会听我祷告吗？我怎么能像您主教大人，可以在上帝的神庙前奉上自己圣洁的一生——奉上一个毫无瑕疵和隐私的灵魂……

蒙　（紧接）不，我只有一样是可以奉上的，那就是一颗破碎的心！

【灯暗。

## 9. 多空间

【夜凉如水，沉静中似乎弥漫着爆发的气息。
【琼玛与玛梯尼矗立于两个光柱下。

琼玛　西萨尔，我不得不告诉你，我已经答应他了。

玛梯尼　答应什么？

琼玛　帮助他私运军火。

玛梯尼　私运军火。

琼玛　你知道亚平宁山区的志愿军们正酝酿起义，他们急需武器，而从英国买来的军火必须从这里的码头运来，然后再从小路运到山区去。

玛梯尼　范里斯怎么让你去做这样的工作。

琼玛　也许他觉得我协助这件事会更安全。

玛梯尼　这种事应该我去更合适，牛虻这家伙为什么不跟我说！

琼玛　西萨尔，我很抱歉，我没想到这件事会使你这样不高兴，可是你知道，我觉得这事情是对的，所以才答应的。

玛梯尼　我并不是为了那件事，他也不是只为了那件事才让你去的。

琼玛　我想你误解他了。

玛梯尼　也许吧。（突然）琼玛，放弃吧，趁还没做放弃它！不要让它把你拖下水，使你将来后悔。

琼玛　（惊奇）怎么会呢，这是我自己决定的呀。是经过我自己慎重考虑后做的决定，没有人逼我！西萨尔，我知道你对列瓦雷士有看法，但这是工作，并不是个人。

玛梯尼　琼玛，放弃它吧，这个人是很危险的，他是神秘的，残酷的，无法无天的！

琼玛　西萨尔，我不明白你说的……

玛梯尼　这还不明白吗，牛虻他爱上你了！

琼玛　（大惊）你怎么会有这样的怪念头？

玛梯尼　（肯定地）他爱上你了，摆脱他吧，太太！

【玛梯尼的灯柱灭，另一灯柱亮起，下面是牛虻。

琼玛　列瓦雷士先生，现在我们不谈工作，你见过这张照片吗？

牛虻　噢，一张孩子的照片，好像很脸熟……

琼玛　你看这个人的相貌怎么样？

牛虻　叫我怎么回答，孩子的脸向来是很难判断的，不过这个孩子不一样——

琼玛　噢？

牛虻　他长大后一定是个倒霉的人，所以最聪明的办法就是根本不要让自己长大。

琼玛　为什么？

牛虻　你看他那下唇的线条，一眼就看出他的性格，他是那种除了工作再没有任何感情的人，这种人是这个世界所不容的！

琼玛　你觉得有什么人跟他相像吗？

牛虻　是呵，多么奇怪。当然有人像，而且很像！

琼玛　像谁？

牛虻　蒙……蒙太尼里……大……主教呀，也许主教大人有什么——儿子吧，可不可以告诉我，太太，这照片是谁的？

琼玛　就是我告诉过你的我的那个朋友小时候的照片。

牛虻　是你杀死的那一个吗？

琼玛　是的，是我杀死的那一个，如果他真的死了。

牛虻　如果？

琼玛　我有时候是在怀疑，他的尸体一直没有找到，也许他也像你一样，从家里跑出去，跑到南美去了。

牛虻　但愿他不是这样，那样会使你回想起来非常痛苦。

琼玛　那么你相信，如果他没有淹死，也像你这样经历过那些悲惨的事情，他会不会永远不回来，把往事一笔勾销？或者你相信他永远不肯忘记它？

牛虻　我认为，已经死了的还是让他死了吧，要一个人忘记那些事是很困难的，假如我是你那个死了的朋友，那我还是死……死了的好，还魂的鬼是丑恶的！

琼玛　他会还魂吗？

【琼玛的灯柱灭，玛梯尼的灯柱亮。

玛梯尼　列瓦雷士，你打算把她拖进怎样一件事情中去！

牛虻　这是她自己选择的，没有任何人强迫她。

玛梯尼　是的，我知道，可是告诉我——

牛虻　我所能告诉你的我都会告诉你。

玛梯尼　你是否要带她去参加一件非常危险的工作？

牛虻　你要知道实情吗？

玛梯尼　是的。

牛虻　那么我告诉你，是的！

玛梯尼　我想再问你一个问题，如果你不愿意回答，当然可以不回答。但是你如果愿意的话，请老老实实地回答我好吗？

牛虻　当然。

玛梯尼　你爱她吗？

牛虻　（沉默）

323

玛梯尼　那就是说,你不愿意回答我了?

牛虻　不,我只是想知道,你为什么要问我这个?

玛梯尼　为什么?　天哪,你还不明白吗?

牛虻　是的,我是爱她的,可是你不要以为我准备要向她求爱,才让她参加这个工作的,我只是准备去……

玛梯尼　……

牛虻　去死。

玛梯尼　去死?

牛虻　但你放心,她是不会死的!那些朋友会竭力保护她。而我一定会死!

玛梯尼　列瓦雷士,我一点儿也不明白你的话,你知道自己会死,你为什么还要去呢?

牛虻　如果死是我的任务,我就不得不完成它!

【琼玛的灯亮。

琼玛　列瓦雷士先生,我们会死吗?

牛虻　如果你的朋友还活着,你还会爱他吗?

玛梯尼　如果你爱她的话就不应该让她去死!

琼玛　爱埋在心里,是永远不会死的。

牛虻　对我来说,死就是爱。

玛梯尼　爱一定要去死?死才能证明爱?

琼玛　爱!

牛虻　爱!

玛梯尼　爱!

琼玛　死!

牛虻　死!

玛梯尼　死!

【突然。

牛虻　亲爱的,在我死之前,我只有一件事要告诉你。

琼玛　我已经等了好久了,为了等你亲口说出来。

玛梯尼　不要瞒我,别以为我什么都不知道。

牛虻　如果我被杀了——

琼玛　那我永远也不会知道了。

玛梯尼　不要废话了!

牛虻　我就是……

琼玛　?

玛梯尼　?

【传来绮达的叫喊声。绮达一把抱住了牛虻。

绮达　范里斯!范里斯!

牛虻　绮达!

绮达　你不能去!你要被人家杀死的!

牛虻　别,别,绮达!

绮达　亲爱的,我才不管。如果你是爱我的,你就不应该这样丢开我,让我晚上一睁开眼就担心你有没有被人抓去,一闭上眼就梦见你已经死掉了,你全不把我放在心上,当我比那只狗都不如!

牛虻　绮达,我想我从来没有欺骗过你……

绮达　是的,你是没有欺骗过我,你一直老老实实把我当作个婊子!范里斯,你的心肠是铁做的吗?难道你一生当中从来没有爱过一个女人吗?你难道看不出来我是多么爱你吗?

牛虻　爱……

绮达　(爆发地)亲爱的,跟我走吧。我们一起离开这里吧,离开这个可怕的国家,离开所有这些人和他们的政治吧!我们跟他们在一起搞什么!走吧,我们俩可以很快乐地在一起生活,我们回到你住惯了的南美去吧!

牛虻　绮达，希望你了解我说的话，我并不爱你，而且即使我爱你，我也不会跟你离开这里的，在这里有我的工作，还有我的同志们……

绮达　还有另外一个你更爱的人。

牛虻　你胡说！

绮达　（冷笑）你以为我在说波拉太太吗？ 不！ 我不至于傻到那么容易上当受骗。 你只和她谈政治，你对她并不比对我更关心，我说的是另外一个人！

牛虻　谁？

绮达　（一字一字）蒙太尼里大主教！

牛虻　主教？（抽搐）你知道他是我最恨的敌人！

绮达　不管他是不是你的敌人，你是爱他的，你比世界上任何人都爱他！ 你敢说不是吗！

牛虻　主教……大人……

【灯急暗。

## 10. 集市

【牛虻与琼玛扮成贩子与同伴们混杂在熙熙攘攘的集市里。
【蒙太尼里主教在教士的簇拥下走过。
【士兵们在边上巡逻。
【突然一阵枪响,士兵们包围了集市,市民大乱。
【牛虻、琼玛与士兵对峙。
【士兵们向牛虻他们开枪,牛虻还击。
【牛虻掩护琼玛撤离,渐渐被士兵包围。
【士兵们一齐举枪瞄准牛虻时,蒙太尼里出现在枪口。

蒙　（对着士兵）兄弟们,放下你们的武器!

士兵们　（迷惑不解）主教大人!（放下枪支）

【牛虻呆住,手上的枪仍然举着。

琼玛　（急忙道）快走!快走!

【牛虻好像没有听见,他有些想逃走,可是他没有。
【伙伴们拉着琼玛撤退。
【蒙太尼里转身上前用身体对准了牛虻的枪口。

牛虻　（一手遮住眼睛）怎么又是你,主教大人!（持枪的另一只手垂下）

【士兵们急速上前围住牛虻。

琼玛　亚瑟!

【灯暗。

## 11. 监狱

【依然是上下两景,上层是蒙太尼里居所,下层是阴暗的地牢。
【灯亮时统领陪着蒙太尼里从上层走下。下层漆黑一片。

统领　大人!最安全的办法是马上把他干掉,免得他再生后患,破坏本城的安全。

蒙　不,我要向上帝和圣火负责,我不允许在我的教区里有任何滥杀无辜的行为,我要见他。大人!

统领　(阻拦不成,只好同意)那,遵命!

蒙　我要单独跟他谈谈。

统领　是(下)

【蒙太尼里走向黑暗中,黑暗中渐亮,牛虻蜷缩在角落。惊醒。

牛虻　谁?

蒙　是我,列瓦雷士先生。

牛虻　(发现蒙一愣,继而平淡地)哦,主教大人,您怎么会到这里来?!

蒙　我想我应该来看望你,请你原谅没有预先告诉你。

牛虻　为一个死囚做临死祷告是不需要预先通知的。

蒙　你想到哪里去了,列瓦雷士先生,我只是想来问你几个问题,如果你肯回答,那我将非常感激,当然,如果这些问题涉及你政治上的秘密，你也可以选择不回答。不过我还是希望你回答我，你就把它当作给我的一种恩惠。

**牛虻** 我很乐意遵循主教大人的旨意。

**蒙** 我想知道，据说你把军火私运进了本城，那是用来干什么的呢？

**牛虻** （笑笑）很简单，杀老鼠呀。

**蒙** 只要你的同胞与你的思想不一致，你都把他们当作老鼠吗？

**牛虻** 他们中间的一部分。

**蒙** （突然发现牛虻手上的伤疤）你的手上是什么？

**牛虻** 没什么，都是些老鼠咬的。

**蒙** 请原谅，可以让我看看吗？

**牛虻** 不必了，主教大人，难道老鼠咬的伤疤有什么好看的吗？

**蒙** 列瓦雷士先生，你看来一直记着怨恨呢，现在我想再问你一个问题，你打算怎么办？

**牛虻** 怎么办？也很简单，逃得了就逃，逃不了就死。

**蒙** 怎么会死呢？

**牛虻** 主教大人，这应该问您呀。

**蒙** 假定说，你能够逃出去，你准备怎么样？

**牛虻** 继续杀老鼠！

**蒙** 那么也就是说，如果我现在让你从这儿逃出去，如果我有权力这样做的话，你就要利用你的自由去造成流血和放火对吗？

**牛虻** 为了更多人的自由，还有比这个更好的办法吗？

**蒙** 列瓦雷士先生，我还没有轻蔑过你的信仰，我能否希望你也用同样的礼貌来对待我。

**牛虻** 礼貌（大笑），我完全忘记了，主教大人的道德是最讲礼貌的，您在本城的布道披上了最道貌岸然的圣袍，可是这圣袍的下面是什么！您能回答我吗？

蒙　这正是我想跟你谈谈的另一件事，你是否愿意给我解释一下，为什么你好像一直对我怀有一种特殊的怨恨？一种个人的敌意，我很想知道我对于你曾经有过什么错误，或者还有其他什么原因足以引起你那样的感情？

牛虻　主教大人，您还记得那个老香客吗？

蒙　老香客？

牛虻　那个在您面前忏悔的杀死亲生儿子的罪人？

蒙　你就是——

牛虻　（用老香客的口气）如果一个人曾经杀死过他的独生儿子，杀死那个曾经爱他，信他，而且是他亲骨肉的儿子，如果他曾经用谎言和欺骗引诱他的儿子掉进了死亡的陷阱，你想那个人在人间或天国还有什么希望吗？

蒙　（发抖）你……太过分了，你所做的是他最最仇恨的仇敌都不肯做的，你私自闯入了他自己都不愿回忆的伤痛的深处……

牛虻　我觉得很好玩……

蒙　（虚弱地一步步走上台阶）你为什么要来这一套恶作剧呢，太残忍了……太……残忍了……

【上层的主教居所与下层的牛虻卧铺同时呈现。

【蒙太尼里回到了居所，一下子跪倒在十字架下。

蒙　上帝，饶恕我吧！亚瑟！亚瑟！你在哪里？！你一定还在，还在，还在什么地方诅咒着我，撕咬着我已破碎的心……

【牛虻亦跪下，虚弱地呻吟。

牛虻　神父，神父，是不是我太过分了，毕竟这一切不完完全全是您的责任，而且就算是因为您的缘故，难道就不能宽恕您吗，因为您毕竟是我的……父亲……

【钟声响。

蒙　（仿佛看到了什么）亲爱的，是你吗！

牛虻 （也仿佛看到了什么）妈妈，是你吗！

蒙 亲爱的，求求你不要这样看我，我知道你一直在埋怨我，埋怨我害了亚瑟，可你也知道我一直在为亚瑟祈祷，我的心为此已破碎了无数次，什么时候我才能把这个罪赎完啊！

牛虻 妈妈，求求您不要这样看我，我知道您一直在埋怨我，埋怨我一直不肯原谅你们，原谅神父，您好像在说一切都是您的错要惩罚的话就罚您吧，千万别怨神父。妈妈，你告诉我是不是我对神父太过分了，太残忍了？！

蒙 亚瑟！

牛虻 神父！

【又一阵钟表声。

【统领上。

统领 主教大人！我不得不提醒您，下礼拜四是迎圣体节，如果列瓦雷士不在那天以前干掉，我对城里的安全就没有办法负责，因为大人您知道，那天所有山区里最野蛮的人都要聚集到这里来，他们很可能会攻开堡垒的大门，把他劫出去……

蒙 这些传言可靠吗？

统领 反正放着列瓦雷士这个狡猾的狐狸在这里总是防不胜防的，大人，您要早做决定。

【两个看守给牛虻的脚戴上镣铐。

看守A 列瓦雷士先生，委屈你了。

看守B 您这样躺着也舒服些。

牛虻 你们让我永远做梦不是更舒服吗？

看守A 真对不起，打扰你的美梦了。

看守B 不过这个梦也不会太久了，下个礼拜的迎圣体节，您还记得吗？

牛虻 （铁镣弄痛了他，呻吟）你的意思是我终于要解脱痛苦了？

**看守A**　也许不会等到那一天。

**牛虻**　（笑笑）太好了。我正盼望着……

　　【蒙太尼里走下台阶，来到监狱。

**蒙**　住手！

**看守A、B**　主教大人。（停住上铁镣）

**蒙**　谁让你们这么干的？

**看守A**　是统领大人吩咐的。

**蒙**　还不快放开！

**看守A、B**　是，大人。（开始打开铁镣）

**蒙**　（对牛虻）我想不到有这种事，列瓦雷士先生。

**牛虻**　他们害怕我跑掉，主教大人，我怎么会呢！

**蒙**　（对看守）军曹，现在你们可以离开了，也用不着担心自己违反了军纪，更不要再来打扰我。

　　【看守下。

**蒙**　（对牛虻）你在生病？我看你浑身在发抖。

**牛虻**　那是为主教大人的再度光临而激动的，主教大人的一片厚意，当然是基于基督徒的立场来最后一次为一个死囚……忏悔……

**蒙**　（打断）列瓦雷士先生，我到这里来是为了你，并不是为了我自己。你是一个囚犯，又是一个病人，那就有双重权利，我不能不来，现在我来了，你有什么话都可以跟我说。

**牛虻**　（虚弱地）主教大人，很抱歉……我要麻烦你一下……我能不能……喝点水。

　　【蒙太尼里为牛虻倒了一杯水，当他把水杯递给牛虻时，牛虻突然紧紧抓住蒙太尼里的手。

**牛虻**　能不能把手给我握一下……快……只要一会儿……

　　【牛虻把脸埋在蒙太尼里的手臂里，浑身颤抖。

【停顿，聚光。

牛虻　神父，我多么想亲口叫您一声爸爸，就像现在一样，躺在您的怀抱里，望着您那慈爱的眼睛发白的头发，轻轻叫您一声："爸爸！"

蒙　孩子，你现在多么像亚瑟呀，虽然你脸上多了一条刀疤，可是我仿佛感到你就是亚瑟，你的喘息，你的颤抖，你的哀伤的眼神，就好像十三年前亚瑟又回到了我身边，亚瑟！

【蒙太尼里的杯子停在半空，牛虻不小心把水杯打翻，聚光灯隐。

牛虻　啊，我很抱歉。

蒙　你快躺下吧。

牛虻　你觉得我很可笑是不是，主教大人！（大笑）你把什么事情都看成是悲剧，然后你可以施舍你的怜悯，就像那天晚上在教堂里你是多么庄严呵，同时……我所……扮演的香客又是多么可怜……

蒙　（站起欲走）你好像需要休息，我会让医生给你一些安眠药，你得好好睡一觉。

牛虻　睡觉？我会睡得很好的，主教大人，只要你同意统领的计划，只要在安眠药里放些东西，那我就会永远睡着了。

蒙　我不懂你的意思。

牛虻　你以为我不知道吗！统领在逼着你把我早点处决掉不是吗！

蒙　（又坐下）你说得不错，我可以坦白地告诉你，他们是有这样的计划，不过一直到现在我都在反对。他呢，一直在说服我，说是下礼拜民众游行时可能发生武装劫狱，难免要再一次流血。

牛虻　那你没有理由反对呀。

蒙　如果同意他，我就杀了你；如果不同意，我就冒杀害无辜人民的危险。我必须在这两难情况里选择一个。现在,我终于下了决心,这就是我来看你的原因。

**牛虻** 当然是杀掉我,来保全无辜的人民——这是你最容易也最堂皇的方法。

**蒙** 你错了。

**牛虻** 你的决心不就是这样吗,我的主教大人!

**蒙** 不,我打算,这件事由你自己来决定!

**牛虻** 让我……自己决定?

**蒙** 列瓦雷士先生,我并不是以红衣主教或普通牧师,或是审判官的身份到你这里来的,我只是以一个普通人的身份来访问另一个普通人。我已经老了,肯定,也没有多少日子好活了,我希望带着一双没有染过血的手到坟墓里去。

**牛虻** 难道你的手上没有染过血吗,主教大人?

**蒙** (不顾牛虻的打断,继续说下去)不管你怎么看我,我是一直反对死刑的,无论它采取什么方式。虽然我现在处在一个两难的局面里,我如果不同意统领,那么就要使全城遭受暴乱以及一切危险的后果,而我救活的那个人又曾经亵渎过我们的宗教,曾经诽谤、冤屈和侮辱过我本人,而且我确信他还要把我救活的这条命拿去继续做坏事,但是,这到底是救了一个人呀!

**牛虻** (冷笑)你们基督徒多么怯懦呀,我们无神论者做一件事就会尽力担当下去,如果担当不了,垮掉了,那也活该,而你们呢,就会在上帝或者圣人面前祷告,要是上帝也帮不了忙,你们就去向敌人哀求,你总是可以找到一个肩膀,把自己的负担卸掉!主教大人,难道我自己的负担不够沉重,还要把你的责任也卸到我肩上来吗?

**蒙** (吃惊地看着牛虻)列瓦雷士先生,你……

牛虻　你为什么这么惊奇地看着我，主教大人，快同意统领的决定吧，然后回家去吃你的晚饭，告诉统领，他可枪毙我，绞死我，不管用什么最方便的方法，赶快做掉拉倒！

蒙　我从来无意要把我的负担推卸给你，你自己的负担已经够重了，这种事情我对任何人都没有故意做过……

牛虻　这是说谎！

蒙　我以上帝的名义起誓——

牛虻　（突然）你忘了那回你升任主教——

蒙　（呆住）升任主教？

牛虻　你还记得你升任主教时对你的一个心爱的学生所说的话吗？当时他刚刚从牢里放出来。

蒙　你在说什么？

牛虻　"我的亲爱的孩子，我不能在你释放的一天见到你，我觉得非常失望，我多么想见到你，但我不得不去为一个临死的人祈祷，你一定要等着我，等着我……"那个学生那年他才十九岁！

蒙　（绝望地）不要说了！

牛虻　（挣扎着起来，爬向蒙太尼里）神父！

蒙　（退缩）你——

牛虻　你难道还不明白——

蒙　但愿不是这样——

牛虻　那个亚瑟他其实并没有淹死吗！

蒙　（扑向牛虻，跪下）亚瑟！

牛虻　神父！

【两人相拥，停顿。

【童声歌声起：

　　　不论我活着，
　　　或是我死掉，

我都是一只

　　　快乐的牛虻。

蒙　亚瑟，真的是你吗？你是从死里回来了吗？

牛虻　（把头枕在蒙太尼里的臂膀上）从死里回来了。

蒙　你到底回来了。亚瑟，现在你还说这种话做什么呢！我们终于又见面了，互相又找着了，一起回到光明世界来了，我的可怜的孩子，你变得多么厉害！亚瑟！我到现在都不相信，这真的是你吗？我曾经做过许多梦，梦见你回到了我身旁，醒来却发现周围是一片黑暗，我怎么能相信现在的一切不也是一场梦呢？亚瑟，把你的一切真实告诉我吧！

牛虻　真实？很简单，我爬到了一艘货船上，偷渡出港，一直到了南美。

蒙　以后呢。

牛虻　神父，不要提那些以后了吧，你说你常梦见我，在以后的那些日子里我也梦见过你呢。

蒙　孩子！

牛虻　有一次我在厄瓜多尔的一个矿井里做苦工，害了疾病，躺在窝棚里，迷迷糊糊中我好像看到你向我走来，手里拿着一个十字架，就像你身上现在挂着的那个一模一样。你走过我身边，头也不回地走了。我喊起来，求你帮助我，给我一帖毒药，或者一把刀，让我把一切都完结吧，免得我发疯……

蒙　（摸着胸前的十字架）阿门！

牛虻　可是你始终没有回头，就像你现在一样一边抚摸着十字架一边祈祷。最后你回头了，你吻着十字架望着我，低声说："我非常可怜你，亚瑟，但是我不能流露出我的怜悯，因为主要发怒的。"

蒙　（又轻声念了声）阿门！

牛虻　主，主，我看你只顾着向你那个上帝邀宠，而不愿把我从任何地狱里搭救出来。

蒙　亚瑟，我怎么能不相信主呢，凭着这个信仰，我才度过了这些可怕的年头，现在主又把你送回给我，我怎么能反过来不相信主呢！

牛虻　只要你还相信你的基督，那我们只能是敌人！

蒙　（感到恐怖）亚瑟！

牛虻　（继续）你和我站在一个深渊的两边，要想隔着它携手是办不到的，如果你不能抛弃那个东西，（指十字架）那你就必须同意统领杀了我。

蒙　杀你？我的上帝！可是，亚瑟，我爱你。

牛虻　你到底爱哪个，是我呢，还是那个木头玩意儿？

蒙　（吓得发抖）亚瑟，你不要逼我，对我发一点点慈悲吧。

牛虻　可是当初你用谎言把我赶到南美去做奴隶的时候，对我发过什么慈悲吗？你说你爱我——你的爱我已经领教过了，你认为我听了几句甜言蜜语，就能把旧账一笔勾销，重新做你的亚瑟吗！你知道你的亚瑟在南美过的什么日子吗？他曾在肮脏的妓院里洗过碗碟，曾给恶毒的农场主做过马夫，在走江湖的杂耍班子里做过小丑，在斗牛场中替斗牛士干过苦役。他把脖子让别人踢来讨他们的欢喜，为了讨一点发霉的残渣剩饭而遭人白眼，还不如人家的一条狗！啊，说这些给你听又有什么用！而你现在却说你爱他！你到底对他有多少爱呢，够不够使你为了他而放弃你的主呢！

蒙　（发抖的手连连画十字）阿门！

牛虻　这个永远不死的耶稣到底替你做了些什么，竟使你爱我不如爱他！你看看我！（撕开衬衣，露出胸膛上的伤疤）这儿！这儿！还有这儿！神父！这些都是真的，而你那个上帝的创伤是假装的！他的痛苦完全是在做戏！只有我才有权利可以占据你的心！这些痛苦我拼命忍着，等待着，因为我一定要回来与你那个上帝作战，我把这个目的当作捍卫我心灵的盾牌，这样我才没有疯掉，死掉，现在我回来了，可是我发现那个上帝仍然占据着我应该占据的位置！这个虚伪的牺牲者，他只在十字架上钉了六个小时，而我在十字架上钉了十三年！他复活了，而我呢？神父！

蒙　（语无伦次）亚瑟，你要我怎么办？怎么办？

牛虻　选择！我和它之间选择一个，就把你脖子上的十字架取下来，跟我一起走，如果你觉得这个木头东西比我更值得你去爱，那么就去告诉统领，让他来处决我。

蒙　（明白）跟你一起走——这是不可能的——我是一个教士。

牛虻　你必须放弃你的教士职位，否则你就放弃我！

蒙　我怎么能放弃你呢？亚瑟，我怎么能放弃你呢！

牛虻　那么就放弃你的主，你必须在两者之间选择一个，如果你是属于他的，你就不是我的。

蒙　你要把我的心撕作两半吗！亚瑟！亚瑟！你要逼我发疯吗？

牛虻　（坚定地重复）你必须在两者之间选择一个！

蒙　（喃喃自语）我做不到，做不到，亚瑟，我让你逃走好吗？然后我可以吞下过量的安眠药躺在这里。这下你该满意了吧？我只能这么做。这是犯了大罪，但我想主一定会饶恕我的，因为主知道我是在爱我的儿子……

牛虻　神父！难道你还不明白我只是要救你吗？难道你永远不明白我是爱你的吗？（紧紧抓住蒙太尼里的手亲吻，哭泣）神父，跟我一起走吧！你为什么还要留恋这个充满了教士和偶像的死气沉沉的世界呢？这些东西充满着旧时代的灰尘，它们是腐朽的，有毒的，污秽的！跳出这个腐烂的教会吧！跟我们一起走向光明去吧！神父，只有我们才是生命和青春，只有我们才是永恒的春天，只有我们才是未来！醒来吧，让我们重新开始我们的生活吧！神父，我一直是爱你的，即使在你当初杀我的时候也是一样爱你的，你现在还要再杀我一次吗？

蒙　　（挣脱牛虻的手）啊，上帝可怜我，亚瑟，你的眼睛和你的母亲一模一样啊！

【沉默。

【两人对视。牛虻慢慢把毯子拉上，蒙住脑袋。

【蒙太尼里紧握十字架开始哭泣，慢慢走上台阶离去。

牛虻　（蓦地拉开毯子，绝望地）神父——

【钟声激烈地响起，渐远，灯渐暗，只留下牛虻的聚光。

牛虻　钟声远去了，远去了，今夜真安静，真安静，明天早晨太阳升起的时候，我就要被枪毙了。哈哈！真干脆，真轻松，这一生真值，真痛快！我觉得不能向命运之神要求更好的结局了！

【出现绮达的身影。

绮达　范里斯！范里斯！你不能死！不能死！

牛虻　是你，绮达，真对不起，现在回想起来你有什么错，爱一个人有什么错，错的是我，是我不该那样对待你，毕竟我们一起生活了那么多年，原谅我吧，绮达，去爱爱着你的人吧，怀着赤炽热情的人理应有个幸福的未来，祝愿你，绮达！

绮达　（痛哭）范里斯！

【天幕开始亮起，升起朝霞。

牛虻　（平静地）哦，天快亮了，朝霞也升起来了，他们也来了。

【四个看守为牛虻上绑，押着牛虻一步一步走上台阶。

牛虻　我跟着他们一步一步走出去，好像一个小学生放学回家了一样，哦，朝霞像火一样地燃烧起来了，太阳也快出来了吧，我要大声地向世界喊一声,嗨,世界,你好!

【出现琼玛的身影。

琼玛　亚瑟!亚瑟!你不能死!不能死!

牛虻　(回转身)哦,琼玛,琼,我在心底里正在默默地念着你的名字呢,你是我告别这个世界之前最后一个想倾诉的人,在枪响之前,琼,我想把埋藏在我心底多少年的小小的秘密告诉你,哦,还要说吗,其实你心里也明白的,不过,我还是要说,我要对着那黑洞洞的枪口大声地说(士兵的枪口齐刷刷对准牛虻)。琼玛,琼,我是爱你的,当你还是一个难看的小姑娘,穿着一件花格子布罩衫,围着一个皱巴巴的胸兜,背上拖着一条小辫子的时候,我已经爱上你了,我现在还是爱着你。(士兵们仍然瞄准牛虻,向后退,蹲)你还记得有一天我吻了你的手,而你那样可怜地央求我"请你以后不要再这样"这件事吗?我知道这是一种不光明的把戏,可你一定要饶恕我,琼玛,想想真遗憾,我到现在还没有真正吻过你呢!不过现在我要吻你了……琼,闭上你的眼睛……(枪响,牛虻中弹,坚持不倒)我已经对着空气跟你吻过了,(虚弱地)原谅我两次都没有得到你的允许。(又一阵枪响,牛虻倒地)

琼玛　亚瑟!

绮达　范里斯!

【牛虻挣扎着挺起身,背后是初升的太阳。

牛虻　哦,太阳升起来了,太阳真亮,真暖和,照得人睁不开眼,可惜我不能张开双臂向太阳欢呼!我已经没有什么可遗憾的了,有这样一个人生,还能想要什么心愿呢!

【枪声,牛虻站立不倒,好像耶稣受难的姿势。

【众呆住,空气凝结住了。

【又一阵排枪,牛虻仍坚持不倒。

【蒙太尼里发狂似的奔上。

**蒙** 亚瑟！亚瑟！

【蒙太尼里上前抱住牛虻。

**牛虻** （睁开眼）神父……你的……上帝……满意了没有？（头歪倒在蒙太尼里怀中）

【众拥上。

【唱诗班圣歌起：

　　赞美圣父和圣子，

　　赞美主拯救世界，

　　赞美主的光荣和权威，

　　赞美主的思想。

【蒙太尼里发疯似的一步一步跟跟跄跄滚下台阶。

**蒙** 他死了！他为你们而死，黑暗把他吞食了！他死了，永远不能复活了！他死了，我没有儿子了！啊，我的孩子！我的孩子！（哭号）你们杀死他了！你们杀死他了！我却在这里受苦了，只是因为我不肯让你们去死，你们这样卑劣的灵魂有什么价值，为什么要为你们付出那么高的代价啊！可是现在太迟了，太迟了，我大声地喊叫他，他不会听到；我敲他坟墓的门，他不会醒过来。我孤零零地站在荒凉的空地上，向四面张望，我看到了什么，从那埋着我那心肝宝贝的一片染血的土地上看到那个空无所有的可怕的天空，这就是留给我的唯一的东西了！你们这些吃人的家伙，你们这些吸血鬼，我已经为了你们把他交出去了！看吧，血从祭坛上流下来了，热气腾腾而且泛着泡沫，那是从我那心爱的儿子的心里流出来的血！为你们而流的血！喝吧！舔吧！让它染红你们的嘴唇！肉也来了，快抢啊，夺啊，快拿来吃啊，这就是为你们牺牲的肉体，看呀，它扯碎了还在淌血，还带着一点受过酷刑的生命在跳动，还由于

临死的一阵剧痛在颤抖！拿去吧，拿去吃吧！（下）

【琼玛、玛梯尼等人上，少年儿童们围上。

【上层平台上牛虻似乎复活了。

**牛虻** （微笑着）苦难的人们，我爱你们！

【童声歌声起：

　　不论我活着，

　　或是我死掉，

　　我都是一只

　　快乐的牛虻！

【灯渐暗。

【剧终。

**无场次传记体文献剧**

# 弘一法师

# 时代

1898—1942 年

# 人物

| 李叔同 | 后弘一法师 |
| 许幻园 | 天涯五友之一 |
| 袁希濂 | 天涯五友之一 |
| 蔡小香 | 天涯五友之一 |
| 张小楼 | 天涯五友之一 |
| 李苹香 | 名妓 |
| 黄炎培 | 南洋公学同学 |
| 蔡元培 | 南洋公学总教习 |
| 汪总办 | 南洋公学总办 |
| 叶子 | 美术模特 |
| 曾孝谷 | 东京美术学校同学 |
| 欧阳予倩 | 春柳社同仁 |
| 经亨颐 | 浙一师校长 |

夏丏尊　　浙一师教师
刘质平　　浙一师学生
丰子恺　　浙一师学生
闻玉　　　浙一师校工
叶圣陶　　作家
黄福海　　书法家
妙莲法师　弘一弟子
僧俗群众歌队等

【幕启。

【舞台一片漆黑。

【天幕渐渐蒙蒙显现微微光亮。

【微光中一个合掌端坐的人影。

【远处像风一样传来童声歌唱《送别》:

  长亭外,古道边,

  芳草碧连天,

  晚风拂柳笛声残,

  夕阳山外山。

  天之涯,地之角,

  知交半零落;

  一觚浊酒尽余欢,

  今宵别梦寒。

【人影渐渐清晰,但仍看不清脸庞。

【只见他的嘴唇微微颤动,他在念佛。

【他的念佛声渐渐响起,像雾一样渐渐弥漫在空中。

【一束微光打在他的脸上,他是弘一法师。

弘一 走不动了,

  走不动了,

  终于走不动了,

  终于要死……

  死了……

  不……

  是往生……

  往生极乐……

極乐世界……

就好像西山的落日,

那么殷红,

那么灿烂,

瞬间西沉,

西沉……

沉没……

沉没了……

……

【妙莲显现。

**妙莲** （泪流满面）大师!

【弘一费力地掏出两封信。

**弘一** 妙莲法师,你能不能帮我寄两封信?

**妙莲** 大师请吩咐。

**弘一** 是寄给刘质平和夏丏尊两居士的,他们护法了朽人的一生,总得有个了结……你可以看的……

【妙莲展开信纸。

**弘一** （似乎在与人说话）质平居士、丏尊居士文席,朽人已于九月初四日谢世……

【妙莲哭出声来。

【随着弘一的声音,刘质平与夏丏尊显现。

**弘一** 曾赋二偈,附录于后:

**刘质平** （仿佛收到了信）君子之交,其淡如水。

**夏丏尊** （也仿佛收到了信）执象而求,咫尺千里。

**弘一** （淡淡地）问余何适,廓尔亡言。

（纯净地）华枝春满,天心月圆。

【静静的停顿。

弘一　（轻轻地）前所记日月系依农历也，谨达不宣。

刘质平、夏丏尊　（悲恸）大师！

弘一　妙莲法师，当我往生的时候，你能帮我助念吗？

妙莲　大师……南无阿弥陀佛……南无阿弥陀佛……

弘一　当你助念的时候，看到我眼里流泪，那不是留恋人间、挂念亲人的眼泪，那是我在回忆我一生的憾事啊……

妙莲　（轻声念佛）南无阿弥陀佛……南无阿弥陀佛……

夏丏尊　大师！大师！综师一生，为翩翩之佳公子，为激昂之志士，为多才之艺人，为严肃之教育者，为戒律精严之头陀，而卒以倾心西极，吉祥善逝。

刘质平　大师的一生，如梦似幻，不可捉摸，真像一个谜，谜一样的人生啊！

【弘一法师颤巍巍提笔写字。

【天幕上颤颤抖抖地顺着笔势写出弘一法师的最后遗言：悲欣交集。

【渐隐。

【叠印字幕：

1898年，戊戌，清光绪二十四年，李叔同19岁。

是年奉母携眷迁居上海，赁居法租界卜邻里。

同年加入城南文社。文社为当年沪上著名诗人华亭许幻园创办，以许家为酬唱之所，每月会课一次。

【显现许幻园、袁希濂、蔡小香、张小楼。

许幻园　1898年底，我第一次见李叔同到城南文社来参加会课，真是惊若天人！只见他一等翩翩公子的打扮：

袁希濂　丝绒碗帽，

蔡小香　正中缀一块方玉，

张小楼　曲襟背心，

许幻园　花缎袍子，

袁希濂　后面扎着胖辫子，

蔡小香　底下缎带扎裤管，

张小楼　双梁头厚底鞋子。

许幻园　头抬得高高的，

袁希濂　眼睛也抬得高高的，

蔡小香　英俊之气流露于眉目之间，

张小楼　神色风采令人仰慕不已。

【显现青年李叔同。

李叔同　戊戌变法失败了！维新运动失败了！六君子饮恨菜市口，康有为梁启超远走海外，老大中华，你的希望在哪里？在哪里？在哪里？眼看着北方是没有什么可为的了，还是去上海吧，去上海！从今往后，风雨江山谁管它，烟花巷里是我家！哈哈哈哈！（大笑）

四人　我们与他真好像神交已久，顿生相见恨晚之感。

【李叔同与四人拱手作揖相见。

许幻园　华亭许幻园。

袁希濂　宝山袁希濂。

蔡小香　江湾蔡小香。

张小楼　江阴张小楼。

李叔同　当湖李叔同。

四人　久仰！久仰！

李叔同　久仰！久仰！

许幻园　贤兄，请！

李叔同　请，诸位贤兄请。

【李叔同被许幻园等让进园内。

【园内已置一茶桌，五人围桌坐下。

【酒桌旁置一香案，案上另置一古琴。

【李叔同发现古琴遂起身走至香案旁，用手拨弄了一下古琴。

**李叔同** （赞叹）好琴！好琴！

**许幻园** 此琴等待旧主已久。

**袁希濂** 好茶岂能无好琴！

**蔡小香** 好琴岂能无好音！

**张小楼** 好音岂能无好词！

**四人** 叔同兄，有请了！

**李叔同** 好，好，好，来一阕《清平乐》吧，叔同献丑了。

【李叔同弹琴，自弹自唱。

**李叔同** （吟唱）

　　　城南小住，

　　　情适闲居赋。

　　　文采风流合倾慕，

　　　闭户著书自足。

　　　阳春常驻山家，

　　　金樽酒进胡麻。

　　　篱畔菊花未老，

　　　岭头又放梅花。

　　　（白）见笑！见笑！

【众喝彩。为李叔同敬茶。

**许幻园** 好茶，好琴，好诗，又岂能无好字！久闻息霜兄文章惊海内，翰墨天下奇，今日有缘，不知贤兄有此雅兴否？

【众附和。

**李叔同** （兴致正浓）好，拿笔来！

【许幻园示意仆人拿上纸砚笔墨。

【李叔同在纸上龙飞凤舞一挥而就。

【天幕上同时显现一支笔随着笔锋的移动写下的字：幻真。

**蔡小香**　"幻真！"

**李叔同**　这风花雪月何其潇洒，又何必管那人生幻与真，哈哈！

【众大赞，举杯庆贺。

【正在五人欢聚之际，一阵白烟突起，一架老式照相机把五人定格。

【化为天幕上的历史照片。

【字幕继续：

1899年，己亥，清光绪二十五年，李叔同与许幻园、袁希濂、蔡小香、张小楼结为"金兰之谊"，号称"天涯五友"。他们经常结伴去沪上名妓李苹香的居所天韵阁。

【许幻园等陪李叔同来到天韵阁散心。

【名妓李苹香摆出酒宴殷勤接待。

【酒过三巡，众皆半酣，李叔同也兴奋起来，与李苹香频频碰杯。

**许幻园**　李苹香何许人？她是清末沪上鼎鼎有名的名妓之一，尤以才女之誉称名艳帜于风流文人之中。原姓黄，阁号天韵。叔同祖上浙江当湖，与李苹香也算是同乡，这大概也是他们俩一见如故的原因吧。

【众起哄李叔同和李苹香。

**李叔同**　（即席赋诗）

　　　　沧海狂澜聒地流，

　　　　新声怕听四弦秋。

**袁希濂**　李苹香天资聪颖，自幼志在笔墨纸砚、诗词文章。二八之年，提亲求婚之人纷纷上门，均遭其父母拒绝。想不到的是，后来一次偶然的受骗失足，致使其一生柳花飘荡，不能自已。

【李苹香手持檀板唱起小曲助兴。

李叔同　（继续吟诵）

　　　　如何十里章台路，

　　　　只有花枝不解愁。

蔡小香　1897年春天，李苹香在母亲和大哥的带领下来到上海看赛马，困于旅馆欲归不得。他们隔壁住着一位潘姓客人，慷慨解囊，予以周济。没过多久，潘姓客人表明本意，欲娶李苹香为妻。黄家母子无法拒绝，李苹香也被潘的表面殷勤所蒙蔽，终致失身于人。

【李苹香吹箫，箫声幽怨。

李叔同　（继续吟诵）

　　　　最高楼上月初斜，

　　　　惨绿愁红掩映遮。

张小楼　可谁知道姓潘的家中早有妻室儿女，原配夫人得知他另养外室，不允他返家。这个姓潘的既无长技，又无资财，眼看生计无法维持，他竟让李苹香投身于勾栏瓦舍充当妓女，自己则甘为龟奴。

【李苹香殷勤为李叔同宽衣。

李叔同　（继续吟诵）

　　　　我欲当筵拼一哭，

　　　　那堪重听《后庭花》。

许幻园　1901年，李苹香开始当幺二妓，后由一位富贵人士出资，将她拔升为长三妓，从此她以诗妓之名，高举艳帜，招蜂引蝶，一时大噪于申江。

【李苹香吹奏到伤心处暗自垂泪，李叔同上前安慰。

李叔同　（继续吟诵）

　　　　残山剩水说南朝，

　　　　黄浦东风夜卷潮。

袁希濂　其后,嘉兴老家控告李苹香有辱黄氏宗族,加上龟奴潘郎殴打嫖客等事,李苹香被收审羁押。结案后的李苹香已不能把握自己,仅仅过了半个月,又重张艳帜,再操旧业。

【李苹香又像无事一般,摇扇周旋于客人之间。

李叔同　(继续吟诵)

《河满》一声惊掩面,

可怜肠断玉人箫。

蔡小香　后来有一个人为她作传写了《李苹香》一书,意在惋惜这一才女的所遇非人,所遇非时,也感叹着她从不幸遭逢到自我毁灭的悲哀。

李叔同(感慨):

慢将别恨怨离居,

一幅新愁和泪书。

梦醒扬州狂杜牧,

风尘辜负女相知。

张小楼　还有人写了一本书叫作《京师乐籍说》,洋洋洒洒,貌似忧患,得出个结论:乐籍祸人家国。

【叔同看了,拍案而起。

李叔同　乐籍祸人家国? 真有那么严重吗? 笑话!

许幻园　不是都在说我国历朝历代都有艺伎亡国之先例么!

李叔同　一派胡言! 请看今日之欧洲,乐籍布满各个国家,结果怎样? 她使人精神豁爽,体力奋发。

蔡小香　(惊奇)息霜兄,想不到你竟然有如此惊世骇俗之想法。

李叔同　再看今天的夜巴黎,乐籍之盛冠天下,若说全民沉溺于此,又如何出得了那么多渊博深刻的思想家呢!

李苹香　(忍不住插嘴)公子当真认为乐籍无罪么?

李叔同　无罪! 当然无罪! 依我之见,乐籍之进步,乃是文明之发达,她能辟思想之灵窍,开智慧之奇葩!

**李苹香**　谢公子!

【李苹香在激动之余,以票京戏的方式抒发内心感激,票黄天霸。

**黄天霸**　(白)谢寨主抬爱。(京剧锣鼓起,李苹香边装扮边京剧韵白)在下黄天霸来得此寨,一者拜山,二来有宗好宝贝要献与寨主。

【李叔同票窦尔墩,接词。

**窦尔墩**　(白)什么宝贝?

**黄天霸**　(白)乃是一骑好马。

**窦尔墩**　(白)好马?咱窦尔墩什么稀罕之物不曾见得。

**黄天霸**　(白)此马与众不同。

**窦尔墩**　(白)怎样与众不同?

**黄天霸**　(白)寨主听者:愚下保镖路过马兰峪口,见此马身高八尺,头尾丈二有余。

**窦尔墩**　(白)哦!

**黄天霸**　(白)此马头上有角,肘下生鳞;两旁有红光两朵,名曰:"日月肃霜"。

**窦尔墩**　(白)嗯!

**黄天霸**　(白)登山迈岭如走平地,漫江过海驰骤如飞;早行千里见日,夜走八百不明。我想绿林之中,若有那心粗胆壮之人,将此马得到手中,可算出乎其类,鳌里独尊,天下第一英雄好汉也!

【两人定格亮相。

【字幕显现:

1901年秋,22岁的李叔同曾两次参加乡试,未第,其后考入南洋公学特班。南洋公学创立于1897年,为重点培养人才,学校于1901年增设特班,同学中就有日后政坛闻人黄炎培。

【显现黄炎培。

**黄炎培**　我和叔同是特班同学。在同学中有很多人不能说国语,大家喜爱叔同,因他生长在北方,于是成立了小组请他教国语,我也是其中一人。他的风度一贯很温和、很静穆。

【李叔同教众人普通话。

**李叔同**　"呜呼,英墟印度,俄吞波兰,佥以灭绝国语为首务。"

**众**　"呜呼,英墟印度,俄吞波兰,佥以灭绝国语为首务。"

**李叔同**　"然则国语顾不重哉!文明之进步系于是,国家之安危亦系于是。改良齐一,未可缓也。"

**众**　"然则国语顾不重哉!文明之进步系于是,国家之安危亦系于是。改良齐一,未可缓也。"

【显现蔡元培。

**李叔同**　(崇敬地)蔡元培!蔡先生!(向蔡元培鞠躬)

**黄炎培**　特班日常课程,上午读英文、算学,下午学中文,间以体操等户外活动,并由蔡元培担任中文总教习。在第一堂中文课上,蔡先生详细地讲述了他的教学内容和具体安排。他说——

**蔡元培**　特班生可学的门类很多,有政治、法律、外文、财政、教育、哲学、文学、伦理等等。等大家自行选定科目后,我会给每个人开具不同的书目。老师讲解辅导只是一个次要方面,主要是靠你们自己去认真阅读领会。每人每天必须写出一篇阅读札记,交上来由我批阅。

**黄炎培**　学生的札记,隔一二日退回一次,蔡先生都有或长或短的批语,佳者于本节文字左下角加一圈,尤佳者双圈。李叔同的札记就得了双圈,记得他的论文的题目是——

**李叔同**　"论强国对弱国不守公法之关系"。世界有公法,所以励人自强。断无弱小之国,可以赖公法以图存者。即有之,虽图存于一时,而终不能自立。故世界有公法,惟强有力者,得享其权利。于是强国对弱国,往往有不守公法之事出焉……

**黄炎培** 叔同此时这样立论,显然包含着他从刚刚过去的庚子事变以及其后订立的《辛丑条约》中获得的深痛教训。蔡先生在批改叔同这篇文章时,为其重新标点过,还给予了"前半极透彻"的好评。然而,正当李叔同在南洋公学奋发学习的时候,学校却发生了风波。

【传来学生的抗议喧闹声。

【蔡元培与汪总办对峙。

**蔡元培** 为什么开除学生?

**汪总办** 因为他们不读孔孟,却看什么《新民丛报》。

**蔡元培** 看《新民丛报》就要开除,岂有此理!

**汪总办** 他们还侮辱师长!

**蔡元培** 有何证据?

**汪总办** 他们把墨水瓶放在老师的座位上。

**蔡元培** 这是误放,再说这点小事就要开除学生吗?

**汪总办** 该老师前来申诉,害群之马必须驱逐。

**蔡元培** 学生并无恶意,请总办收回成命。

**汪总办** 为维护师道尊严,必须开除!

**蔡元培** 现在全班为他们请命。

**汪总办** 全班为请,斥全班!全级为请,斥全级!全校为请,斥全校!

**蔡元培** 那我也请辞!

【同学们轻声哼唱的《祖国歌》歌声起:

纵横数万里,

膏腴地,

独享天然利……

**黄炎培**　1902 年 11 月 16 日，蔡师和其他教员一起率领各自的学生在操场集合，然后走出了南洋公学，酿成中国教育史上从未有过的退学风潮。 叔同作了一曲《祖国歌》，这是他第一次写歌，当时曾被男女青年广泛传唱。

【传出李叔同的歌声：

　　上下数千年，

　　一脉延，

　　文明莫与肩。

　　国是世界最古国，

　　民是亚洲大国民……

【歌声中。

**蔡元培**　（慷慨激昂地）同学们，我们要走出去，走出南洋公学，走向社会去，走向世界去。 去学习新知识新思想，再回来启迪民智，建设国家！ 我们中国是世界最古老的国家，我们人民是亚洲最伟大的人民，我们一定要靠自己战胜列强的凌辱欺侮，中国必将傲然屹立于世界文明之巅！ 同学们，努力吧！

【众歌声：（伴唱）

　　呜呼，大国民，

　　呜呼，唯我大国民！

　　幸生珍世界，

　　琳琅十倍增声价。

　　我将骑狮越昆仑，

　　驾鹤飞渡太平洋，

　　谁与我仗剑挥刀？

　　呜呼，大国民，

　　谁与我鼓吹庆升平！

【字幕：1905 年，乙巳，光绪三十一年，李叔同 26 岁。

秋，东渡日本留学。1906年9月，丙午，光绪三十二年9月，入东京美术学校学习西洋油画。

【东京上野。

【李叔同寓所画室。

【一束午后慵懒的阳光打在画室一角站着的模特身上，她是叶子，她好像刚刚沐浴完，上身半裸，还披着浴巾。

【李叔同挥动画笔在画架上为叶子写生。

**李叔同**　你叫什么名字？

**叶子**　哈依。

**李叔同**　叫雪子？

**叶子**　哈依。

**李叔同**　叶子？

**叶子**　哈依。

**李叔同**　到底是雪子还是叶子？

**叶子**　先生，您叫什么就是什么。

**李叔同**　那我叫你叶子啦。

**叶子**　哈依，先生！

**李叔同**　叶子，你喜欢中国的诗歌吗？

**叶子**　喜欢，喜欢，中国的东西我都喜欢。

**李叔同**　那我来念一首我昨晚刚写的给你听好吗？

**叶子**　好的，先生，我怕听不懂。

**李叔同**　就是写上野的不忍池的。

**叶子**　啊，不忍池，我知道，那真是太亲切了。

**李叔同**　（背诵）

　　　　凤泊鸾飘有所思，

　　　　出门怅惘欲何之。

**叶子**　（摇摇头）我不……明白……

359

**李叔同**　出门走到不忍池畔,看到湖上的鸟儿漂泊飞翔,心里不禁难受起来。

**叶子**　是这个意思啊,先生。

**李叔同**　(续念)

　　　　晓星三五明到眼,

　　　　残月一痕纤似眉。

**叶子**　我明白了,我明白了,清晨太阳还没有升起来的时候,只看到几颗星星和一个弯弯的月亮。

**李叔同**　(点点头,续念)

　　　　秋草黄枯蒹葭国,

　　　　紫薇红湿水仙祠。

**叶子**　我不懂意思,但是,我听得出来,太美了! 太美了!

**李叔同**　(笑笑,续念)

　　　　小桥独立了无语,

　　　　瞥见林梢升曙曦。

**叶子**　我也在那座小桥上站过呢,也看到过早晨太阳升起来呢,啊,真是令人怀念啊!

**李叔同**　叶子,别动!

【叶子定格。

【化为天幕上同时显现的李叔同的油画原作。

【字幕:1907 年,丁未,光绪三十三年,李叔同 28 岁,正月,春柳社演出《茶花女遗事》,此为中国话剧之先声。春柳社友中便有中国话剧先驱人物之一欧阳予倩。

【显现欧阳予倩。

**欧阳予倩**　1907 年初春,仿佛记得是过阴历年那几天,我在日本东京骏河台中国青年会一个赈灾募款的游艺会上,看到春柳社友第一次演出法国小仲马作的《茶花女》。因为是游艺会性质,又是第一次的尝试，演的只是全剧的一幕。李叔同饰茶花女，曾孝谷饰阿芒的父亲。

【曾孝谷扮阿芒父亲杜瓦、李叔同扮马格丽特显现。他们边叙述边换服装。

李叔同　在学西洋油画的同时，不知为什么，对日本新派剧感起兴趣来了。

曾孝谷　也许是叔同在国内曾经票过戏的缘故吧，他对新派剧这种新颖的表现形式产生了极大的好奇心。

李叔同　孝谷有一个新派剧的日本朋友藤泽浅次郎，在他的推荐下，我和孝谷一起去看了川上音二郎的演出，便佩服得不得了。

曾孝谷　我和叔同有着相同的爱好，从此以后我们便常常结伴去看浪人戏。

李叔同　新剧逼真的舞台布景，写实的演剧内容，耳目一新的舞台效果，都与中国戏曲的唱念做打截然不同。

曾孝谷　于是一种从事新剧实践的欲望在我们心中油然而生。

李叔同　我们便一起发起成立了"春柳社"。

曾孝谷　1907年1月12日的清晨，日本各界报纸刊登了一条重要新闻"根据美国驻清领事的通电，清国内部江苏一带发生水灾，饥荒惨状极为严重，如不迅速设法救济，每周必将发生数千饿殍"。

李叔同　春柳社成员们一听到国内这条令人痛心的消息，连夜在清国留学生会馆召开会议，作出决定举行赈灾游艺会，演出新剧《茶花女》，为国尽责，为民尽义。

曾孝谷　二十几天以后，我们在藤泽浅次郎先生的帮助指导下，戏排出来了。

李叔同　我演马格丽特。

**曾孝谷**　我演阿芒的父亲杜瓦。

**李叔同**　因为没有女社员，我只能男扮女装了。

**曾孝谷**　我们演的只是阿芒父亲访问茶花女的那一幕戏。

【李叔同和曾孝谷进入角色。

**马格丽特**　那么，您要我和阿芒完全断绝吗？

**杜瓦**　非如此不可！

**马格丽特**　那绝对做不到！您难道不知道我们俩是怎样地相爱吗？我已经把我整个的生命，完全寄托在他的生命里。我所害的病是不治之症。先生，您要我和阿芒完全断绝，这不是简直立刻叫我死吗？

**杜瓦**　唉唉，请你镇定一点儿。……我向你要求的的确是非常大的牺牲。但你若是不同他断绝关系，简直是把我的儿子的一生都陷害了。再说这个爱情，就你的过去来说，你又准能担保永久不变吗？

**马格丽特**　我向来没有爱过别人，我将来也只能爱阿芒一个人，如同我现在爱他一样。

**杜瓦**　就算是这样吧。不过，假使你爱他是可靠的，也许阿芒爱你是不可靠的呀。照他这样的年纪，心情浮躁，能够立一个誓终身不变吗？他占了你美妙的年华，将来到了厌烦了你的时候，又该怎么样呢？等到你们两个人年纪都老了的时候，这种感情还能余剩下什么东西？谁能担保他的幻想不随着你的青春而消灭呢？

**马格丽特**　哎呀！这实在是真话啊！

**杜瓦**　你现在就可以想到你们的将来，是双重的衰老，是双重的凄凉，是双重的孤寂，是双重的空虚。你同我儿子已经有了三个月的幸福，请你保持这个幸福的情节，把它结束了吧。这是一个懂得人生的人同你说话，是一个作父亲的人向你的哀求。马格丽特!

**马格丽特**　（自语）这样说，无论怎么做，一个堕落的生灵是永远不得翻身的呀！上帝也许还肯原谅他，但是社会对他是毫不容情的！好，先生，请你将来向你那年轻、纯洁的女儿说一说，你同她说世界上有过一个女人，她在世界上只有一个唯一的希望，只有一个唯一的思念，只有一个唯一的梦想，可是，因为为了"一个证明"，这个女人放弃了一切，用双手把自己的心捣碎而死了！

【掌声雷动。

**欧阳予倩**　我看了《茶花女》之后，对李叔同和曾孝谷非常佩服，尤其是李叔同。他对中国词章很有根底，会画画，会弹钢琴，字也写得好。我很想认识他。有一次我跟他约好了早晨八点到他在上野的寓所拜访他。我住得离他家甚远，路上又被车子耽误，当我匆忙赶到他家的时候，已比相约的时间晚了五分钟。

**李叔同**　我开窗对他说："我和你约的是八点钟，可是你已经过了五分钟，我现在没有工夫了，我们改天再约吧。"

**欧阳予倩**　叔同就是这样认真的一个人，后来我们还是认识了，我也参加了春柳社。

**李叔同**　《茶花女》的成功，使得春柳社的全体社员倍受鼓舞。初次在舞台上的艺术实践，获得意想不到的成功，使大家领悟到"戏剧原来可以采用这样绝妙的好办法"的诀窍，越发激发起大家演新剧的积极热情。

**曾孝谷**　大家决心充分利用戏剧在社会所起的作用和影响，以演新剧的形式，抨击不公平的社会，反对压迫，探索人生，寻求救国救民、振兴中华之道。

**欧阳予倩**　于是我们大胆选择了林纾、魏易根据美国斯托夫人的小说《汤姆叔叔的小屋》翻译的《黑奴吁天录》。孝谷担任了小说到剧本的改编工作。

**曾孝谷**　叔同主动承担了舞台美术的全部设计工作,还用工笔重彩精心绘制了海报。

【天幕显现《黑奴吁天录》的海报。

**欧阳予倩**　《黑奴吁天录》演出的日期是1907年6月1日、2日,演出的剧场是日本东京本乡座。它被认为是中国话剧史上第一个完整的现代白话剧。然而,自《黑奴吁天录》以后,春柳社的活动便少了起来,叔同也把心思转移到了画油画、弹钢琴,对演戏的兴趣渐渐淡漠了。

【传来女声的哼歌声。

【叶子在哼唱。

**叶子**　(唱)

　　　　西风起,秋渐深,

　　　　秋容动客心。

　　　　独身惆怅叹飘零,

　　　　寒光照孤影……

【李叔同跟随着叶子的歌声在钢琴上弹出旋律。

**李叔同**　(突然停下)叶子,你在唱什么歌曲?

**叶子**　(停唱)是犬童球溪先生写的《旅愁》。

**李叔同**　(在钢琴上弹出旋律)真好听!日本歌曲里还有那么好听的旋律啊!

**叶子**　(扑哧笑出声来)先生,你上当了!

**李叔同**　什么?

**叶子**　这是一首美国歌曲。

**李叔同**　美国歌曲?

**叶子**　是的,美国歌曲,听说是美国作曲家奥德威所作的通俗歌曲

《梦见家和母亲》。

李叔同　（马上在钢琴上弹出旋律）"梦见家和母亲"……是吗！是美国歌曲！

叶子　是日本歌词作家犬童球溪先生根据它的旋律填写了歌词，改名叫《旅愁》。

李叔同　原来是这样，叶子，你能不能再唱一遍？

叶子　哈依！（唱）

　　　西风起，秋渐深，

　　　秋容动客心。

　　　独身惆怅叹飘零，

　　　寒光照孤影。

　　　忆故土，思故人，

　　　高堂会双亲。

　　　乡路迢迢何处寻，

　　　觉来梦断心。

【歌毕，余音缭绕。

【李叔同起身，叶子依偎在他身旁。

李叔同　（感慨地，望着远方）想家了！

叶子　想回中国了？

李叔同　是啊，想回去了！（看着叶子，似乎用眼神在询问）

叶子　（靠得更紧，羞涩地）我跟你——

【李叔同紧紧抱住叶子。

【《送别》的旋律大作。

【字幕继续：

1911年，辛亥，清宣统三年，李叔同32岁。

3月，毕业于东京美术学校归国。

是年，李家遭变，资产一倒于义善源票号50余万元，再倒于源丰润票号亦数十万元，濒临绝境。

同年10月，武昌起义爆发。

1912年，壬子，民国元年，李叔同33岁。

春，李叔同抵上海，任《太平洋报》主笔，负责画报副刊。

秋，《太平洋报》停刊，李叔同应邀赴杭州任浙江省立两级师范学校图画、音乐教师。

【李叔同显现。

李叔同　我第一次到杭州，是光绪二十八年七月，只记得到涌金门外去吃过一回茶。第二次到杭州，那是民国元年的七月里，这回，在杭州一住便是近十年。

【显现夏丏尊和经亨颐。

夏丏尊　我和李叔同相识，是在杭州浙江两级师范学校任教的时候。我们都是受到校长经亨颐石禅先生的邀请来的。这个学校有一个特别的地方，不轻易更换教职员。我前后担任了十三年，他担任了七年。在这七年中我们晨夕一堂，相处得很好。

经亨颐　我在学校中特开图画手工专修课，在民国元年特聘李叔同主授这科的图画及全校音乐。

李叔同　我答应经校长的聘请是有条件的，每个学生要有一架风琴，绘画教室里石膏头像、画架等不能有缺。

经亨颐　我说，在学校缺钱、市上缺货的情况下，风琴每人一架的要求，实嫌过高。

李叔同　同学出去教唱歌，不会弹琴不行，教授时间有限，练习全在课外，你难办到，我怕难以遵命。

经亨颐　后来我想尽办法，弄到大小风琴二百架，排满在礼堂四周、自修室、走廊上，再请他来看过。

夏丏尊　音乐图画二科，在他未来之前，是学生所忽视的，自他任教以后，就忽然被重视起来，几乎把全校学生的注意力都牵引过去了。在他的学生中就有日后成为一代美术大师的丰子恺。

【学生们的喧闹声。显现丰子恺。

**丰子恺** 我第一次见法师是在教室里。我们推门进去,先吃一惊,李先生早已端坐在讲台上。同学们的唱声、喊声、笑声、骂声以门槛为界而忽然消灭。

【喧闹声突然消失,一片寂静。

**丰子恺** 他从来不骂人,也从来不责备人,但学生们却真心地怕他,真心地学习他,真心地崇拜他。因为就人格讲,他不为名利;就学问讲,他博学多能。其国文比国文先生更高,其英文比英文先生更高,其历史比历史先生更高,其常识比博物先生更富,又是书法金石的专家,中国话剧的鼻祖。他不是只能教图画音乐,他是拿许多别的学问为背景而教他的图画音乐。记得那时,中国新文学运动的先驱夏丏尊,时任学校舍监的夏先生就曾经这样说过:

**夏丏尊** 李先生这样的教师,是有后光的!

**丰子恺** 是的,像菩萨那样有后光,怎不教人崇敬他呢,而我的崇敬他,更甚于他人。有一天晚上,我到李先生的房间里报告学习情况,当汇报完毕正要退出时,李先生叫住了我。

**李叔同** 你的画进步很快!我在南京和杭州两处教课,没有见过像你这样进步快速的人。你以后可以……

**丰子恺** 我听到他这两句话,犹如暮春的柳絮受了一阵强烈的东风。可以说,这几句话,便决定了我的一生!而这一晚则是我一生中一个重要关头,因为从这晚起,我打定主意学画,把一切奉献给艺术。

**夏丏尊** 是啊,在影响学生这方面,在人格魅力这方面,我怎能跟他比啊!我比他差远了!有一次,寄宿舍里有学生失少了财物,大家猜测是某一个学生偷的。检查起来,却没有得到证据。我作为舍监，深觉惭愧苦闷，向他求教。他所指教我的方法，说也怕人，教我自杀！他说：

**李叔同** 你肯自杀吗？你若出一张布告，说作贼者速来自首，如三日内无自首者，足见舍监诚信未孚，誓一死以殉教育。果能这样，一定可以感动人，一定会有人来自首。——这话须说得诚实，三日后如没有人自首，真非自杀不可。否则便无效力。

**夏丏尊** 我做不到，真的做不到啊！

【显现刘质平。

**刘质平** 可是我相信，李先生做得到！他做得到！

**夏丏尊** 刘质平是叔同钟爱的学生，日后成了著名的音乐艺术家。

**刘质平** 同学们都说，夏先生就像我们慈爱的母亲；

**夏丏尊** 而李先生就像他们严厉的父亲。

【李叔同端坐在讲台上弹奏起风琴。

**刘质平** 李先生对于我来说，却更有一番亲近的意义。我来自小县城海宁，那里学堂里的教师对于现代音乐的知识与技能的掌握很贫乏。然而来到这里，当风琴乐曲像流水一样从李叔同老师的手指下流出时，我突然发现，我的灵魂生出了翅膀，飞向无垠的天空……轮到我还琴了。

【刘质平弹起风琴。

**刘质平** 我把先生所教、我已练了很多遍的练习曲弹完，我抬起头，看到的是李先生眼中的笑意和他嘴角边的两个浅窝。李先生轻声说：

**李叔同** 甚好！

**刘质平** 他拿起笔，在我的本子上写下一个"佳"字。

【李叔同批本子。

**刘质平** 这时窗外飘下了一片片洁白的雪花，寒风阵阵扑打在窗上。我却感到身周有一股巨大的暖流在涌动，激动得忘了把自己写的曲谱递给李先生看。

**李叔同**　你还有什么问题吗？

**刘质平**　李先生……我……我……我嗫嚅着，我的喉咙好似被东西堵住了，下面的话怎么也说不出来，我颤抖着把手中的谱子递给他，深深地鞠了一躬。

【刘质平递谱子给李叔同。

【李叔同仔细观看。

**刘质平**　在那一刻的静默中，我的心在狂跳，简直要从胸腔里蹦出来似的，我想这下一定要受先生责备了，我恨不得地上裂出一条大缝，好让自己钻进去。先生终于说话了：

**李叔同**　今晚八时，你到教室来，我有话讲。

**刘质平**　李先生的话到底是什么意思？八时，教室，有话讲，这几个词一直在我心中翻腾不休。天黑下来了，雪下得更大了，八点快到了，我走到了教室前，可是音乐教室的窗上仍然黑乎乎的，没有一丝光亮。钟声开始敲响了，一下，两下，可是李先生仍然没有踪影。雪花仍在无声地飘落，寂静的夜里，我只听见自己的心跳。突然，教室的窗上灯光大亮，"呀"的一声，门打开了，门口出现了李先生的身影，他一手拿着金亮的手表，另一只手指着表说：

**李叔同**　质平，时间无误，你已经饱尝了风雪之味，现在可以回去了！

**刘质平**　现在？可以？回去？

【李叔同微笑着看着他。

**刘质平**　有话讲，竟然是这样一句话！我愣怔了一下，猛然明白了，内心的激动与感激难以言表。我隐隐感觉到，从此时此刻开始，李先生已将自己看成入室弟子了！1916年，我从浙师毕业，也追随先生的脚步来到日本留学，考进了东京音乐学校。那时我一人孤身在外，举目无亲，多亏李先生经常写信来安慰我。

李叔同　交友不可勉强，宁无友不可交寻常之友，因为寻常之友虽无损于我，亦徒往来酬酢，作无谓之谈话周旋，消费力学之时间耳！

刘质平　他反复叮咛：

李叔同　读书时要按部就班用功，循序渐进，不要好高骛远，因为心高是灰心之根源。

刘质平　他要我常常阅读六条"注意事项"。

李叔同　一，宜重卫生，俾免中途辍学。

二，宜慎出场演奏，免受人之嫉妒。

三，宜慎交游，免生无谓之是非。

四，勿躐等急进。

五，勿心浮气躁。

六，宜信仰宗教，求精神上之安乐。

刘质平　先生当时似乎就有了出家的兆头。后来，家里来信说，不能再提供我在日本完成学业的费用了，我好像当头挨了一棒，顿时坠入了万丈深渊！我不知怎么办才好，于是写信给先生，看能不能申请到官费补贴。

李叔同　我把信转给经校长看。

【显现经亨颐。

经亨颐　息霜啊，刘质平这个申请恐怕没有用，我说起来是省教育会会长，但管不了这种事。

李叔同　经先生，国家培养一个音乐师资人才很不易。刘质平家境贫寒，学习努力，现已在东京留学，况且补官费已有先例，刘质平的要求并不过分呀！

经亨颐　好吧好吧，只是教育厅长初到任，诸事繁忙，现在不便打扰。

**李叔同** 经先生何时可去？

**经亨颐** 这很难说，要等机会，息霜啊，你有所不知，如今的时势，向厅长推荐一名科长倒非难事，要补一名官费留学生，那可是比登天还难啊！

**刘质平** 过不久我收到了先生的回信，想不到是这样的结果，先生要资助我！

**李叔同** 如君学费断绝，困难之时，不佞可以量力助君。但不佞婆人也，必须无意外之变，乃可如愿。因学校薪水领不到时，即无可设法。今将详细之情形述之如下：

不佞现每月入薪水百零五元

出款：

上海家用四十元　年节另加

天津家用廿五元　年节另加

自己食物十元

自己零用五元

自己应酬费买物添衣费五元——

如依是正确计算，严守此数，不再多费，每月可余廿元。此廿元即可以作君学费用。中国留学生往往学费甚多，但日本学生每月廿元已可敷用。不买书、买物、交际游览，可以省钱许多。将来不佞之薪水，大约有减无增。但再减，去五元，仍无大妨碍。自己用之款内，可以再加节省，如再多减，则觉困难矣。

又不佞家无恒产，专恃薪水养家。如患大病不能任职，或由学校辞职，或因时局不能发薪水，倘有此种变故，即无法可设也。以上所述，为不佞个人之情形。

倘以后由不佞助君学费，有下列数条，必须由君承认实行乃可。

一、此款系以我辈之交谊，赠君用之，并非借贷与君。因不佞向不喜与人通借贷也。故此款君受之，将来不必偿还。

二、赠款事只有吾二人知，不可与第三人谈及。家族如追问，可云有人如此而已，万不可提出姓名。

三、赠款期限，以君之家族不给学费时起，至毕业时止。但如有前述之变故，则不能赠款，如减薪水太多，则赠款亦须减少。

四、君须听从不佞之意见，不可违背。不佞并无他意，但愿君按部就班用功，无太过不及。注重卫生，俾可学有所获，不致半途中止也。君之心高气浮是第一障碍物，自杀之事不可再想，必痛除。

以上所说之情形，望君详细思索，写回信复我。助学费事，不佞不敢向他人言，因他人以诚意待人者少也。即有装面子暂时敷衍者，亦将久而生厌，焉能持久？君之家族，尚不能尽力助君，何况外人乎？若不佞近来颇明天理，愿依天理行事，望君勿以常人之情推测不佞可也。

**刘质平** 先生！（含泪）先生在信最后还嘱咐我，"阅后焚去"，我知道先生是要让我少一些亏欠老师情义太多的压力，可我那时哪里知道老师在资助我的同时心中正怀着深深的苦痛啊！

**李叔同** 不佞自知世寿不永，又从无始以来，罪业至深，故不得不赶紧发心修行。世味日淡，职务多荒。近来请假，就令勉强再延时日，必外贻旷职之讥，内受疚心之苦！君能体谅不佞之意，良所欢喜赞叹！

**刘质平** 先生那时早已有了出家之意。

**李叔同** 两次托上海家人汇上之款，计已收入。不佞近耽空寂，厌弃人事。早在今夏，迟在明年，将入山剃度为沙弥。甚盼足下暑假时能返国一晤也。

**刘质平**　我后来才知道，先生那时已实行了断食，只不过为了践约，才几次推迟了辞职。先生，我如何才能报答先生的恩情啊！先生自己的苦痛却深深埋藏在心底，从不示人。

【在多媒体叠化信件的同时，响起童声歌唱《落花》：

纷，纷，纷，纷，纷，纷……

惟落花委地无言兮，化作泥尘；

寂，寂，寂，寂，寂，寂……

何春光长逝不归兮，永绝消息。

…………

【显现李叔同、夏丏尊。

**李叔同**　有一次，学校里有一位名人来演讲，我和夏丏尊两人出门躲避，到湖心亭上去吃茶，夏丏尊对我说：

**夏丏尊**　像我们这种人，出家做和尚倒是很好的。

**李叔同**　我听了这句话，就觉得很有意思。

**夏丏尊**　那时候，我从一本日本杂志上见到一篇关于断食的文章，说断食是身心"更新"的修养方法，能使人除旧换新，改去恶德，生出伟大的精神力量。自古宗教上的伟人，如释迦，如耶稣，都曾断过食。我把杂志介绍给了息霜。

**李叔同**　杂志中有说及关于断食方面的：说断食可以医疗各种疾病。当时我就起了一种好奇心，想来断食一下，因为我那个时候患有神经衰弱症。

**夏丏尊**　约莫过了一年，在阳历年假时，假满返校，不见到他，过了两个星期他才回来，据说他假期中没有回上海，在虎跑寺断食，我问他，（对李叔同）为什么不告诉我？

**李叔同**　（笑着）你是能说不能行的，并且这事预先让别人知道也不好，旁人大惊小怪起来，容易发生波折。

**夏丏尊**　他的断食,一共进行了三个星期。

**李叔同**　等到十一月,我到了虎跑寺,就住在方丈楼下的地方,倒很幽静的。

**夏丏尊**　他平日是每日早晨写字的,在断食期间,仍以写字为常课。

【显现虎跑寺僧舍,李叔同在桌上提笔书写。

**李叔同**　(自语)

十一月一日,晴,微风,五十度。断食前期第一日。

二日,晴和,五十度。断食前期第二日……是日舌苔白,口内粘滞,上牙里皮脱。精神如常……(停顿)

三日,晴和,五十二度……是晨觉饥饿,胸中搅乱,苦闷异常,口干,饮冷水……(停顿)

四日……是晨气闷心跳口渴,但较昨晨则轻多矣,饮冷水稍愈……(渐渐加快速度)

五日……本定于后日起断食,改自明日起断食,奉神诏也。……

六日……断食正期第一日……手足乏力,头微晕,执笔作字殊乏力,精神不如昨日……

七日,阴复晴……心跳微作既愈,较前二日减轻……

十日……四时半醒,气体精神与昨同。起床后精神至佳……

【在李叔同自语同时,响起歌声《月》。

　　仰碧空明明,朗月悬太清。

　　瞰下界扰扰,尘欲迷中道!

　　惟愿灵光普万方,荡涤垢滓扬芬芳。

　　虚渺无极,圣洁神秘,灵光常仰望!

　　惟愿灵光普万方,披除痛苦散清凉。

　　虚渺无极,圣洁神秘,灵光常仰望!

**李叔同**　从虎跑寺回来以后,我就发心吃素了,还请了许多的经,如《普贤行愿品》、《楞严经》、《大乘起信论》等。在自己的房间里,也供起佛像来,如地藏菩萨、观世音菩萨的像,于是也天天烧香了。

**夏丏尊**　从此他茹素了,有念珠了,看佛经,室中供佛像了。宋元理学书偶然仍看,道家书似已疏远。他对我说明一切经过及未来志愿。

**李叔同**　唉,出家还有种种难处,以后打算暂以居士资格修行,在虎跑寺寄住,暑假后不再担任教师职务。

**夏丏尊**　我听了非常难过,平素所敬爱的这样的好友,将弃我遁入空门去了,不胜寂寞之感。他的爱我,可谓已超出寻常友谊之处,眼看这样的好友,因信仰的变化,要离我而去,而且信仰上的事,不比寻常名利关系,可以迁就,我的苦闷也愈加厉害了。

**李叔同**　到了五月底的时候,我就提前先考试,考试以后就到虎跑寺入山了,预备转年再剃度。

**夏丏尊**　我心里难过得熬不住,不觉脱口对他说,这样做居士究竟不彻底,索性做了和尚,倒爽快!

**李叔同**　(笑笑)是啊,是啊,仁者说得是。

**夏丏尊**　这话原是激愤之谈,话一出口,我便后悔。

**李叔同**　不不不,多亏了你这句话,才使我下了决心。

　　【传来庙宇的钟声,同时《月》的歌声又起:
　　　惟愿灵光普万方,荡涤垢滓扬芬芳。
　　　虚渺无极,圣洁神秘,灵光常仰望!
　　　惟愿灵光普万方,披除痛苦散清凉。
　　　虚渺无极,圣洁神秘,灵光常仰望!
　　　　…………

夏丏尊　暑假到了，他说走就走，走之前，他把一切书籍、字画、衣服等等分赠给朋友、学生及校工。

　　【蝉声。烦躁中的寂静。

　　【夏丏尊、丰子恺、刘质平、闻玉等显现。

李叔同　今天麻烦丏尊兄和大家，非常惭愧！我马上要离开这里了，在这里七八年了，得到诸位多方关照，感谢之极，我没有别的奉送，只有一些身外之物，留给大家以作纪念。

夏丏尊　息霜！

众　先生！

李叔同　这是我历年所藏的书法，以及往年写的折扇，还有一块金表，就留给丏尊兄。我所作之印，已在半月前，全部封在"西泠印社"的石壁间，建了一个"印冢"。以前所作的油画，也已寄到北京国立美术专门学校。丏尊兄，后会有期了！

夏丏尊　（伤感）不是说暂时做居士，不出家的吗？

李叔同　这也是你的意思不是吗？你说索性做了和尚吧。

夏丏尊　你叫我还有什么话可说！

李叔同　我所有的画谱及自己作的画，画的理论作品，全给子恺，所有的乐理、曲谱，音乐界名著，给质平，我这些用不着的俗家衣物，都给闻玉。

丰子恺、刘质平、闻玉　先生！

李叔同　好了，这下子轻松了。就此告别吧！

闻玉　先生，我送送你！（拿起李叔同一小卷行李）

李叔同　好吧，就让闻玉送吧，大家请回吧。

　　【另一边叶子显现。

叶子　先生决心出家了，连他那久居天津的妻和儿子也没有告知。他委托朋友资助我的生活。我是那样想再见先生一面，但我在房外等过，哭过，恳求过，终于还是未能如愿。

夏丏尊　（含泪）息霜，我要永远做你的护法。

丰子恺　先生，我也是！

刘质平　先生！（痛哭得说不出话来）

【李叔同、闻玉与夏丏尊、丰子恺、刘质平挥别。

【叶子轻唱《送别》歌声起：

叶子　长亭外，古道边，

　　　芳草碧连天，

　　　晚风拂柳笛声残，

　　　夕阳山外山。

　　　天之涯，地之角，

　　　知交半零落；

　　　一觚浊酒尽余欢，

　　　今宵别梦寒。

【字幕显现：

1918年农历七月十三日，李叔同于虎跑大慈寺，礼了悟和尚为剃度师，正式落发，法名演音，号弘一。

【弘一的背影。

【弘一的背影渐渐远去。

【定格为照片：弘一孤独的背影。

【字幕继续。 背影大小远近叠在屏幕上。

1919年，乙未，民国八年，40岁。

春，小住杭州艮山门外井亭庵，不久移居玉泉清涟寺。

夏居虎跑寺。

秋至灵隐寺。

1920年，庚申，民国九年，41岁。

春，居玉泉寺。

夏，赴浙江新城闭关，不久移居衢州莲花寺。

377

1921年，辛酉，民国十年，42岁。

春，返杭州，小住闸口凤生寺。

移居温州，居庆福寺。

1922年，壬戌，民国十一年，43岁。

仍居庆福寺。

1923年，癸亥，民国十二年，44岁。

春，至上海。

夏初，居太平寺。

九月，至衢州，居莲花寺。

1924年，甲子，民国十三年，45岁。

春，移居三藏寺。

不久，取道松阳、青田抵温州。

1925年，乙丑，民国十四年，46岁。

夏初至普陀山，参礼印光大师。

至宁波，挂褡七塔寺。

应夏丏尊之请至上虞白马湖小住。

【显现夏丏尊。

**夏丏尊** 1925年初秋，弘一大师云游至宁波七塔寺，那时我恰好也在宁波，得知消息后即前往拜访。在云水堂里看到四五十个游方僧住在一起，好像皆睡通铺，我在下铺的一个角落里找到了大师。

【显现七塔寺云水堂，弘一躺在铺位一角。

**夏丏尊** （发现）大师！

**弘一** （起身）哦，是丏尊仁者啊。

**夏丏尊** 听说大师来宁波了，什么时候到的？

**弘一** 到宁波三日了，前两日是住在小旅馆里的。

**夏丏尊** 大师怎么不先告知一声，那小旅馆不十分干净吧？

弘一　好的，蛮好的。

夏丏尊　有很多臭虫吧？

弘一　不多不多，不过两三只，店主人待我很客气呢，蛮好蛮好。

夏丏尊　那这里呢？

弘一　也蛮好。

夏丏尊　大师您怎么也睡大通铺？

弘一　蛮好的。

夏丏尊　而且挤在角落里！

弘一　也好的。

夏丏尊　（发现破席子）大师，你睡在破席子上？

弘一　不破不破，蛮好蛮好。（铺被子）

夏丏尊　还有这破被子！大师！

弘一　都好的。

夏丏尊　（拿起破毛巾）您看您看，毛巾都破成这样了！

弘一　也是好的。

夏丏尊　（不忍心）大师，我替您换一条，好吗？

弘一　哪里！还好用的，和新的差不多。（把毛巾展开给夏丏尊看）仁者请看。

夏丏尊　（强忍眼泪）好的好的。（发现床边碗中的剩菜）大师，这些剩菜您为什么不倒掉？

弘一　好的，下一顿还可以吃的。

夏丏尊　（不由拿起一片菜叶尝了尝）这太咸了！

弘一　好的，咸的也有咸的滋味，也好的！

夏丏尊　（热泪盈眶）大师！息霜！快跟我到白马湖去，丏尊愿意供养您！

弘一　好的，好的。（闭目念佛）

夏丏尊　（感慨万分）好的！好的！在大师看来，这世界上竟没有一样东西是不好的。小旅馆是好的,尽管有几只臭虫,通铺是好的,破席子是好的,破毛巾是好的,咸苦的剩菜也是好的!这是何等的风光啊!宗教上的话且不说,琐屑的日常生活到此境界,人家说他在受苦,我却说他是享乐,我见他吃萝卜白菜时那种喜悦的光景,我想,萝卜白菜的全滋味、真滋味,恐怕要算他才能如实尝到了。这才是真解脱,真享受啊!

**弘一** （仿佛是在自语）仁者啊,
　　人的福气是很微薄的,
　　若不爱惜,
　　将这很薄的福享尽了,
　　就要受很大的痛苦,
　　古人说"乐极生悲",
　　就是这意思啊!
　　我脚上的这双鞋,
　　还是六年前一位打念佛七的出家人送的;
　　我的棉被面子,
　　还是出家以前所用的;
　　还有这把洋伞,
　　还是1911年买的。
　　这些东西,
　　即使有破烂的地方,
　　请人用针线缝缝,
　　仍旧同新的一样了。
　　简直可尽我形寿,受用着哩!
　　因为我知道我的福薄,
　　好的东西是没有胆量受用的,
　　即使有十分的福气,

也只好享受三分,

其余的还是留到以后享用吧!

【在弘一述说的同时显现如下字幕:

1926 年,丙寅,民国十五年,47 岁。

春,抵杭州,寓招贤寺。

夏初,与弘伞法师同赴庐山参加金光明法会。

冬初,返杭州。

1927 年,丁卯,民国十六年,48 岁。

春,闭关云居山常寂光寺。

秋,至上海,居江湾丰子恺家,主持丰子恺皈依三宝仪式。

【显现丰子恺。

**丰子恺**　这一年秋天,大师云游经过上海,不知因了什么缘,他愿意到我的江湾的寓中来小住了。我在北火车站遇见他,从他手中接取了拐杖和行李,陪他上车,来到了江湾的缘缘堂,请他住在前楼,我自己和孩子住在楼下。

【显现弘一拄拐杖担行李的身影。

**丰子恺**　每天晚上天色将暮的时候我规定到楼上来同他谈话。他是过午不食的,我们谈话的时间,正是别人晚餐的时间。他晚上睡得很早,差不多同太阳的光一同睡着,一向不用电灯。所以我同他谈话,总在苍茫的暮色中。他坐在靠窗口的藤床上,我坐在里面椅子上,一直谈到窗外灰色的天空衬出他的全黑的胸像的时候,我方才告辞,他也就歇息。

【两人窗前的剪影。

**丰子恺**　在这一个月里,我的很多朋友都想认识法师,叶圣陶就是其中的一个。

【显现叶圣陶。

**叶圣陶**　我仰慕弘一法师已久。那天接到子恺先生的信,约我到功德林去见他，我的心里充满了渴望，也还有些茫然。我很想知道，是深深尝了世间味的，探了艺术宫的，却回过来过那种通常以为枯寂的持律念佛的生活，他的态度应是怎样，他的言论应是怎样，实在是难以揣摩。

【显现功德林一角。

**叶圣陶** 走上功德林的扶梯，被侍者导引进那房间时，近十位先到的恬静地起立相迎。靠窗的左角，正是光线最明亮的地方，站立着那位弘一法师，带笑的容颜，细小的眼里眸子放出晶莹的光。夏丏尊先生作了介绍。

**夏丏尊** （对弘一）大师，这是叶圣陶先生。

**叶圣陶** 大师！

**弘一** （合掌颔首）阿弥陀佛！

**叶圣陶** 我坐在他的侧边。他坐下后便悠悠地数着手里的念珠，沉入近乎催眠状态的凝思，言语是全不需要了。

【弘一数念珠。

**叶圣陶** 我很奇怪，我跟大师无话尚可理解，可怪的是在座的一些人，或是他的旧友，或是他的学生，在这难得的会晤时刻，似应有好些抒情的话同他谈，然而不然，大家也只默默不多开口，也许，他们以为这样默对一两小时，已胜过十年的晤谈了。

【无声的静默。

**叶圣陶** 晴秋的午前的时光在恬然的静默中经过，觉得有难言的美。我忍不住问他，（对弘一）法师，你几时来上海的？

**弘一** 来了几日了。

**叶圣陶** 准备住几日？

**弘一** 再几日吧。

**叶圣陶** 那么以后到什么地方去？

弘一　随缘吧。

叶圣陶　好……我突然一片空白，想不出什么话来，突然，法师开口了：

弘一　酱油。

叶圣陶　什么？酱油？我马上把酱油碟子移到他面前。

弘一　不，是那位日本的居士要。

叶圣陶　真是奇异，大师在无形中体会到了他人的愿欲。我顿时敬佩不已，就冒昧地直接问，（对弘一）大师，关于人生，你能不能谈一点看法？

弘一　惭愧，没有研究，不能说什么。

叶圣陶　哦，依通常的见解，学佛的人对于人生的问题没有研究似乎是个笑话。但我相信，他的确没有研究，研究的人，是站在这东西的外面，而大师，他一心持律，一心念佛，再没有站到外面去的余裕，哪里能有研究呢？

弘一　罪过罪过。

叶圣陶　是啊，我从侧面看着大师的长髯以及眼边细密的皱纹，心里想，就像健康的人不自觉健康，哀乐的人当时也不能描述哀乐，大师的人生境界又岂是说得出的！

【《清凉歌·世梦》歌声起：

却来观世间，

犹如梦中事。

人生自少而壮，

自壮而老，

自老而死。

俄入胞胎，

俄出胞胎，

又入又出无穷已。

生不知来，

死不知去，

蒙蒙然，

冥冥然，

千生万劫不自知。

…………

庄生梦蝴蝶，

孔子梦周公，

梦时固是梦，

醒时何非梦。

旷大劫来，

一时一刻皆梦中。

破尽无明，

大觉能仁，

如是乃为梦醒汉，

如是乃名无上尊。

【字幕继续：

1928 年，戊辰，民国十七年，49 岁。

春夏之间，居温州。

秋至上海。

冬赴闽南。

1929 年，己巳，民国十八年，50 岁。

正月，自南安小雪峰至厦门南普陀寺，居闽南佛学院。

春，返温州，途经福州，访鼓山涌泉寺。

秋至白马湖晚晴山房小住。

冬月重至厦门、南安，于小雪峰度岁。

1930 年，庚午，民国十九年，51 岁。

正月，至泉州承天寺。

春赴温州，后至白马湖。

【字幕继续，显现夏丏尊。

夏丏尊　大师可以这样享如甘饴，可是我们作为大师的朋友学生，作为俗人，怎忍心看着大师这个样子！我们就在白马湖畔觅地数弓，结庐三椽，为大师栖息净修之所，并供养大师终身。蒙大师以李商隐"天意怜幽草，人间重晚晴"句意，题名为"晚晴山房"。

【显现晚晴山房。

【夏丏尊叙说继续。

夏丏尊　1930年，我过45岁生日，大师也正好在白马湖，我请大师和经亨颐经校长一起吃素斋……

【显现夏丏尊、弘一，和经亨颐围坐一桌，酒席正酣。

夏丏尊　大师！对不住了！

弘一　仁者请随意。

夏丏尊　石禅兄，来，再干一杯！

经亨颐　好！丏尊兄，干！

【两人干杯。

夏丏尊　（有点微醺）时光真快啊，一眨眼四十五年虚度啦！光景全变了！

经亨颐　是啊，老了，老了，真是不堪回首啊！

夏丏尊　回想起当年我们几个相识的时候，浙一师的景象依然如在眼前啊！

经亨颐　就像昨日一般啊！

夏丏尊　石禅兄，你是一校之长啊！

经亨颐　那你呢，你是舍监，那就是大管家啊！

【两人大笑。弘一也受感染微笑。

**夏丏尊** 那大师呢?

**经亨颐** 当年的大师啊,意气风发的艺术家啊,我就是感佩他,才请他来的呀!

**夏丏尊** 大师的才情多少年过去了仍历历在目啊,大师,你还记得吗?你的《春游》?

**弘一** （笑着摇摇头）记不清了。

**经亨颐** 是那首——（吟诵）

春风吹面薄于纱,

春人装束淡于画,

**夏丏尊** 游春人在画中行,

万花飞舞春人下。

**经亨颐** 真是当年诗酒天涯的翩翩公子啊。

**夏丏尊** 不过大师后来的词作,却有了一些看破红尘的况味:

西风乍起黄叶飘,

日夕疏林杪,

花事匆匆,

梦影迢迢,

零落凭谁吊。

镜里朱颜,

愁边白发,

光阴催人老,

纵有千金,

纵有千金,

千金难买年少。

这是《悲秋》,大师你还记得吗?

**弘一** （不语,仿佛在回忆过去）

**夏丏尊** 可惜与李叔同在一起的那些风华正茂的日子再也不会有

了。现在是弘一大师了！

**弘一** 那还要谢仁者的激将啊，谢仁者一番索性做了和尚的话啊。

**夏丏尊** 不不不，这些年来对于大师的出家心里总是感到一种责任，如果我不苦留你在杭州，如果我不向你介绍断食，也许你就不会出家，如果我不因惜别而发那句狂言，大师即使要出家，也许不会那么快速。

**弘一** 那正是因缘啊！

**夏丏尊** 尤其是看到大师作苦修行或听到大师生病时，更是感到……

**弘一** 阿弥陀佛！

**经亨颐** 唉，我当时就反对过，我说李叔同入山之事，可敬而不可学，学校应断然禁绝此风，以图积极整顿，就是现在，我还是有点惋惜啊。

**夏丏尊** 石禅兄，你真是个好校长啊！

**经亨颐** 我当然知道佛教是出世的，可是我国衰败如此，非全力支持不可，倘若像大师这样的人才都出家了，恐怕国将不国啊，所以我不赞成出世的佛教，尤其不赞成像大师这样的人杰出家！

**弘一** 仁者之所见，属于自利的小乘佛教。出家人并非消极一派，其实积极到万分。这，试看菩萨四宏愿就可知道。何谓四宏愿？就是：众生无边誓愿度；烦恼无尽誓愿断；法门无量誓愿学；佛道无上誓愿成。一切新学菩萨，息息以此自励，念念利济众生。救时要道，此为急务。推行佛化，首在感移人心，以祈慈愿咸修，杀机永息，并不是希望人尽出家。出家亦有因缘，而出家人亦讲孝悌忠信，亦主张尽力建设，造福苍生。

**夏丏尊** 是啊是啊，正是大师的出家，我才知道因缘之不可思议，知道像大师这样的人，是于过去无量数劫种了善根的，才能成其因缘，我等正应代大师欢喜，代众生欢喜，觉得以前对大师的不安，对大师的负责任，真是自寻烦恼了！

**经亨颐** 应该说，在人生的参透上，丏尊兄，你我都不如大师啊！

**弘一** （沉吟半晌）昔日钱塘之良辰美景，赏心乐事，今已不可复得。朽人愿送仁者《仁王般若经》苦空二偈如何？

**夏丏尊、经亨颐** 洗耳恭听。

**弘一** 生老病死，轮转无际。
事与愿违，忧悲为害。
欲深祸重，疮疣无外。
三界皆苦，国有何赖。
有本自无，因缘成诸。
盛者必衰，实者必虚。
众生蠢蠢，都如幻居。
声响皆空，国土亦如。

【沉默。悠远的乐声在回荡。

【字幕继续：

1931年，辛未，民国二十年，52岁。

春，自温州过宁波，旋赴白马湖横塘法界寺。

夏，于慈溪金山寺弘律。

秋赴厦门。

1932年，壬申，民国二十一年，53岁。

是年居镇海龙山伏龙寺。

年底抵厦门，住万寿岩，讲经于妙释寺。

1933年，癸酉，民国二十二年，54岁。

是年在妙释寺讲《改过经验谈》。

在万寿岩讲《随机羯磨》。

在开元寺圈点《南山律钞记》。

在承天寺讲《常随佛学》。

1934年，甲戌，民国二十三年，55岁。

元旦，在泉州草庵讲《含注戒本》。

春，于南普陀整顿闽南佛学院。

1935年，乙亥，民国二十四年，56岁。

正月在万寿岩撰《净宗问辨》。

四月，至泉州开元寺讲《一梦漫言》。

夏抵净峰寺。

冬月应泉州承天寺之请讲《律学要略》。

1936年，丙子，民国二十五年，57岁。

元旦，卧病草庵。

夏至厦门就医。

六月居鼓浪屿日光岩。

年末移居南普陀寺。

1937年，丁丑，民国二十六年，58岁。

春，在佛教养正院讲《南闽十年之梦影》。

五月赴青岛湛山寺讲律。

秋返厦门。

岁末赴泉州草庵。

【弘一的自叙。

**弘一** 从民国十七年十一月到今年民国二十六年，我在闽南居住，算起来，首尾已是十年了。回想我在这十年之中，在闽南所做的事情，成功的却是很少很少，残缺破碎的居其大半。我常常自己反省，觉得自己的德行实在十分欠缺，因此，近来我自己起了一个名字，叫"二一老人"。什么叫"二一"老人呢？这有我自己的根据。记得古人有句诗"一事无成人渐老"，清初吴梅村临终的绝命词有"一钱不值何消说"。这两句诗的开头都是"一"字,所以我就用来做自己的名字,叫做"二一老人"。因此,我十年来在闽南所做的事,虽然不完满,而我也不怎样地去求它完满了。因为事情失败不完满,这才使我常常发大惭愧,能够晓得自己的德行欠缺,自己的修善不足,那我才可努力用功,努力改过迁善。一个人如果事情作完满了,那么这个人就会心满意足,洋洋得意,反而增长他贡高我慢的念头,生出种种的过失来。所以,还是不去希望完满的好。不论什么事,总希望它失败,失败才会发大惭愧。倘若因成功而得意,那就不得了啦!

【显现丰子恺。

**丰子恺** 那年大师在上海居住期间,我有缘拜大师皈依了佛法。我们酝酿出了一个大计划,由我来作画,请大师配诗,合作出一本弘扬佛法的《护生画集》。其后,我就与大师分别了,从此天各一方。大师去了闽南,我带领一家老小逃难到了桂林,听说日军欲占厦门,我马上写了一封信给大师,希望大师能够来内地,由我来供养大师的生活。大师回信了:

**弘一** 朽人年来老态日增,不久即往生极乐。故于今春在泉州及惠安尽力弘法,近在漳州亦尔。犹如夕阳,殷红绚彩,瞬即西沉。吾生亦尔,世寿将尽,聊作最后之纪念耳。……缘是不克他往,谨谢厚谊。

【显现夏丏尊。

**夏丏尊** 我也写信给大师,劝他离开厦门,迁地避乱。大师回信了:

**弘一** 倘值变乱,愿以身殉。古人诗云:莫嫌老圃秋容淡,犹有黄花晚节香。为护法故,不怕炮弹。

【显现妙莲法师。

**妙莲** 大师在厦门的居室门上题额曰"殉教堂"。大师反复说:

弘一　吾人吃的是中华之粟，所饮是温陵之水，身为佛子，于此时不能共纾国难于万一，自揣不如一只狗子！

妙莲　大师反复地书写：

弘一　念佛不忘救国，救国必须念佛。

妙莲　大师解释说：

弘一　佛者，觉也。觉了真理，乃能誓舍身命，牺牲一切，勇猛精进，救护国家，是故救国必须念佛。

妙莲　当时，正值厦门举办第一届运动会，厦门市教育局邀请大师为运动会写一首会歌，大师破除了多年的戒律，欣然答应了。

弘一　（吟诵）

　　　禾山苍苍，鹭水荡荡，国旗遍飘扬！
　　　健儿身手，各显所长，大家图自强。

【紧接着传来雄壮的合唱声：

　　　你看那，外来敌，多么猖狂！
　　　请大家想想，请大家想想，切莫再彷徨。
　　　请大家，在领袖领导之下，把国事担当。
　　　到那时，饮黄龙，为民族争光！
　　　到那时，饮黄龙，为民族争光！

【字幕继续：

1938年，戊寅，民国二十七年，59岁。

年初在草庵讲《华严经普贤行愿品》。

春日入泉州，讲经于承天寺。

后赴梅石书院、开元寺、清尘堂及惠安、厦门等处讲经。

1939年，己卯，民国二十八年，60岁。

春末入蓬壶毗峰普济寺闭门静修。

【叠印弘一赴各寺讲经与众僧的合影照片。

弘一　光阴很快啊！人生在世，从幼年到中年，从中年到老年，虽然经过几十年的光景,实在与一会儿差不多啊! 一眨眼我六十了,常常想,啊,我以前如闲云野鹤,独来独往,随意栖止,为何近来竟大改习惯,到处演讲,常常见客,时时宴会,简直变成一个应酬的和尚。 可见我的过失也太多了,岂止谢绝宴会,就算了结了的?! 尤其是今年几个月之中,极力冒充善知识,实在是太为佛门丢脸。 别人或者能够原谅我,但我对我自己绝对不能够原谅,断不能如此马马虎虎过去。 所以,我近来绝不顾惜情面,将"法师"、"老法师"、"律师"等名目,一概取消,将"学人侍者"等,一概辞谢。孑然一身,遂我初服。 这个,或者也是我一生的大结束了!

【字幕继续:

1940年,庚辰,民国二十九年,61岁。

春,闭关永春蓬山,谢绝一切往来。

秋,应请赴南安灵应寺弘法。

1941年,辛巳,民国三十年,62岁。

夏初,离灵应寺赴晋江福林寺结夏安居。

冬,入泉州百愿寺小住,后移居开元寺。

岁末返福林寺度岁。

1942年,壬午,民国三十一年,63岁。

春赴灵瑞山讲经。

回泉州百原寺后居温陵养老院。

10月2日下午身体发热,渐示微疾。

【弘一端坐在椅子上咳嗽不止,妙莲在旁服侍。

妙莲　自十月以来,大师因劳累过度,旧疾复发病倒了。

弘一　(不住地咳嗽)老了,老了,是老了。 不知为什么最近经常做梦,经常梦起童年时的情景。 身体衰弱了,记忆力不行了,常常忘事,不是忘了这就是忘了那,什么事也做不成了,可是不知为什么儿时的事情却反而清楚起来,那情形仿佛就像昨天一样……那儿时的歌……记起来了,一个字一个字地记起来了,那么清晰,那么动听……(哼起来)春去秋来,岁月如流,游子伤飘泊。回忆儿时,家居嬉戏,光景宛如昨……

【传来儿童的嬉闹声,童声接唱:

　　茅屋三椽,老梅一树,树底迷藏捉。高枝啼鸟,小川游鱼,曾把闲情托。儿时欢乐,斯乐不可作……

【歌声中,少年黄福海显现。

**黄福海**　我不信佛,到承天寺去只是去玩的,但是第一次见了大师就把我镇住了。他如漆似墨的浓眉下,星目若睁若闭,手执念珠,盘膝端坐,俨然一尊活菩萨,竟将我这个素来行动不羁之人,噤得不敢乱动,大气也不敢轻出。大师显然觉察出了我的尴尬之处,便主动打破僵局,用那悦耳浑厚的声音说:

**弘一**　你叫什么名字?

**黄福海**　黄福海。

**弘一**　我会写字,你要我写字吗?

**黄福海**　我知道,凡向大师索字者,他是有求必应,毫不拿大、吝惜。但大师主动要为我写字,大概是绝无仅有的了。我本来就喜欢书法,现在大师既如此说,真是大喜过望,怎样感激的话也忘记说了。

【弘一为黄福海写字。

【天幕上徐徐出现:

以冰霜之操自励,则品日清高,

以穹隆之量容人,则德日广大,

以切磋之谊取友,则学问日精,

以慎重之行利生,则道风日远。

故曰修其天爵而人爵从之。

**黄福海** （黯然地）我哪里知道大师此时已沉疴在身，几日后大师便驾鹤西逝了。

【字幕继续：

10月6日，宣布绝食，拒医。

【弘一闭目念佛。

**妙莲** （递上汤药）大师，吃药吧。

**弘一** 不，不用了。

**妙莲** （恳求）大师，你还是吃一点吧。

**弘一** （若有所思）妙莲法师。

**妙莲** 大师。

**弘一** 我有件事想托付你，不知可以吗？

**妙莲** 大师，快请说。

**弘一** 我命终前，请你在布帐外，助念佛号，但也不必常常念，命终后，不要翻动身体，把门锁上八小时，八小时后，万不可擦身、洗面。当时以随身所穿的衣服，外裹夹被，卷好，送到寺后山谷。三天后，有野兽来吃便好，否则，就地焚化，化后再通知师友。但千万不可提早通知。我命终前后，诸事很简单，必须依言执行……

**妙莲** 大师会好起来的，大师！

**弘一** 从现在起，倘有他人问起朽人的情形，请代为转告，朽人闭门思过，念佛待死。

【弘一渐渐不支，晕倒。

【妙莲急上。

**妙莲** 大师！

【字幕继续：

10月8日，病势日益沉重。

【弘一坚持坐起。

妙莲　（递上茶水）大师，请喝茶。

弘一　（摇头拒绝）不用了……

妙莲　（突然感到不祥）大师，您会好的……

弘一　是的……会好的……妙莲法师，你拿笔墨来，我说，你记下来好吗？

妙莲　好……好……好的……（颤巍巍准备好笔墨）

弘一　（微弱地）你听得清楚吗？

妙莲　我听得清，大师。

弘一　……当我还没有命终以前，或是死后，我的事全由妙莲法师一人负责，其他任何人，不必干预。

【妙莲含泪写下。

弘一　（又叮咛）把我的印盖上……

妙莲　……是……（呜咽着盖印）……大师……

弘一　（脸上显现红晕，似乎放心下来）妙莲法师，当我往生的时候，你能帮我助念吗？

妙莲　大师……南无阿弥陀佛……南无阿弥陀佛……

弘一　当你助念的时候，看到我眼里流泪，那不是留恋人间、挂念亲人的眼泪，那是我在回忆我一生的憾事啊……

妙莲　（轻声念佛）南无阿弥陀佛……南无阿弥陀佛……

弘一　当我呼吸停止时，遗体停龛时，要用小碗四个，填龛四脚，里面盛满水，以免蚂蚁闻味爬上，应逐日加满水，以防蚂蚁再爬上去，以防焚化时伤了蚂蚁的生命……

【妙莲泪流满面。

【弘一费力地掏出两封信。

弘一　妙莲法师，你能不能帮我寄两封信？

妙莲　大师请吩咐。

弘一　是寄给刘质平和夏丏尊两居士的，他们护法了朽人的一生，总得有个了结……你可以看的……

【妙莲展开信纸。

**弘一** （似乎在与人说话）质平居士、丏尊居士文席,朽人已于九月初四日谢世……

【妙莲哭出声来。

【随着弘一的声音,刘质平与夏丏尊显现。

**弘一** 曾赋二偈,附录于后:

**刘质平** （仿佛收到了信）君子之交,其淡如水。

**夏丏尊** （也仿佛收到了信）执象而求,咫尺千里。

**弘一** （淡淡地）问余何适,廓尔亡言。（纯净地）华枝春满,天心月圆。

【静静的停顿。

**弘一** （轻轻地）前所记日月系依农历也,谨达不宣。

**刘质平、夏丏尊** （悲恸）大师!

【弘一挣扎着起身,妙莲扶弘一在椅子上坐下。

【弘一用尽最后的气力,苍苍正正在纸上写下:悲欣交集。

【弘一的笔掉下,掉落在地。弘一也随之倒下。

**刘质平、夏丏尊、妙莲** 大师!

【妙莲扶弘一在木床上躺下。

【《送别》歌声起:

　　长亭外,古道边,

　　芳草碧连天,

　　晚风拂柳笛声残,

　　夕阳山外山。

　　天之涯,地之角,

　　知交半零落;

　　一觚浊酒尽余欢,

今宵别梦寒。

【歌声中，众僧人轻轻地助念"南无阿弥陀佛"。

【弘一的俗家朋友们也轻轻地助念，与僧人们和在一起，仿佛是一首圣洁的安魂曲。

【弘一没有痛苦，没有悲情，平静而安详地向右斜卧在床上，仿佛是一个婴儿，在母亲的催眠曲中安然睡去。

【歌声与念佛声中，弘一的眼角渐渐沁出了水晶般的泪花。

【字幕继续：

一九四二年九月初四，弘一大师圆寂于泉州不二祠温陵养老院晚晴室。大师出家二十多年，身边的遗物，只是一件补了二百二十四个补丁的破僧衣，别无他物。十一日晚八时即化毕。十二日晨拾灵骸，装满两坛。得舍利一千八百余颗，舍利块五六百颗……

【《送别》的歌声渐渐远去，灯渐渐暗灭。

【幕缓缓闭。

【剧终。

2007年9月10日初稿
2008年2月25日二稿
2008年6月8日梳理稿

小剧场实验话剧

# To Be or Not To Be /
# 谁杀了国王

## 剧中人物

A 王叔
B 王后
C 哈姆雷特
D 国王
工作坊主持人

## 场次

第一场
第二场
第三场
第四场

【空的演区。

【演员 A、B、C、D 围坐在演区做热身活动。

【开场铃声响。

【主持人上。

**主持人** 同学们,今晚我们工作坊的题目是排练莎士比亚的《哈姆雷特》。

【众有些出乎预料,七嘴八舌地议论起来。

**主持人** 安静,安静。 这的确是个问题,我们才四个同学,加上我五个人。 怎么能排《哈姆雷特》呢? 我要告诉大家的是,我们要排《哈姆雷特》剧情发生前的事。 套句时髦话,也就是排前《哈姆雷特》。 我出的题目是"谁杀了国王?"一共有四个角色,王叔、王后、哈姆雷特、国王。 你们自己选吧!

【A、C、D 分别选了王叔、哈姆雷特、国王三个角色。

**B** 我是唯一一个女的,那我只好选王后了。

**主持人** 那不一定,也可以反串嘛!

**B** 你饶了我吧。下回吧。

**主持人** 不是开玩笑,当然是有可能的,我们先排戏中戏,大家准备准备吧。

【演员下场准备。

**主持人** 这一切基础都是莎翁原作中所提示的情节,哈姆雷特请来的戏班子演出了一场谋杀戏,可惜原作中只开了一个头,我们把它丰富了。 我们斗胆在鲁班门前舞起了大斧,但愿不会是狗尾续貂。 请各位耐心捧场。

【灯渐灭。

## 第一场

【灯渐亮。

【国王和王后上。

国王　自从恩爱将我俩的心,爱神把我们两个人用最圣洁的山盟海誓紧紧地结为一体,太阳神的天车已经围绕这海神的无边汪洋与地神的隆起大地足足奔驰三十周了。而月亮也用它摄取得来的晴光围绕着这个世界照过了三百六十回了。

王后　但愿在恩爱结束之前,我们还能够为太阳与月亮的行程数出同样多的回数! 但是,我的心好苦,你近来如此多病,如此郁郁寡欢,同你从前大不一样,真叫我替你担心。可是我的主,你不必疑虑,因为女人的顾虑同爱情总是一起消长,不是一无所有,便是走向极端。正因为我爱你是那么地深,我的顾虑才同样地深;恩爱越重,最小的怀疑都变成了担忧,小的都增大之后,伟大的爱情就油然而生。

国王　我说亲爱的,我不久必将离你而去。我的生命的活力将要失去它们的功能,而你将一个人生存在这美丽的人间,安享尊荣,受人敬爱;而且也许,你还会有一位同样恩爱的夫君。

王后　啊,不要说下去了。有那种恩爱就等于在我的胸中出现了叛徒。我若弃旧迎新,就叫我遭受天谴! 谁要是再嫁,谁就是杀夫淫妇! 妇人失节大半是贪慕荣华,当那第二个丈夫在床上同我接吻的时候，我等于是亲手把我的前夫再一次杀害。

**国王** 我完全相信你说的全是真心话，可是我们往往自食其言。所谓志愿不过是记忆的奴隶，总是有始无终，虎头蛇尾。它像未成熟的果子，现在高挂枝头，但是等到熟透，不用摇动就会自然地坠落。我们对自己许下的心愿，常常置于脑后，一时冲动打算做的，热情过了就算了。无论是悲伤还是欢喜，发挥到了极端就会毁灭自己，欢乐到了尽头就要变成悲哀，而痛苦转瞬间也会变成了狂欢。

**王后** 我的亲爱的夫君，你想到哪里去了？不会的，这一切绝不会发生的……

**国王** 这世界不会永恒不变，就不要惊奇爱情会随着境遇变迁，有谁能来解答这个问题，究竟是爱情改变时间还是时间改变爱情？伟人垮台时他的党羽鸟兽四散；穷人得意时，连他的仇人都变成了朋友。这炎凉世态从来没有改变，永远是恩爱随着时运转换。富有的人永远宾客盈门，而贫穷的人向人求助时，即使是至交也会形同陌路。心爱的夫人，我再要向你重复一遍，意愿与时运往往背道而驰，事实的结果总是难以预料。现在你以为你自己绝不二嫁，但是等到你第一个丈夫死了，那想法也就完了。

**王后** 叫土地不给我粮食，苍天不给我光亮。叫我在白天得不到欢欣，晚上得不到安眠。把我的安慰和希望全都变成绝望，让我永远监禁在凄凉的监牢里面。如果我死了丈夫再嫁人，便叫那厄运今后永远跟着我，叫我永世不得安宁。

**国王** 你的誓言发得太重了！

【王后扶国王入帐帏。

【王叔上。

**王叔** （看着国王与王后的背影）啊！我看到了什么，看到了什么！一棵腐烂的树桩挤压着碧绿的嫩芽，一条干死的枯藤缠住了艳丽的鲜花,这世道是多么不公平! 这时运是多么颠倒黑白! 就因为他头上的一顶金属圈子,一个骷髅可以拥抱青春的胴体,一具僵尸可以吸干丰腴的乳汁,拥抱这婀娜多姿的细腰的为什么不是我? 亲吻这香艳女人小嘴的为什么不是我? 我! 一个成熟的男人,堂堂的汉子,高大魁梧,英姿勃发,与这女人才是天造一对,地设一双,才是最合理的匹配! 就是因为我比这个糟老头,我的快死的兄长晚生十几年,上天就剥夺了我与这个我从小就爱慕的女人,我的被蹂躏的嫂嫂相爱的权利。 我等啊等,等啊等,我的兄长终于老了。 可是,我还要等多少年,难道等到我也像他那样老态龙钟,我的女人也枯萎垂死不成! 那还有什么意义,还有什么意思! 我等不及了! 哦,她来了。

【王后上。

**王叔** 啊! 百灵鸟暂时从笼中出来放飞了,百合花也得到了短暂的喘息的机会。 午安,我的王嫂。

**王后** 午安,王叔!

**王叔** 国王陛下,我的王兄,他好些了吗?

**王后** 承蒙王叔关心,他好多了!

**王叔** 好多了? 多么令人沮丧的消息! 要是它的反面,坏多了那该多好! 但愿是这个女人鼓唇弄舌的幌子扯出来骗人的! 我怎么忘了,女人,是天生的骗子! 哦,我的嫂嫂,可苦了你了!

**王后** 那没有什么,全丹麦都在为你的哥哥祈祷,祈祷他早日康复,我只是做了一个妻子应该做的事情罢了。

**王叔** 哈哈,又在骗人了,全丹麦都在为国王祈祷! 多么冠冕堂皇的语言! 可是事实是,全丹麦都在期盼他早点死,期盼着把丹麦从一个暴君手里解救出来! 哦,嫂嫂,你真是一个善良的妻子,懿德的王后,为了丹麦,而不是为了一个女人的虚荣心,你甘愿躺在那张臭汗垢腻的龙床上，伴着那个全身散发出腐烂气味的木乃伊身边！我真的佩服你，我的嫂嫂！呵呵，女人的忍耐力真是天下少有，举世无双！

**王后**　那算不了什么。（欲下）

**王叔**　嫂嫂，你站住！

**王后**　（停住）我还要为你的哥哥取药去呢。

**王叔**　（拦住她）你难道都不肯跟我聊会天吗？难道跟一个朝气勃发的汉子谈天比跟一个死气沉沉的活死尸说话还要难受吗？你难道没有意识到那个活死尸活不了多久，而这个汉子的未来如日中天吗？任何有一点常识的女人都应该为自己好好想想，想想自己的前途，就不会把一个正常的男人拒于千里之外了。

**王后**　……

**王叔**　（忽然下跪）嫂嫂，我爱你！这也许是我小时候就埋在心里的话，也许是我那个快死的兄长升天以后才应该对你说的话，我现在向你说了，它在我的心里发酵，膨胀，它的利息已无法用金钱计算，而且它的爆发力已无法让我控制忍耐到你丈夫的去世，我现在向你表白就证明我对你的爱有多深有多厚！嫂嫂，你答应吧！

**王后**　（冷淡地）王叔，你不应该说这样的话，特别是在你的兄长面前。我请你收回去，马上就收回去！

**王叔**　不！你不接受也得接受。嫂嫂，这是命运！这是上帝的安排！

**王后**　上帝召唤我现在回到我的丈夫，你兄长的身边去！（下）

**王叔**　女人！多么可怜的动物！你为什么总是依附于权势，地位，金钱，名声！这样的话你更增强了我的决心，信心和野心。在我行动成功之日就是你跪倒在我脚下的时候！啊！亲爱的嫂嫂，你更激励我的斗志，我恨不得马上就动手！我按捺不住了！

【王叔来回踱步，蓦地跪下。

**王叔** 啊！我罪恶的气息已经上达于天，我的灵魂上背负着一个原始的最初的诅咒！杀害兄长的暴行！我不能祈祷。虽然我的愿望像决心一样坚强，我那更坚强的罪恶击溃了我的坚强的意愿。像一个人同时要做两件事，我因为不知道应该先从什么地方下手而徘徊歧途，结果反弄得一事无成。要使这一只可诅咒的手上沾满了一层比它本身还厚的兄弟的血，难道天上所有的甘露都不能把它洗涤得像雪一样洁白吗？慈悲的使命，不就是原谅罪恶吗？祈祷的目的不就是一方面预防我们的堕落，另一方面救我们于堕落之后吗？那么我要仰望上天，我的过失要犯下了！

【哈姆雷特上。

**哈姆雷特** 啊！我是一个多么不中用的蠢材呀！眼看着这个恶棍调戏自己的母亲，要让自己的父亲变成戴绿帽子的王八，而竟然无动于衷，袖手旁观！我成了什么人了，一个糊涂无知的家伙！垂头丧气，一天到晚像在做梦似的，忘记了如此深度的耻辱，自己的母亲被人欺负了，我却始终哼不出一句话来，我是一个懦夫吗？谁骂我恶人？谁敲打我的脑壳？谁拔去我的胡子，并把它吹在我的脸上？谁扭我的鼻子？谁当面指斥我无能？谁对我做这种事？嘿！我应该忍受这样的污辱，因为我是一个没有心肝，逆来顺受的怯汉！否则我早已用这奴才的尸肉，喂肥了漫天盘旋的秃鹫了！嗜血的，荒淫的恶贼！狠心的，奸诈的，淫邪的，叛逆的恶贼！

**王叔** 谁在骂我！谁在诅咒我！是上帝吗？是天神吗？当我灵魂的动机显现的时候还有什么法子好想呢？试一试忏悔的力量吧！什么事是忏悔所不能做到的？可是对于一个不能忏悔

的人，它又有什么用呢？啊！不幸的处境！啊！像死亡一样黑暗的心胸！啊！越是挣扎越是不能脱身，胶住了灵魂。救救我！天使们！救救我！

**哈姆雷特** （仿佛在沉吟）生存还是毁灭？这是一个值得考虑的问题……（下）

**王叔** 活还是不活？这是问题。要做到高贵，究竟该忍气吞声来容忍狂暴的命运呢？还是该投身反抗无边的苦恼？死，就是睡眠——就这样。而如果睡眠就等于了结了心痛以及千百种身体要担受的皮痛肉痛，那该是天大的好事，正求之不得呢！死，就是睡眠，睡眠，也需要做梦，这太麻烦了！我们一旦摆脱了尘世的纠缠，在死的睡眠里还会做些什么梦？一想到就不能不踌躇。这一点顾虑正好使灾难变成了长久的折磨。谁甘愿承受人世的鞭打和嘲弄？忍受压迫者虐待，傲慢者凌辱；忍受失恋的痛苦，法庭的拖延，衙门的横暴。如果他只要自己来使一下尖刀就可得到解脱，那谁甘心挑担子，拖着疲惫的生命呻吟流汗！要不是怕一死就去了没有人回来的那个从未发现的国土，怕那边还不知会怎样，因此意志动摇了，因此宁愿忍受目前的灾殃而不愿投奔另一些未知的苦难？

【帷帐内传来国王的呼噜声。

**王叔** 可是，谁又受得了人世的诱惑！那些引起我犯罪动机的目的！我的王冠，我的野心，我的王后！死后的惩罚谁看见了，谁听见了？谁去管它，只有活着时候的名声，地位，权势，女人，是看得见摸得着的，这就是人世间罪恶永远不会消失的原因。既然不会消失，那为什么不从我开始？这也是人类的悲哀……

【王叔从衣服口袋里掏出药瓶，蹑手蹑脚向帷帐走去……
【灯渐灭。

409

## 第二场

【灯亮。

【主持人上。

主持人　不行不行！你们演的什么玩意儿嘛！拿腔拿调，装腔作势，节奏拖沓，虚情假意。现在什么年代了，还用这种演法？你问问观众能接受吗？

【主持人问观众意见。

主持人　（对演员）听听，你们听听。难怪中国话剧没有人看，不是没有观众，是我们把观众吓跑了。我要是观众，我也不会跑这里来打瞌睡。家里的沙发上还远比这里舒服呢！你们必须换一种演法，心中要有观众，每时每刻都要抓住观众，要让观众没有喘息的机会，怎么样？进入第二个内容吧，我的问题是，除了王叔，谁还有可能杀死国王？

【演员展开讨论。

主持人　那么说，王后也有可能杀她的丈夫的了。好吧，让我们看看你们怎么诠释。我再提醒你们一句，你们必须换一种演法。

【灯灭。

【灯渐亮。

【王后上。

王后　（唱）情人到来就在今天，我要一早起身，梳洗整齐到你面前，来做你的恋人。

【王后下了床披了衣裳，开了房门。

**王后** 奴家，乔特鲁特是也。 一般人叫不出我的名字，都知道我是王后，丹麦国王的妻子。 提起王后，大家都觉得尊荣无比，幸福无边。 想起来倒也是，享不尽的荣华富贵，说不完的尊崇怜爱，国王健在，爱子成人，似乎再也没有比这更令人羡慕的幸福日子了。 可是，天下就没有十全十美的事。 老天爷觉得你太完美了就会让你出点事，就让你无事生非！ 有一天，就是那一天，来事了！

【王后走圆场。

**王后** 就在这里，就在这里！ 在一条小河上斜生着一棵柳树，它苍白的细叶倒映在亮晶晶的流水里。 她到了这个地方，头上戴着一个想不出的花环。 有荨麻，雏菊同长紫草，这种草，放荡的牧羊人另有一种不好听的名字，但是我们无情的老处女却管它叫做死人的手指头。 在这里，她爬上去要把她的草冠挂在上面，但是一根不怀好意的树枝断了，一下子，她的杂草编成的花环同她本人都跌落在呜咽的流水里。 不，跌落在一个人的怀里。 这个人是偶然遇见的还是有意等在这里的她不知道，但她却是第一次与除了她丈夫那至高无上的国王之外的另一个男人如此亲近地接触了。

【王叔上。

**王叔** （突然跪倒在王后面前）要是每一次树枝折断都会有这样的结果，那么但愿天下所有的树枝都折断吧。 为了采摘那树上的禁果，哪怕树枝是那么脆弱，哪怕树下是万丈深渊，就让他从高高的天上堕下幽深的地狱吧，为了品尝这树上的果子也值得了。 要是我现在死去，那才是最幸福的，因为我怕我的灵魂已经尝到了天上的欢乐。 此生此世，再也不会有同样令人欣喜的事情了。

王后　那天真是鬼使神差，她与那位玉树临风般的年轻人相见了，便一发不可收了。也许是她厌倦了王室的刻板生活，厌倦了那油腻汗渍的床榻，厌倦了那垂垂老矣的身躯，厌倦了那地狱般的丹麦。也许这一切都不是，仅仅是因为每一对夫妇都会遇到的结婚多年后的无聊的乏味。反正她做了，她莫名其妙，不知所以，不可阻挡，听之信之地做了，尽管她知道了他是她丈夫的兄弟……

王叔　是我给你带来了欢乐，是我给你带来了生的乐趣，是我给你带来了希望和憧憬，是我给你带来了又一次的青春和活力。是平静的湖面涌现出一朵绚丽的浪花，是苍白的天空升起了一抹灿烂的彩霞。从此，湖面再也不愿意回到平静，天空再也不愿意忍受苍白。喂，我的嫂嫂，亲爱的心肝，只有一个条件，一个。

王后　什么条件？

王叔　把他杀了！

王后　什么？你说什么？

王叔　把那个恶徒，那个盗贼，那个庸奴，那个小丑，那个扒手，我的那位不该先我而生于世的兄长。杀了！杀了！杀了！

王后　不！我不能！

王叔　杀了他，我就能继承王位，我就能再娶你，你还是王后，除了保存你现在所有的一切之外，你还能获得你最需要的，最离不开的，你甘愿抛弃所有一切而不能舍弃的，那就是我给予你的，天和地贡献给你的，唯一能使你感到生的意义的，性的魅力！性的魅力！

王后　不……我不能……

王叔　那好，那好，那你就再也看不到使你耳聋目眩，身心融化的那朵浪花了，再也看不到使你心神荡漾，神魂颠倒的那抹晚霞了。你就只能再回到金碧辉煌的那座墓穴，坚不可摧的那口棺材，遥遥无期的那个岁月，枯坐等死，活不如死，欲死不能的那个日子中去了！你回去吧，回去吧！

王后　不……不……

王叔　你回不去了吧！你以为禁果好吃吗？是好吃，容易吃，美味无比，一吞而下，不计后果。可是你知道吗？你吞下去的果实会在你的肚中生根，发芽，开花，再结果，让你永远感受吞食禁果的快乐与痛苦。宝贝，还是照我说的去做吧！怎么样？

王后　你使我陷入了与哈姆雷特一样的境遇了。生存还是不生存？就是这个问题！

王叔　那倒是应该慎重考虑一下的！

王后　是在心里忍受那无情命运的横飞逆来的打击更为可贵呢？还是面对海洋一般的无边艰难操起武器用反抗来把它们消灭呢？

王叔　当然是把它消灭，把它消灭！

王后　死！睡着啦！一切就从此完结！如果说睡着了我们就能够结束那种心情，肉体所无法避免的上千种的生命俱来的挫折，这种毁灭倒也值得上香祈求！

王叔　不！那是白死，那是轻如鸿毛不值一提！那是懦夫，叛徒，胆小鬼，可怜虫，不齿于人类的狗屎堆！

王后　死！睡着啦，睡着也需要做梦！哎，这里就出了岔子，因为在那种死亡的沉睡里，当我们摆脱了这种人间的苦难之后，会有些什么梦呢？这是一定要费些斟酌，就是这么一点才叫那灾难如此地长生不死！

王叔　有可能！

王后　因为，倘若有一个人能用小小的匕首就把自己解脱……

王叔　那是不可能的！

王后　又有谁肯忍受那时间的鞭挞与玩弄，压迫者的横行霸道，傲慢的人们的凌辱无理，失恋的痛苦，法律的拖延，官吏衙门的仗势欺人！以及穷人所忍受的，而且被称为美德的那种拳打脚踢呢？

王叔　没有人，绝对没有人肯忍受！

王后　又有谁肯背着重枷，在一种疲惫的生活压迫之下呻吟流汗，若不是为了害怕死后的那点事，那一片无人发现的境界，在那国土里从来没有过旅客归来，还不是这件事费我们疑猜，叫我们宁愿再忍受一些我们已知的灾难也不肯逃到我们所不知道的其他境界！

王叔　是啊！好死不如赖活嘛！

王后　是这样！理性就把我们都变成了无用的懦夫。像这样，在决断的面目之上就染上了一层惨淡的思想的病容！而品质伟大与当机立断的雄才大略，因为这一种顾虑走偏了方向，再不能以行动见称！

王叔　怎么样？思考完了没有？想通了你要去，想不通你也要去，你必须去！因为我所撩起来的你的情欲像悬在你头上的一把剑，逼着你不得不去杀！

王后　就这样她去了，她端起放了毒的酒，向午睡的国王走去。

【哈姆雷特急上。

哈姆雷特　不！妈妈，你不能！

【王后止步。

哈姆雷特　脆弱啊！你的名字就是女人，你有眼睛吗？你不能说这是为了爱，因为到了你这种年纪，热情的高潮已经衰退，它已经低微，已经听从理性的支配。知觉你是一定有的，若不然你就不可能行动，但是这个知觉一定是麻痹透顶。因为疯狂也不能错到这种程度。知觉不论荒唐到什么狂妄的境界，也不会不在这样显而易见的差别之间保留一些鉴别的能力！究竟是一个什么样的魔鬼在这种瞎摸乱碰的把戏里把你迷住？

【王后迟疑。

**王叔** 不能听他的，听他的妖言惑众，蛊惑人心。你给我上。

【王后欲上前。

**哈姆雷特** 啊！真不害羞！你的羞耻在哪里？叛逆的地狱啊，如果你在老太婆的干骨头里都能搅起狂热的欲焰，真是该在年轻人的热情里把德行变成蜡在他自己的欲火里融化！

【王后又犹豫。

**王叔** 你到底上不上？你不上我就要走了，我去找别人了，我要把我的心献给那个被哈姆雷特气疯了的奥菲利亚那儿去了。

【王后挣扎着上前，口喷欲火，双腿颤抖，跪步爬向帷帐，当她把毒酒颤巍巍放到案桌上时，国王迷迷糊糊从帐里伸出头来。

**国王** （仿佛是梦呓）来人，不必你费心了。

**王叔** 不，不行。你要用自己的行动来证明你的决心，那样你就不会后悔了！你要亲手干掉他。

**王后** （喃喃自语）不会……后悔……（向帷帐走去）

**哈姆雷特** （平静地）既然冰冷的寒霜都会熊熊地烧起，理性都会把意志变成乌龟。那么在令人难挨的欲火一发难受的时候，你也就不必说它可耻了！

【王后冲入帐内，抱起国王的脑袋把毒酒一股脑灌进国王嘴里。

【灯急暗。

415

## 第三场

【灯亮。

【主持人上。

**主持人** 好,你们的诠释好像可以说得通,让我们来问问观众朋友们的意见。

【主持人走入观众席与观众讨论。

**主持人** 但是,作为一个表演工作坊的主持人,我对诸位的表演还是不满足,我们的小剧场绝不是大剧场的缩小,绝不是小规模的大制作。所谓小剧场就是它的实验性,前卫性,你们的实验何在呢?我现在给你们提供一个这样的机会,哈姆雷特杀了国王,唯一的要求是你们用什么样与众不同的表演风格来挑战这个无中生有的场面!请大家注意!

【灯渐灭。

【灯渐亮。

【国王、王后、王叔和哈姆雷特四人围坐在一张四方餐桌旁。

【四人都戴着面具,正襟危坐。

【主持人上翻告示牌。

【四人开始动刀叉。

**国王** 我们打败了挪威老王,把他们的土地收归丹麦已有多年,可是最近我听说老王的儿子在招兵买马,妄图用武力夺回他父亲所失去的土地，这倒是不得不防。可是我年事已高，国家之事还希望王弟多加关心。

**王叔** 陛下放心，那个小毛贼何足挂齿，陛下的英明统帅，足使丹麦皇基永固。

**国王** 哎，我的儿子，哈姆雷特，为什么愁云笼罩在你的身上？

**哈姆雷特** 不，父王。我已在太阳里晒得太久了。

**王后** 好哈姆雷特，你怎么啦？

**王叔** 我的好侄儿，抛开你阴郁的神气吧，对你的父亲和母亲应该更开朗一些。

**哈姆雷特** 亲爱的叔叔，我父亲的弟弟，对你我倒是应该更开朗一些。

**王后** 孩子，你怎么这样跟王叔讲话，你看上去好像老是郁郁寡欢。

**哈姆雷特** 好像，什么好像不好像。母亲，我就是这个样子，外表和样子都不能表示出我的真实情绪，这些都像假面具，都是给人瞧的，因为谁都可以装成这个样子，而我郁结的心事却是无法表现出来的。

**国王** 我的好儿子，你不妨把你的心事说出来给大家听听，让我们分担你的郁闷也许你会好过些。

**哈姆雷特** 分担？（不小心把刀叉碰掉在地上）

【众一惊，定格。

**哈姆雷特** （脱去面具）亲爱的老父亲，你真是糊涂了，但愿你是装糊涂！你难道看不出来，我的忧郁来自何方！来自你！来自你的周围！你在担心你外面的敌人，妄图卷土重来，可是你却忽略了王宫之内，你的床榻旁边，你被内部的敌人包围了，他们在……（戴上面具）

**王叔** 是呀，哈姆雷特，听你父亲的话把郁闷说出来吧，我们可以

417

帮你分解掉。如果你不想说出来的话那么就忘掉它，彻底地抛弃它。郁郁寡欢像瘟疫，它会传染，会影响别人。是一种逆天情理的愚行，不是堂堂男子所应有的举动。

王后　王叔说得对。孩子，你的忧郁使我们大家都为你忧郁。你看你的父亲都为你担心得多出了那么多白发。要知道，你是王位的直接继承者，你父亲与我的唯一希望都在你身上。

国王　是呀孩子，我老了，想必上帝不久就会招我而去，这丹麦是要留给你的。你的忧郁不仅不利于你自己，也不利于整个丹麦。

王叔　更不利于你的慈爱的父亲和母亲，你为了你的父母也应该抛弃它！

哈姆雷特　父亲，孩子知道了。

【王叔与王后劝国王饮酒。

哈姆雷特　（又弄掉刀叉）可是这又怎能抛弃！

【众人一惊，定格。

哈姆雷特　（脱下面具）呵，但愿这个景象会融解，消散，化成一堆露水！但愿那永生的天神会临时挖掉我的双眼！上帝啊！上帝！人世间的一切在我看来是多么可厌，陈腐，乏味而无聊！（站起欲走）

国王　哈姆雷特，你干什么？

哈姆雷特　父亲我不想吃了。

国王　放肆！你不想吃就可以走了吗？多没有规矩！你要处处考虑到你是王子，你是王位的继承人，你的举止要有王家的规范，岂可随心所欲！

哈姆雷特　父亲，可是我实在……吃不下去……

国王　孩子，难道你陪陪你父亲吃饭都不行吗？你知道这样的机会是过一次少一次了吗？

**王叔** 哈姆雷特,你不能意气用事,一个丹麦王子绝不可以表现出一个不肯安于天命的意志,一个经不起艰难痛苦的心,一个缺少忍耐的头脑和一个简单愚昧的理性。

【哈姆雷特把刀叉碰掉,又欲下。

**国王** 哈姆雷特,你给我站住!

**王叔** 孩子,你已经大大背叛你父亲的旨意了!

**哈姆雷特** 我的父亲的兄弟,大大背叛我父亲的人是你!(拿下面具)呵,你这个乱伦的、奸淫的畜生。你有的是过人的诡诈、天赋的奸恶,凭着你阴险的手段,诱惑了我的外表上似乎非常贞淑的母亲,满足了你无耻的兽欲。啊!这是一个多么无耻的背叛!父亲难道你不知道吗?

**王后** (急忙阻止)哈姆雷特,你已经大大地得罪了你的父亲。

**哈姆雷特** 母亲,你早就大大得罪了我的父亲了。

**王后** 你胡说什么!

**哈姆雷特** (脱下面具)啊,我的母亲,我的父亲的妻子,而同时又是我父亲弟弟的情人。你的行为可以使贞洁蒙污,使美德得到伪善的名称;使纯洁恋情的额上取下娇艳的蔷薇,替他盖上一个烙印;使婚姻的盟约变成赌徒的誓言一样虚伪。啊!这么一种行为,简直使盟约成为一个没有灵魂的躯壳;神圣的婚礼变成一串胡言乱语,苍天的脸上也为他带上羞涩,大地因为痛心这样的行为也罩上满脸的愁容,好像世界末日就要到来一般。

**国王** 哈姆雷特!

**王叔** 哈姆雷特!

**哈姆雷特** 瞧这个人,再瞧这个人,这是两个亲兄弟。你看这一个的相貌多么高雅优美,太阳神的卷发,天神的前额,像战神一样威风凛凛的眼睛,像降落在高空山巅的神祇一样的矫健的姿

419

态，这一个完善卓越的仪表，真像每一个天神都曾在那上面打上印迹，向世间证明这是一个男人的典型，这是你的丈夫。 现在你看看这个，这是你的情人，像一根霉烂的禾穗。我都不想用语言来描绘他！

**王后**　哈姆雷特！

**哈姆雷特**　母亲，你有眼睛吗？ 你甘心离开这一座大好的高山，靠着这荒野生活吗？ 嘿，你有眼睛吗？ 你不能说那是爱情，因为在你的年纪，热情已经冷淡下来，便驯服了，肯听从理智的判断。什么理智愿意从这么高的地方降落到这么低的所在呢？知觉你当然是有的，否则你就不会有行动。 可是你那知觉也一定已经麻木了，因为就是疯子也不会犯那样的错，无论怎样丧心病狂，总不会连这样悬殊的差异都分辨不出来。

**王后**　哈姆雷特，你在说什么呀？

**哈姆雷特**　母亲，那么是什么魔鬼蒙住了你的眼睛？ 把你这样欺骗呢？ 有眼睛而没有触觉，有触觉而没有视觉，有耳朵而没有眼或手，只有嗅觉，而别的什么都没有，甚至只剩下一种感官还出了毛病。 也不会糊涂到你这种地步。 情欲啊！ 你不觉得惭愧吗？ 要是地狱中的孽火可以在一个中年妇人的骨髓里扇起了蠢动，那么青春的烈焰中让贞操像蜡一样融化了吧。 当无法阻挡的情欲大举进攻的时候，用不着喊叫着羞耻了。 因为霜雪都会主动燃烧，理智都会做情欲的奴隶呢！

**王后**　哈姆雷特，你说出来呀！ 你不要老盯着我看，我受不了了。你用这种眼光看你的母亲，啊！

**国王**　孩子，今天你怎么了？ 有一点奇怪。

**王叔**　他准是遇上了什么难题了。 也许是失恋了，脑子里有点不正常了。 不过这正是青春期常犯的毛病，为爱情而不正常正是世上最可原谅的毛病。

国王　孩子，你是不是病了？

哈姆雷特　父亲，我的脑袋发胀快裂了似的。请你原谅。（脱下面具）父亲，我是有病，可我的病是为你而生的，为丹麦国王的名誉而患的。你可真是患病了呀。我亲爱的父亲，难道你已经老糊涂了呀！老糊涂到失去一切知觉，还是你老练到了奸猾的地步，知而不言，装着不知。为了丹麦国家的最高利益而甘愿牺牲自己的名誉。啊！这怎么能忍受，如果没有了国家的名誉，这国家的利益又在何处？

国王　孩子，你不舒服那你就休息去吧！嗨，连顿团圆饭都吃不好。

王叔　是呀，哈姆雷特。快去休息吧！别再惹陛下生气了。

哈姆雷特　这个讨厌的恶犬，他正对着我狂吠，我恨不得一剑就结束他，当着父亲母亲的面，但这算是复仇吗？不，我不能在他仿佛是正人君子的时候结束他，收起来我的剑，等候一个更残酷的机会吧！当他在酒醉后，在情思之中，或是在乱伦纵欲的时候，在赌博、咒骂，或是其他邪恶行为的中间，我就要叫他趴在我的脚下让他幽深黑暗、不见天日的灵魂永坠地狱。你等着吧，我这一药剂只不过延迟了你临时的痛苦。（下）

【王后追下。

【灯灭。

【灯亮。

【主持人上翻告示牌"寝宫"。

国王　这孩子最近的表现实在太奇怪了，这里面肯定有什么问题。他妈妈把他找来谈话了，我就悄悄地躲在这里，看他们到底谈些什么？（藏匿于帷帐后）

【哈姆雷特上，王后跟上。

王后　哈姆雷特，哈姆雷特！

421

**哈姆雷特**　来来来,母亲,不要动! 我要把一面镜子放在你面前,让你看看你自己的灵魂。

**王后**　你要干什么呀? 你不是要杀我吧!

**哈姆雷特**　不,我不会杀你。 我只是要让你看一下你生活在他汗臭垢腻的眠床上。让淫亵熏浓了心窍,在污秽的猪圈里调情寻欢。

**王后**　啊! 你不要再对我说下去了,这些话像刀子一样戳进我的耳朵里,比杀了我还难受,不要再说下去了。 亲爱的哈姆雷特!

**哈姆雷特**　(对着空中)亲爱的父亲,你也看见了吧? 看见了她灵魂深处的黑色污点了吧!

**王后**　孩子,这是你脑中虚构的臆想,一个人在心神恍惚之中最容易发生这种幻妄的错觉。

**哈姆雷特**　心神恍惚? 我的脉搏跟你的一样,按着正常的节奏跳动着。 母亲,为了上帝的慈悲不要自己安慰自己。 以为我这番话是出于疯狂,不是真心对你的过失而发,那样的思想不过是骗人的油膏,只能是您溃烂的良心上结起一层薄膜,那内部的毒疮却在底下越长越大! 向上天承认你的罪恶,忏悔过去,警戒未来,不要把肥料浇在青草上,使它们格外蔓延起来。 原谅我这一正义的劝告,因为在这种可恶的时世,正义必须向罪恶乞恕,它必须俯首屈膝,要求人家接纳它善意的箴规。

**王后**　啊! 哈姆雷特,你把我的心劈为两半了!

**哈姆雷特**　啊! 把那坏的一半丢掉,保留那另外的一半,让您的灵魂洁净些。 习惯虽然是一个可以使人失去羞耻的魔鬼,但是他也可以做一个天使,对于勉励为善的人,他也会用潜移默化的手段使他弃恶投善。 您要是今天晚上自加抑制,下一次就会觉得这一种自制的功夫并不怎样为难。 慢慢地,就可以习以为常了。 因为习惯简直有一种改变气质的神奇的力量,它可以制伏魔鬼,并且把它从人们的心里驱逐出去。让我向你道一声晚安,晚安母亲,可是不要再上我叔父的床,即使你已经失节,也得勉励学做一个贞节妇人的样子。

【帷帐在剧烈地颤抖。

**王后**　哈姆雷特,哈姆雷特!

**哈姆雷特**　(发现颤抖的帷帐)我不能禁止您再让那肥猪似的家伙诱您和他同床,让他拧您的脸让您做他的小耗子。我也不能禁止您因为他给了您一两个恶臭的吻或使用他可恶的手指抚摸您的颈项,您就俯首帖耳背叛了我的父亲。

**国王**　(在帷帐后)啊!

**哈姆雷特**　啊!这个奸贼就躲在那里。(握剑向前)

**王后**　哈姆雷特!

【主持人持告示牌上。

【哈姆雷特上前,翻开告示牌,上写"生存?毁灭?"。

【以下主持人可即兴与哈姆雷特及扮演哈姆雷特的演员 C 对话。

**哈姆雷特**　(脱下面具)去做还是不做?这是一个值得考虑的问题,默然忍受命运的暴虐的毒箭或是挺身反抗人世的无涯的苦难,通过斗争把它们扫清,这两种行为哪一种更高贵?

【主持人翻告示牌,"死了"。

**哈姆雷特**　死了。睡着了。什么都完了,要是在这一种睡眠之中,我们心头的创痛以及其他无数血肉之躯所不能避免的打击,都可以从此消失,那正是我们求之不得的结局。睡着了,睡着了也许还会做梦。嗯,阻碍就在这,因为当我们摆脱了这一具腐朽的皮囊之后,在那死的睡眠里究竟做些什么梦,那不能不使我们踌躇顾虑。

【主持人翻告示牌,"那么活吧"。

423

**哈姆雷特** 谁愿意忍受人世的鞭打和讥嘲，压迫者的凌辱，傲慢者的冷眼，被轻蔑的爱情的惨痛，法律的迁延，官吏的横暴和费尽辛勤所换来的小人的鄙视，要是只要用一柄小小的刀子就可以清算他自己的一生，谁愿意负责这样的重担，在烦劳的生命压迫下呻吟流汗，倘不是因为惧怕不可知的死后，惧怕那从来不曾有一个旅人回来过的神秘之国，使它迷惑了我们的意志，使我们宁愿忍受目前的折磨，不敢向我们不知道的痛苦飞去。

【主持人翻告示牌"哈姆雷特＝犹豫"。

**哈姆雷特** （继续）这样，重重的顾虑使我们全变成了懦夫。（上前把告示牌上的"哈姆雷特"擦掉写上"也许每一个人"）决心的炽热的光彩，被谨慎的思维盖上了一层灰色，伟大的事业在这一种考虑之下，也会逆流而退，失去了行动的意义！这一次我就要行动了！

【帷帐后急速颤抖的声音"救命救命"。

**王后** 哈姆雷特，哈姆雷特！

**哈姆雷特** 不！（在告示牌的"犹豫"前面加上"不可"）这一次我绝不犹豫了！（一剑刺向帷帐）

**国王** 孩子，我是——

**哈姆雷特** 杀的就是你！

【国王倒地，哈姆雷特与王后惊呆。

【灯急暗。

# 第四场

【演员 A、B、C、D 静静上台,他们面向观众并排坐下。

【灯突然亮起时,他们齐声喊出。

A、B、C、D  这是梦吗？ 这不是梦！ 这是梦！

A  这是梦吗？

B  不是！

C  是！

D  不知道！

A、B、C、D  这是魂吗？ 这不是魂！ 这是魂！

A  这是魂吗？

B  不是！

C  是！

D  不知道！

A、B、C、D  这是丹麦吗？ 这不是丹麦！ 这是丹麦！

A  这是丹麦吗？

B  不是！

C  是！

D  不知道！

A、B、C、D  这是黄昏吗？ 这不是黄昏！ 这是黄昏！

A  这是黄昏吗？

B　不是!

C　是!

D　我不知道!

A、B、C、D　这是一个梦,这是丹麦国王在一个黄昏躺在花园里的椅榻上做的一个白日梦,一个垂死挣扎的白日梦!

A　他梦见了他的弟弟!

B　他的妻子!

C　他的儿子!

D　三个人都要谋杀他,三个他所最亲密的人都要置他于死地。啊! 你,(指A)你是谁?

A　我亲爱的陛下,我的兄长,我! 你唯一的弟弟,你都认不出来了吗?

D　不! 你不是我的兄……弟!

A　你再睁眼看一看。

D　你是想谋害我的凶……手。

A　不! 我的亲哥哥,你怎么会这样看我!

D　你看你变成什么样子了?

A　没,没变呀!

D　啊! 大家看!

B　黝黑的手臂和他的野心一样,像黑夜一般阴森而恐怖!

C　在黑暗狰狞的肌肤之上,现在更染上令人惊恐的鲜血!

B　他从头到尾,全身一片殷红!

C　他两眼血红,发出残忍而惨恶的凶光。

B　他拔出刀来了。

C　他拔出来了!

B　他一步一步……

C　一步一步……

B 轻轻地……

C 狠狠地……

D 啊！他向我走来了，他向我走来了！你，你要干什么？

A 哥哥，我来给你……

D 要我的命！

A 我来给你送上最喜欢喝的酒！

D 不！这不是酒！是血！

B 亲爱的，你眼睛看花了，那是美酒呀！

D （对B）你？你又是谁？

B 我的夫君，我是你恩爱无比的妻子呀！

D 妻子？不！你不是我的妻子！

B 你再看仔细点。

D 你是那个想谋杀亲夫的妇人！

B 不！我的夫君，你怎么会这样看我？

D 你看你自己变成了什么样子？

B 没！没变呀！

D 看，大家看呀！

A 她满面流泪，在火焰中赤脚奔走，一块破布覆盖在她失去宝冠的头上。

C 只有在惊慌中抓到的一片毡布，裹住了她消瘦而又羸弱的腰身。

A 她从头到尾，全身一片殷红！

C 她两眼血红，发出残忍而惨恶的凶光。

A 她拔出匕首来了。

C 她拔出来了！

A 她一步一步……

C 一步一步……

A 轻轻地……

C 狠狠地……

D 啊！她向我走来了，她向我走来了！你，你要干什么？

B 夫君，我来给你……

D 要我的命！

B 我来给你送上你最喜欢喝的茶！

D 不！这不是茶！是血！

C 爸爸，你眼睛看花了，那是茶呀！

D （对C）你？你又是谁？

C 我的父王，我是你疼爱无比的儿子呀！

D 儿子？不！你不是我的儿子！

C 你再看清楚点，父王。

D 你是那个弑父谋位的孽子。

C 不！爸爸，你怎么会这样看我？

D 你看你自己变成了什么样子？

C 没！没变呀！

D 看，大家看呀！

A 他的上衣完全没有扣上纽扣，头上也有戴绿帽子！

B 他的袜子上沾着污泥，没有袜带，一直垂到脚肘上！

A 他的脸色像衬衫一样白，他的膝盖相互碰撞！

B 他的眼神是那样凄凉，好像他刚从地狱里逃出来一样！

A 他拔出剑来了。

B 他拔出来了！

A 他一步一步……

B 一步一步……

A 轻轻地……

B 狠狠地……

D 啊！他向我走来了，他向我走来了！你，你要干什么？

C 父亲，我来给你……

D 要我的命！

C 我来给你送上你治病的药！

D 不！这不是药，是血！

A 哥哥！

B 夫君！

C 爸爸！

D 哈哈，表面上你们……

A 尊敬的兄长！

B 亲爱的夫君！

C 慈爱的父亲！

D 可是，你们心里在骂……

A 该死的！

B 老不死的！

C 还不快死的！

D 你们嘴上在说……

A 我对你的爱，不是言语所能表达的。

B 任何语言都是多余的。

C 语言是不能表达的。

D 请看你们的表演吧！

A 我爱你胜过自己的眼睛，整个空间和广大的自由，超越一切可以估价的贵重稀有的事物！

B 我爱你胜过赋有淑德、健康、美貌和荣誉的生命。

C 不曾有一个儿子这样爱过他父亲，也不曾有一个父亲这样被他的儿子所爱！

D 还有，还有……

A 爱是不能衡量的。

B 爱是不会忘却的。

C 没有爱，毋宁死。

D 反面，反面！

A 恨是不能衡量的。

B 恨是不会忘却的。

C 没有恨，毋宁死。

D 还有，还有……

A 你这个祸国殃民的窃国贼。

B 你这个荒淫无耻的虐待狂。

C 你这个软弱无能的胆小鬼。

D 转过去，转过去！

A 我献给你的是忠心。

B 我献给你的是爱心。

C 我献给你的是真心。

D 不！

A 野心！

B 毒心！

C 灰心！

D 不！

A 酒！

B 茶！

C 药！

D 不！

A 忠！

B 爱！

C 真！

D 不！不！不！全都是假的！全都是演戏！丹麦变成了大地狱，所有人都盼望着我的死！我该怎么办？我糊涂了，我该怎么办？

A 活还是不活？这是一个问题！

B 生还是死？就是这个问题！

C 生存还是毁灭？这是一个值得考虑的问题！

D 我在想，我在思索。

A 该忍气吞声来接受狂暴的进攻呢？还是该挺身反抗无边的苦恼，扫它个干净？

B 是在心里忍受那无情命运的横飞逆来的打击更为可贵呢？还是面对着海洋一般的无边艰难操起武器，用反抗把它们消灭？

C 是默然忍受命运暴虐的毒箭，还是挺身反抗人世的无涯苦难，通过斗争把它们扫清？

D 死……长眠！如此而已，假如一睡能解脱我心中的苦痛和肉体承受的万千打击……那真是我的终极的愿望。死……长眠，长眠么？也许是做梦呢？哦！障碍就在这里了，我们捐弃尘世之后，在那些死的场面中会做些什么梦呢？这必然要使我们思索一下，苦痛的生活所以能有这样长的寿命，也是因为有这种行动动机呢！否则在短刀一挥就可完结性命的时候，谁还愿忍受这时代的鞭打与笑骂！

A 压迫者的横暴！

B 傲慢者的凌辱！

C 失恋的悲哀！

A 法律的延时！

B 官吏的傲慢！

C 凡夫俗子所能忍受的欺负！

D 谁愿意背着沉重的担子，在厌倦的人生中呻吟喘息！

431

A 活？还是不活？

B 生？还是死？

C 生存？还是毁灭？

A 活！

B 生！

C 生存！

D 活！生！生存！你们为了人世的野心、情欲、浮名，不惜令别人死而自己生！哪怕生是如此苦难！我没有办法置你们死，但我有能力选择死，因为对我来说，死更容易！我唯一能反抗你们的就是死了，就是把难的一面留给你们！让你们坠入永远的忧郁，疑惑，妒忌，沮丧，羞愧，焦灼，愤慨，恐惧，癫狂，绝望之中！这是我唯一能够对你们实施的报复！现在，我要把你们献给我的酒，茶，药喝下去了，我要把你们献给我的爱喝下去！谁都明白，谁心里都清楚，因为这爱，就是毒药！（一饮而尽）

【灯渐暗。

【灯亮。

【主持人上。

**主持人** 诸位！诸位！你们的表演很卖力，也很有创意，但我要告诉你们，作为一个观众我会问，你们这样改是为了什么？我们伟大的莎翁九泉之下会怎么想？为了野心，情欲，虚名，会不由自主地去谋害另外一个人的生命，或者因为绝望去自毙自己的生命。这是哈姆雷特的意义吗？你们完全歪曲了莎士比亚！歪曲了哈姆雷特！歪曲了伟大的人文主义！还是听听莎翁的话，听听哈姆雷特的话吧！人类是什么？人类是一件多么了不起的杰作！多么高贵的理性！多么伟大的力量！多么优美的仪表！多么文雅的举动！在行为上多么像一个天使！

在智慧上多么像一个天神！宇宙的精华！万物的灵长！让我们放声讴歌人类！讴歌生命吧！

【灯突然大亮，《生命之杯》乐曲强烈的节奏起。

【A、B、C、D合着音乐边唱边跳。

A、B、C、D （合唱）

　　GOGOGO，啊来啊来啊来！

　　生，还是死，是一个问题。

　　死，还是生，永不能回避。

　　生是死的开始，

　　死是生的继续。

　　生仿佛无期，

　　死悄然相逼。

　　争什么我活你死，

　　搞什么尔诈我虞，

　　却不知生命短暂，

　　老之将至，老之将至！

　　GOGOGO，啊来啊来啊来！

　　GOGOGO，啊来啊来啊来！

　　快将生命珍惜！将生命珍惜！

　　每一天清晨，太阳会升起。

　　每一个夜晚，月亮会别离。

　　生是周而复始，

　　生是阴晴圆缺，

　　生是平常岁月，

　　生是悲欣交集。

　　既知道生之不易，

　　请珍惜每一时刻。

每一刻都是节日，
　　生之庆贺，爱之庆贺！
　　GOGOGO，啊来啊来啊来！
　　GOGOGO，啊来啊来啊来！
　　快将生命珍惜！将生命珍惜！

【乐曲音乐继续，主持人上，一手套一个布袋木偶。他们是木偶国王与木偶奥玛丽娅。

**主持人/木偶国王**　哈哈！朋友们，你们都上当受骗了，国王为什么要死呢？除了他杀就是自杀，为什么不能活呢？为什么就不能借假死之名，逃离了丹麦这个大地狱，而在某一个地方与心爱的人过着普通人一样的生活呢？噢！奥玛丽娅，亲爱的！我的诗写得不好，不过我还是斗胆要念给你听听！

**主持人/木偶奥玛丽娅**　朋友们，听清楚了吗？我叫奥玛丽娅，不是那个奥菲利亚，与哈姆雷特的关系始终搞不清楚的那个奥菲利亚。如果是她的话岂不是落了父子共同爱上一个女人的老掉牙了的俗套。不过话又说回来，虽然这个奥玛丽娅不是那个奥菲利亚，但她俩基本上在各方面没有什么区别。可以说奥玛丽娅身上具有了奥菲利亚的所有优点，所有男人喜欢的优点，是一种克隆吧！这就是为什么克隆是男人发明的！哎呀，离题太远，亲爱的，当着大家的面念念吧！

**主持人/木偶国王**　（念）你可以疑心，星星是火把。你可以疑心，太阳会移转。你可以疑心，真理是谎话。可是我的爱永没有改变。（对观众）请别泄漏，告诉你们，这是我抄哈姆雷特写给奥菲利亚的一首情诗。

**主持人/奥玛丽娅**　你瞒不了我，虽然是哈姆雷特写给奥菲利亚的，虽然是那个奥菲利亚拒绝了哈姆雷特，可是你引用得十分恰到好处，我听起来也十分受用，我这个奥玛丽娅不像那个奥菲利亚,当着大伙的面,我就直截了当地把你的爱情来接受。爱本身是最简单的一件事嘛!

**主持人/木偶国王**　亲爱的,太棒了。我都不知干什么好了。

**主持人/奥玛丽娅**　你还愣着干吗?还不快和大伙一起唱歌跳舞!

【音乐节奏大作,A、B、C、D与木偶共舞。

　　GOGOGO,啊来啊来啊来!

　　别浪费时光,别停下脚步,

　　让我们在一起尽情地欢乐!

　　失败怕什么,重新再来过,

　　生命之火焰永不会熄灭。

　　DO WHAT YOU FEEL,

　　DO WHAT YOU HOPE,

　　DO WHAT YOU REALLY WANT。

　　尽你的感觉去做!

　　尽你的希望去做!

　　你真心想做就去做吧,就去做吧!

　　GOGOGO,啊来啊来啊来!

　　GOGOGO,啊来啊来啊来!

　　就去做吧,就去做吧!

【灯渐暗。

【剧终。


1998 年 11 月

第一届上海国际小剧场戏剧节

音乐话剧

# 漂泊拉萨

## 人物表

索朗顿珠　　70 岁左右，盲游吟诗人，格萨尔史诗说唱艺人
尼玛卓嘎　　25 岁，索朗家大孙女，流浪艺人
达娃卓嘎　　22 岁，索朗家二孙女，流浪艺人
嘎玛卓嘎　　18 岁，索朗家小孙女，流浪艺人
仓木决　　　8 岁，索朗家小孙子
扎西多吉　　28 岁，藏北牧民
洛桑贡布　　23 岁，音乐人，流行歌手
边巴次仁　　25 岁，格萨尔酒吧经理
土登达娃　　22 岁，瑞士藏侨
央金　　　　30 岁，舞蹈编导
无名氏　　　30 岁左右，徒步旅行家
三个康巴女商贩
游人、商人、市民、歌手、舞者、喇嘛、群众若干人

## 场景

序　拉萨近郊某山口
1　大昭寺广场
2　格萨尔酒吧
3　拉萨河边
4　格萨尔酒吧
5　歌舞团排练厅
6　大昭寺广场
7　拉萨河边
8　拉萨河边
尾声

# 序　拉萨近郊某山口

【当代。

【春夏之交。某日清晨。

【拉萨近郊某山口。

【人的喘息声越来越粗，膝盖碰地声、额头撞地声、护掌牛皮在地上的滑动声越来越响，单调又虔诚的诵经声此起彼伏。

【索朗一家：祖父索朗顿珠，大姐尼玛卓嘎，二姐达娃卓嘎，三姐嘎玛卓嘎，小弟仓木决，一路磕着长头，气喘吁吁陆续爬上了山头。

【仓木决的叙述。

**仓木决**　我们走了多少天已经记不清了，每天晚上大姐尼玛就在牛皮绳上打上一个结，现在一共有多少个结谁都数不准。只记得离开村子的那天是树叶变黄的时候，爷爷在村口的大路上磕下了第一个等身长头。我们向着西南方，向着太阳下山的方向，翻过了雪山，爬过了草原，蹚过了大河，一路磕向远方。手磨破了，膝盖磕破了，额头碰破了，树叶黄了又绿了，绿了又黄了，黄了又绿了，姐姐们的舞蹈更吃力了，爷爷的格萨尔说唱更嘶哑了，拉萨，你在哪里？拉萨，你在哪里？

【突然，朝霞中显现出布达拉宫辉煌的金顶。

**仓木决**　（惊呼）布达拉！

众　（情不自禁，热泪盈眶欢呼）布达拉！ 布达拉！

【音乐声大作。《拉萨之歌》歌声起。

> 呀拉嗦——
> 我的拉萨，
> 我的布达拉，
> 我的拉萨，
> 我的布达拉，
> 在纳木错神湖，
> 用圣洁的湖水洗清了我的眼睛，
> 在冈仁波钦神山，
> 用晶莹的白雪擦净了我的心，
> 就是为了来看看你，
> 我的拉萨，
> 我的布达拉！
> ……

【渐隐。

# 1 大昭寺广场

【几天后。晨八九点钟光景。
【大昭寺广场。
【舞台一侧可见大昭寺大门一角,另一侧是一个藏式甜茶馆。
【灯光渐显时香烟缭绕,法号长鸣。熙熙攘攘的人群,转经的、经商的、游览的混杂其间。
【达娃与嘎玛从大昭寺门口走出,仍然沉浸在虔诚的气氛中,仓木决跟上。

**仓木决** 姐姐,姐姐,那个罗煞魔女的心脏就在这下面吗?那个海眼就在这里吗?

【达娃与嘎玛正在想着什么,不理仓木决。

**仓木决** 大昭寺就建在妖女的心脏之上,从此就把邪气镇住了,姐姐,你们说是吗?

**达娃** 是是是。

**仓木决** (继续)文成公主从汉地请来了释迦牟尼佛像,从此佛祖带来了和平祥瑞,嘎玛,对不对?

**嘎玛** 对对对,你都知道了还问我!

**仓木决** 我们磕长头一直磕到了佛祖面前,也就是说,我们这辈子的罪孽就洗清了,是吗?

【达娃与嘎玛都没回答。

**仓木决** 姐姐,你在听吗?

**嘎玛** 都洗清了,佛祖保佑,但愿如此。

**仓木决** 你没听,我知道你们在想什么,刚才你们跪在绿度母菩萨前在说什么来着?

**嘎玛** 没说什么呀。

**仓木决** 那嘴巴在嘟哝什么?

**嘎玛** 请佛祖保佑呀。

**仓木决** 保佑什么?

**嘎玛** 全家安康。

**仓木决** 还有!

**嘎玛** 没了!

**仓木决** 姐姐,我可是看人嘴唇动就知道别人在说什么!

**达娃** 嘎玛在说什么?

**仓木决** 还有你,达娃,你也说了!

**达娃** 我说了吗?

**仓木决** 说了,你们俩说的都一样!

【达娃与嘎玛呆住。

**仓木决** 你们说了,(学样)菩萨保佑,保佑我能在拉萨见到扎西大哥!

**达娃、嘎玛** (追打仓木决)你胡说! 你胡说!

**仓木决** (求饶)别打了,别打了,(突然急智地)我看见了扎西大哥!

**达娃、嘎玛** (住手)真的?

**仓木决** 他肯定在拉萨! 他离开我们一晃三年了,你想想,除了来拉萨他还能去哪儿?

**达娃** 你见着他了?

**仓木决** 我想他在拉萨。

444

**嘎玛** 问你见没见着他?

**仓木决** 我想肯定能见着他。

**嘎玛** 闹了半天你在骗人呢!

【两人又追打仓木决。

**仓木决** 可我有办法找到扎西大哥。

**达娃、嘎玛** 快说,什么办法?

**仓木决** (卖关子)当然有办法啦。

**嘎玛** 仓木决,求你了。

**仓木决** (神气地)那么达娃呢?

**达娃** 求你了,小佛爷!

**仓木决** 其实很简单,只要我们在这里唱一场,这消息不就传出去了,一传到扎西大哥耳朵里,他就会来找我们呀。

**嘎玛** 好主意,等姐姐来了就在这里唱。

【尼玛扶着索朗从大昭寺缓缓走出。

**索朗** (老泪纵横)就差一个头啊,就差一个就了了,可是他们拽着我硬把我推走了……

**尼玛** (劝慰)爷爷!

**索朗** 一个头走三步,三步只磕一个头,走了多少步磕了多少头已经数不清了,只想把头轻轻碰一碰佛祖的脚下,就功德圆满了,就心满意足了,就洗清罪孽了,就高高兴兴走向来世了,可是,就差一个头呀,(突然返身匍匐于地)佛祖啊,你听见了没有? 差一个头你能接受我吗? 你告诉我! 你告诉我!

【尼玛三姐妹与仓木决一起扶起索朗。

**尼玛** 爷爷,爷爷,你还有一个愿没有还哩!

**索朗** (喃喃自语)一个头,只差一个头……

**尼玛** 你还了这个愿就抵上最后那个头了。

**索朗** 什么? 能抵吗?

445

尼玛　能！爷爷！
索朗　那是什么？
尼玛　给佛祖唱一段格萨尔！
索朗　（眼神一亮）唱格萨尔？！
尼玛　对！唱格萨尔！让佛祖听听爷爷举世无双美妙绝伦的格萨尔！千里传颂万世流芳的格萨尔！动人心魄感人肺腑的格萨尔！
**达娃**、**嘎玛**、**仓木决**　（附和）对！爷爷唱格萨尔！唱格萨尔！
索朗　（精神振奋）好！孩子们，咱们唱格萨尔！
【索朗一家开始准备演唱。
【洛桑从甜茶馆冲出，央金跟出。
央金　洛桑！洛桑！你小子给我站住！
【洛桑止步，在椅子上坐下。
央金　你想去哪儿？
洛桑　哪儿也不想去。
央金　我就知道你没地方去！
洛桑　你干吗老跟着我，我跟那个尼泊尔姑娘又没什么事，我是在采风，采风！
央金　我知道你在采风，从北京采到了拉萨，就自以为了解了西藏，可你了解西藏什么，吃的还是川味，喝的还是扎啤，睡的还是席梦思，泡的还是瓷浴缸，有种你去藏北呀，去阿里呀，去无人区，去朝拜冈仁波钦和玛旁雍错，你去呀，去呀，你没胆！
洛桑　我要去的，总有一天要去的！
央金　哈哈，总有一天！你要去就不会等到今天！整天泡拉萨妞、康巴妞、尼泊尔妞、四川妞，就能得到灵感吗？写几句无病呻吟的曲子，编几句文理不通的歌词，就能拿回北京骗同胞、骗外国人吗？做梦吧！

洛桑　央金！那你说我该怎么办？

央金　怎么办？好办！要我是你，我就先把藏话学会。

洛桑　我不是在跟你学嘛！

央金　那好，跟我回家！

洛桑　（死皮赖脸）我跟生活学，我跟八廓街学。

【尼玛三姐妹唱起歌跳起舞。

洛桑　听，你听！

**尼玛、达娃、嘎玛**　（唱）

  呵，你问莲花生大师，

  降生在什么地方吗？

  据传，莲花生大师，

  降生在桑垛向日山上呀，

  因此，大大小小的喇嘛，

  都要在五月拜上师呵！

  呵，你问花花岭国格萨尔，

  降生在什么地方吗？

  据传，英雄格萨尔王，

  降生在土摩岭嘎花园里呀，

  因此，大大小小的官员，

  都要朝拜格萨尔王呵！

央金　（鄙视地）有什么大惊小怪，格萨尔卖唱的！

洛桑　我怎么从来没听见过？！

央金　格萨尔都不知道，亏你还是个藏族同胞！

洛桑　住嘴！听！

【众人渐渐围上。

达娃　（独唱）

　　　　呵，要问格萨尔王骑的神驹，
　　　　出生在什么地方吗？
　　　　据传，那神飞的宝驹，
　　　　降生在格萨尔王的马厩里呀，
　　　　因此，那金鞍前面的绊胸，
　　　　是一百八十两黄金铸成的呀！
　【达娃演唱时，洛桑情不自禁被吸引过去。
**洛桑**　（鼓掌）太棒了！简直是天籁，天籁！
**央金**　什么是天籁？
**洛桑**　天上的声音呀！（沉浸在激赏之中）
**央金**　汉语的水准不低呀，走吧，走吧，（拽洛桑离去）有什么看头，走！
**洛桑**　不，我要找他们聊聊。
**央金**　又想采风了？
**洛桑**　（乞求）我的央金大姐，求求你，放我一马吧！晚上再好好陪你行了吧。
　【索朗吟唱起了格萨尔王传。
**索朗**　（吟唱）
　　　　在上天八辐轮的下边，
　　　　在大地八瓣莲的上边，
　　　　在妙水吉祥漩网的黄河近旁，
　　　　在玛杰奔木惹的大山左方，
　　　　有不同一般的，像天神建造的城堡。
　　　　那是上天清净的天神变化宫，
　　　　是千根巨柱的大王宫。
　　　　它名叫狮龙莲花虎峰宫，
　　　　也就是僧珠贝玛达孜宫。

【洛桑被索朗苍老道劲的吟唱震住了，央金拽拉洛桑，洛桑不理，央金独自怏怏下。

【洛桑发现仓木决，把他叫住。

**洛桑**　喂，喂，小弟弟。

**仓木决**　叔叔叫我吗？

**洛桑**　是，你过来。

**仓木决**　（迟疑地）叔叔，什么事？

**洛桑**　（掏出十元钱）这个，给你们。

**仓木决**　（拒绝）不，不，叔叔。

**洛桑**　（吃惊）为什么？

**仓木决**　我们不要。这次是爷爷专门唱给佛祖听的，如果叔叔要给钱，就给寺院吧。

**洛桑**　（感动）这么回事，小弟弟，你叫什么名字？

**仓木决**　我叫仓木决。

**洛桑**　仓木决？那就是最小的一个喽，那她们——

**仓木决**　那是我姐姐，大姐尼玛，二姐达娃，三姐嘎玛，爷爷索朗顿珠。

**洛桑**　（大惊）他就是索朗顿珠大师？！

【索朗的吟唱继续。

**索朗**　在碧玉安乐吉祥寝宫里，
　　　　在无畏狮子昂首高举的黄金宝座上，
　　　　铺着绸子、缎子、虎皮、豹皮的坐垫。
　　　　上面坐着天神下界的白梵天王的爱子，
　　　　空中大赞宁神所委托的大格卓宁保的令弟，
　　　　是下边无热龙王贵胄具喜龙王的外甥，
　　　　白法佛教的保护者，
　　　　黑法霍尔黑魔的镇压者，

　　　　三世佛祖和大乌仗那莲花生大师事业的化身，

　　　　他就是岭国大丈夫雄狮顿珠王。

**洛桑**　你们在拉萨住哪儿？

**仓木决**　不知道。

**洛桑**　你们在拉萨待几天？

**仓木决**　不知道。

**洛桑**　你们在拉萨有亲戚熟人吗？

**仓木决**　没有。

**洛桑**　你们能在拉萨唱格萨尔吗？

**仓木决**　（迟疑）不知道——得问爷爷。

**洛桑**　（突然）我有主意了，你告诉爷爷，还有你的姐姐们，千万别走，在这里等我，我一会儿就回来。听见没有，千万别离开这儿，等我回来。

【洛桑急下。

【扎西骑着三轮车载着土登上。

**土登**　扎西，停，停，就在这歇会儿吧。

【扎西停车，把土登扶下，土登拄着拐杖走至甜茶馆，两人在桌旁坐下。

**土登**　扎西，别客气，来，喝甜茶。跟你说过多少遍了，不要把我当客人，虽然我从瑞士来，可我也是藏人，藏人，都是兄弟嘛。

**扎西**　（顺从地）是，先生。

**土登**　叫我土登。

**扎西**　（不好意思地）是，土登。

**土登**　扎西，这两天让你累坏了，载着我跑东跑西，转遍了拉萨。你不知道我在苏黎世时多么想拉萨。记得小时候，奶奶每天抱着我坐在她膝上给我讲拉萨，讲布达拉，大昭寺，小昭寺，药王山，龙王潭，八廓，林廓，还有那座琉璃桥，就是刚才我们经过的那座，里面有人在打台球的那座桥，多么想回来看一看啊！

扎西　奶奶是拉萨人？

土登　是，当年离开拉萨后，去了很多地方，最后在瑞士住下了，就再也没有回来过，她多么想回来呀。

扎西　奶奶为什么不跟你一起回来呢？

土登　（黯然地）奶奶死了。她多么想再在大昭寺佛祖像前磕上一个头呀，这下好了，我替奶奶磕了，奶奶可以放心地走了。（自语）奶奶，走好，一路平安，土登永远记住您的话，走遍天下，不如拉萨，金窝银窝，不如家里的狗窝。

扎西　（感动地）奶奶！

土登　（激动地）拉萨，这就是拉萨，我终于回来啦，我的腿在瑞士没治好，可是才两天，经过降央活佛的治疗，感觉好多了，藏医真伟大！拉萨真好！

扎西　（受感染）土登先生！

土登　又叫先生了！扎西，怎么老听我说，谈谈你自己吧。

扎西　我？

土登　是啊，你，譬如说，老家在哪里，家里有什么人，为什么到拉萨来，等等等等，随便聊聊。

扎西　（低沉下来）我嘛，没啥好谈的。

土登　是藏北来的吧！

扎西　是。

土登　你也有奶奶吧！整天摇着经筒，嗡玛尼呗咪哞。

扎西　奶奶早就死了。

土登　那么爸爸妈妈呢？

扎西　我没有爸爸妈妈。

土登　（突然发现气氛不对，为调节气氛开玩笑）那，肯定有心上人了吧？

扎西　没有，什么也没有。

【突然，传来尼玛的歌声：

尼玛　（唱）
　　　　呵，要问金鞍后边的装饰品，
　　　　是用什么做成的吗？
　　　　那两边的马镫，
　　　　是用一百八十个海螺扮装成的呵，
　　　　因此，那拴马的缰绳，
　　　　是一百八十种丝线搓成的呵！

扎西　（愣住）尼玛！

土登　多么美妙的歌声，（得意地）我知道，那是在唱格萨尔王，（突然发现扎西的神态），扎西，你认识那姑娘吗？

扎西　哦，（掩饰）不，不认识。土登先生，与降央活佛约定的时间快到了，我们该走了。

土登　（向三轮车走去）太遗憾了，我还是第一次听正宗的格萨尔说书呢，扎西，完了我们找他们去，好吗？

扎西　嗯。

【扎西把土登扶上三轮车，扎西骑车下。

【歌声继续，三个康巴女商贩姗姗来迟，当她们发现索朗家在演唱时，气势汹汹冲上。

女商贩　（拨开人群）走！走！停下！停下！

【尼玛停住演唱。

女商甲　你们是哪里来的？

尼玛　（迟疑地）我们——

女商甲　你知道这是什么地方吗？

**尼玛** 是菩萨的地方,不是吗?

**女商甲** 呸!这是我们的地盘,是我们花了钱租来的地方,你们要唱可以,(伸出手)来!

**尼玛** 什么?

**女商甲** 来什么?拿钱来!

**尼玛** 我们没有钱。

**女商乙** 没钱?笑话!唱了那么久,就没人给钱?你骗鬼去吧!

**嘎玛** 我们不要钱!

**女商甲** 哈哈,不要钱!碰上雷锋了!好啦,走吧,走吧,你们爱上哪儿上哪儿,别耽误了我们做生意。走!

**索朗** (气愤地)从来没遇到过你们这样的人,你们还是格萨尔王的子孙么!

**女商乙** 格萨尔是什么人?!他会替我们付地租吗?

**索朗** (气得直摇头)这是拉萨么?这就是拉萨么?

【尼玛等扶索朗离去。

【女商贩开始兜售假古董。

【洛桑和边巴气喘吁吁上。

**洛桑** 就在这儿,三姐妹,格萨尔,天生的白度母三人演唱组合,不用训练就会一炮打响,保证你的格萨尔酒吧红透全拉萨!

**边巴** 人哪?人哪?

**洛桑** 刚才还在这儿,(发现正在理商品的三个康巴女商贩的背影)嘿,在这儿!

**女商甲** (突然转身)你们这些拉萨的小痞子,骚到老娘身上来啦!

**边巴** (大笑)洛桑呀洛桑,想做音乐想疯了,就是她们吗?罗煞女演唱组还差不多,那倒也能卖座。哈哈!

**洛桑** 不是她们,不是她们!

**女商甲**　不是老娘是谁呀！来呀来呀，不敢了吧，还没骚够味！拉萨的小兔崽仔，就是嫩了点，哈哈哈哈……

【灯渐暗。

【一曲忧伤的萨克斯管音乐起。

## 2 格萨尔酒吧

【两天后。 晚上。
【格萨尔酒吧。
【酒吧内有一个小舞台,桌椅散布四周。
【忧伤的萨克斯管乐曲继续。
【仓木决显现。

**仓木决** 那天,那个留着长发说着一口流利汉话的洛桑带来的那个客人,后来才知道是格萨尔酒吧的老板边巴次仁,他要请我们到他的酒吧里唱格萨尔。 爷爷从大昭寺回来后就病了,我们不知道酒吧是什么地方都不愿去,可爷爷说,为了唱格萨尔,什么地方都去,索朗家的传统还从来没有拒绝过一位来请唱格萨尔的客人。 于是我们来了,来到了一个以后我们才知道将要改变我们命运的世界。

【灯光突然亮起,音乐也为之大变,变为强烈的迪斯科节奏,小舞台上有一组乐手在演奏,一歌手在声嘶力竭地演唱英文歌曲,时不时夹杂着几句英文对白,一群青年男女随着节奏疯狂起舞。

【洛桑领着索朗一家进来,他们见此情景有些惊慌,洛桑把他们带至一旁坐下。

**仓木决** (大声)叔叔,什么是酒吧? 这就是酒吧吗?

洛桑　什么是酒吧？把我问住了，就是喝酒听歌跳舞的地方，这么说吧，就是外国的甜茶馆。

仓木决　外国的甜茶馆？就这样？

洛桑　（招呼三姐妹）别客气，今天老板请客，随便点，（殷勤地）达娃，你要什么？

达娃　那就要酥油茶吧。

洛桑　（一愣）酥油茶？（转而大笑）

尼玛等　我们也要酥油茶。

洛桑　（止笑）这里没有酥油茶。

仓木决　叔叔不是说这是外国的甜茶馆吗？

洛桑　我是说像甜茶馆。好啦好啦，我给你们点，每人来一罐可乐吧。

达娃　（点头）嗯。

【洛桑向侍者耳语，侍者下。

【边巴上。

边巴　欢迎，欢迎。

【边巴向乐队做了个手势，乐队换了个缓慢悠扬的曲子。

【索朗等站起。

边巴　请坐，请坐。真对不起，今天本来要派车去接你们的，让你们走来，委屈了。

索朗　走惯了，走惯了。

边巴　事情来得突然，今晚有位客人要在这儿办生日晚会，点名要听格萨尔说书，这可难住了，现在在拉萨到哪儿去找唱格萨尔的，正好老爷子您来了，实在是缘分。

索朗　（感兴趣）外国的甜茶馆也有人想听土得不能再土的乡下说书？

边巴　那还是个洋得不能再洋的拉萨人呢，从小在瑞士长大，第一次回来，就要听土的，那些洋玩意儿听腻啦！

索朗　那好，那好。

【土登坐轮椅由一位侍者推上。

边巴　看，说着说着他来了。

土登　（对索朗）大爷，您好！

索朗　（卑微恭敬地）少爷好！

土登　我不是什么少爷，叫我土登吧。

索朗　土登少爷好！

土登　大爷！尼玛、达娃、嘎玛，还有仓木决，你们好！

三姐妹　您认识我们？

土登　在大昭寺看过你们演出了，唱得多好呵！还有这名字，太阳、月亮、星星，多浪漫，多有诗意，我喜欢！

嘎玛　你怎么知道我们的名字？

土登　我有间谍！是谁我现在不告诉你们，反正你们认识他，一会儿你们就知道他是谁了。

仓木决　我知道他是谁！

土登　我请你们来是还一个愿的，三十多年前我奶奶是没听完格萨尔离开拉萨的。那时候我奶奶怀着我叔叔，身体很不好，乃琼大师说一定要唱格萨尔才能驱邪，于是就从家乡请来了艺人，那是个十七八岁的姑娘，从来没上过学，可是她竟然能唱几十部史诗，真是神了。正唱到霍岭大战时，奶奶就生了我叔叔。后来我爷爷带着全家到尼泊尔做生意，就再也没有听过格萨尔了。三十年来，奶奶一直想知道，格萨尔后来到底怎么啦，她临终前都在念着，她甚至还能背出祝酒歌，（哼起）青稞用来煮美酒……

索朗　（激动地接上）花花的汉灶先搭起，铜锅用毛巾擦干净，青稞放在铜锅里……

457

**土登** 对对对！在拉萨我问了许多人，谁都不会唱，这是怎么啦？

**洛桑** 以前请客都喝酒，现在请客都打麻将，都顾着中发白了，谁还有心思唱祝酒歌，这些歌都快失传了。

**土登** 真可惜。

**索朗** 孩子们，我们来唱祝酒歌，为土登少爷的奶奶，为土登少爷，也为大家，孩子们，打起精神唱！

**三姐妹** 好！

【边巴示意乐队停止演奏。

**边巴** （对大家）格萨尔酒吧，可从来没唱过格萨尔，真是挂羊头卖狗肉，可是从今天起，我们要演唱正宗的格萨尔了，我们请来了索朗家，为大家先唱一曲《酒赞》，大家欢迎！

【迟疑的掌声。

【三姐妹走上小舞台，开始演唱。

**三姐妹** （唱）

　　青稞用来煮美酒，

　　花花的汉灶先搭起，

　　铜锅用毛巾擦干净，

　　青稞放在铜锅里。

　　倒上清洁碧绿的水，

　　灶火膛里红色火焰呼呼起。

　　青稞煮好摊在白毡上，

　　再拌上精华的好酒曲，

　　此后酿成好美酒，

　　一滴一滴滴进酒缸里。

**土登** 听听，听听，洛桑，这才是真正的 TIBET 音乐，你给我听的是什么，掺了水的玩意儿。

**洛桑** 好是好，那只不过是原料，要加工，精制，才能打出去。

土登　那成了什么！就要原汁原味。

洛桑　不创新就会死亡！你看看还有多少人在唱格萨尔？还有多少人在听格萨尔？你去调查一下，拉萨的小青年想听吗？

　　【几个小青年有些骚动，但歌声仍继续。

三姐妹　（唱）

　　　　酿一年的是年酒，

　　　　年酒名叫甘露黄。

　　　　酿一月的是月酒，

　　　　月酒名叫甘露凉。

　　　　只酿一天的是日酒，

　　　　日酒名叫甘露旋。

洛桑　好！

土登　你也服了吧，你瞧那歌词，那韵味，那节奏，那排比！

洛桑　（兴奋地）一个新的创意诞生了，我要把它编成"格萨尔RAP"，哈哈，RAP，RAP，TIBETRAP！

　　【一个青年醉醺醺地站起，突然打断演唱。

青年甲　别唱了，唱什么唱！我们不要听乡巴佬的念经！

　　【三姐妹不知所措。

青年乙　喂，小妞，来一段CoCo李玟的！

嘎玛　（胆怯地摇摇头）

青年乙　要不，王菲的！

嘎玛　（又摇摇头）

青年丙　印度歌总会吧！

尼玛　（冷冷地）我们不会。

青年甲　这么说，美国歌更不会喽！（突然扔酒瓶）这不会那不会，到这里来混什么！臭婊子！

　　【三姐妹有些惊慌。

459

**索朗** 你们……想干……什么……（一阵咳嗽）

**三姐妹** 爷爷！（围在索朗身旁）

**洛桑** 有话好说，扔什么瓶子。

**青年甲** 好啊，头儿出来啦，你是他们什么人？老板？老公？情人？要不，干脆点，嫖客！

**洛桑** （忍住）你喝多啦。

**青年甲** 要你管什么闲事，一边去！（一拳打中洛桑）

**洛桑** 你怎么打人！（还是忍住）

**边巴** （上前劝止）老兄，老兄，我们马上换人，你要听什么告诉我。

**青年甲** （对洛桑）老子就打你！你不打听打听，老子每天都来听歌，这里是我的地盘！（众青年拥上）我要听什么就唱什么！我有钱！有钱！花钱听这些安多娘们瞎哼哼，老子不会到街上去听要饭的卖唱！给我滚！

**土登** 你住嘴！你不能侮辱人！不能侮辱艺术！

**青年甲** 哈哈，像是外国回来的，挺有教养的嘛，（突然）你这个傻蛋！假洋鬼子！你懂个屁！现在是什么时代了，谁还去听这些老掉牙的玩意儿，什么年酒、月酒、日酒，你看这里还卖不卖青稞酒！现在兴的是洋酒，XO，人头马！

**土登** 这也是拉萨吗？到底哪个是真正的拉萨？

**边巴** （对土登）他喝多了，老这样。

**青年甲** （对边巴）我喝多了？我不喝多你小子挣什么钱！把这些娘们叫来还不是为了多挣钱！（对三姐妹）可惜呀，长得倒挺水灵的，从自然保护区来未受生态破坏大气污染，可惜去唱什么格萨尔，不如做我们兄弟的模特儿怎么样？（掏出钱向三姐妹走去，众青年起哄）陪兄弟们喝酒呀，至于喝酒以后的事嘛，个别谈，个别谈……

【众青年拥向三姐妹，三姐妹拥着索朗后退，仓木决冲到姐姐面前保护，洛桑冲上被一青年摔倒，边巴上前保护土登，青年们仍向三姐妹逼去。

【扎西提着生日蛋糕上，见状立即放下蛋糕，冲至青年们面前。

扎西　（瞪着青年甲，一把夺过青年甲手中的钱扔掉）你们想干什么！

三姐妹、仓木决　（惊呼）扎西大哥！

索朗　扎西？

扎西　（对索朗家）爷爷！尼玛，达娃，嘎玛，仓木决！

【扎西与索朗一家拥抱，突然转身对青年们冷笑。

扎西　小兄弟，面熟得很，康区来的吧，怎么跑这里来撒野了，我可是每天在街上转，拉萨又不大，抬头不见低头见呵。

青年甲　（被扎西气势镇住）大哥，小弟不知道是您的人，其实也没什么，兄弟们闷得慌，只是想听听洋歌，可是那小姐——

扎西　什么？

青年甲　那大姐她们不会唱，兄弟们觉得这钱花得太冤了。

扎西　花钱听洋歌，这洋歌真值钱哪。

青年乙　（讨好地）可不是，她们的土歌唱得太难听了，而且，我一句也没听懂！

扎西　藏人听不懂藏歌，这世界真是进化得太快了！可是你们知道吗？她们唱的是格萨尔，我们藏人传了多少代的史诗！格萨尔知道吗？

青年乙　知道。

扎西　听过吗？

青年乙　没有，课文里学过一点，都忘了。

扎西　你看那边那个盲人老头，他可是鼎鼎大名的格萨尔史诗说唱大师呵，那三姐妹，也是闻名藏北的著名热巴，我是索朗大师的不肖徒弟，三年前离家出走来到拉萨寻找新生活，再也没有唱过格萨尔，不过今天我要唱，我要代索朗爷爷唱，专门唱给你们听，让你们也知道知道，咱们藏人自己也有好东西！

【土登、洛桑、边巴等鼓掌。

【扎西摆开架势唱，雄浑的声音、激越的节奏使全场震惊。

**扎西** （唱）

　　　　上岭赛巴八部九百金缨，
　　　　手持武器像朝阳初升的士兵，
　　　　不许耽误速向霍尔进军！
　　　　中岭文布六部九百银缨，
　　　　紫旗如黄风劲吹的士兵，
　　　　不得迟误速向霍尔进军！
　　　　下岭木巴六部九百绿缨，
　　　　绿缨如林木茂盛的士兵，
　　　　不许怠慢速向霍尔进军！
　　　　还有达让七部七百黑缨，
　　　　黑缨如毒气笼罩的士兵，
　　　　不许迟缓速向霍尔进军！
　　　　……

【索朗一家热泪盈眶。

【灯渐暗。

## 3 拉萨河边

【几天后傍晚。

【拉萨河边,夕阳如血。

【转经路上,仓木决扶着索朗缓慢地行走。仓木决的叙述。

**仓木决** 又见到扎西大哥,大家别提有多高兴了。扎西是爷爷第一个收的徒弟,爷爷都准备把衣钵传给他了,三年前在文部草原一个小学校演唱格萨尔时,小学校的贫困刺激了扎西大哥,孩子们连课桌椅都没有,但唱完后献出了他们唯一的宝物,一把粘巴,一颗糖果,说是献给格萨尔大王。扎西大哥哭了,他对爷爷说,唱格萨尔有什么用?能改善他们的学习吗?再让外国人捐款修建希望小学真让我们脸红。几天后他就不辞而别了,让人捎话回来不混出个人样来不回来见爷爷。我们找啊找,找遍了整个藏北草原,就是不知道他的踪影。想不到我们在拉萨见面了。当然最高兴的是尼玛姐姐了,可是只有我才知道,达娃和嘎玛也想着扎西大哥⋯⋯

【河边帐篷,索朗家。

【扎西和尼玛相会了。

**尼玛** (唱)

  千百匹骏马里面,

  唯独没有我心爱的"扎穷"马;

　　　　　"扎穷"马来了,我不会弄错,
　　　　　因为它的步子不一般。

**扎西**　（接唱）

　　　　　在千百个好姑娘里,
　　　　　唯独没有我自幼相爱的情人;
　　　　　情人来了,我不会弄错,
　　　　　因为她的眼神不一般。

【两人相偎。

【舞台两侧分别出现达娃和嘎玛的身影。

**达娃、嘎玛**　（重唱）

　　　　　我的哥哥是牧羊人,
　　　　　从前,天天放羊在山坡;
　　　　　如今,我看见白色的羊群,
　　　　　就想起了我的哥哥。
　　　　　看那高高的山头上,
　　　　　飘起了祈祷的香烟;
　　　　　我的牧羊的哥哥啊,
　　　　　你在哪里?难道去问苍天?

【两人看见扎西和尼玛相偎的身影,分别黯然离去。

【尼玛突然挣脱扎西的搂抱跑开,扎西追上。

**尼玛**　三年了,你都到哪里去了,也不捎个信回来给——爷爷。

**扎西**　叫我怎么说呢,尼玛,不谈了吧。

**尼玛**　我要听嘛。

**扎西**　我一直在草原游荡,贩过羊毛,挖过金子,卖过蔬菜,穷困潦倒时也唱过格萨尔,有一次搭一个康巴司机的车,开高兴了就在一个小酒馆停下,从早晨一直喝到晚上,喝了唱,唱了喝,喝得烂醉硬说没醉,又开车上了路,半路上车开到河里去了，那康巴汉子淹死了，我呢，被人救了，就救到拉萨来了，住医院钱也花完了，就租了辆三轮拉客人。

**尼玛** 那你为什么不回来，不回来！

**扎西** 就空着两手吗？怎么见爷爷？怎么见你们？

**尼玛** 爷爷不会怪你的，我们不会怪你的。咱们穷，穷在一起。

**扎西** 我知道，可是我会怪自己。怪我无能，怪我没本事，运气不好，连自己都混不好，还能帮家乡的那些小学生吗？更不要说要让爷爷过个安稳的晚年了。

**尼玛** 扎西，你在我们身边比什么都好，爷爷只要听到你唱格萨尔就比吃什么都高兴，你不知道，那天你在酒吧唱格萨尔，爷爷回来后一晚上都没睡着，一直唠叨着，要是扎西回来就好了，要是扎西回来就好了。就什么也不缺了，心满意足了，就是走了，也没什么遗憾了。

**扎西** 我是要回来的，可不是现在。尼玛，我有个想法，你们也留下吧！

**尼玛** 爷爷朝佛的愿望也实现了，等爷爷的身体好一些，我们就回去。

**扎西** 酒吧的事不是挺好吗？

**尼玛** 好是好，可是我们不知道将来，还是家乡好哇。

**扎西** 尼玛，你这个人呀！要是我让你留下呢？

**尼玛** 不，爷爷要回去，达娃、嘎玛、仓木决都要回去，我怎么能留下！

**扎西** 达娃、嘎玛也想回去吗？

**尼玛** 想啊，她们都哭了好几回了。

**扎西** 现在哭，一个礼拜后就不会哭了，一个月后就难说了。

**尼玛** 她们不会。

**扎西** 嘿嘿，她们哪像你呀，她们都处在做梦的年龄，想得比你高

465

比你远，我了解她们，那个不声不响的达娃，那个疯疯癫癫的嘎玛！

【舞台一侧灯亮。吉他声起。

【洛桑住所。一间充满现代艺术风格的房间。

【洛桑在弹吉他，又停下来写什么。

【达娃轻轻上。

**达娃** （轻声）洛桑老师，洛桑老师。

【洛桑头也不回地仍在弹吉他。

**达娃** （稍大声）洛桑老师！

【洛桑回头发现达娃。

**洛桑** （热情地）达娃！是你！

**达娃** 老师，您找我有事吗？

**洛桑** 是啊，我找你，快请坐。

**达娃** 不了。老师，什么事您说吧。

**洛桑** 其实，也没什么大不了的事，只是想和你聊聊。

**达娃** 聊聊？老师，那明天到酒吧聊吧。（欲走）

**洛桑** 哎，达娃，真有事。我写了一首歌，想请你唱一唱。

**达娃** 老师自己不能唱吗？

**洛桑** 达娃。你唱最合适。

**达娃** 我？

**洛桑** 那是专门为你写的。

**达娃** 老师为我写歌？

**洛桑** 是呵，你可能不知道，在北京时许多歌星请我写我都不愿写呢！

**达娃** 那老师您是看得起我。

**洛桑** 你的嗓子太美了，只有你的嗓子才能表达出这首歌的内在韵味。

**达娃** 韵味？

**洛桑**　是呵，你听！（弹起吉他自唱）

　　　　你住在河对岸的山后面，

　　　　我住在河这边的山前面，

　　　　没人见时你来到山顶上面，

　　　　没人见时我来到云朵中间，

　　　　当云层和山顶会合时，

　　　　我们俩就欣然相见。

**达娃**　真好听！老师我喜欢这首歌。

**洛桑**　来，快试试！

　【达娃唱，洛桑吉他伴奏。

**达娃**　你住在山那头的河上边，

　　　　我住在山这头的河下边，

　　　　没人见时你顺水漂来，

　　　　没人见时我来到岸边林间，

　　　　当流水和树林会合时，

　　　　我们俩就欣然相见。

**洛桑**　太棒了！你怎么一学就会！

**达娃**　老师，这曲调好像很熟。

**洛桑**　"我俩就欣然相见"这一句应该唱得更有感情些，是一种盼望，一种期待，一种……

　【央金突然出现。

**央金**　一种抄袭！

**洛桑**　央金！

**央金**　那不是一首甘孜民歌吗？怎么变成你写的了？

**洛桑**　（阻止）央金！

**达娃**　央金老师，我该走了。

**央金**　达娃，那是他专门为你抄的！

洛桑　你胡说些什么！旋律是原来的，可歌词我改了，现在写民歌不都是这样做的吗？！

达娃　老师，我走了。（下）

洛桑　（追赶）达娃，你好好唱，我们还要灌唱片，做CD……（下）

【灯暗。

【舞台另一侧灯亮。舞步的节奏声。

【土登的藏式房间，嘎玛在为土登跳舞，土登拄着拐杖在录像。

嘎玛　大哥，你叫我来就是跳舞吗？

土登　是啊，我要把正宗的藏舞录下来带回瑞士去，让老外们看看什么是真正的西藏舞蹈。

嘎玛　什么是录下来，大哥？

土登　就是录像，会把你的整个舞蹈过程记录下来。

嘎玛　那不就是小电影吗，我看看。

【嘎玛止舞，跑至录像机镜头前看。

嘎玛　你骗人，大哥，里面什么也没有嘛！

土登　你走了还会有吗！把镜头对准我。

嘎玛　（对镜头）有了，有了，我看见大哥了。

【土登欲拿什么东西而摔倒。

嘎玛　哈哈，大哥倒了，倒了，哎大哥，你坐在地上干什么！

土登　（哭笑不得）嘎玛，来帮我一把。

嘎玛　（离开镜头，发现土登摔倒，赶紧上前扶起）大哥，我以为你在镜头里演戏哪。

土登　快跳吧，是大哥录你不是你录大哥。

嘎玛　哎。（又换一种舞步）

土登　停！

嘎玛　怎么啦大哥？

土登　要打出声音来就更好啦，像美国踢踏舞那样。

嘎玛　踢踏舞？

土登　来，你换双鞋试试。（取出一双硬底半高跟鞋）

嘎玛　这是什么鞋呀。

土登　换上嘛。

　【嘎玛换上，开始不习惯，不一会儿就轻快地跳起来。

土登　好，就这样，节奏感再强一些，再强一些，好，很好！嘎玛，歇会儿吧。

　【嘎玛止舞，走至土登旁边欲换鞋。

土登　别换了，送给你了。

嘎玛　送给我？大哥？

土登　是啊，送给你，你穿那么合适，跳起来不是更漂亮吗？

嘎玛　不，我不能要。

土登　就是给你的，我从瑞士带来，就是想送给一位舞跳得最好的姑娘。

嘎玛　大哥，我的舞跳得不好。

土登　不，你跳得最好，从那天在大昭寺一看见你，我就知道度母下凡了，嘎玛，我喜欢你。

嘎玛　喜欢？不。

土登　我就喜欢看你跳舞，嘎玛，你留下吧。

嘎玛　（惊慌起来）大哥，我该走了。（换上旧鞋）爷爷在等着呢。

土登　嘎玛，我爱你！

嘎玛　我不要听，我走了，走了。（慌乱跑下）

土登　嘎玛！

　【灯暗。

　【舞台中央灯亮。

　【扎西跪在索朗面前。

469

**扎西**　爷爷,扎西对不起您,您打吧,骂吧!

**索朗**　(颤巍巍摸着扎西的脸)孩子,爷爷不怪你,雄鹰长大了总要飞翔,骏马长壮了总要驰骋,孩子,爷爷能再见到你是福分,是菩萨降下的福分。

**扎西**　爷爷!

**索朗**　昨天一听你唱格萨尔,就知道你没有变,你还是原来的扎西,索朗家的扎西!

**扎西**　爷爷!

【两人相拥,尼玛在一旁抹泪。

【达娃与嘎玛上。

**达娃、嘎玛**　扎西大哥!

**扎西**　达娃!嘎玛!

【三姐妹与扎西拥抱。扎西与仓木决拥抱。

**索朗**　拿酒来!

【尼玛端出青稞酒,给每个人斟上。

【众唱起酒歌。

**众**　(唱)

　　　　我们亲密相聚,

　　　　我们相聚亲密;

　　　　就像哈达的经线纬线,

　　　　紧密得永不分离!

【众沉浸在相聚的欢乐之中。

【仓木决的叙述。

**仓木决**　爷爷几年来没有这么高兴过了,索朗家几年来没有这么高兴过了,可是只有我才知道,达娃姐姐和嘎玛姐姐心中的忧伤。

【灯渐暗。

## 4　格萨尔酒吧

【几天后。 午后。
【格萨尔酒吧。 左侧有一张台球桌。
【午后懒洋洋的阳光透过窗户照了进来，格萨尔吟唱的录音时断时续。 酒吧里几乎没有客人。
【边巴一个人喝着酒，一边在吧桌上玩纸牌。 洛桑从里屋走出，走出时传来一阵洗麻将声。

边巴　洛桑，手气怎么样？

洛桑　我才不玩那玩意儿呢，玩物丧志。

边巴　少见，少见，你恐怕是少有的几个打过麻将疫苗的人，你知道在拉萨，一些人虽然不懂汉字，但麻将牌上的汉字却绝不会认错！

洛桑　我不但不喜欢，而且憎恶！

边巴　那倒也不必，也是一种娱乐嘛，咱们拉萨人时间有的是，钱输不起，时间可输得起。

洛桑　政府起码是不提倡的。

边巴　哎，那是另说了，拉萨的节日那么多，总得有东西去填满它呀！

洛桑　喝酒、唱歌、跳舞、打"吉韧"、打"雪"、过林卡，玩什么不可以！

边巴　可是也不能老玩那些老东西呀,再说哪有麻将刺激呀,脑力劳动、智力竞赛,还可以预防脑血栓、老年痴呆症,说的时髦点,是一种文化。据说已经打遍世界无敌手了,连美国的老人院里也流行开来了。

洛桑　是呵,是一种文化。你发现没有,拉萨人酒喝得少了吧。

边巴　那当然,麻将桌前没工夫喝酒,喝多了要输钱嘛。

洛桑　喝酒必有酒歌,咱们藏人不是老说,没有歌的酒,那是无味的水,可是现在酒都很少喝了还唱什么酒歌!这样下去,拉萨的酒歌就要失传了!

边巴　别危言耸听!

洛桑　你看你这里吧,(又传来一阵洗麻将牌声)还有谁唱酒歌呀!

边巴　我这里不一样,我这是西式酒吧,又不是甜茶馆。哎,我正要跟你说呢,自从你出了那个主意,把索朗家请来唱格萨尔,生意反而下去了,老主顾们反而不上门了,拉萨的年轻人谁喜欢听那些老掉牙的玩意儿!

洛桑　我有招!

边巴　什么招?

【洛桑走至音响旁,把"格萨尔吟唱"关掉,换上一盘美国黑人饶舌歌曲,酒吧里立即节奏大变。

边巴　这是什么玩意?

洛桑　怎么样?美国 RAP!

边巴　RAP?

洛桑　现在最流行的美国黑人街头音乐。

边巴　这跟咱们有什么关系?

洛桑　你听跟格萨尔有什么两样?

边巴　完全不一样,不可比嘛。

洛桑　不，你再听听。（把录音关掉，学 RAP 的节奏演唱）

　　　外面、绣的是、王龙对戏花，

　　　里头、绣的是、八宝吉祥字，

　　　帽檐、绣的是、美丽花孔雀，

　　　帽口、绣的是、威武大雄狮。

　　（白）怎么样？

边巴　（兴奋起来）你是说用 RAP 来演唱格萨尔？！

洛桑　（笑笑）把最现代的和最原始的结合起来，就会产生一种新的形式！

边巴　好！这个创意好！洛桑，真有你的！

洛桑　我让度母三姐妹演唱组唱格萨尔 RAP，再配上藏式劲舞，不怕拉萨年轻人不喜欢！就是到北京、上海、香港、东京、伦敦、纽约，也能红上一阵！

边巴　洛桑，你怎么不早说！

洛桑　哎，这得保密，说穿了，想法很简单，是很容易被偷的！

边巴　是呵，那我们先把它闷起来，到时候成熟了，一下子甩出去，炸它个天翻地覆！（说着，学着 RAP 的节奏自唱起来）好，好，这主意绝！

【边巴又打开录音机，传出 RAP。

【洛桑复上。

洛桑　（跟着 RAP 节奏）不是我不明白，不是我太轻率，是拉萨的小娘们实在太厉害！

边巴　（接唱）不是你不明白，不是你太轻率，是拉萨的小男人无赖又无奈！

洛桑　哈哈，边巴，你学得真快！

边巴　还不是跟你学的。

【扎西推着土登上。

土登　（接唱）不是我太无赖，不是我太无奈，是拉萨的小娘们实在太可爱！

扎西　（接唱）不是小娘们怪，不是小男人坏，是拉萨的世界变得实在快！

【四人大笑。

边巴　土登先生，很抱歉，您要找的人今天不在。

土登　老板，我是顺便来弯一下的，扎西陪我上八廓街买了个酥油桶。

【扎西递上酥油桶。

洛桑　你要那玩意儿干吗？自己打酥油吗？

土登　我要带回去放在客厅里当艺术品。

边巴　就这个油腻腻的木桶？拿回去当花瓶？

土登　要不了多久就会变成古董了！

【众突然沉默。

土登　你们想想，将来都电气化了，自动化了，谁还会用人工去费力地打酥油？拉萨还有多少人在用这种桶打酥油？你会打吗，边巴？洛桑？

边巴　（解嘲地）那是娘们干的活，咱们大老爷们打台球。（拿起杆子开球）依我看，那是自然规律，该淘汰还得淘汰。

土登　（也打了一杆）要是全世界都用美国制造的牛奶分离器，那多没意思！

扎西　（轮到出杆）有什么不可以！只要快，干净，省力，保证质量，为什么不可以？！咱们的老祖母再也不会累得驼背了！

土登　老祖母用牛奶分离器，多么不伦不类的西藏风情画！

洛桑　（打了一杆）要不，外表保留着藏式样子，里面装机器。

边巴　又不是你的 RAP，格萨尔 RAP！

土登　什么格萨尔 RAP？

边巴　洛桑要来个格萨尔大革命,用美国 RAP 音乐演唱格萨尔。

土登　什么,用 RAP 演唱格萨尔? 用那个达达、达达、达达、达达! 达达、达达、达达、达达?

洛桑　为什么不可以?

土登　那是糟蹋格萨尔! 那是污蔑、阉割、强奸格萨尔!

洛桑　别先给判刑好不好? 土登先生!

土登　连格萨尔都改成 RAP 了,那咱们藏文化是该完了,拉萨不变成美国的什么地方了?

边巴　现实放在眼前,没人听那个格萨尔嘛! 自从索朗家来了后,老子亏多啦。

土登　亏多少? 我赔你,我情愿听那个老格萨尔,不变的格萨尔,原汁原味的格萨尔,我奶奶的奶奶的奶奶听的格萨尔!

边巴　有啊,在农村,在牧区,在那些闭塞的地方,穷地方。 可是一富了,一通车了,一现代了,人就变了,就不喜欢听老格萨尔了,有什么办法?

土登　我宁愿要穷,不要那个现代化! 你看看,你看看,八廓街上又新开了一家网吧,像什么话! 我一看见藏式窗台下的那个洋文招牌就刺眼!

扎西　先生,说句难听的,那是你吃饱了喝足了才会说这样的话。 饿你一顿,冻你一夜,恐怕你就没什么闲情逸致听格萨尔了。

土登　要在藏北风雪弥漫的帐篷里听格萨尔才有意思呢! 哎,听说,政府要在藏北修一条从青海直通拉萨的青藏铁路,有这事吗? 要真有,我反对!

扎西　为什么? 我觉得先生的想法很奇怪,我们都巴不得真有这事呢!

土登　我怕破坏了藏北的风景,你想想,玛尼堆旁开过一堆钢铁,哪里还像是西藏? 经幡的边上都是卫星电视天线,哪里还像是神山佛国?

扎西　先生的说法就不对了,你就不替生活在那里的老乡想一想,火车通了,他们的日子不是更好过了吗? 譬如说,牛奶可以卖出去,牛羊肉可以卖出去,皮毛可以卖出去,内地的便宜商品也可以运进来,退一万步说,老乡们到拉萨来不也方便多了!

土登　可是,老乡的生活方式也可能变了。也许,他们可能根本不想变!

扎西　你怎么知道? 你怎么知道他们不想变?

土登　那你知道?

扎西　我当然知道! 因为我就是那里的人!

土登　(软下来)我的意思是,发展经济时不要忘了保持传统文化,要知道那些传统一旦失去了就再也找不回来了,连濒危动物都要保护,更不要说是人的生活状态了!

扎西　为了保护传统而使同胞永远生活在贫困状态,这样未免太残忍了吧,太不人道了吧!

土登　有的时候就需要不人道,人道了就没法保护传统!

洛桑　传统也要变,一个时代有一个时代的艺术!

边巴　我不管你怎么变,老百姓喜欢,你给我赚钱就行!

扎西　可是你们每一个人都没有替那些生活在所谓传统里的人着想! 要你们换一下尝尝让别人来保护的滋味如何? 怎么样?

【众沉默。

【仓木决出现,他的叙述伴随着高昂悠扬的吟唱声。

仓木决　我不懂他们在争些什么,吵些什么,可是我感到,爷爷在说格萨尔的时候并没有像他们想的那么复杂,爷爷只是想说,开了头就止不住地唱和说,像雪山上流下的水,像草原上刮来的风,把那些古老的故事传下去,传下去……(吟唱渐渐变成强劲的节奏,仓木决不由自主地随着节奏动起来)不过,我也挺喜欢这样的……

【灯渐暗。

## 5 歌舞团排练厅

【几天后。日。

【歌舞团排练厅。

【强劲的音乐节奏中,央金在为尼玛、达娃、嘎玛排练劲舞。

【嘎玛一学就会,而尼玛和达娃常常出错,央金不时停下纠正。

央金　好啦好啦,休息十分钟吧,尼玛和达娃,尤其是达娃,自己多练练,要向嘎玛学习,看人家怎么一教就会。要用脑子!

（下）

【三姐妹累得坐在地上。

达娃　真讨厌!我不想跳了!

嘎玛　我倒是觉得很来劲,和我们的踢踏舞差不了多少。

达娃　怎么能跟踢踏舞相比,咱们的踢踏舞有规律,这种舞简直是瞎跳,想怎么来就怎么来。

嘎玛　那多自由,更能发挥嘛,大姐,你说是吗?

尼玛　我还是觉得弦子好听,舞蹈也好看,是我们自己的东西,当然城里人的东西也好,不过跳起来总是别扭。

嘎玛　姐姐,你总是和稀泥!

尼玛　我说的是实话嘛。

达娃　姐姐,你知道嘎玛她为什么跳得好吗?你看她脚上穿的。

尼玛　呦,一双高跟鞋嘛,嘎玛,哪里来的?

达娃　是专门跳舞穿的,当然是有人送的呗。

尼玛　是那个土登吗?

嘎玛　我是穿着玩的。

达娃　穿着玩,玩玩,以后就飞,飞了。

嘎玛　(打达娃)你这个坏姐姐,那个老师不也对你很好吗!

达娃　没有的事,他只是想从我这里多搜些歌去吧。

嘎玛　恐怕是搜人吧。

达娃　(打嘎玛)你这个坏妹妹!

尼玛　哎,(感慨地)你们都长大啦,长大啦。早晚都得走开。

达娃、嘎玛　没有的事,你别听她胡说!

尼玛　还记得小时候唱的一支歌吗?(回忆地唱)

　　　　夏天五六月的时候,

【达娃、嘎玛融入。(三重唱)

　　　　草原上开满美丽的花朵,

　　　　冬天十一二月的时候,

　　　　花儿和草原就要分别,

　　　　请不要为我们的分别难过吧,

　　　　明年夏天我们还会再见。

尼玛　我总好像有一种预感,拉萨会使我们分别。

达娃、嘎玛　姐姐,我们永远不分开!

尼玛　傻妹妹,我盼着你们长大呢,找到好小伙,姐姐巴不得你们分开呢!

【舞台一侧灯亮,博物院院子里,显现扎西与索朗的身影。

嘎玛　(脱口而出)除非像扎西大哥那样!

【三人突然沉默,灯暗。

【扎西扶着索朗上,他们在唐东杰布的塑像前停下。

扎西　爷爷,您知道这是哪儿吗? 这是政府新盖的博物院,就在罗布林卡的对面。 您前面就是唐东杰布上师的雕像。

索朗　什么？ 谁的雕像？

扎西　唐东杰布。

索朗　（不敢相信）唐东杰布祖师？

扎西　是，是政府新修的，还特地从青海请来云登大师塑的呢。

索朗　（蓦地跪下，老泪纵横）好哇，好哇。（磕头不起，口中念念有词）

扎西　爷爷，这不是寺院，这是博物院，是艺术研究所，唐东杰布是咱们发明藏戏的祖师爷，所以政府就把他塑在了这里。

索朗　（颤巍巍地站起，用手抚摩着塑像）好哇，好哇，想不到在这里拜了祖师爷了，扎西，你知道吗，唐东杰布也是咱们流浪说唱艺人的祖师爷啊。

扎西　那我也得拜上一拜了。（下拜）

索朗　（抹泪）真是有缘啊，有缘啊。

扎西　（起身）爷爷，您知道是谁请您来博物院的吗？

索朗　哪家主人呀。

扎西　是自治区文化厅的丹巴厅长亲自请您来的。

索朗　啊，是公家呀。

扎西　是啊，听说他们找了您好长时间了，您到处流浪他们没法找到您，这次听说您来了拉萨，真是老天帮忙，他们想请您录制您的整套格萨尔说唱呢！

索朗　录制？

扎西　就是把您的说唱用一种机器录下来……保存下来……藏起来……哎，怎么说呢，就是像书一样写下来……

索朗　我都不会写呀！

扎西　不，不用您写，就像您教我唱一样，我就是那个机器，我学会了，就会把格萨尔永远传下去。

索朗　真有那样的奇事？！

扎西　当然，那机器学得比我还像呢，一字不差！

索朗　唐东杰布上师有眼啊，我正担心我的那些说书怎么传呢，本想传给你，可你这小子不想学！

扎西　爷爷，不是我不想学……

索朗　这下好了，政府把格萨尔当宝贝，政府看得起从前没人看得起的乞丐热巴，爷爷我怎会不答应！唱！就冲着政府给唐东杰布上师塑像，我也要唱，而且，分文不取！

扎西　（感动地）爷爷！

【灯暗。

【另一侧灯亮，边巴风风火火上。

边巴　姑娘们，辛苦了！

三姐妹　老板，您辛苦了！

边巴　我是来探监的，把你们关在这里强化训练，真是残酷！

嘎玛　那你带什么东西慰劳我们呀？

边巴　（取出食品饮料）来来来，大家随便吃一点喝一点。

【三姐妹拥上抢吃的。

达娃　真好吃，是嫂子做的吧。

边巴　嫂子？谁的嫂子？

嘎玛　老板娘呀。

边巴　（苦笑）没这个福气呀。

嘎玛　我敢说，拉萨的姑娘们要是没看上你，那准是外地人，要不就是瞎了眼。

边巴　我可不敢哪，拉萨的姑娘你就是给她戴上了戒指，她都会跟人跑的！

达娃　你胡说！

边巴　我宁愿找个乡下来的，譬如说，恕我无礼，你们中的哪一位都行。

**三姐妹** （同打边巴）坏老板！坏老板！

**边巴** 我说我没福气吧，你们谁都看不上我。

**尼玛** 老板，这可不能随便开玩笑的。

**边巴** 闹着玩嘛，还当真？说正经事，我还真替你们捎东西来了。

**三姐妹** 什么东西？

**边巴** 我只要把东西一拿出来，你们保管能猜出是谁捎给谁的。（掏出一顶呢帽）一顶帽子，正宗上海产的，（戴在头上）这是谁的呢？

**尼玛** （上去抢）是我的！

**边巴** （闪过）你怎么知道是你的呢？

**尼玛** 是我让扎西买的。

**边巴** 说谎，看，脸都红了，连说谎都不会，是扎西送给你的吧，（把帽子递给尼玛）扎西也太幸运了，一顶帽子就夺走了一颗心，我情愿买它一百顶！

**尼玛** 大哥！

**边巴** 哈哈，求饶了吧。（掏出一块表）看，一块表，瑞士产的，很贵的呦！

**嘎玛** （迟疑地）是谁的？

**边巴** 别装糊涂了，除了你还有谁！嘎玛，你真有两下子，拉萨城里多少姑娘围着那个少爷转，他单单把眼睛盯住了你……据说，他现在是拉萨城里最值钱的单身汉了。

**嘎玛** （一把夺过）你胡说！

**边巴** 你也得把眼睛睁得大大的，好好看住他呵！一转眼，就会被别人拖走的吱！

**嘎玛** 我才不稀罕呢！

**边巴** 那还给我，不愿意了吧。（掏出一盘磁带）这个就不用说了。

**达娃** 是我的。

**边巴** 当然。

**达娃** 是洛桑老师写的歌。

**边巴** 新写的吗?

**达娃** 是。

**边巴** 你敢肯定?

**达娃** 肯定!

**边巴** 那好,(顺手把磁带放进录音机里)那,我们大家听听。

**达娃** 大哥!(欲阻止)

【央金突上。

**央金** 来来来,再跳一遍!(发现边巴)老板,你来监督呀。

【三姐妹不得已站好位置,央金随手一按录音机。

**录音机声音** 达娃,那天晚上你走了以后,我怎么也睡不着……

【众惊呆。

**声音继续** 眼前老是出现你的面孔,耳边老是响起你的歌声,我恨不得马上到河边去找你……

【灯渐暗。

## 6 大昭寺广场

【几天后。夜。
【大昭寺广场。景同第一场。
【正中是个临时舞台,背景可见大昭寺庄严的剪影。舞台前露出观众席一角。
【一个小乐队在旁演奏,演奏员中有洛桑。
【两台摄像机分摆两侧,现场转播。
【边巴拿着话筒出现在舞台上。

边巴　女士们,先生们,晚上好!今天晚上,由八廓街街道办事处和格萨尔酒吧联合在此举办群众文艺晚会。今天晚上的嘉宾是来自藏北草原的索朗格萨尔吟唱组。大家欢迎!

【众鼓掌。乐队奏欢迎曲。索朗由仓木决扶着上场,三姐妹站立舞台中央向观众致意。

边巴　可能观众朋友们都听到过索朗大师的大名,也看过索朗一家的表演,可是今天晚上他们要献上的却是与平时完全不同,可以说是焕然一新的新节目。格萨尔能不能这样演唱,演出完后欢迎观众朋友参加讨论,电视机前的朋友们也欢迎参加,请拨打电话6671511,发表你的观后感和个人意见。本节目的总编导是我们北京来的藏族音乐家洛桑贡布先生。(洛桑向观众致意)舞蹈编导是歌舞团的央金小姐。(央金向观众致意)当然我也借此机会为本节目的赞助商格萨尔酒吧做一广告,我是格萨尔酒吧的经理边巴次仁,请多多关照! 拉萨不大,也许诸位都认识我,格萨尔酒吧在为朋友们提供一个良好的休憩环境的同时也肩负着宏扬我们藏族文化的重任,敬请诸位光临指教。 下面,演出开始,第一段,"度母颂",表演者,度母演唱组合尼玛卓嘎、达娃卓嘎、嘎玛卓嘎,掌声欢迎!

【众鼓掌。 舞台灯光变暗。

【突然间灯光大变,强劲节奏起。

【黑暗中三姐妹突然转身亮相跳起劲舞。

**三姐妹** （唱）

你是白度母下世来,

并非一般凡家女。

你右转好像风摆柳,

你左转好似彩虹飘。

你前走一步价值百骏马,

好像半空中空行在舞蹈。

你后退一步价值百紫骡,

好像天上的仙女在舞蹈。

你眉眼含情价值百牦牛,

人人都为你倾倒。

你嫣然一笑价值百羔羊,

齿如珍珠排列得好。

你右发向右垂,

好像白雄鹰展翅飞。

你左发向左垂,

好像紫雄鹰凌空飞。

……

【灯渐暗。

【一角追光起,边巴在观众席中采访。

边巴　好,电视机前的观众朋友们,我现在已经来到了现场观众中间,让我们来听听他们的意见。(问一中年男士)这位先生,您觉得如何?

男士　我觉得很有意思,跟我们以前看过的格萨尔不一样。

边巴　那您觉得可以接受吗?

男士　当然了。

边巴　这位先生说可以接受这种新的格萨尔吟唱形式,让我们来问问这位老大娘。(问老大娘)大娘,您觉得怎么样?

大娘　挺新鲜的,可是听不懂。

边巴　不要说您听不懂,不瞒您说我也听不懂。

大娘　太闹了。

边巴　这位老大娘说太闹了。(把话筒递给一位青年)喂,小伙子,你觉得闹不闹?

青年　这算什么闹!我从前没看过格萨尔,但我喜欢。一听这节奏,我都想跳起来。

【土登一把抢过话筒。

土登　我反对!我觉得是一种拙劣的模仿,是对我们藏文化的亵渎,是对……

边巴　好,有不同意见了,这位先生先介绍一下你自己吧。

土登　我是从瑞士回来的,我看到格萨尔给改成这样我感到心疼!心在流泪!连欧洲都在抵抗美国文化,而在这里却主动地接受美国文化,这是我们藏文化的悲剧!

边巴　吆,话说得够严重的,好,现在有一个电话打进来了,让我们听听这位朋友的意见。

某观众画外音　我不同意这位同胞的意见,我觉得我们藏文化也得向一切先进文化开放，用西方形式来吟唱格萨尔正说明我们藏文化的博大精深，格萨尔史诗的巨大包容性。

**边巴** 说得好！谢谢！谢谢！让我们再来听听这位朋友的看法。
（把话筒递给扎西）

**扎西** （接过话筒）我不反对，只是我有个要求。

**边巴** 您说吧。

**扎西** 这个晚会后，老板您的格萨尔酒吧如果赚了钱，希望您能把钱捐出来，在格萨尔的故乡多办几个希望小学！

**边巴** （尴尬地）这个当然，这个当然。我们还是听听编导的意见吧。请摄像机把镜头对准编导。

【追光转向乐队。

**洛桑** 传统和现代永远是一对矛盾，我相信，现在保存的格萨尔演唱方式肯定跟最初时的不一样，而大家刚才看到的演唱方式也许若干世纪后也成了传统。

【鼓掌声。追光转向一群青年。

**青年们** 现代格萨尔万岁！永恒的格萨尔万岁！

**边巴** 时间不多了，让我们把最后一个采访镜头留给来自格萨尔故乡的三位大嫂吧。（镜头转向三位康巴女商贩）

**女商甲** 跳得好，跳出了我们西藏人的风采。不过她们跳的地方是我们花钱租来的，演出完后务必请打扫干净。

**女商乙** 可不是，明天我们还要摆摊呢，敬请电视机前的诸位观众光临，就在这个地方，摊号是……

**女商丙** 诸位请注意刚才三位跳舞姑娘脖子上的项链，就是我摊上买的……打八折……

【边巴赶忙拿过话筒。

**边巴** 广告后请继续收看索朗大师的正宗格萨尔吟唱，请观众们不要离开。（渐隐）

【舞台渐亮，轻缓的节奏中几个舞者上台跳可口可乐和摩托罗拉的广告舞蹈。

【三姐妹在一旁换装。

【扎西上。

扎西　尼玛！尼玛！

三姐妹　（迎上）扎西大哥！

扎西　达娃、嘎玛，我找你们姐姐有事。

【达娃、嘎玛不高兴地走开。

扎西　尼玛，我有一件重要的事要告诉你。

尼玛　你总是有重要的事，我不要听。

扎西　要改变我们一生的大事。

尼玛　现在不行，晚上回家再说吧。

扎西　不，我要跟你商量。

尼玛　那你快说。

扎西　这儿人太多，我们到那里去。（把尼玛拖下）

嘎玛　姐姐有事老避着我们，真是！

达娃　扎西大哥也是，还怕我们偷听不成！

嘎玛　谁稀罕！哼！

【土登上。

土登　嘎玛！

嘎玛　（高兴地）大哥，你也来了！

土登　我能不来吗！（拿出鲜花）给，这是专门献给你的。

嘎玛　（接过，有点飘飘然）你不是不喜欢这个节目的嘛！

土登　不等于我不喜欢跳这个舞的人呀。

嘎玛　（得意地把花递给达娃）达娃，这花送给你吧。

达娃　（不高兴地走开）我没这个福气，人家送给你的，你怎么可以随便送人！

嘎玛　姐姐，我不是这个意思。

土登　嘎玛，我有话要跟你说。

嘎玛　这儿人太多，我们换个地方吧。

土登　不，就在这儿，人多怕什么！我就要让大家都知道！嘎玛，我爱你！

嘎玛　（赶紧捂住土登的嘴）大哥！

土登　我要让大昭寺作证，让布达拉宫作证，让电视摄像机作证，我爱你！爱你！爱你！

【嘎玛蓦地打了土登一个耳光逃下。

土登　嘎玛，我要带你去瑞士。（追下）

【洛桑向达娃走去。

洛桑　达娃！

达娃　老师。

洛桑　唱得太好了！

达娃　不，不好。

洛桑　你不应该在这里，你应该去北京，应该上大学，专门学声乐，你会成为新一代的歌唱家！

达娃　老师夸奖了。

洛桑　达娃，真对不起，在磁带里说了那些话。

达娃　老师，对不起的是我。我没放好，让大家都听到了。

洛桑　其实也没什么，让大家听到了更好，达娃，这是我的心里话，我希望你能和我一起回北京，我给你介绍一位好老师，你会出来的！

达娃　不，我不能离开家。

洛桑　是索朗爷爷吗？文化厅不是在请索朗爷爷录整套的格萨尔史诗吗，政府会把索朗爷爷这样的国宝养起来的。你放心——

【央金突然出现在洛桑面前。

489

央金　放心？

【达娃又一次逃下。

洛桑　达娃！

央金　洛桑，你没有遵守我们俩定的协议。

洛桑　央金，你不要逼人太甚！

央金　这句话应该我来说才对。而且我也没做什么呀。

洛桑　你像个无所不在的影子成天跟着我，不给我留下丝毫个人的空间，我受不了受不了啦！

央金　你不认为那是对你的爱，对你的迷恋，对你的痴迷吗？

洛桑　包围在如此沉重的爱恋里我快窒息了，央金，我的大姐，我求求你，你让我透透气吧！

央金　只要你不把精力用在不应该用的地方，什么都为你安排好了。

洛桑　我看到了未来，一切都安排好了，那还有什么激情！还有什么创作欲望！

央金　谁需要什么创作欲望！我的天才作曲家！你也许不是，但是我可以使你是，别忘了，没有我，今天的晚会你是没有能力举办的！

洛桑　条件就是那个沉重的爱喽！

央金　不错，另一点你也别忘了，你就是一个天才作曲家，我也可以使你不是！（下）

【洛桑颓然下。

【尼玛急上。

尼玛　达娃！嘎玛！

【达娃、嘎玛应声上。

尼玛　你们都到哪里去了，快准备上场。

嘎玛　姐姐不是跟扎西大哥谈话去了吗？

490

**达娃**　我们都长大了，不用姐姐操心了。

**尼玛**　长大了我也得管，这不是草原，这是拉萨！什么样的人都有，谁能看透他们的心！

【边巴急上。

**边巴**　尼玛，还在磨蹭什么，快上，镜头都对好了。

**达娃**　姐姐有扎西大哥，我们靠谁呀！（跑下）

**嘎玛**　是呵，万一姐姐跟扎西大哥跑了呢，我们怎么办？（跟下）

【尼玛呆住。

【舞台上显现索朗大师的身影。

【索朗苍老凄切的吟唱声。

【灯渐暗。

## 7 拉萨河边

【接前场。
【拉萨河边。
【暴风雨欲来之际。
【转经路上,仓木决一边扶着索朗一边用微型录音机在帮着索朗录音,索朗一边走一边唱格萨尔。索朗更加衰弱,走走停停,唱唱停停,仍坚持走下去,唱下去。仓木决的叙述。

**仓木决** 暴风雨快来了,拉萨的雨来得真快,说来就来。(开始下雨)我在转经路上用文化厅送来的录音机替爷爷录音,雨太大了,我劝爷爷不要唱了,把下雨的声音也录进去了,爷爷偏不听,一定要唱下去,也许爷爷知道自己的时间不多了,早一天录完早一天安心。我劝爷爷早点回家去录,爷爷偏不肯,一定要边走边录,也可能是爷爷知道家里会发生什么事,不想早点回家。也许爷爷心中早已明白,一场暴风雨迟早会来到咱们家中。不过,这场暴风雨来得早了一些。

【帐篷在风雨中摇晃。尼玛在神龛前祈祷。
【传来一阵汽车喇叭声。
【扎西冒雨上。

**扎西** 尼玛!尼玛!

【尼玛仍跪在佛龛前祈祷。

【扎西冲进帐篷。

**扎西** 尼玛!

**尼玛** 扎西!

【两人拥抱。

**扎西** 尼玛,跟我走吧,车子已在外面等着了。

**尼玛** 去哪儿?

**扎西** 你别问,反正我们一起走。(掏出一叠钱,放在桌上)这是我存的一点钱,爷爷政府会养的,这点钱也够达娃他们生活一阵子了。你跟我走!

**尼玛** 不!我不能!

**扎西** 尼玛,告诉你实话吧。上次跟你商量的事成了!我报名参加青藏铁路筑路队他们批准了。他们急需一批了解藏北地形的当地人帮助测量,尤其是了解冻土地形的,你知道我们从小就在藏北到处转,我最合适了,当然还有你。

**尼玛** 我?

**扎西** 是啊,我都替你报名了。招工处的人都答应了,说藏北的藏族兄弟优先,还特别欢迎女同胞。

**尼玛** 扎西!

**扎西** 尼玛,你不是一直想回家乡去吗!现在这么好的机会!

**尼玛** 我不能就这样离开家。

**扎西** 这是我多少年来梦想的机会啊,家乡马上就会变了,内地人的俗话说,若要富,先修路!火车一响,黄金万两!铁路通过的地方不富也得富,你挡都挡不住!计划五年内就要通车,五年,不就是一眨眼的工夫,到那时候,(沉浸在畅想中)我们就能坐在铺着雪白桌布的桌子旁,喝着香喷喷的酥油茶,看着念青唐古拉山、冈仁波钦神山一晃而过,一壶茶的工夫就到了拉萨,你说那是什么感觉!

**尼玛** （受感染）扎西！

**扎西** 尼玛，跟我走吧！我们一安定下来就来接爷爷和弟妹们！一切都会变好的，我们要寻找我们新一代人的生活，靠我们自己的双手改变一切！等火车通了以后，我想办工厂，我想办学校，我不想再让爷爷和弟妹们过那种乞讨的生活，不想让乡亲们永远贫困下去！尼玛，跟我走吧，我们一起去寻找幸福，永远不分离！

**尼玛** （感动地）扎西！

【两人又一次拥抱。

【达娃、嘎玛的身影。

**达娃、嘎玛** （二重唱）

　　我的哥哥是牧羊人，

　　从前，天天放羊在山坡，

　　如今，我看见白色的羊群，

　　就想起了我的哥哥。

　　看那高高的山头上，

　　飘起了祈祷的香烟，

　　我的牧羊的哥哥啊，

　　你在哪里？难道去问苍天？

**尼玛** （突然惊醒过来，感到什么，挣脱拥抱）不，我不能！

**扎西** 尼玛！

**尼玛** 我离不开爷爷和仓木决，还有达娃和嘎玛。爷爷年纪大了，身体又不好，仓木决还小，达娃和嘎玛还没出嫁还要人操心，我不能离开家呀！

**扎西** 尼玛！

【汽车喇叭声又催。

**扎西** 尼玛！（期望地看着尼玛）

尼玛　（摇摇头）你知道我是他们的姐姐！我不能离开他们啊！

【达娃和嘎玛掩面而泣，怆然离去。

扎西　那我走了，尼玛，你一定要等我回来！尼玛！

【扎西毅然离去。

尼玛　（追上）扎西！

【尼玛凄然回到佛龛前。

【灯渐暗。

【舞台一侧灯亮，洛桑住所。

【达娃在为洛桑唱歌，洛桑吉他伴奏。

达娃　（唱）

　　　　你住在河对岸的山后面，

　　　　我住在河这边的山前面，

　　　　没人见时你来到山顶上面，

　　　　没人见时我来到云朵中间，

　　　　当云层和山顶会合时，

　　　　我俩就欣然相见。

达娃　老师，这是你专门为我写的歌么？

洛桑　达娃，我骗你了，是我抄的。

达娃　不，我相信是老师专门为我写的！

洛桑　达娃！

达娃　老师，你说过你喜欢我是吗？

洛桑　是的，我说过，达娃，我喜欢你，真的很喜欢你。

达娃　（突然）那老师，你带我走吧，离开拉萨，回北京吧！

洛桑　达娃，你怎么啦？

达娃　老师你别问为什么，老师喜欢我就带我走吧。

洛桑　这个……

达娃　老师，我能唱歌，我肚子里有许许多多歌，我都唱给老师

495

听，唱给老师一个人听，老师就能写更多更多的歌，然后我再唱给老师唱，专门唱老师写的歌……

**洛桑**　达娃！

**达娃**　（哀求地）老师，带我走吧，达娃做牛做马都行，只要老师带我走！

**洛桑**　达娃，发生什么事啦，你冷静些！

**达娃**　（失望地）这么说，老师不肯带我走了。

**洛桑**　达娃，事情没那么简单。

**达娃**　那么，老师为我写的歌真的是抄来的了。

**洛桑**　达娃，你听我说，我对你的感情是真挚的，就像歌中写的那样，我们会欣然相见，可现在不是时候……

**达娃**　（燃起一线希望）现在不是时候，什么时候是时候……

**洛桑**　达娃，你知道，央金在……

**达娃**　那你和央金老师一起带我走好了，我会煮饭洗衣服熬酥油茶，老师让我干什么都行。

**洛桑**　达娃，你太纯洁了……

**达娃**　（绝望地）老师还是不肯，那达娃确实是多余的人了。老师，打搅您了，达娃告别了。（离去）

**洛桑**　达娃！

**达娃**　（回身，最后一线希望）老师！

**洛桑**　（不敢看达娃）达娃，你走好！

【达娃彻底绝望地掩脸伤心离去。

【舞台另一侧灯亮，土登住所。

【音乐声中嘎玛穿着高跟鞋围着土登跳舞。

**嘎玛**　大哥，你看呀，这比藏靴好多了，又合脚又好看，还好听，你听！（打出几个踢踏舞花样）

**土登**　（似乎有什么心事）好听，好听。

嘎玛　大哥,我知道你送我这双鞋的意思,你是让我穿上这双鞋,不管走到天涯海角都跟着你,对吗?

土登　嘎玛,你好聪明。

嘎玛　大哥,你这点意思谁看不出来! 来,大哥,快给我拍小电影。

土登　拍完了。

嘎玛　大哥,还在生我气吗! 不就是亲个嘴嘛! 来嘛!（在土登额上亲了一下）

土登　嘎玛!

嘎玛　那天人多,人家不好意思嘛,今天嘛,随便,大哥,你爱怎么就怎么样!

土登　嘎玛,你这个小精灵呀!

嘎玛　大哥,你喜欢嘎玛的腿吗?

土登　当然。

嘎玛　手?

土登　喜欢。

嘎玛　嘴?

土登　喜欢。

嘎玛　眼睛?

土登　喜欢!

嘎玛　还有——

土登　（渐渐被挑逗起）喜欢喜欢喜欢。（起身欲抱嘎玛,嘎玛避开,土登摔倒,嘎玛急忙扶起）

嘎玛　（依偎在土登膝上）大哥,你说过你——那个——爱我?

土登　是呵,我说过。

嘎玛　现在,这个话还管用吗?

土登　当然管用。

嘎玛　那么大哥,你带我走!

土登　嘎玛!

嘎玛　大哥,你带我走吧,去闯世界,去你告诉我的欧洲,你描述的那个白雪皑皑的阿尔卑斯山,那个绿茵遍地的日内瓦,还有维也纳、柏林、伦敦、巴黎……

土登　嘎玛,傻姑娘!

嘎玛　(沉浸在幻想中)我能唱歌,能跳舞,能唱地地道道的格萨尔,还会学唱外国歌,跳外国舞,别人会的嘎玛肯定会,只要跟着你,大哥!

土登　嘎玛,晚了!

嘎玛　(从幻想中惊醒)怎么?

土登　晚了,嘎玛!

【卧室门打开,走出一位艳丽的姑娘。

土登　嘎玛,我给你介绍一下,这位是拉萨舞剧院的甲央小姐。

嘎玛　(呆住)大哥!

土登　这是嘎玛!

【甲央笑嘻嘻地朝嘎玛走来。

嘎玛　(一步一步后退)不,不,不!

土登　嘎玛,你听我解释。

嘎玛　(嘶叫)不!(哭着逃下)

土登　嘎玛!

【灯暗。

【中央灯亮。帐篷。

【边巴急上。

边巴　尼玛!达娃!嘎玛!

三姐妹　边巴大哥!

边巴　扎西他——

【三姐妹惊呆。

【仓木决的叙述。

**仓木决**　那天晚上边巴带来了消息，扎西大哥的车一出拉萨就出了事，雨大成灾，山石松动，正好砸在扎西大哥的车上，车一下子翻到了山沟里，扎西大哥当场就死了，什么话也没留下就在准备修铁路的那条路上，带着他的梦想走了，走了。

【索朗颤巍巍走出帐篷。

**索朗**　（自语）是扎西吗？是扎西吗？你走得好呵，爷爷不留你，不要担心爷爷，放心上路吧，最好把尼玛、达娃、嘎玛都带上，爷爷知道她们三姐妹都喜欢你，爷爷年轻时就会这么做！好好照顾她们，她们都是好孩子，你们会过得好的，世界这么大，无边无际，总有你们歇脚的地方……

**三姐妹**　（悲痛欲绝）爷爷！

【天边飘来女声无字长调。

【灯渐暗。

## 8 拉萨河边

【紧接前场。夜。
【暴风雨过去。拉萨河静静流淌,万籁俱寂。
【三姐妹围着索朗爷爷欲哭无泪。索朗嘶哑的声音吟唱,悲怆的音调响彻夜空。
【仓木决的叙述。

**仓木决** 爷爷的身子越来越弱,他总是叨念着见唐东杰布上师的日子越来越近了,可他还是每天都坚持唱格萨尔把它录下来。那天晚上,爷爷不知哪来的气力,唱出了格萨尔王的吉祥颂,我知道这是爷爷在为扎西大哥祈祷呢。

**索朗**　(唱)
身美相端年正壮,
化度众生把法讲。
心深广遍知一切法,
愿根本传承上师永吉祥!
身威严具足文武相,
口庄严声音动三地,
心忿怒驱逐妖魔敌,
愿护法守护神永吉祥!
身不变上智如利剑,

> 语无障大慈持白莲,
> 心不乱能结金刚恐吓印,
> 愿三种姓救主永吉祥!
> 成就修习三学道,
> 三阿含教听闻与讲说,
> 道理取舍无失错,
> 愿救主释迦牟尼永吉祥!

【索朗突然声音低沉了下去,似乎坚持不住了。

**三姐妹、仓木决**　爷爷!

【索朗挺起身。

**索朗**　孩子!

【三姐妹终于哭出声来。

**索朗**　哭吧! 我的孩子! 哭吧哭吧! 尼玛! 还有达娃、嘎玛! 痛痛快快哭一场,爷爷有话要对你们说,也是该说的时候了!

**尼玛**　爷爷!

**索朗**　我不是你们的亲爷爷!

**三姐妹**　(吃惊)爷爷你!

**索朗**　你们三个都是我收养的,还有仓木决!

**三姐妹、仓木决**　爷爷!

**索朗**　生是多么不容易! 尼玛,你是在早晨,达娃,你是在晚上,嘎玛,你是在晚上,所以给你们起了名字叫太阳、月亮、星星,仓木决是最后一个,所以就叫了仓木决。 死是容易的,而把你们养大是多么不容易呵! 要没有你们这几条活蹦乱跳的小生命,爷爷也活不到今天。

**三姐妹、仓木决**　爷爷!

**索朗**　爷爷告诉你们,一块石头也终于落地了,你们都长大了,爷爷就是走了也没什么遗憾了。 一生的幸福是幸福,一时的幸福也是幸福,孩子们,要珍惜啊,好好活下去!

**三姐妹、仓木决**　爷爷!

【三姐妹、仓木决簇拥在索朗周围。

【一徒步旅行家悄然上。

**无名氏**　老乡,里面有人吗?

【尼玛迎出。

**无名氏**　大姐,打扰了,这么晚。

**尼玛**　先生,您有什么事?

**无名氏**　我听到这里传出了一种奇异的歌声,所以……

**尼玛**　我们家里有事……

**索朗**　(呻吟着)尼玛,你让客人进来。

【尼玛把无名氏迎进帐篷。

**无名氏**　真对不起,大爷! 我听到了您吟唱的歌,虽然一句也听不懂,但是不知为什么,就情不自禁地走了进来。

**索朗**　兄弟,你从哪儿来?

**无名氏**　我从人最多的地方来。

**索朗**　你到哪里去?

**无名氏**　我到没有人的地方去。

**索朗**　你为什么要离开那个人最多的地方?

**无名氏**　因为那里什么都有了而我却感到一无所有。

**索朗**　那你为什么要去那个没有人的地方?

**无名氏**　我要去寻找。

**索朗**　寻找什么?

**无名氏**　我不知道。

**索朗**　那里有什么在等着你?

**无名氏**　也许是无穷的时空。 那里不是有什么,而是没有什么,那里没有姓氏,没有血缘,没有财产,没有分配,没有名利,也就没有奋斗竞争,因此也就没有由此带来的烦恼、焦虑、失落、惶惑、忧患、危机和绝望。

**索朗** 明明知道没有,你还是走下去吗?

**无名氏** 鸟儿已经飞过,天空不留痕迹。再见了,我该上路了。

（悄然下）

【索朗一家望着无名氏消失。

**尼玛** 鸟儿已经飞过——

**达娃** 天空不留痕迹——

**尼玛** 鸟儿已经飞过——

**嘎玛** 天空不留痕迹——

**索朗** 他说得对呀,孩子们,好像是菩萨派来告诉我们的!是啊,我们不是都像鸟儿一样吗,在天空匆匆飞过,在草原飞是飞,在城里飞也是飞,飞到外国也是飞,不停地飞啊飞,永远在漂泊,永远在浪迹天涯。爷爷老了,飞不动了,该歇歇脚了,（声音渐渐弱下来）可你们还年轻,还要飞,天空是你们的,太阳是你们的,世界是你们的!（声音越来越弱,越来越轻）孩子们,飞吧,飞吧,飞得更高更远……更高更远……爷爷……都能看……见……能……看……见……（昏迷）

**三姐妹、仓木决** 爷爷!

【索朗醒来。

**索朗** （笑笑）爷爷还没录完最后一段格萨尔王的吉祥颂怎么能就走了呢!孩子们,把录音机打开!拿琴来!爷爷要唱!

【尼玛给索朗递上拨琴,索朗挣扎着坐正。

【索朗开始吟诵。

【仓木决的叙述。

**仓木决** 我真是相信了有回光返照的奇迹,为了录完最后一段格萨尔,爷爷不知哪里来的精神,好像用整个一生的气力在演唱。

在爷爷演唱的时候我却在想另外一个问题,我们为什么到拉萨来? 为什么那么多的人想到拉萨来? 如果知道来到拉萨后会改变我们的一生我们还会来吗? 难道这一切都是宿命?! 不过我不后悔,来到拉萨好像是进了一扇门,进了这扇门就再也退不回去了,因为一个新世界出现在眼前,一个改变我们命运的新世界正在向我们召唤!

【索朗苍劲的吟唱越来越响。

**索朗** (唱)

身体四大不失和,

愿药师佛祖永吉祥!

年轻的生命无灾难,

愿救主无量寿佛永吉祥!

年老的长支运不衰,

愿救主三法王永吉祥!

年幼的小儿游戏不散场,

愿汉和尚王永吉祥!

家中财宝库不空虚,

愿多闻天子永吉祥!

家中牲畜不瘦弱,

愿五种姓财神永吉祥!

驱逐敌人有后援,

愿玛杰奔木惹山神永吉祥!

内部团结如铁钩,

愿救主红火焰永吉祥!

【舞台变幻成格萨尔史诗现代演唱会。

【索朗的唱座上升,度母三姐妹强劲的现代劲舞,流光溢彩。

【三姐妹：(接唱)

　　　　愿南瞻部洲永吉祥！

　　　　愿有雪博域永吉祥！

　　　　愿下边多康永吉祥！

　　　　愿在这里集合的众人永吉祥！

　　　　愿雄狮大丈夫永吉祥！

　　　　愿王妃僧姜珠茉永吉祥！

　　　　愿红马头金刚永吉祥！

　　　　愿具德财流天女永吉祥！

　　　　愿人寿千岁永吉祥！

　　　　愿牲畜无损永吉祥！

　　　　愿饮食美好永吉祥！

　　　　愿所有一切圆满永吉祥！

【索朗的琴弦崩裂，全场定格。

【灯暗。

# 尾声

【"拉萨之歌"歌声起。
　　呀拉嗦——
　　我的拉萨，
　　我的布达拉!
　　我的拉萨，
　　我的布达拉!
　　在八廓街的环路上，
　　印下我无尽的眷恋，
　　在大昭寺的金顶上，
　　刻下我无限的梦幻。
　　我看到了你就忘不了你，
　　我的拉萨，
　　我的布达拉!
　　……
【三姐妹离开拉萨，边巴、洛桑、土登等远远相送。
【几个喇嘛陪着仓木决离开拉萨，仓木决与姐姐告别。仓木决的叙述。

**仓木决**　索朗爷爷演唱的格萨尔作为主要的音像资料去申请联合国的叫做什么"人类口头非物质文化遗产代表作"了，他终于心满意足地在拉萨有名的色拉多居天葬台升天了,达娃去了北京民族学院学唱歌,嘎玛最后还是嫁了一个藏侨去了美国,我呢,被山南的一家寺院选中当了小活佛,只有尼玛大姐,带着扎西大哥的愿望又回到了藏北草原,加入了扎西大哥想去而没有去成的青藏铁路筑路队。大姐说,等到拉萨的铁路通车后,她再回草原去唱格萨尔。

【仓木决向大家挥手告别。

**仓木决** 再见了,我的拉萨! 再见了,我的布达拉! 再见了尼玛姐姐、达娃姐姐、嘎玛姐姐! 再见了,索朗爷爷! 还有我心里最怀念的扎西大哥! 我仿佛看到,扎西大哥的灵魂化成了一条玉龙,在藏北草原上飞翔,飞啊飞啊,一直飞向拉萨,飞向布达拉!

【一长列列车在雪山冰湖间飞驰而过。

**仓木决** 啊! 拉萨要飞起来了! 西藏要飞起来了! 我们离天更近了! 离世界更近了! 更近了!

【歌声继续:

呀拉嗦——

我永远的拉萨!

我永远的布达拉!

【幕缓缓闭。


改于 2003 年 1 月 7 日

小剧场戏曲剧本

# 玉 禅 师

根据徐渭《四声猿》之《玉禅师》改编

# 剧中人物

玉通和尚　　水月寺住持
红莲　　　　桂香院官妓
懒道人　　　水月寺杂佣兼叙述人

【背景天幕变换明代线刻版画画面。

【正中有一架屏风,屏风上可显现字幕。

【屏风前一个蒲团。

【玉通和尚上。

**玉通**　南天门的狮子好提防,倒是那个没影的猴子不好降,请看那西天取经的唐三藏,九九八十一难到头来倒修来个好下场。 老僧,玉通和尚是也。 本是西天一古佛,因道行未满,下凡南游,来到杭州,看见这山清水秀,便在这竹林峰水月寺坐禅修行,至今已有二十年了。 想起这修行啊,就好比这当官的等级,从八九品眼巴巴熬到一二品,这里不知有多少升降沉浮;又好比咱们宝塔上的阶梯,从一二层摸爬到八九层,又不知有多少磕磕碰碰。 假如是空想多情欲少,那还能追上紫霄宫十八位绝顶的天仙,假如是空想少情欲多啊,少不得一跤跌进十八层黑咕隆咚的地狱! 你看他举着拳喝神骂鬼,盘着腿闭眼低眉。 什么顿悟,什么渐悟,吵得一塌糊涂;什么兼儒,什么兼道,不知谁对谁错。 面壁廿年,到头来是盲修瞎练;天花乱坠,听起来是一派胡言。 好了不说了,不说了,言归正传。 且说本地新来一个府尹,也就是地方官,姓柳名宣教,少年有为,好像有点儿气魄,可就是爱场面,喜逢迎。 听说三教中人都争先恐后,争相拜贺,老僧在这小庙中二十年闭门不出就不去争这个热闹了。 像这样的清闲自在,正好安心打坐。(唤)懒道人在吗?

【懒道人上。

**懒道人**　(杭州话)小人在。

**玉通**　懒道人,你就在这佛堂上点一炷香,再去把门顶上,我就在这边打一个坐，如果有人来随喜烧香，你就告诉他这小庙没什么可看的，要看就到大殿上去。听见没有？

**懒道人** 小的明白。

【懒道人点香，关门。

【玉通打坐。

【红莲穿孝服扮寡妇上。

**红莲** 诗曰：春兴太癫狂，不顾残妆，红莲双瓣映波光。最是消魂时候也，露湿花房。奴家红莲是也，本是个营妓，换句话说就是官娼，受着咱们那个府尹老爷的管束。这新上任的府尹老爷，因怪玉通长老不来参拜，所以设下圈套，命我来这水月寺勾引长老，如此这般，这般如此。倘若得手了，便把长老的衣衫物件交回作个验证。我想那个玉通禅师是个好长老，修行了二十多年，我怎么好干这种犯菩萨的事。待要不去，又怕砸了饭碗，嗐！官法如山，也只得去了。说着已到庙门前，让我敲门来着。（敲门）

**玉通** （睁眼）懒道人，这样风雨潇潇的天气，天又快黑了，什么人会来敲门，你能打发就打发了他吧。

**懒道人** 是。（对外）外面是什么人敲门？

**红莲** （不语，仍敲）

**懒道人** 请问是何方贵客敲门？

**红莲** （仍不语，敲门更响）

**懒道人** （生气）哪里来的贼拉的儿子，没事儿到这块儿寻开心！

**红莲** （嗲溜溜地）师父，你开了，我就告诉你。

**懒道人** （骨头都酥了）哎哟哟，是个小娘儿的声音。来了来了！
（立即开门）哟，是个女施主。

**红莲** 小师父，打扰了。

**懒道人** （眼睛贼溜溜地看着红莲）这么大的雨，天又黑了，你穿一身重孝来我们小庙有啥子事?

**红莲** 师父有所不知。今日清明,我因祭扫亡故官人的坟墓,哭了多久,不觉天色已晚,城门关闭。奴家走呀走呀,前不着村后不着店,好不容易才找到贵寺,万望小师父慈悲,通报方丈,容奴家在寺中暂住一晚,明早天一亮便回,请小师父可怜奴家。(拜)

**懒道人** 不要这样不要这样,晓得哉,我这就去告诉师父。(对玉通)师父。

**玉通** 我都听见了,那妇人是老是小?

**懒道人** (兴奋起来)看上去只不过十七八岁,那模样儿嘛,比作西施也不过分。

**玉通** 那就不方便了。

**懒道人** 赶她走?天都黑了,也没地方可去。

**玉通** 罢罢罢,你就在窗下给她铺个铺,叫她将就一晚吧。

**懒道人** 好嘞!(铺床)铺好哉,女施主!

**红莲** (上前)小师父,有劳了。

**懒道人** 委屈你了,半夜倘有什么不便之处可叫我,不要客气,不要客气噢!(下)

【玉通闭目打坐,红莲在床上辗转难寐。

**红莲** (小声)师父,师父。

【玉通不理。

【红莲起来欲走近。

**玉通** (急忙)不要!不要,女施主不要过来。

**红莲** 我冷,冷……

**玉通** (脱下僧衣,扔过去)快拿去,盖上,不要过来。

**红莲** (捂肚)肚疼,疼死了,师父救命!

**玉通** 盖上就好了,阿弥陀佛,阿弥陀佛!

红莲　（肚疼欲死）师父，（爬向玉通）师父，疼死我了，疼死我了……

玉通　（仍坐着不动，声音却有些慌乱）小娘子，你哪里疼……哪里……

红莲　肚……肚子……哎哟哎哟。

玉通　是新病还是老病？

红莲　是老病。

玉通　既是老病，那以前发作时如何看好的？

红莲　不瞒师父，以前发病时百般求医问药也总不好。

玉通　那后来怎么好的？

红莲　说出来怪难为情的。

玉通　在老僧面前没有什么话不好说的。

红莲　只要贴贴奴家的肚子就好了。

玉通　什么？

红莲　我那死去的官人用热肚子贴在我的冷肚子上揉揉就好了。

玉通　胡说！

红莲　师父，真的，奴家岂敢在佛祖面前说谎，（肚疼愈烈）哎哟，师父要是不信，就让奴家疼死在师父面前算了……哎哟……

玉通　（似信非信）百药的气味还不如人身上的气味更觉灵验？！

红莲　哎哟……（在地上打滚，昏厥过去）

玉通　（起身）懒道人！　懒道人！

【幕内无人答应。

玉通　这死道人又死哪里去了！（碰到红莲身体）不好，这人命关天，万一这妇人真的死在这里，官府来验尸，看见又是一个妇人，问你庙里如何收留个女人，叫我有口也难辩！这如何是好，如何是好，（急得团团转）罢罢罢，只好如此了。（抱起

515

红莲,抱至屏风后)

【从屏风后扔出一件女人的红色肚兜,正好落在玉通打坐的蒲团上。

【屏风上打出字幕:(懒道人内唱)

　　荷风醒暑倦,

　　并坐蒲团,

　　把禅机慢阐。

　　驾莲航,

　　扑个殷勤;

　　开法门,

　　往来方便。

　　你身有我,

　　我身有你,

　　团栾头做圆满。

　　愁亦愁,

　　苦海无边;

　　喜刹那,

　　善根种遍。

【玉通急急走出屏风,红莲跟出。

**玉通**　完了,完了,我中了这孽种的圈套了。(唱)

　　我在这水月寺坐了二十年,

　　这欲河堤从未坍陷。

　　虽说是活在人间,

　　却像活死人一般。

　　这样的牢坚,

　　这样的牢坚,

　　被一只小蝼蚁钻漏了黄河岸。

红莲　师父哎，小蝼蚁都能钻漏的黄河岸也不见得牢坚到哪里去！师父你为何不做个钻不漏的黄河岸？

玉通　那小娘子，我来问你，你可是那个撒娇卖乖的营妓红莲？

红莲　我便是，又怎样？

玉通　你这红莲，可是那个绿柳指使你来的吗？

红莲　也是的，又怎样？

玉通　想来不会错。

红莲　师父，你怎么一猜就猜出来了？

玉通　我眉毛下嵌着一双闪电般的慧眼，怕看不出？

红莲　慧眼慧眼，刚才看走了眼。

玉通　（接唱）

　　　我说你这个泼红莲刁红莲。

红莲　师父，少骂些。你也有责任一半。

玉通　（接唱）

　　　我与你何仇怨？
　　　梨花寒食天，
　　　你扮作个小寡妇上坟，
　　　风雨投僧院！

红莲　不是这样，你怎会上圈套？

玉通　（接唱）

　　　又假装生病，
　　　急切切要赴黄泉，
　　　禅床只叫行方便。

红莲　哎呀师父，你只管听我叫，不理我，那我也没法子，谁让你真的与我行方便！

玉通　（接唱）

　　　叫得满丹田疼得似蛇钻，

517

　　　　叫给她坦腹磨脐，借暖驱寒，

　　　　我那时为着人命关天，

　　　　救苦心坚，

　　　　救难心专，

　　　　无奈何才被她骗，

　　　　又何曾动邪念。

**红莲**　师父，你若不动念头，临了那着棋儿，谁教你下来着？

**玉通**　（接唱）

　　　　不知不觉走马行船，

　　　　满帆风到底难收，

　　　　烂缰绳毕竟难拴。

**红莲**　师父，你若不行船收什么帆，不拴马又如何自加鞭？

**玉通**　（接唱）

　　　　可惜我二十年苦功毁弃在一旦！

　　　　数点菩提水，

　　　　倒洒在了两瓣莲！

　　　　咳！

　　　　这佛菩萨在一旁笑眼看，

　　　　蠢金刚不管山门扇，

　　　　被泼烟花硬闯入珠宫殿，

　　　　将袈裟钩挂在金钗玉钏，

　　　　只留下红衣衫在梵门蒲团。

**红莲**　师父，你不要太占便宜噢，你一个秃葫芦挂褡在桃花面！

**玉通**　红莲你泼皮贱！

**红莲**　师父，你现在骂也晚了。待我收拾衣衫，回柳府尹大人那里复命去了。师父，告辞了！（下）

**玉通**　想想真可恨，那柳府尹坏了我二十年苦功，这怎么能放得他过门,有了,有了,我不如在此坐化,投胎至那柳宣教老婆腹内做他的女儿,长大后也做个娼妓,坏他门风,也好出了我这口气,岂不快哉！（坐化）

【屏风上又出现玉通偈语。

**玉通** （吟诵）

　　自入禅门无挂碍,
　　二十年来心自在,
　　只因一点念头差,
　　犯了如来淫色戒。
　　你使红莲破我身,
　　我欠红莲一宿债,
　　我身德行被你亏,
　　你家门风让我败。
　　痛快！痛快！

【灯渐暗。

【灯亮时,懒道人上。

**懒道人** （苏州话）先生,小姐,刚刚大家看见吗？没看见啊,倒是可惜哉,不瞒大家讲,我刚刚待在屏风后头,看是看见格,讲是不好讲的,不过嘛,倒是有说书先生的套话形容的,让我来学学看。这叫做：（吟诵）

　　菩提座前,倒栽一棵紫杉,
　　香花案下,弄破半朵红莲；
　　这个才亲女色,溅着些娇娇滴滴海棠露,满身麻电,
　　那个惯擅偷情,摸着了溜溜光光芋芳头,也觉新鲜；
　　这一个云浓雨密,不记得僧规佛戒,
　　那一个凤倒鸾颠,早不顾女贞妇贤；
　　这一个娇香饱满,

519

那一个神思迷幻；

这个道：你小口樱桃，妖妖娆娆的脸风吹得乱，

那个道：你大头清净，缠缠绵绵的头雷打不烂；

这个道：房中忽现活观音，

那个道：今日巧遇真罗汉；

这个道：你入在我圈套，我入在你圈套，大家方便，

那个道：我陷在你坑中，你陷在我坑中，两不亏欠。

真可谓：

一任翻云覆雨，何妨攀柳摘花，

胭脂韶粉染袈裟，佛法本无牵挂。

各位看官，刚刚一段嘛不过是让大家笑一笑格，这段戏，倒是老古董哉，明朝的也有六七百年光阴哉，不过嘛，稍微有一点宣扬因果报应，倒是有点旧观念哉，我伲倒是想拿伊改一改，同样是该两个人，和尚搭仔妓女，两个人碰着勒一道，阿会发生一眼新的事体呢？啥人晓得，请大家耐心看下去。（下）

【红莲上。

**红莲** 春天一到就浑身发痒，早晨起床，也顾不得昨夜的残妆，你看那红莲花开映照着波光，哎呀呀，最难忘销魂时候，一点朝露湿透了花房。 奴家，红莲是也，在杭州城里桂香院当个烟花班头，这桂香院谁人不知哪个不晓，是官办的休闲机构，燃情地带，也算是个文化单位，厅局级机关，就像那个……啥？……天……上……人……间？ 对，没错，说白了就是妓院，大家听清楚，是妓院，不是剧院。 奴家在里头也算个巾帼状元，真可算谈笑有鸿儒，往来无白丁，连地方官家都要给点面子，这可不，面子来了。 新上任的府尹大人因这水月寺的高僧玉通大和尚小看于他不来迎拜，一气之下命红莲来破他二十年不败的金身。 奴家想这和尚也是个好人，咱吃这软饭的也不作兴做

此等孽来算计他，不想这府尹大人抓住我曾夸下的海口，天下无人不拜在我的石榴裙下，说那和尚就不，你奈和尚何！你拿他没办法！奴家不料就中了府尹激将之计，当场就立下军令状，要他看看奴家的手段，大和尚他也是人嘛，是人就有弱点，奴家就专抓人的弱点，和尚呀和尚，就算你二十年坚守，我让你一夜难防，说话间来到了水月寺前，待我敲门。（敲门）

【懒道人打着哈欠上。

**懒道人** 天都黑哉，啥人敲门，也不看看辰光！

**红莲** 是我！

**懒道人** （惊醒）哎哟，是个女的声音，奈是啥人？

**红莲** 是奈姆妈！是你妈！快开门！

**懒道人** 噢哟，迪个女人结棍格，还是识相点开门吧。（开门）女施主！

**红莲** 是个道士，奇怪了，道士怎么住在和尚庙里？

**懒道人** 女施主，奈不要误会，我只是在庙里打打杂，混口饭吃。

**红莲** 快去告诉你家师父，就说我来哉，要在贵寺借住一夜。

**懒道人** 住在这里？噢哟，迪个不作兴格哇，奈如花似月的标致女人啥地方不好住，偏要住在和尚庙里，传出去不好听格哇。

**红莲** 这不管你的事，你只管通报好了。

**懒道人** 和尚庙里的事小道人倒是管不着，不过女施主总得让我晓得奈要住在迪搭和尚庙里的理由哇。

**红莲** 有啥理由，男人死脱哉。

**懒道人** 啥？男人死脱，寡妇就要住和尚庙啊？那和尚庙变成啥个地方哉，该个理由倒是开不了口格哇！

**红莲** 你这个小刁鬼，我还没有讲完呢，今天啥日子？清明节！我去给我那死掉的男人上坟，想起与那死鬼生前的恩爱，忍不住珠泪滚滚,痛哭了一场,不知不觉天色已晚,城门紧闭,回不去了,才找到你这个小庙过一夜,快去通报师父,老娘上你这个荒寺破庙求宿是给你面子! 明天天一亮马上就走!

懒道人　哎哟乖乖! 原本以为来了个活观音,不曾想来仔只雌老虎,奈末伲个师父要变成伏虎罗汉哉。待我通报便了,师父,师父!

【玉通上。

玉通　懒道人,我都晓得了,既然人都来了,佛门不能不与人方便,就让她住下吧,替她在窗下铺个床位。

懒道人　是,师父。(铺床)

红莲　(殷勤地)哎哟,那厢可是玉通大和尚啊? 呀呀呀,真是百闻不如一见,果然是大师慈悲啊!

玉通　(合掌)阿弥陀佛! 贫僧这厢有礼了。

红莲　(靠近)不愧是大师啊大师,你看看你看看,大师天庭饱满,地角方圆,慈眉善目,两耳垂肩,一看就晓得是个得道高僧……

玉通　(阻断)女施主请随意,阿弥陀佛。(坐下打坐)

红莲　(有点没趣退后)……禅法无边,佛雨滋润……

懒道人　(对红莲)活菩萨哎,师父要打坐哉,奈还是到该搭来歇息歇息吧,一觉困到大天亮,明早送奈回闺房,好哉好哉,(打哈欠)我也困煞哉。(下)

【红莲躺下,辗转难寐,更鼓声。

红莲　(轻声)大师,大师。

【玉通不理。

红莲　(起身)这个和尚倒是与别的和尚有点不一样,不过你再不一样,碰到了老娘,老娘就叫你变成一个样! 看老娘慢慢放出手段来。(从随身携带的食盒中取出酒来,唱)

522

阴沉沉满天雾,

　　　湿答答半夜露,

　　　摇晃晃烛影怵,

　　　吓势势金刚怒,

　　　吓坏了奴家娇滴滴姐儿身,

　　　嫩嚓嚓妹儿魂,

　　　嗲溜溜女儿心,

　　　整个一个青春误!

　　　(叹气)苦也!

【玉通被惊动。

**玉通**　女施主,为何叹气?

**红莲**　那和尚开口了,你一开口我便有办法。(对玉通)哎呀,大师,惊动大师了,小妇人在这荒山野寺,面对着这些菩萨金刚,思想起自己身世,不免悲从心来。

**玉通**　不是风动,不是幡动,是尔心动,尔心不动,何来悲恸!

**红莲**　什么心动不动,奴家一懂不懂,悲恸悲恸,我看还是把这酒杯动一动吧。大师哎,奴家今日上坟,还留下了一点残酒,今晚反正也睡不着,我看大师一个人也孤单得很,不如我给大师斟上一杯,与大师秉烛夜谈,也好消磨时光。

**玉通**　女施主差矣,出家人忌食酒肉。

**红莲**　小妇人虽然没入佛门,(对观众)佛门要了我不要闹翻天了!(对玉通)却也略知佛法一二,常言道酒肉穿肠过,佛祖心中留嘛。

**玉通**　女施主有所不知,如来五戒,以酒为先。贫僧二十年来滴酒未沾,岂可今晚擅破佛戒。

**红莲**　这个我倒不懂了,佛法自然,为何要去戒那些好东西,这酒乃祖宗发明创造,天有酒星,地有酒泉,人有酒圣,连孔夫子都喜欢吃酒,只要不贪杯就可以了。酒可以和性情,合万事,飨天地,敬神明,为什么这个如来反而以此为戒。(对佛像)你不吃也不让人家吃,没道理没道理。

玉通　(阻止)女施主不可不可,佛祖自有道理。人之败德乱性,以酒为最,出家人一耽此物,焉能炼性参禅?故我佛以为首戒。

红莲　如此说来,师父不喝?

玉通　不喝!

红莲　不喝?

玉通　不喝!

红莲　真的不喝?

玉通　实实不能!

红莲　那奴家只好独饮了,好无趣也,(对观众)这个老秃驴,倒是满死硬功夫的,到时候我教你敬酒不吃吃罚酒!(饮酒)啊呀,好酒啊好酒。(吟诵)

　　　好酒知时节,
　　　当人乃发生,
　　　随杯潜入肚,
　　　润肠细无声。

(装起酒疯来)哎呀,那厢坐着的不是我家官人吗?官人难道没有死,躲到小庙来学禅?(对观众)学佛学佛,半死不活,活就是死,死就是活。(对玉通)官人!官人!

玉通　莫妄想,莫妄想,听雨声,听风声,点点滴滴滴在外,点点滴滴滴在心。(念佛)

红莲　官人不理我,真教奴家伤心。难道半年不到,奴家就变得如此不吸引人了吗?(拿出镜子补妆)你看看,你看看,活脱脱一个美人,一个佳人,一个可人嘛!(对镜自怜,唱)

　　　　丰姿绝世，

　　　　玉面惊艳，

　　　　浑如腻粉妆扮，

　　　　宛似羊脂敷颜；

　　　　凤眼朦胧，把人魂勾引，

　　　　蛾眉淡扫，将心事巧传；

　　　　轻盈态度，低头微笑有余情，

　　　　婀娜腰肢，叉手抱来使人怜；

　　　　津津小口，相傍处私语生香，

　　　　脉脉春心，偷送时娇羞婉转；

　　　　声音细嫩，分明似金笼里学语的鹦鹉，

　　　　性格聪明，合当做绣榜上风流的女官；

　　　　便是画工须束手，

　　　　纵令巧笔也徒然！

【红莲边唱边纠缠玉通，玉通闭目禅定。

**玉通**　（突然睁眼，大喝）你是你？还是镜中的你是你？（一把把镜子打碎）你，你，你，还在否？

**红莲**　（吃惊）我怎么不在，我不是还在你眼前吗？我要你赔我的镜子，我要你赔，我要你赔！

**玉通**　（吟诵）

　　　　菩提本无树，

　　　　明镜亦非台，

　　　　本来无一物，

　　　　何处惹尘埃。

**红莲**　明明是树非说不是树，明明是镜子非说不是镜子，明明是人非说不是人，（伸出手去）大师，你摸摸，我不是人是什么？摸呀！摸呀！

玉通　（退缩）阿弥陀佛！罪过罪过。（钟鼓声起）已过夜半，女施主还是早点歇息吧。

红莲　（泄气）你才不是人！

【又一阵钟鼓声。

红莲　昨夜笙簧和酒吹，暖风醺得客人醉，今日酒醒水月寺，没想到碰得我一鼻子灰！真是人生无常啊，昨天晚上那么多人围着我转，这个捧我说是天下第一美人，那个吹我说是世上无双绝色，可是今夜呢……孤家寡人……无人理睬……

玉通　虽知座中有妓，可是我心中无妓，任你花枝招展，我当你残花败枝，抑或无花无枝，我心如壁，尔奈我何！奈我何！

红莲　碰到你这一块秃壁，一跺脚真想回去，回去我如何交差，面子革里全抛弃！不！不能回去，这口气咽不下去，我就不信他的墙壁无洞可钻，只要让他碰我……（突然想到，一拍大腿）哎有了……哎哟，脚疼，脚疼，痛！

玉通　那小妇人又有什么新花样了。

红莲　大师，可怜可怜奴家。

玉通　女施主，你又怎么啦？

红莲　奴家今日为夫上坟，走了许多路，白天倒不觉得什么，这晚上，身子疲乏下来，突然感觉到双脚疼痛难忍。

玉通　你就忍一忍吧，天也快亮了。

红莲　大师慈悲为怀，你就不能帮奴家——

玉通　怎么？

红莲　揉一揉……哎哟……

玉通　不可，不可。

红莲　大师，我看你有点儿假学禅。

玉通　此话怎讲？

红莲　你怕什么呀？

玉通　怕从何来？

红莲　（拍拍自己的腿）怕它呀！

玉通　何怕之有！

红莲　你就当它是一段藕嘛。

玉通　女施主见笑了。

红莲　幻想中的藕，做梦见的藕，空气做的藕，泡泡吹的藕，影子藕，镜中藕……不就行了吗！

玉通　女施主不要乱开玩笑。

红莲　如果是高僧的话，万念枯寂，不要说是假藕，就是真的，又奈它何，又能拿它有什么办法！本来无一物嘛。

玉通　此物非那物，处处惹尘埃。

红莲　大师还是未得禅学三昧，算了算了，我不让你揉了，我自己揉，不过你得帮我一下。

玉通　帮你什么？不要不要……

红莲　你放心，你怕碰我我还不让你碰呢，你就帮我拆布吧。

玉通　拆……拆什么？

红莲　你这个笨……把裹在我脚上的布拆下来。

玉通　女施主，这个恐怕也不可。

红莲　什么恐怕，什么不可，拿着！

【红莲硬把缠布一头塞给玉通，开始拆布。

玉通　（闭眼，反复念经）

　　　　一切有为法，

　　　　如梦幻泡影，

　　　　如露亦如电，

　　　　应作如是观。

【红莲的裹脚布越拆越长，缠住了玉通。

**红莲** （唱）

　　红莲红莲，三寸金莲，
　　翩跹翩跹，步步生莲。
　　不知道哪个天杀的祖宗，
　　发明了这个没人性的足恋，
　　害得天下多少姐妹，
　　趋之若鹜，又恐后争先，
　　为的是邀男人宠，
　　为的是让男人玩，
　　女儿好可怜！
　　回想起悲惨的童年，
　　童年好悲惨，
　　狠心的妈妈，
　　妈妈好凶残，
　　用麻，用布，用针，用线，
　　把女儿的天生脚，
　　变小，变尖，变窄，变软，
　　为的是讨男人欢，
　　为的是把男人拴，
　　女儿好可怜！
　　什么新月一弯，
　　什么玉笋纤纤，
　　哪管撕心裂肺，
　　哪管摧肝丧胆，
　　为的是把男人骗，
　　为的是将男人缠，
　　女儿好可怜！

　　　　嗅、吸、咬、舔,

　　　　卷、搓、提、捻,

　　　　索、脱、剥、缠,

　　　　磨、拭、涂、剪,

　　　　暖、拥、扶、悬,

　　　　排、推、弄、玩……

　　　　女儿好可怜!

　　【红莲越唱越快。

　　【玉通身上的布越缠越紧。

　　【玉通闭目念经似乎在用意念抵抗,越念越快。

红莲　大师,你睁眼看看!

玉通　(睁眼)我看到了,一切皆为色相。

红莲　什么是色相?

玉通　梦幻泡影,水月空花,如露亦如电。

红莲　小妇人不懂。

玉通　你做梦时一切都像是真的,可是醒过来才觉它是假;你有幻觉时,幻象也是实实在在有的,可是幻觉一过才知道那也是假的;气泡是真的,可是一摸却什么也没有;影子是可见的,可是实际上却什么也没有。水中的月亮,虚空中的花朵,都不是真的月亮,真的花朵,露水和闪电也都一样,(大喝一声,扯断布条)小妇人,须知诸相皆非相!

红莲　大师!(瘫倒在地)

玉通　(气喘吁吁)阿弥陀佛!(口中念念有词,继续打坐)

　　【钟鼓声又起。

　　【懒道人蹑手蹑脚上。

懒道人　(揉着眼)半夜三更,金铃贡龙,不晓得佛堂里勒做啥,阿是我师父伏虎罗汉拿迪只雌老虎降服哉,哎哟,不对,老虎困着哉,该个罗汉仍旧在打坐嘛,我看该两个人啊介拎不清!勿是蛮好格哇,(对红莲)奈么忒多哉,(对玉通)奈么忒少哉,两个人加起来嘛,正好互补哇。(对红莲)啥,我师父不肯? 该个戆棺材! 不要紧不要紧,伊不肯嘛我肯格,奈破不了伊个金身嘛,降低一下条件来破破我的银身嘛! 一样格,都是肉身嘛,我是随时随地好破的,奈来好哉,(对玉通)师父啊师父,奈也忒假正经哉,送上来的鸡也不吃,奈就当伊是只素鸡哇!

**红莲** (醒来)大师!

**玉通** 阿弥陀佛!

**懒道人** 噢哟,醒来哉,看上去该只雌老虎还不死心哇,伲个师父也不晓得顶得牢顶勿牢。大家勿要打瞌冲,睁开眼睛,好戏还勒后头哉。(下)

**红莲** 大师! 大师!

**玉通** (打坐不理)——

**红莲** 嗨,看那和尚也真是个好人,好和尚,要在平时,漫说这十分手段,就是使上一分,那些正人君子、道学名士,也都乖乖就擒,想不到在此绊了个马脚。……

【钟鼓声又起。

**红莲** 天色快亮了,天一亮如何向府尹大人交差,府尹大人能对大和尚出此歹意,可见其狭隘心理,睚眦必报,想必也不会放过我,这叫我如何是好! 罢罢罢,也顾不得许多了,和尚啊和尚,你千万别怪我,要怪就怪那个可恶的官府,小妇人为求自保不得不利用利用你的好心,你的慈悲了! 哎哟! 哎哟!

**玉通** (仍不理)——

**红莲** (捂着肚子)疼,疼,疼死了……

**玉通** (睁一目)这小妇人又耍什么花样! (又闭目)

红莲　（在地上打滚）师父，救命！师父，救命！

玉通　（不得不睁开眼）女施主，天都快亮了，你又怎么啦？

红莲　奴家肚疼……哎哟……哎哟……

玉通　肚疼？刚才还好端端的，怎么一下子就肚疼起来？

红莲　大师有所不知，奴家昨天淋了一身雨，晚上又喝了几杯剩酒，因此肚子就疼起来了。

玉通　忍一忍吧，女施主，天快亮了。

红莲　大师不生此病如何知道奴家的疼痛，实实难于忍耐，哎哟，疼死奴家了。

玉通　快念佛！快念佛！

红莲　阿弥陀佛！阿弥陀佛！呸！没知识，放狗屁，如来佛，骗人的！我怎么越念越疼了！

玉通　你放下就好了，放下！

红莲　放下什么？

玉通　不去想它呀！

红莲　我不去想它，它来疼我呀！

玉通　何妨蒙头睡去，纳被蒙头万事休！

红莲　你饱汉哪知饿汉饥！

玉通　人之大患，莫过于有身，及吾无身，又有何患！

红莲　人死了当然就不疼了，大师，难道天底下和尚就不生病吗？和尚生病就念经等死，等到那个无身吗？

玉通　小女子哪里能……

红莲　佛理又不能当药吃！哎哟，哎哟，疼死我了，大慈大悲的菩萨，你总不见得眼睁睁地看着弟子疼死在你面前吧。

玉通　如此看来，这小女子果真是肚疼了。（唤）懒道人！懒道人！

【懒道人上，偷偷张望。

**懒道人** 噢哟,该只雌老虎哪能勒地上厢打滚呢? 肚皮疼? 哎呀勿对,要出人命哉! 该个和尚不作兴,好事体勿寻我,人要死脱哉乱叫我,该样子的湿面粉哪能好沾手,三十六计走为上计,还是让我逃走仔哇! (下)

**玉通** 懒道人,懒道人,快去大殿烧姜汤!

**红莲** 大师,不要叫了,我这病姜汤如何管用!

**玉通** 那这深更半夜,荒山野寺,到哪里去找郎中!

**红莲** 不瞒大师,小妇人官人活着的时候也曾犯过此病。

**玉通** 可曾治愈?

**红莲** 也曾治愈。

**玉通** 所用何药?

**红莲** 并未服药。

**玉通** 那用何物?

**红莲** 用我那官人的……不说也罢!

**玉通** 但说无妨。

**红莲** 官人的……官人的……

**玉通** 说呀。

**红莲** 用热肚皮贴冷肚皮……

**玉通** 什么?

**红莲** (索性用力说出)用官人的热肚皮贴奴家的冷肚皮,一贴就好!

**玉通** 胡说!

**红莲** (进一步)只有用男人的热肚皮贴奴家的冷肚皮才能救奴家的性命。

**玉通** 女施主无理!

**红莲** (更进一步)现在只有用大师你的热肚皮贴奴家的冷肚皮才能救奴家的小命,大师,救命!

**玉通** 阿弥陀佛!

【停顿。

【红莲不停地呻吟。

**玉通** (不停念佛)(唱)

　　　　阿弥陀佛! 阿弥陀佛!
　　　　佛祖啊佛祖,
　　　　你在那拈花微笑,
　　　　笑我徒有个空壳;
　　　　罗汉呵罗汉,
　　　　你在那哈哈大笑,
　　　　笑我把时光错过;
　　　　观音呵观音,
　　　　你在那半看半闭,
　　　　笑我把青春耽搁;
　　　　金刚呵金刚,
　　　　你在那怒目圆睁,
　　　　笑我是个无用的头陀。
　　　　这袈裟是破了又破,
　　　　这经书是错了又错,
　　　　这铜钵是薄了又薄,
　　　　这木鱼是豁了又豁!
　　　　二十年来夜夜独卧,
　　　　醒来时凄凉谁人似我?
　　　　降龙的恼着我,
　　　　伏虎的他也恨着我,
　　　　长眉大仙他瞅着我,
　　　　我愁只愁,

533

到老来他就是我的结果,
阿弥陀佛!
谁想到天上掉下个女刹魔,
二十年来未遇着,
你看她,
红艳艳面若花朵,
滴溜溜目送秋波,
白嫩嫩胳脖如玉,
嗲扭扭腰闪婀娜。
是佛祖考验我?
还是佛祖派来点化我?
说什么发冷发热,
叫什么要死要活,
哭什么肚疼腹痛,
害得我失魂落魄,
是天底下女人最会作!
可菩萨你也不能眼看着她,
疼死在莲花座,
痛死在香花桌,
病死在清凉国,
急死在菩提窝。
救人一命,
胜造七级浮屠也么哥,
胜造琉璃宝塔也么哥,
就碰碰她的肚皮怕什么!
(叹气)
我怕、我怕、我怕……

怕的是万一——

碰了、碰了、碰了……

一碰就成千古错，

这二十年的光阴白白过！

【玉通抱起红莲走向屏风后。

【屏风后扔出一件红肚兜正好掉在蒲团上。

【屏风上显示：

**佛经曰** 善哉善哉！金刚手，汝今当知彼金刚杵在莲花上者，为欲利乐广大饶益，施作诸佛最胜事业。

【玉通兴冲冲从屏风后转出，红莲平静地跟上。

**玉通** （吟诵）

邪人用正法，

正法亦成邪，

正人用邪法，

邪法亦成正。

人间竟有如此妙法，

还待在此处干什么！（接唱）

我不叹这二十年光阴白白过，

且将这余下的日子好好活。

即刻把方丈禅堂远离脱，

拜别了众佛，

再见了韦驮，

下山去找个还不老的小婆婆，

我与她夫妻永谐和，

任她打我、骂我、说我、笑我，

一心不愿成佛，

我也不念弥陀，

　　　　愿只愿生下几个胖罗罗，
　　　　夫妻到老同欢乐。
　　　　这比佛如何？
　　　　哈哈！（下）
红莲　（悲叹）他走了……他走了……罪过！罪过！和尚是好人，是奴家害了他！是我害了他！害了他！害了他！（接唱）
　　　　和尚的快乐，
　　　　像一顿棒喝，
　　　　字字句句，
　　　　刺我心窝。
　　　　我一身的龌龊，
　　　　哪里去洗濯？
　　　　我一生的罪孽，
　　　　何处可解脱？
　　　　我也叹这二十年光阴白白过，
　　　　如何将这余下的日子好好活？
（钟鼓梵呗声起）
（红莲仿佛顿悟）
　　　　阿弥陀佛！
　　　　阿弥陀佛！
　　　　休管它风月绰约，
　　　　忘却那花柳婆娑，
　　　　辞别了骚人嫖客，
　　　　再见了艳舞笙歌。
　　　　且把这青丝割剃，
　　　　再把这红尘看破，

　　　　斩断了情绊欲索，
　　　　来伴这青灯古佛，
　　　　从今后——
　　　　笑看它云展云缩，
　　　　潮涨潮落，
　　　　花开花谢，
　　　　月升月堕！
　　　　做一个无牵无挂、心清心静的女活佛，
　　　　你说多快活！
　　　　哈哈！（端坐于蒲团上）
【灯渐暗。
【灯渐亮。
【懒道人上。

**懒道人**　去也快活，留也快活，真叫我无话可说；走也是悟，留也是悟，倒叫我越弄越糊涂。什么是禅，先生小姐，各位看官，请告诉我这个非佛非道非儒的，半佛半道半儒的小配角，什么是禅？觉悟是禅？无我是禅？冷眼看人是禅？修养自身是禅？爱憎分明是禅？息事宁人是禅？放纵是禅？克制是禅？超然是禅？淡然是禅？心静是禅？风流是禅？压抑是禅？仁德是禅？质朴是禅？守节是禅？安贫乐道是禅？不求名利是禅？无忧无虑是禅？处变不惊是禅？万物无常是禅？随机应变是禅？什么都是禅，处处都是禅，你说不是禅，那是你无缘。各位看官，我说了那么多禅，却漏掉了人生中最大的一个禅机，那便是爱，谁能说那个和尚和那个妓女就不可能相爱呢！（渐隐）

【屏风后扔出一件红肚兜正好落在蒲团上。

【屏风上显现：

惜缘，

珍惜现在。

【玉通与红莲神圣般地端坐于屏风前的蒲团上。

玉通　（平静地）完了。

红莲　（一样平静）完了。

玉通　从来没有过的自由自在。

红莲　从来没有过的无拘无束。

玉通　过去是一个人，现在是两个人。

红莲　过去是无数人，现在是一个人。

玉通　过去是面对我，现在是面对你。

红莲　过去是面对他，现在是面对你。

玉通　面对你和我。

红莲　面对你和我。

玉通　可是这个我不是过去的我了。

红莲　当然这个我不会回到过去的我了。

玉通　这个我将来还是这个我吗？

红莲　这个我将来不可能还是这个我。

玉通　这个我会变！

红莲　这个我会变！

玉通　变老！

红莲　变丑！

玉通　变心。

红莲　变情。

玉通　那不如刚才就死！

红莲　死在那个时候多痛快呀！

玉通　那就死吧。

红莲　好啊，死啊。

玉通　上吊？

红莲　太难看！

玉通　跳崖？

红莲　太痛苦！

玉通　坠海？

红莲　太残忍！

玉通　绝食？

红莲　太缓慢！

玉通　怎么死已无所谓。

红莲　怎么死已没关系。

玉通　问题是要死。

红莲　死在那个时候。

玉通　顿悟。

红莲　定格。

玉通　没有了时间。

红莲　也没有了空间。

玉通　因为死，爱才变得永恒！

红莲　因为死，爱才变得永恒！

合　　因为死，爱才变得永恒！

　　【两人端坐不动。

　　【渐隐。

　　【追光打在红肚兜与蒲团上。

　　【灯渐暗。

　　【剧终。

改于2010年9月7日晚

剧　　本

# 庄周戏妻

上海戏剧学院

一九九四年四月七日

## 人物

田氏
庄子
楚王孙
舞队（以下人物皆由舞队轮番扮演）
童儿
香儿
少妇
骷髅
郡长
听客
殡客
蝴蝶
牛

## 场　序

序
归家
讲道
扇坟
收徒
夜叙
羽化
守灵
劈棺

# 序

【云雾中显现庄子打坐身影。

【庄子黑发黑须,双眼微闭,手掌相叠,放在丹田前。

庄子 (吟诵)道生一、一生二、二生三、三生万物。

【庄子忽感两腋生风,两臂慢慢变为蝶翅。

【庄子化为一只洁白无瑕的蝴蝶。

【一只化为两只。

【两只化为四只。

【四只化为多只。

【多只再化为一只。

【蝴蝶化为庄子。

庄子 (昏昏然)我怎么又成了庄周了,不知道是庄周做梦变成了蝴蝶呢? 还是蝴蝶做梦变成了庄周? 啊哈,我明白了,无者有也,有者无也,生者死也,死者生也。 修道十年,悟道瞬间,不亦乐乎,待我收拾行囊,告别师傅,看望我那守了十年空房的夫人去也。

【庄子隐去。

## 归　家

【庄子家厅堂。
【田氏薄施粉黛素衣简饰正在纺纱。
【童儿、香儿急上。

童儿　先生回来啦，先生回来啦。

香儿　先生回来啦！

田氏　童儿大胆，竟敢诳我。

童儿　夫人，先生真的回来了！

田氏　（停住纺机）先生在哪里？在哪里？

童儿　先生随后就到，他让我们先给夫人报个信。

田氏　他真的回来了？（关切地）他变成什么样了？

香儿　瘦黑个，长胡子，先生一眨眼间就到，夫人这会儿都等不及呀。

田氏　小蹄子！快，还不快吩咐下人打扫庭院，迎接先生。

童儿　（欲下）是！

田氏　回来！快去买一只肥肥的大鳖炖上，先生最喜欢不过啦，再到后院地窖里把那坛枸杞子酒找出来，还是先生走的那年我泡上的，一晃都、十年啦。

【童儿连连答应跑下。

田氏　香儿！

香儿　香儿在。

田氏　愣着干吗,还不快把我的梳妆盒取来。

香儿　是!

田氏　别忘了再拿件褂子。

香儿　是!

田氏　是那件红的,大红的。

香儿　在哪里呀?

田氏　在箱子里! 箱子里!

　　【香儿急下。

　　【童儿急上。

童儿　夫人,先生已进了大门了。

　　【田氏急得团团转,整理着衣衫,找镜子找不着,把头上的花取下又插上,匆忙中插不上。

　　【庄子上。

庄子　夫人!

　　【田氏愣住,手上的花落地。

庄子　夫人,是我呀!

　　【田氏蓦地掩面抽泣。

庄子　(走近田氏)夫人,夫人,为夫知道你受苦了,可我也是没有办法呀,你知道修道人必须断绝尘念,不可胡思乱想,倘若分心走神,必会走火入魔,那后果不堪设想呀,夫人,请你原谅则个!

　　【田氏仍不应。

庄子　(故意地)既然夫人不愿见我,那我只好另找地方了。

田氏　(突然回身扑打庄子)你走! 你走!

庄子　(笑呵呵地)我不是回来了吗?!

田氏　十年了,你知道十年为妻是怎么过来的吗? 我恨你,恨你!

【童儿与香儿躲在一边扑哧一笑。

【田氏赶紧离开庄子,恢复端庄模样。

【庄子捻须微笑。

【两人在厅堂坐下。

田氏　先生,路上辛苦了!

庄子　辛苦?非也非也。苦与乐都是感觉罢了,你觉得苦,它就是苦,你觉得乐,它就是乐,因此,苦就是乐,乐就是苦,等你到了无欲无求没有感觉的时候,那就无所谓苦也无所谓乐,一切逍遥自在,顺乎自然了。

田氏　(不感兴趣地)先生,饿了吧,先吃饭,吃完饭再讲你的道理吧。

【田氏示意童儿、香儿。

【童儿香儿吃力地端来一只大铜盂,与铜壶。

【铜盂里是一只大鳖。

田氏　先生,请,这是你以前最喜欢的大鳖。

【田氏拿起铜壶又给庄子的铜爵里斟上酒。

田氏　这是为妻泡了十年的枸杞子酒,听说这酒强身补脑,益气健脾……

庄子　(淡然一笑)感谢夫人的美意,可是我——

田氏　先生怎么啦?

庄子　为夫在山中修道,吃的是野果,喝的是泉水,已经十年不近这些东西了。

田氏　现在回家了,可以吃了。

庄子　不,修道人忌食荤腥。

田氏　(失望地)那您吃什么呢?

庄子　一饭一菜足矣。

田氏　(按捺住失望的情绪,殷切地)那么为妻让香儿替你做一碗青菜豆腐好吗?

庄子　如此甚好,如此甚好。

田氏　(对童儿、香儿)还不快把酒菜撤了,替先生做一碗青菜豆腐。

童儿、香儿　(合)是!

【两人又吃力地把大铜盂与铜壶抱走。

【庄子开始整理竹简。

【田氏含情脉脉地看着庄子。

【庄子发现田氏的目光。

庄子　夫人,你比十年前越发漂亮了。

田氏　(羞涩地)先生说哪里的话。

庄子　可是这种漂亮是人眼中的漂亮,鱼见了你会避入水中,鸟见了你会飞上高空,鹿见了你会逃进树丛,可见美是没有什么标准可言的。

田氏　先生的话为妻不懂。

庄子　不懂就是懂呀。

田氏　(更糊涂)先生的道理好是好,可不知对我们老百姓又有什么用?

庄子　(忽有所悟)妙哉妙哉,有用的道理仿佛没有用,没有用的倒实际上很有用。

【田氏迷茫的神态。

庄子　(拊掌)夫人的启发正合吾道,待老夫刻下来。

【庄子在竹简上一笔一画刻起来。

【田氏不可理解地摇了摇头。

【香儿端着青菜豆腐上。

香儿　夫人,饭已做好。

田氏　(对庄子)先生,请用饭。

庄子　（头也不抬）夫人先歇息吧，老夫还要秉烛夜读。

【田氏叹了口气，快快下。香儿随下。

【庄子仍趴在地上阅读书简。

【梆打三更。

【田氏与香儿出现在一角。

【田氏稍事打扮。

田氏　（对香儿）快去请先生回房休息。

香儿　（调皮地）是！夫人！

【香儿走近庄子。

香儿　先生，夫人请您早点睡觉。

庄子　（头也不抬）告诉夫人，今夜是先生回家第一夜，先生必须通宵练功，就不回夫人那里去了。

香儿　（又调皮地）是！先生！

【香儿走近田氏。

【田氏盼望的神情。

香儿　夫人，先生说今夜要做功课，房里的事就免了。

【田氏失望地把头上的鲜花一朵一朵地取下，两行热泪慢慢从两颊淌下。

【庄子打坐的身影。

【灯暗。

# 讲 道

【翌日晨。
【庄子家厅堂。
【庄子闭目打坐。
【身旁跪着数人,为首的鹤发银须为郡长。
【郡长轻轻叫住童儿,偷偷塞给他几枚铜铲币,向庄子努努嘴。
【童儿揣好铜币向庄子走去。

童儿　先生醒来,先生醒来。
庄子　童儿大胆,敢扰老夫清梦。
童儿　先生,有人求见,已等了好久了。
庄子　(睁眼)唔?

【郡长赶紧上前跪拜。

郡长　(虔诚地)闻得先生闭关修道,面壁十年,如今道行已满,欣然下山。先生道气冲天,道法无边,道理深邃,道义如山。先生乃天下少有之得道圣贤也。
庄子　(被马屁拍进,捋须微笑)老人家言重了,言重了。
郡长　敝乡乃不毛之地,蛮荒之邦,求贤慕圣,如饥似渴,闻得先生归来,人人翘首,个个仰望,先生如能屈驾光临敝乡,开示一二,实乃敝乡最大之光荣也。

【庄子沉吟不语。

郡长　（再进一步）昔人曰，朝闻道夕死可矣，此乃吾乡百姓最大之心愿，还望先生体谅。

【郡长朝后挥了挥手，手下人赶紧献上礼物。

郡长　区区小意思，不成敬意。

庄子　好吧，既然尔等如此诚心，老夫我也不能这般寡情，我就去一趟吧，不过，本道崇尚自然，此等繁礼缛节，一概免了。

郡长　（连连点头）太好了，太好了，真是久旱逢甘霖，久旱逢甘霖！（示意把礼物抬下悄声对抬礼物的）抬到后门去！

【灯暗。

【另一角灯亮。

【田氏仍在纺纱。

【香儿上。

香儿　夫人，先生真是了不得，真像得了道似的，我看那些人拜他就像拜蛇神庙里的蛇神一样。

田氏　多嘴！我倒是情愿先生是个人而不是那个装模作样的神！嗨，日日盼，夜夜盼，盼到了先生回家还是老样子。

香儿　那可不一样，先生成了圣贤，夫人你就成了圣贤夫人。你看刚才先生走的时候，人人都对你毕恭毕敬。夫人，你什么时候这么神气过！

田氏　那是尊先生，不是尊我。

香儿　反正是沾上了光，夫荣妻贵，女人活着不就是为了这个吗？

田氏　你懂个屁！

【灯暗。

【另一角灯亮。

【演讲大厅。

【庄子盘腿端坐讲坛。

【郡长站立一旁。四周坐满听众。

**郡长** 肃静！肃静！

【听众安静下来。

**郡长** 今天，我们请来了当今圣贤，庄周庄子休先生，庄周先生的到来真使得敝乡蓬荜增辉，流光溢彩呀！

【众人拍手蹬脚表示欢迎。

【庄子领首示意。

**郡长** （示意众人停下）庄周先生的道行诸位久已闻知，毋须敝人赘言，下面就请先生开示吧。

【庄子咳嗽几声。

【郡长赶紧俯身请示。

【庄子对郡长耳语，郡长连连称是。

**郡长** 诸位，诸位，听讲要有姿势，请诸位准备，请诸位准备。

【众人不知所措，互相疑问地对视摇头。

**庄子** 挺胸！

【众人满怀狐疑地挺起胸脯。

**庄子** 垂肩！

【众人七高八低地垂肩。

**庄子** 收腹！

**一胖子** 先生，小人有腹难收！

【众人大笑。

**郡长** 不许笑！

【众敛笑。

**郡长** 尽量往里收。

【胖子使劲用手把肥肚往里按。

【众忍住笑。

**庄子** 两手放在丹田前……手掌相叠……掌心向上……左上右下……

【众人按照庄子的指示做出各种奇怪的动作。
庄子　双目平视,双目微闭,似看非看,似睡非睡,似醒非醒,似想非想,似梦非梦……呼气!　吸气!　一呼一吸……一呼一吸……快呼快吸……慢呼慢吸……
　　　【众人开始摇晃。
郡长　(对庄子)请先生开示!
　　　【庄子闭目养神。
郡长　(稍大声些)请先生开示!
　　　【庄子仍闭目养神。
　　　【众人仍在晃动。
郡长　(凑近庄子)请先生开示。
庄子　(微睁双目)已经讲完了。
郡长　(惊疑)已经讲完了?
庄子　对!　已经讲完了!　道,只可悟,不可言传。
郡长　(突然转变,好像顿悟似的)高、高、深刻!　深刻!
　　　【众人哗然。
听众甲　无,就是有,有,就是无呀!
听众乙　空,就是满,满,就是空!　有道理有道理!
听众丙　虚,就是实,实,就是虚!　真是精彩之极!
听众丁　(不解地)我怎么没听到,他什么也没讲呀!
　　　【众人嘲笑听众丁。
听众甲　你这种人还配听庄子讲道,低级低级,丢我们的脸,还不快把他轰出去!
听众丁　他真的什么也没讲呀。
众　　(骂)笨驴!　蠢猪!
　　　【众推推搡搡赶听众丁。
庄子　(制止)他说得也对,讲,就是不讲,不讲,就是讲,大音希声嘛!

【众人欢呼起来。

【灯暗。

【另一角灯亮。

【田氏与香儿仍在纺纱。

香儿　（对田氏）先生这个时候也该开始讲道了吧,先生的道理不知要引起多少轰动哩!

田氏　我可弄不明白他的什么道理。他口口声声说什么自然自然,我看他装神弄鬼的,天底下头一个数他不自然,什么是自然,自然就是像普通老百姓那样,你看——

【田氏指着窗外。

田氏　那个农夫鞭牛耕地,他的老婆背着娃娃,弯腰插秧。夫唱妇随,生儿育女,这样才是真自然!他说的那个自然是不自然,他说的那个不自然才是自然。

香儿　夫人,你也得道了!

田氏　我才不要得他的劳什子道呢,我要是能像田里那个农妇那样实实在在地过日子就心满意足了。（想起）香儿,还不快烧水去!待会先生回来又要等水烫脚。

【童儿急上。

童儿　夫人,先生托人带话回来,今晚要连夜授道,让夫人不要等他了。

【田氏木然停手,纺轮自动顺势旋转。

【灯暗。

# 扇　坟

【翌日傍晚，夕阳如血。

【庄子回家路上。

【坟场。

【一少妇跪在新坟边，边用扇子扇坟边啼哭。

【庄子路过。

庄子　（奇怪而问）小娘子为何在此啼哭，坟中所葬何人，又为何举扇扇坟？

少妇　（呜咽）先生你哪里知道，这坟里头埋着我那短命的男人，活着的时候这死鬼与我恩恩爱爱，如胶似漆，死了也舍不得我，留下遗言，说是如果我要改嫁，一句话，只要把他埋了，坟土一干我便可嫁人，因此奴家在此扇坟，想不到这坟土难干，奴家在此扇了半天，腰酸背痛，也不见动静，想起来总是命苦，因此伤心落泪。

庄子　（哈哈大笑）小娘子上当了，这坟土如何能干，必是你男人不想让你嫁人才想出这计谋。

少妇　死鬼亲口答应我嫁人的嘛。

庄子　他在哄你呢。

少妇　我不信，我俩感情好得很，他为什么要骗我？

庄子　就因为感情相谐，才不愿你改嫁他人。

少妇　你胡说！你骗人！

庄子　罢罢罢，待老夫施展法力，小娘子当面问你男人就是了。

【庄子掐指念咒，霎时飞沙走石。

【一声霹雳，新坟裂开，钻出一个骷髅。

【骷髅抖动节骨发出嚓嚓有节奏的声响向少妇跳去。

【少妇吓得连连后退。

【骷髅发出哈哈笑声，舞姿不停。

少妇　（惊恐地）你是谁？

骷髅　我的声音你都听不出来了吗？

少妇　你是官人。

骷髅　记性还不错，还没有那么快把我忘掉！

少妇　你怎么变成这个模样？

骷髅　我还要问你呢，要不是你买的那口薄皮棺材，我何至于这么快变成这个模样！

【骷髅一把抓住少妇，逼迫着少妇翩翩起舞。

骷髅　你要嫁人？

少妇　不是你答应的吗？

骷髅　我是有条件的。

少妇　不就是坟土干了吗？

骷髅　可坟土是干不了的。

少妇　（一把推开骷髅）你要哄我啊你这死鬼！

骷髅　（一把把少妇抓回来）天底下男人都一样，都不希望自己的女人嫁给另一个男人。

少妇　你为什么骗我啊！原来你爱我都是假的！

骷髅　因为你是属于我的。

少妇　（又一次推开骷髅）你滚你滚，你死了也不让我安生啊！

骷髅　（边说边退回新坟）就是！就是！我活着你属于我，我死了你还是属于我，你永远属于我！

【少妇嚎啕大哭。

庄子　（怜悯地）生是死的继续，死是生的开端，普通人哪里懂得这个道理。小娘子可怜，待老夫助你一臂之力罢了。

【庄子祭起扇子，引出一群持扇舞者。

【舞者围着坟堆做出各种扇舞造型。

【最后围着新坟转圈，新坟也自己转动起来。

【舞者簇拥着新坟左转，右转，到处乱转。

【又一声霹雳，舞者突然停住，顿时坟干变色。

【舞者隐去。

【少妇跪倒在庄子面前。

【庄子扶起少妇。

【少妇把扇子赠给庄子。

【庄子接扇子。

少妇　（转身）我要嫁人去了，我要嫁人去了。（下）

【庄子哈哈大笑。

【灯暗。

# 收　徒

【傍晚。
【庄子家厅堂。
【田氏正忙着准备被褥等寝具。
【童儿跑上，香儿随上。

童儿　夫人，门外有人求见。

田氏　（呵斥）小猴精！不是跟你说了吗？先生不在家，一律不见客。

童儿　我也是跟他们这么说的，可他们非见不可。

田氏　都是些什么人？

童儿　自称什么楚国王孙公子，千里迢迢特来拜访。那公子的模样倒是挺有气派的，不像是假的。

香儿　（插嘴）那公子长得可好看了，白白的脸蛋，大大的眼睛，挺挺的鼻梁，浓浓的眉毛，配在一块别提有多俊了。

田氏　（呵斥香儿）小蹄子，少说两句，没人说你是哑巴。（对童儿）既然是外国客人远道而来，倒是不能让人家瞧着咱们不懂礼貌，就让他们进来吧。

【童儿下。
【楚王孙上。

楚王孙　（深深施礼）在下楚国王孙，唐突拜访，惊扰府上，万望夫人原谅。

**田氏** （还礼）不知贵客降临，有失远迎，还请公子海涵。

【楚王孙揖毕抬头，田氏也直视了一眼，双方眼神一接触即移去。

**田氏** 公子，请，请。

【两人分宾主坐下。

**田氏** 公子此次远道而来——

**楚王孙** 小生此次奉敝国国王之命，特来拜访庄周庄子休先生。先生大道已成，贤名远扬，国王陛下欲聘先生为楚国丞相——

【楚王孙一挥手，众仆抬出礼物。

**楚王孙** 黄金百镒，文锦千端，暂为聘礼，望乞笑纳。

**田氏** （推辞）先生讲道未归，奴家不敢擅自做主。此等大事，须等先生回来决断，还是请公子把礼物收回。

**楚王孙** 夫人，哪有收回之理，倘若先生不肯低就，这点东西权当是见面之礼吧。

**田氏** 这个……

【楚王孙大礼相拜。

**田氏** 公子这又是为何？

**楚王孙** 夫人不纳礼，小生不起来。

**田氏** 这可折杀奴家了。（上前欲扶又止）这么说恭敬不如从命，只能收下啦！

【童儿与香儿笑呵呵把礼物抬下。

【楚王孙起身复坐。

**田氏** 楚国离这里千里之遥，公子路上辛苦了。

**楚王孙** 若能不辱王命，这点辛苦又算得了什么！

【厅外驴叫。

**田氏** （欣喜地）先生回来了。

【庄子上。

【田氏迎上。

田氏　先生,楚国王孙公子已在厅堂等候多时,先生你——

庄子　为夫就是不愿见官宦之人才偷偷从后门回家,原想一避了之,不料驴叫报讯,岂非天意,只好见见了。

田氏　他还要让你去做楚国的丞相呢。

庄子　那更要我的命了。夫人,请把我的铺盖搬回夫人房内,老夫今晚要与夫人秉烛夜谈。

田氏　(一愣,转而欣喜地)是,先生。

【庄子与楚王孙互致见面礼节。

【田氏与香儿躲在屏风后。

田氏　那公子倒是挺知书达理的。

香儿　可不是,漂漂亮亮的,我看刚才跟夫人坐在一起的时候,心想天底下再也没有这么合适的一对了。

田氏　(顺手一个嘴巴)啐!这种玩笑也能开的吗?

【香儿不明就里,欲哭又不敢。

【庄子与楚王孙分宾主坐下。

楚王孙　楚王陛下仰慕先生大名,乞望先生万万不要推辞。

庄子　(微微一笑)千两黄金,数目不可谓不大;丞相官职,地位不可谓不高,可是公子,你没看见大祭时作为牺牲祭品的黄牛吗!开初时养得肥肥的……

【随着庄子的话语,出现牛舞。

【两对舞者各扮演一黄牛与耕牛。

【黄牛被人披上五彩披风。

【耕牛被人用鞭抽打。

【黄牛趾高气扬。

【耕牛步履艰难。

【黄牛被牵向祭坛。

【众人向黄牛顶礼膜拜。

【一把尖刀刺向牛头。

【众人再拜。

【牛头被割下装入金盘,被放置在祭台之上。

【众人再拜。

【耕牛在旁自由嬉耍。

庄子　（对楚王孙）公子是想作牺牲牛呢,还是想作耕牛?

【楚王孙不语。

庄子　公子不要逼我了,老夫宁愿在污水中嬉耍,自得其乐,足慰平生矣。

楚王孙　先生鸿鹄之志,吾等燕雀焉能知之,待小生回国禀告国王陛下就是了,不过小生本人有一乞求,万望先生应允。

庄子　但说无妨。

【楚王孙突然起身,匍匐于地。

庄子　这又是为何?

楚王孙　小生欲拜先生为师,先生万万不能推辞。

庄子　这个——

楚王孙　先生不答应,小生不起来。

庄子　天下道理,尽在不言之中,又哪里能教得会别人,因此老师两字乃是虚妄之名。

楚王孙　先生答应了!请受学生一拜!

庄子　免了免了。

楚王孙　（三拜起身）学生马上回国复命,待禀告父母后就来先生膝下侍奉。

庄子　今日已晚,就在老夫书房中歇息吧,明日正逢敝乡一年一度的歌节。公子正好遣兴。

**楚王孙**　　如此谢过先生。

　　【一旁。

**田氏**　（对香儿）还不快铺床去!

**香儿**　替哪个呀?

**田氏**　两个都要!

　　【灯暗。

# 夜　叙

【灯亮，田氏卧室。
【一灯如豆。
【田氏为庄子宽衣。
田氏　先生讲道辛苦。
【突然庄子怀中掉下一把扇子。
田氏　（捡起一看，一惊）先生哪里来的女人的扇子？
庄子　（呵呵一笑）这是为夫今日回家路上遇到的奇事一桩，正想今夜讲与夫人听。
田氏　（仍然存疑）什么奇事？
庄子　为夫路经坟场，见一新坟，坟旁有一妇人正用扇扇坟，这妇人用的就是这把扇子——
田氏　她为什么要扇坟呢？
庄子　她丈夫新死，死前留下遗言，只要坟头新土干了，她便可改嫁他人，因此她才举扇扇坟。
田氏　这妇人怎么这么性急！
【田氏为庄子脱袜洗脚。
田氏　这妇人也太笨了，那坟土如何能干！
庄子　为夫也是这么说的。
田氏　想是她丈夫不许她改嫁。

庄子　正是。

田氏　那么这扇又怎么到了先生手上了呢？

庄子　为夫怜她愚昧，又喜她率真，因此施起法术，借来神火，帮她把坟扇干，成全她一番苦心。这妇人于是就把扇坟之扇留赠予我。

【田氏蓦地把庄子脚放下，庄子脚掉入盆中，溅出水来。

田氏　呸！世上哪有这等奇事，想是先生又编出故事来骗人！

庄子　（感慨地）世上这样的事还少吗！活着的时候人人都说恩恩爱爱，丈夫死了后个个都想改嫁他人，只不过不像那妇人老老实实地说出来，痛痛快快地做出来罢了。

【庄子光身背朝上趴在铺垫之上。

【田氏开始为庄子按摩。

田氏　先生这话就不对了，世上虽然同是人类，可还是得分贤惠与愚昧，你如何轻轻一句话，就把普天下的女人都看成与那妇人一样了？

庄子　（翻过身来）咱们不说别人，你看我这般年纪，万一哪天死了，你如花似玉正当年，难道还打熬得住三年五载？

【田氏硬把庄子翻过身去，在庄子背上按揉搓打。

田氏　先生好没良心，怀疑到为妻身上来了。你学道十年，把为妻冷冷清清抛在家里十年，为妻还不是为你守了十年！为妻出身名门大族，从小诗礼浸熏，"饿死事小，失节为大"，这点道理还是懂的。倘若这不幸临到为妻头上，不要说三年五载，就是一生一世，为妻也要为你守下去！

庄子　（闭目微笑）难说难说。

【田氏用一串木珠在庄子背上滚来滚去。

田氏　先生学了一点道，怎么就变得疑神疑鬼起来，难道要为妻剖心挖肝给你看不成！你现在又不死，不是把为妻冤枉死了么！

**庄子**　夫人不必发怒,一切都顺其自然吧。

【田氏用脚在庄子背上踩出各种花样来。

【最后,田氏弄散发髻,抓住披下的长发,用发梢在庄子背上轻轻扫动。

**田氏**　(轻唤)先生,先生。

【庄子酣然入睡。

【田氏急切地推庄子。

【庄子仍无反应,反而发出鼾声。

【田氏蓦地掩脸而泣,双肩抖动。

【传来楚王孙的琴声。

【楚王孙显现。

【香烟缕缕,楚王孙正弹着古琴。

**楚王孙**　(吟唱)

　　　　浩浩中天兮明月光,

　　　　游子万里兮思故乡,

　　　　故乡不见兮堪嗟伤,

　　　　美人美人兮在何方!

【田氏抬起头来,盈满泪水的眼睛。

【田氏慢慢脱掉身上的红衣。

【田氏缓缓撕扯绸衣。

【衣帛发出惊心的声音。

【灯渐暗。

# 羽　化

【翌日晨，歌节日。
【蛇神庙前。
【若干男女舞者翩翩起舞。
【庄子、田氏、楚王孙上，香儿、童儿随上。

楚王孙　师傅、师娘，学生就此告辞。

庄子　既是楚公子执意要走，老夫就不相留了。

田氏　楚公子，今日是敝乡一年一度的歌节，你看蛇神庙前，歌山舞海，热闹非凡，公子难得到来，不如观赏一二，再走不迟。

童儿　（插嘴）一年内就这一天开禁，男男女女可以随处游玩，听说在桑林里还有——

香儿　还有什么？

童儿　叫做天地交合。

香儿　什么天地交合，不就是野合吗？对歌，情投意合了，男女就到野地里去睡觉是吧！

田氏　掌嘴！

香儿　（赶紧捂住嘴）知道了，敝乡的传统，只可做，不可说。

庄子　乡人终年忙碌，就这一天开禁狂欢。夫人一番心意，公子你就领了吧。

楚王孙　既然是夫人的意思，那学生就——

**庄子**　时辰已到，老夫须在这蛇神庙内打坐片刻。请夫人代老夫相送，就此告别。

**楚王孙**　老师保重！

**庄子**　你们尽情地嬉玩吧！

　　【庄子飘逸地进庙打坐。

　　【舞者舞至，楚王孙、田氏等加入舞队。

　　【楚王孙、田氏戴上假面后，舞姿变得更加狂乱。

　　【男队歌声：

　　　　小鸟儿叫春呵，在小河的沙洲。

　　　　小妹妹怀春呵，在桑林里等候。

　　【女队歌声：

　　　　小鸟儿叫春呵，在小河的苇丛。

　　　　小哥哥心急呵，等不到黄昏。

　　【庄子正襟打坐，舞队在庄子面前晃动。

**庄子**　（自吟）什么是真？什么是假？这真是个令人头痛的问题！一年中三百六十四天道貌岸然礼法庄严是真？抑或唯有这一天礼崩乐坏狂欢淫荡是真？是生活中人人戴上了假面具？还是戴上了假面具后才使人流露真情？真伤脑筋呀，真伤脑筋！

　　【田氏与楚王孙摘去假面，走出舞队。

　　【田氏手持一柳枝。

**楚王孙**　师娘留步，学生就此告辞。

**田氏**　（把柳枝递给楚王孙）折柳相别乃古礼也，这段柳枝是我代师傅相赠与你的，祝公子一路平安！

**楚王孙**　（接过柳枝）师傅师娘深情厚谊，学生永生难忘，待学生归国禀告父母即来膝下伺候，多则一月，少则十天——

**田氏**　快去快回，以免悬望。

【两人施礼告别。

【楚王孙离去。

【田氏随即拜倒在蛇神庙前。

【田氏拈香祷告。

田氏　蛇神帝君在上,在下面磕头的是小妇人田氏。小妇人曾在此许愿,盼望夫君早日归家,承蒙帝君垂恩,奴家与夫君现已平安团聚,帝君恩典,帝君恩典!

【田氏向蛇神磕头。

田氏　(继续祷告)帝君莫怪小妇人得寸进尺,小妇人还有一愿要许。帝君若能使得我家先生少一点道气,多一点人情,就像刚才楚国王孙公子那样善解人意,小妇人就是来世变牛变马也要报答帝君大恩。

【田氏又叩首。

【庄子深思。

庄子　(自吟)假作真时真亦假,真作假时假亦真,我真是被搞糊涂了。夫人昨晚的言行是真?抑或刚才与楚王孙的仪态是真,抑或对蛇神的祷告是真,抑或一切都不是真,唯有她对她自己的说话才是真?抑或她对自己说话也在骗人?真是弄迷糊了,倘若人生真是如梦,一切皆为虚幻,那么真在何处,道又在何方?夫人呀夫人,为解此惑,老夫要在你身上作一番尝试,难免得罪了!

【庄子突然大叫一声。

【田氏赶来。

田氏　(推醒庄子)先生!先生!

庄子　(拊掌大笑)我要成仙了!为夫要成仙了!

田氏　先生怎么回事?

庄子　刚才为夫在此打坐,神游之间忽见蛇神帝君飘然而至,他说

　　　　天帝见我道行已满，命我即刻羽化登仙。

田氏　　羽化登仙？那不是死么？

庄子　　什么死，那是永生！他说明日子时，为夫当在家坐化，坐化后须停尸七七四十九天，自然会有众仙接引，哈哈，盼望之日终于来临！

田氏　　此话当真？莫又是先生编出来吓唬为妻！

庄子　　登仙乃人生之快事，又为何欺诓夫人？

田氏　　（大哭）先生，你怎么忍心抛下为妻而去。

庄子　　生者死也，死者生也，夫人又有什么可以悲伤！

田氏　　（拉住庄子大哭）我不要你成仙嘛！

庄子　　（反劝田氏）快，快回家准备。

田氏　　（怨恨地）蛇神误我，蛇神误我！

【灯暗。

【灯亮时，庄子家庭院。

【庄子端坐于祭坛之上。

【田氏在旁啼哭。

庄子　　夫人，为夫登仙，你应该替为夫高兴才是。

田氏　　你成为仙人对为妻有何好处，抛下奴家孤零零一个人，这以后的日子怎么过！

庄子　　（取出扇子）这好办，这把扇子留给你扇坟。

田氏　　（大哭）先生，为妻与你好了一场还不了解为妻吗？你怎能把为妻与那妇人相比，先生登仙，为妻一定为先生守节。

庄子　　不要不要，老夫崇尚的就是顺应自然，你如遇上什么如意郎君，你就跟他去吧。

田氏　　先生如是不信，为妻一头碰死在这块石板上随先生去便了。

【田氏起身欲撞。

【庄子赶紧拉住田氏。

庄子　夫人高志，可敬可佩！为夫守节，其实何必！夫人好自为之吧！

【田氏抽泣。

【童儿跑上。

童儿　先生、夫人，送殡的人来了！

【众拥上。

【众人拜倒在庄子面前大哭。

殡客甲　先生不能走啊！

殡客乙　我们离不开先生！

殡客丙　先生你太狠心了，又要陷我们于黑暗之中……

庄子　（大喝）我不是先生！我不是庄子！

【众大惊，顿时停止啼哭。

庄子　（云遮雾障地）庄子也不是我。

【众面面相觑。

庄子　我不是我，庄子也不是庄子！

【众愣住。

庄子　因此，你们不是在哭庄子，而是在哭你们自己，哭你们每个人心中各自的庄子影子而已。

【众欲哭又忍住。

庄子　生是什么，死又是什么，哀是什么，乐又是什么！生如做梦，死如梦醒，梦未必乐，醒未必苦，如何分欢乐悲哀；来的时候来，去的时候去，又有什么可哀可乐！生命如同燃烧的火，而物体如同生火的柴，柴屈指可数，而火的传播则无穷无尽！

【众肃静。

田氏　（冷静无表情地）请先生登仙！

【众愣了一下。

**田氏** （加重语气）请先生登仙！

【众顿时欢呼起来。

【灯渐暗。

# 守 灵

【庄子家厅堂。

【厅堂用白布复遮，中间停放着黑色的大棺材，棺材前有庄子灵牌，棺材两旁挂满丧幛。

【田氏全身缟素跪在灵牌前哭泣。哭泣已变为催眠曲般的哭灵了。

【香儿在一旁打瞌睡。

【香儿碰到了身旁燃着的香火，惊醒。

香儿　夫人，时间已到了。

田氏　（停止啼哭）香儿，打先生羽化那天算起，今日是第几天了？

香儿　（取出一根划满道道的木条，数着）一、二、三、四、五、六，六七四十二，夫人，今天刚好四十二天。

【一舞者翻出牌子"七"。

田氏　这么说，还有七天就完了。

香儿　夫人，我看你这些天整天哭呀哭的，累都累坏了，其实只要心里想着先生，这些规矩都可免了。

田氏　小蹄子又胡说八道了，这是奴家的一片心意，也不枉我与先生好了一场。

【田氏又歌咏般地哭泣起来。

【香儿在一旁打拍子伴哭。

【黑色的棺材里显出亮光。

【庄子慢慢坐起。

**庄子** 夫人呀夫人,老夫这下委屈你了。

【一阵烟雾,庄子化为楚王孙。

【又一阵烟雾,楚王孙消失。

【童儿急急上。

**童儿** 夫人,夫人,公子来了。

**田氏** 哪个公子?

**童儿** 就是那个楚国楚王孙公子。

**田氏** 楚公子!(稍稍犹豫)快请!

【楚王孙跌跌撞撞冲上厅堂,拜见田氏。

**楚王孙** 师娘!

**田氏** (不由又哭起来)公子!你师傅……

**楚王孙** 学生在路上就听说了,因此日夜兼程赶来,想不到还是晚了——(扑向庄子灵牌大恸)师傅!师傅!你为何连弟子的面都不见就先去了!难道弟子那么没有缘分!……

**田氏** (反劝楚王孙)公子节哀,公子节哀。

**楚王孙** (止哭)师娘,师傅虽逝,弟子难忘思慕。学生想借尊府暂住,一来守先生之丧,二来先师留下什么著述,学生欲借一阅以领遗训。

**田氏** (为难地)这……不是奴家不肯,先生故去,独留奴家一人守孝,公子倘住我家,恐招邻里闲话。

**楚王孙** 师娘不用多虑,学生不是外人,乃是先生弟子,为师守灵,天经地义,谁人敢说不是!

**田氏** 总是不便,还望公子……

**楚王孙** (灵机一动)有了,就在这灵堂之上筑起一架屏风,隔开男女，我在这里，师娘在那里，就是邻里来看，也无话可说了。

田氏　（沉吟）这……

【庄子显现。

庄子　夫人，千万不能答应，一步错步步错，千万，千万！

田氏　也只能如此了，香儿！

香儿　在。

田氏　快把先生书房打扫干净，让公子歇息。

香儿　是！

庄子　这下全完了！

【灯暗。

【灯亮时，灵牌前已架起一架屏风。

【一舞者翻出牌子"六"。

【田氏与楚王孙各跪一边。

【似乎已跪了很久，两边都无声息。

田氏　（忍不住）公子！

楚王孙　师娘，学生在！

田氏　这些日子奴家心身疲倦，对公子照顾不周，还望公子谅解。

楚王孙　师娘哪里话来，学生在此如同回到自己家里一样，多谢师娘操心。

田氏　如有什么不妥之处，请公子不必客气，对奴家直言就是了。

楚王孙　没有没有，很好很好，学生在此研读先生遗著，真是受益匪浅，茅塞顿开。

香儿　（故意把香炉里的香掐断）到了，到了，时间到了。

田氏　香儿，今天如何时间这样短？

香儿　我看你们隔着屏风说话多累，不如早点结束，好让你们叙谈。

【田氏与楚王孙都笑了。

【庄子也捋须窃笑。

【楚王孙取出竹简。

【田氏在一旁纺纱。

楚王孙 （吟出声来）人生天地之间，若白驹之过隙，忽然而已，注然勃然，莫不出焉，油然漻然，莫不入焉。妙哉妙哉！

香儿 （问田氏）夫人，那公子叽里呱啦地在说些什么呀。

田氏 就是说，人生活在天地之间就像白驹过隙，一刹那罢了。蓬蓬勃勃，万物竞相生长，悄无声息，万物都化为乌有。

香儿 我还是不明白呀。

田氏 说明了，就是人生苦短——

香儿 噢，我明白了，就是要及时行乐呀。

田氏 胡扯！

【楚王孙的读书声又起。

【田氏的纺纱车时断时续。田氏若有所思。

香儿 夫人，你怎么啦。

田氏 （恢复常态）没什么，没什么。

香儿 先生常说，风不扰人，人自扰之，夫人想必是听到读书声又想起什么来了吧。

田氏 死丫头，你知道我想什么！

香儿 当然不是想公子，是想先生喽！

田氏 啐！看我不撕裂你嘴！

庄子 想我？嘿嘿，是想那个我吧。（指楚王孙）

【灯暗。

【灯亮时，灵牌前，田氏与楚王孙仍跪拜在屏风两旁。

【舞者翻出牌子"五"。

【田氏与楚王孙如歌般的哭灵声此起彼伏。

【庄子闭目领受。

【楚王孙突然声音低了下去，至默然无声。

田氏　（发觉有异）公子！公子！

【楚王孙不答，蓦地开始浑身颤抖。

【田氏拨开屏风，发现状况大惊。

田氏　（大呼）童儿！童儿！

【童儿急上，急忙扶起楚王孙。

楚王孙　（处于昏迷中）水，水……

【田氏赶紧倒水，递上。

【田氏扶楚王孙喝水。

【突然楚王孙难受欲吐。

【田氏匆忙中把长裙置于楚王孙腭下。

【楚王孙呕吐，吐入了田氏裙中。

楚王孙　（伸出手臂）师娘，师娘，是你吗？

【田氏欲去接楚王孙手，又停住。

楚王孙　（双手在空中寻摸）师娘，我吐脏了你么？师娘！

【田氏把童儿手拉来，塞入楚王孙手中。

楚王孙　（把童儿手紧紧握住，放在胸口）师娘，你真好，你待学生……太好了……

【童子欲笑不敢笑。

【田氏动情。

【庄子狡黠的目光。

【灯暗。

【灯亮，田氏一人跪在庄子灵牌前。

【舞者翻出牌子"四"。

【楚王孙由童儿扶上。

【楚王孙跪在一旁。

楚王孙　（小声）师娘，师娘！

【田氏不应。

楚王孙　（凑近屏风倾听，田氏的抽泣声）师娘，学生不知如何感谢师娘，学生从小就有这种病，一遇到激动之事就会不省人事，此次要没有师娘，还不知是怎样后果，师娘待学生恩重如山。

田氏　公子言重了。

楚王孙　学生如有像师娘这样的……这样的……

童儿　（插嘴）娘子！不不不，母亲！不不不，姐姐！

田氏　（严厉地）童儿！

【童儿笑着逃走。

楚王孙　师娘息怒，童言无忌，不过学生心里真的有一种说不出的感觉，师娘真的就像学生的亲姐姐一样。

田氏　论年龄，奴家当然可以做公子的姐姐了。

楚王孙　如此，学生就称师娘姐姐便了。

田氏　不好不好。

楚王孙　如此，学生称呼了，姐姐！

【田氏欲答又不应。

楚王孙　姐姐！为弟自母亲去世之后，还没有什么人像姐姐这般爱惜于我，对姐姐的感激之情为弟真是难以言表。

田氏　公子不必客气，这是为姐……这是奴家应该的。

楚王孙　姐姐，既是骨肉至亲，可把这屏风撤去，与姐姐说话也好方便些。

田氏　不不，撤去屏风恐引外人议论，还是照旧便了。

楚王孙　真别扭，真想看着姐姐说话。

田氏　这样吧，明日为姐特备薄酒一杯，一来祭奠先生，二来代先生谢公子守丧之礼，三来为姐与公子叙谈叙谈。

**楚王孙**　那太好了。

【灯暗。

【灯亮,屏风已横放,挡住了庄子灵位,屏风前放有一几,几上几样小菜。

【田氏与楚王孙分坐几旁。

【舞者翻出牌子"三"。

【田氏为楚王孙斟了一杯酒,又为自己斟了一杯。

**田氏**　（举杯对着灵牌方向）第一杯酒献给先生。

**楚王孙**　（随之举杯）对,祝先生早日登仙。

**田氏**　（眼中含着泪水）先生,路上多加保重!

【田氏把酒洒在地上。

【楚王孙也把酒洒在地上。

【田氏又为楚王孙斟上酒。

**田氏**　第二杯酒是奴家替先生谢公子的,公子不远千里为师守灵,请接受奴家这杯酒。

**楚王孙**　姐姐见外了,此是小弟应该做的。（一饮而尽）

【楚王孙随即为田氏斟了一杯酒。

**楚王孙**　（举杯）接下来应该让为弟敬姐姐一杯了。

**田氏**　（推让）奴家为先生守丧,哪有心思饮酒。

**楚王孙**　（再举杯）这是小弟的一番心意,姐弟之情姐姐怎能拒绝。

【田氏又推辞,不小心把酒打翻在裙子上。

【楚王孙连忙用袖管替田氏抹酒痕。

【无意中两人手指相碰。

【田氏慌忙把手缩回。

【双目对视又慌忙移开。

【田氏脸一下子红了。

楚王孙　（赶紧又斟上一杯酒敬田氏）姐姐！

【田氏犹豫着，终于接过，一饮而尽。

【角落里，童儿与香儿也在偷偷喝酒。

童儿　真是奇怪，越知书达礼做事越不痛快！你看夫人与公子。

香儿　真不如我们下人自由自在，想干什么就干什么。

童儿　（趁机在香儿脸上亲了一口）就是！

香儿　（啪的一下轻轻回了童儿一个耳光）就是个屁！

【楚王孙似有些微醉。

楚王孙　姐姐，小弟斗胆问姐姐一声，姐姐今后有何打算？

田氏　（凄凉地）有什么打算，守着先生留下的这点薄田，过日子罢了。

楚王孙　（又进一步）姐姐，难道你甘愿寡居一辈子吗？

田氏　奴家曾在先生面前发过誓，为先生守节，矢志不渝。

楚王孙　那不是苦了姐姐吗？

田氏　奴家不能违背自己的诺言。

楚王孙　岂能为几句没有轻重的话误了一生？

田氏　公子言过了！

楚王孙　姐姐，小弟有几句话不知当讲不当讲？

田氏　但说无妨。

楚王孙　小弟家中饶有家产，待到师傅忌日过后，姐姐不如跟小弟回楚国去，小弟奉养姐姐一辈子。

田氏　公子这是什么意思？

楚王孙　姐姐还不明白吗？

田氏　奴家不懂。

楚王孙　姐姐非要逼我说出口来吗？

田氏　奴家委实不明白。

楚王孙　小弟想把姐姐这两字改了。

580

田氏　改成什么？

楚王孙　改成娘子！

田氏　公子放肆！

楚王孙　（急忙）小生不敢！

田氏　还不退下！

楚王孙　是！

　　【楚王孙下。

　　【田氏木呆着，突然间大哭起来。

　　【在田氏的哭声中庄子摇头叹息。

　　【灯暗。

　　【灯亮时，田氏仍躺在地上。

　　【舞者翻出牌子"二"。

　　【田氏哭累了，蒙眬睡去。

　　【田氏的梦境。可由现代舞表现。

　　【三舞者各演奏箫、琴、埙，箫表现楚王孙，琴表现田氏，埙表现庄子。不用乐谱根据情境即兴吹奏、弹拨。

　　【楚王孙翩翩而来。

　　【楚王孙邀请田氏。

　　【田氏忸怩不肯。

　　【楚王孙再邀田氏。

　　【田氏仍推辞。

　　【楚王孙一把抱住田氏。

　　【田氏挣扎。

　　【楚王孙带着田氏起舞。

　　【田氏由挣扎变为随意，由随意变为配合。

　　【楚王孙与田氏舞姿蹁跹，配合默契。

　　【突然庄子出现。

【庄子极为潇洒的舞步,仙风道骨。

【楚王孙与田氏越加热烈,逃离庄子。

【庄子始终飘飘然跟随其后。

【庄子微笑地看着田氏。

【田氏不自然起来,舞步开始紊乱。

【庄子围着楚王孙与田氏转。

【楚王孙与田氏开始不协调。

【庄子仍不紧不慢地游荡。

【楚王孙与田氏开始分手。

【庄子围着田氏转。

【田氏向着楚王孙伸出手去。

【楚王孙握住田氏的手。

【庄子如流水般缓缓冲来。

【楚王孙与田氏不得不再度分手。

【庄子似有引力般把田氏引走。

【田氏悲痛欲绝地再向楚王孙伸出手。

【田氏似乎在喊着什么。

【田氏倒地。

田氏　（喊出声来）公子！公子！

【田氏醒来。

【厅内空无一人。田氏的手中捏着一把庄子留下的扇坟的扇子。

【灯暗。

【灯亮时,田氏跪在庄子灵前合掌祷告。

【舞者翻出牌子"一"。

田氏　先生,快来救救奴家吧,奴家受不了了,奴家受不了了！

【庄子不动声色。

田氏　先生,你叫为妻怎么办? 怎么办? 赶他走? 不! 不能赶他走,躲起来不见他? 可我往哪里躲呀? 我怕见他,怕见他,我怕自己顶不住,快顶不住了,先生,你帮为妻一把吧。

【楚王孙上,跪在一旁。

楚王孙　姐姐,你在吗?

【田氏敛住气不作声。

楚王孙　姐姐,我知道你在! 你说话呀!

【田氏仍不答应。

【楚王孙从屏风上撕开一个口子。

楚王孙　姐姐,我要见你,我要见你!

【田氏赶紧用手挡住裂口。

楚王孙　姐姐,你不想见我? 不! 你怕见我!

【田氏用背顶住屏风裂口。

楚王孙　姐姐,自从那日见了以后,我就喜欢上了你,我知道这是非分之想,因此把它深深埋葬在心底,自先生仙游,这想法才又浮上心头,姐姐,我哪里是在守灵读书,全是为了你呀!

【田氏用手捂住双耳,浑身颤抖。

楚王孙　姐姐,你完全知道我的心意,你也是喜欢我的!

田氏　（软弱地）不!

楚王孙　先生学道十年,你为他守了十年,先生学成回家无欲无为,你的满腔热情化为灰烬。 现在先生永久离去,你还要为他守一辈子节,这一生还有什么意思! 只有我才给你带来了一线希望!

【田氏只是嘴唇动动发不出声来。

楚王孙　姐姐,先生活着拘束着你,先生死了又怎能让你背上这无形枷锁直至永远! 先生不是崇尚自然吗? 姐姐,让我们顺其自然,顺乎天意吧!

【田氏似乎支持不住了。

楚王孙　姐姐，你不答应，好好好，你要守着这个黑色的大棺材一辈子，哈哈哈，眼看着两鬓如霜，青丝变雪，青春消退，热情泯灭，呆在这个活的大棺材里变成一堆枯骨！再见了，姐姐，再见了！

【田氏似乎已经晕过去了。

【楚王孙狂笑着慢慢朝灵堂外退去，退去。

【突然。

田氏　（大叫一声）公子！

【楚王孙停住。

【田氏一把把屏风踢倒。

田氏　（喊着）公子——

楚王孙　（喊着）姐姐——

【两人互相冲来。

【三舞者手持葵扇、铅片、帆布上，模拟风雨雷电声，根据情境即兴表演。

【楚王孙与田氏互相拥抱。

【两人迫不及待地脱衣、甩鞋。

【在灵堂各个角落缠绕、爱抚、旋转、颠倒……

【田氏似乎散发出前所未有的热情。

【庄子开始时似坐怀不乱，继而浑身躁动，与致命的诱惑作最后的斗争。

【风雷声大作。

【灯暗。

# 劈 棺

【紧接上场，灵堂。

【棺材前楚王孙与田氏都在高潮之中。

【两人脸上汗珠满颊。

【突然间楚王孙撕心裂肝地大叫一声。

【风雷声骤停。

【楚王孙紧抱自己的脑袋。

**田氏**　公子，公子，你怎么啦，怎么啦？

**楚王孙**　（疼痛难忍地）我的头疼死了……该死的旧病复发了……

**田氏**　公子你不要急，奴家马上去请医生。

**楚王孙**　（摇摇手）没有用，我的病是治不好的，除非……

**田氏**　除非什么？公子快说，就是龙肝凤胆，奴家也要设法为公子弄来。

**楚王孙**　小生此是老病，在家时也曾发过，无药可治，只有一物，方能救命。

**田氏**　（急问）所用何物？

**楚王孙**　不说也罢，说了也无用。

**田氏**　你快说呀！

**楚王孙**　太医传一奇方，必用生人脑髓和酒吞下，此痛立止。

**田氏**　生人脑髓？

楚王孙　正是！在家发病时去大牢拨一死囚取其脑髓吞下，如今哪里去找，哎哟，疼死我了！

田氏　非要人之脑髓？别物不能代替？

楚王孙　非它不可！倘无此物，小生两个时辰之内就要活活疼死了！哎哟哎哟！

田氏　（呼唤）童儿，香儿，你们快来！

童儿　（颤抖的声音）猪脑行不行？

楚王孙　不行！

香儿　狗脑不行吗？

楚王孙　不行不行，疼死我了，不如让我死了吧！

【田氏把楚王孙紧紧抱在怀里，用手揉他的额头。

田氏　这偏僻地方，哪里来的死囚，公子你叫我怎么办，怎么办？

楚王孙　（疼得直拽自己头发）娘子，求求你，快用斧子把我砍死吧，我实在受不了了。

田氏　非用人之脑髓？

楚王孙　非用人之脑髓！

田氏　别物不能取代？

楚王孙　别物不能取代！

【田氏毅然推开楚王孙下。

【楚王孙呻吟不已。

【田氏复上，手持斧子一把。

【香儿与童儿抱头鼠窜。

田氏　（跪在楚王孙前）公子，你我相好一场，使奴家真正尝到了做人的滋味，倘若公子先我而去，奴家一人活着也没有什么意思，两人死不如一人活，奴家甘愿自毙于此，以报公子相爱之恩，公子取奴家脑髓救命罢了。

楚王孙　（赶紧忍痛起来）不不不，女人脑髓没有用，定要男人之脑。

田氏　男人之脑，男人之脑，这可苦死奴家了！

楚王孙　（疼得满地打滚）活人之脑没有……死人……之脑……也可……

田氏　（急得团团转）死人之脑，死人之脑……

【田氏的目光停在庄子的灵牌上。

田氏　（扔掉斧子，声嘶力竭地）不！不！（哭于地）不！我不能，我不能……

楚王孙　（疼得用头连连磕地）娘子，求求你把我砍了吧。

【田氏爬到楚王孙身边把楚王孙的脑袋搁在自己膝上。

楚王孙　（已奄奄一息）我不想活了，我不想活了……

田氏　（把脸贴在楚王孙额上）你还活着，我不能眼睁睁看你死去，我们要活下去！

【楚王孙又一阵剧痛，摧心裂肺地大叫一声。

【田氏连滚带爬扑向棺材，跪下。

田氏　（哀求）先生，你死了，你的脑子也死了，只有你的脑子才能救他的命，先生，求求你，你答应给了他吧！给了他吧！

【田氏的手颤颤抖抖，哆哆嗦嗦伸向斧子。

【田氏拾起斧子向棺材走去。

【田氏举斧砍向棺材。

【棺材岿然不动。

【田氏吓得大叫一声把斧子扔掉，躲在棺材旁发抖。

【楚王孙摸到斧子。

【楚王孙抓到斧子往自己头上砍。

楚王孙　（血流满面）疼死了！疼死了！还是死了好！还是死了好！

【田氏发疯似的冲向楚王孙。

田氏　（夺下楚王孙手中的斧子）公子！

楚王孙　娘子，你还是让我死了的好，能死在你的怀里，我已经心满意足了。

【田氏无声地为楚王孙揩干脸上的血迹。

【田氏捡起斧子，木然地站起。

【田氏朝棺材再度走去。

【舞者们手持各种可发出声响的器具出现，慢节奏地敲击器具，似乎在鼓励田氏。

【田氏的头发散落了下来。

【田氏的衣衫也散落了下来。

【仅留下田氏的红肚兜。

田氏　（似痴似疯的）死了，就让他死了，我要活的，我要活的！

【田氏发疯似的冲向棺材。

【众舞者狂敲猛击为田氏助威。

【田氏狠命地劈棺材。

【棺材油漆斑驳，木屑飞溅。

【田氏发疯似的劈，大汗淋漓。

【田氏渐渐精疲力尽，棺材仍岿然不动。

【田氏瘫倒。

【楚王孙微弱地呻吟。

【田氏又挣扎起来。

【田氏虽虚弱，但坚毅地拼命地劈。

【田氏的精神似乎感染了众舞者。

【众舞者扔掉了手中的器具，取来斧子，帮着田氏一块劈。

【一样披头散发。

【一样红色兜肚。

【一样大汗淋漓。

【一样发疯地劈。

【劈!

【劈!

【劈!

【突然,轰然一声,棺盖断然裂开。

【一切都停止了呼吸。

【众舞者隐退。

【死一般的寂静。

【田氏手持斧子,走向棺材。

【一步、一步、一步。

【田氏回头看了一眼。

【楚王孙躺在地上不省人事。

【田氏双眼慢慢闭上。

【田氏持斧的手臂慢慢举起。

【田氏欲劈。

【庄子突然哈哈大笑。

【田氏惊呆,斧子落地。

【庄子从棺材里站起。

庄子　夫人!

【田氏晕然跌倒在地。

【庄子走出棺材。

庄子　（叹气）夫妻百夜有何恩,见了新人忘旧人,才刚盖棺遭斧劈,如何等到扇干坟! 可叹可叹!

【庄子走到晕倒的田氏面前。

庄子　夫人醒来,夫人醒来。

【田氏慢慢苏醒,看见庄子,害怕地往后退缩。

田氏　先生,你到底是人,是鬼,还是仙?

庄子　没有死如何是鬼，四十九天未到如何成仙，为夫当然还是个人。

田氏　人？你没有死？

庄子　（拾起斧子）再晚一步就要遭这家伙，那倒真的要变成鬼了。

田氏　（仍喃喃自语）你没有死，没有死。

庄子　为夫那日见你与那楚国王孙公子难分难舍，偶生此念，设计化为楚王孙前来试探于你，想不到夫人你——

田氏　（不信）这一切全是假的？

庄子　（点头）夫人，请看你的楚公子还在否？

【楚王孙刚才躺倒的地方已空无一人。

庄子　夫人请再仔细看来。

【突然又显现楚王孙。

楚王孙　（向田氏施礼）娘子！

【田氏睁大眼睛，用手揉揉，又睁开。

【楚王孙又消失。

【田氏精神崩溃了。

庄子　夫人，为夫与你开了个玩笑，到底是夫人你对呢还是我对，抑或你错还是我错，抑或没有对也没有错，抑或对就是错，错就是对！不管怎么样，夫人，你还是我老婆，与我一起搬家，到一个没有人的地方一起过日子吧！

田氏　（恍恍惚惚地）过日子？与你一起过日子？过以前一样的老日子？不！先生，与你一起过的是什么日子，那是人过的日子吗？先生，你为我编织了一个梦，又亲手把这个梦给捅破了。你要为妻回到过去，不如让为妻去——先生，我恨你我恨你！

【田氏夺过庄子手中的斧子，往自己头上一砍。

庄子　（来不及拦住）夫人！

【田氏鲜血迸流,挣扎着不倒下。

田氏　不过,我还是要感谢你,先生,不管怎么样,你变的楚公子,让我过了一次真正的生活,真正的人的生活,虽然它是那样的短,那样的短,可是值,值得！ 先生,谢谢你！ 谢谢！

【田氏倒地。

庄子　（叹气）夫人一席话,胜吾十年道！ 可叹可叹！

【庄子感慨地拾起斧子与扇子。

【田氏慢慢化为一只黑色如漆的蝴蝶。

【黑蝴蝶缓慢地振动双翅。

【庄子也慢慢化为一只洁白无瑕的蝴蝶。

【白蝴蝶也缓慢地振动双翅。

【众舞者也化为蝴蝶。

【众蝶翻飞。

【歌声起:

　　生亦何欢,

　　死亦何苦,

　　悲欣交集,

　　皆化为土。

　　呜呼——

【众蝶慢慢化为一只花蝶。

【花蝶又慢慢化为一股烟雾。

【烟雾慢慢飘散。

【飘散……

【剧终。